KB260664

천계탑 ① 天界塔

麗海 한 승 연

오! 동방의 해 뜨는 나라,
대한민국 코리아여 깨어나소서!!!

한누리미디어

국립중앙도서관 출판시도서목록(CIP)

천계탑. 1 / 지은이 : 한승연. — 서울 : 한누리미디어, 2012
  p. ;   cm

ISBN 978-89-7969-437-6 04810 : ₩15000
ISBN 978-89-7969-436-9(세트) 04810

한국 현대 소설[韓國現代小說]

813.62-KDC5
895.734-DDC21   CIP2012005951

작가의 말

오, 천계탑!

이 글을 쓰면서 나는 종교란 과연 무엇인가를 다시 생각할 수 있게 해 주신 하늘에 새삼 감사하는 마음이다.

종교의 가르침에 있어서도 초등학문과 고등학문으로 정도의 차이는 있겠지만 종교마다 인간의 삶은 고통스러운 고해苦海라고 한 것은 대동소이하다.

이 세상에 태어나서 누구나 겪어야 하는 삶의 고통, 그 고통스러운 삶을 피할 수 있는 데도 스스로 짊어진 사람들을 우리는 성인聖人이라고 한다.

그 고통을 피하고 싶은데도 피해지지 않는 삶도 있다. 그것을 우리는 신의 섭리로 타고난 운명이라고 부른다. 자신이 선택한 것도 아니고, 부모가 잘못한 것도 아니고, 어느 누가 책임져야 할 일이 아니라는 것이다.

내 삶의 전반부가 그랬다.

어려서부터 심어진 기독신앙 속에서 내 영혼은 하느님을 진실로 사랑하고, 또 사람을 믿고 사랑했다는 것 밖에 무슨 죄가 있었겠는가.

그러나 그토록 치욕과 저주스러운 삶을 겪어오면서 인생길 절반을 살아낸 다음에야 하늘의 섭리하심을 비로소 깨달을 수 있었음은 참으로 하늘의 큰 축복이 아닐 수 없다.

저주와 질투는 사랑과 한 몸이었음을, 그렇게 고통스러운 삶의 바다에서 어느 날부터인가 열린 마음 속에서 영롱한 진주가 자라고 있음이 보이고 들려오기 시작했다.

스스로 선택한 것은 아니지만, 선택된 자가 감당해야 했던 몫이었음을……. 그처럼 고통스러운 눈물과 한숨으로 만들어진 영롱한 진주로 칠보배합七寶配合의 천계탑天界塔을 이 땅, 대한민국에 쌓아 동방의 등불로 비춰야 할 소명召命으로 이승에 왔음을, 그것이 이승에 온 내 소명임을 오늘 이렇게 깨닫고 부끄러운 작가의 한 생의 삶을 털어 놓는다. 주어진 소명을 이제는 스스로 감당해야겠다는 각오 때문이다.

또한 그처럼 허우거리며 가시밭길 같은 삶을 걸어왔기 때문에 자식들과 가까운 친척들에게 안겨준 고통에 대하여 뒤늦게나마 미안한 마음을 털어 놓기 위한 것이라고나 할까.

그리고 또 다른 한 편으로 세상을 아파하는 우리의 이웃들에게 위로가 되어주고 싶어서이다.

그처럼 세상이라는 고통의 바다에서 죽지 못해 질척이며 살아야 했던 작가의 한 생의 삶이, 그러나 하늘의 은총이며 축복이었다고 말하고 싶다.

그런 오늘, 그토록 질펀한 세상을 살아오면서 울어야 했던 내 삶을 곁에서 지켜보면서 위로해 주고, 때로는 격려해 주며 함께 아파해 주고 울어준 모든 분들에게 진심으로 감사하는 마음으로 이 천계탑을 바친다.

단기4345년 시월 초사흘 하늘이 열리던 날

여수에서, 麗海 한 승 연

차례 Contents

천기운행 天氣運行

여수 EXPO를 알리는 환상적인 불꽃들이 밤하늘에 피어올랐다. '살아 있는 바다, 숨 쉬는 연안' 이다. 얼마나 멋진 테마인가. 마침내 만신창이가 된 지구를 살려내고, 더 이상 어찌해 볼 도리가 없는 그야말로 대책이 없는 인간들을 건져낼 새 역사의 물결이 세계 4대 미항의 하나인 여수로 밀려 들어오고 있는 것이다.

석달 동안 세계의 눈과 귀가 쏠리고 수많은 외국인들도 찾아올 것이다.

불빛 반짝이며 출렁이는 여수 엑스포 행사를 바라보고 앉아 있는 연이는 언젠가 '하늘나라 무보수 우편배달부' 하던 도인道人이 하던 이야기가 새삼스러이 떠올랐다.

"갑자년부터 우리나라에 융숭한 국운이 밀려들고 있소이다. 이 조그만 한반도가 동서로 갈라진 지구촌 물질문명과 정신문화를 합일시키는 지구의 중심 땅이 될 것이외다."

그리고 다시 덧붙여 말했었다.

"우주의 입장에서 일월이 정신과 마음이라는 것 아니겠소이까. 그러니 천지일월이 하나가 되는 도수라는 것은 천지개벽으로 우주가 하나가 된다는 것을 뜻하는 것이오."

"그렇다면 우리의 소원은 통일이라고 노래 부르는 남북통일도 멀지 않았
네요."

"맞소이다. 천지가 합일되고 맺힌 한이 풀리는 해원도수에 들어오기 때
문이외다."

해원解冤이니, 도수道數니 하는 말에 황당하다는 표정을 짓고 있는 연이에
게 확증이라도 내놓는 것처럼 도인은 말했다.

"우리나라에서 열렸던 '88올림픽은 우리나라에 상승하는 국운이 들어오
는 신호탄이외다. 서양의 물질문명과 동양의 정신문명이 합일을 이루게 되
는데, 그 전에……."

도인은 지긋하게 눈을 감고 벅찬 감동을 참으려고 애쓰는 것 같았다. 그
러다가 이윽고 입을 다시 열었다.

"8자처럼 생긴 누에꼬치가 나비로 변신하여 하늘을 날아오르는 것처럼
천지개벽이 일어날 것이외다. 오늘 지구 도처에서 지진이 일어나고 있는 이
유가 뭐겠소? 그것이 바로 하늘의 뜻이 땅에서 이루어진다는 천지개벽 신
호탄이라는 거요. 이 세상을 살아가는 각 사람의 운명이 하늘이 점지해 주
듯이 국운도 다 하늘 섭리에 따라 그 흥망성쇠가 정해져 있는 것이라고 했
으니까요."

혁명보다도 더 충격적인 엄청난 말이었다. 연이가 그와 자리를 함께 할
수 있었던 것은 월간 『한복』 잡지에 소설 연재를 맡게 되면서 그 잡지사의
발행인에 의해서였다.

그 발행인의 귀띔에 의하면 그 도인道人은 혁명정부 시절 국사國師처럼 청
와대를 출입하던 분이라고 했다. 그는 마치 천기를 누설하기라도 하는 것처
럼 연이에게 낮은 목소리로 가만하게 말했다.

"임진왜란을 일으켰다가 물러가서 다시 정유재란을 일으킨 일본의 목표
는 호남을 차지하자는 것이었지요. 결과적으로 백의종군한 이순신 장군에
게 패하고 물러갔지만……, 그 관문에 여수가 있소이다."

"그러고 보면 이 호남이 역사적으로 참 사연이 많은 땅인가 보죠? 특히 지

리산을 중심으로 해서 말이에요."

"그게 왜 그런지 아시오? 이 한반도가 지구 중심의 자궁혈이라. 일찍이 동방 우리 한민족이 정신문화를 꽃피워서 동방의 등불이라고 했소이다. 그것이 하늘 섭리로 음양의 이치라, 인간 실체적인 정신문화는 먼저 동방에서 꽃을 피웠고, 그 다음으로 넘어가 지구촌에 물질문명을 발전시켜 나왔던 것은 서양이었소. 그런데 이제 그 서구 물질문명이 서서히 저물어가는 도수라, 그 물질과학 문명 기운이 일본을 거쳐서 우리나라에 들어와 우리 민족 정신문화와 합일을 이루게 되는데 그 관문이 왜, 전라도인지 아시오? 여수는 그 물질문명이 들어오는 관문이고, 그 물질기운이 이제 예를 구하는 우리 민족 정신문화 기운을 포태하고 있는 구례 지리산으로 넘어가 음양합일을 이루는 지구 중심의 자궁혈 터라. 그래서 역사적으로 그렇게 피를 많이 흘렸던 거요. 그걸 불가에서 미륵포태 기운이라 한 것인데, 그게 바로 천지개벽으로 때가 되면 만 생명을 새롭게 살려낸다는 신선한 용화 기운이라는 거요."

그때 그 도인이 하던 말이 새삼스러이 떠오르면서 고개를 끄덕이게 했다. 그의 투철한 민족의식은 참으로 놀라웠다. 앞으로 우리나라가 세계의 스승국으로 모든 분야에서 우뚝 서게 된다니, 그처럼 희망적인 이야기에 기쁠 수밖에 없는 일이었다.

그리고 그는 하늘의 뜻이 땅에서 이루어지는 그때에 우리나라가 세계의 중심국이 되기 때문에 하늘의 고급 영들이 인간 혈류를 타고 이 땅에 모두 내려와서 그 일을 준비하기 때문이라고 했다.

그리고 다시 거기에 덧붙여서 말했다.

"앞으로 우리나라에 태어나는 아이들은 거의 천재과에 속하는 아이들이 태어나게 되어 있어요. 그리스 로마신화를 읽어 보셨을 테니까 아시겠지만 신들마다 각기 맡은 사명대로 그 에너지 기운이 다르지 않습디까? 눈을 즐겁게 해 주는 춤추는 신, 귀를 즐겁게 해 주는 노래 부르며 비파를 치는 신, 술 만드는 신, 말발굽만 전문으로 만드는 신 등 모두가 인간 생활 속에 필요한 분야대로 그 신들이 맡은 역할이 다르다는 거요. 세계적인 과학자로 쌍립적 양자중력을 발견한 에디슨이 바로 그 정보를 가지고 이 세상에 온 신과로 그래서 천재라고 하는 거구요. 그것은 어떤 분야에서든지 마찬가지라. 쇼팽이나 베토벤 역시도 천재로 모두가 그 신과에서 왔기 때문에 학교 공부가 필요 없었던 거라. 이제 좀 이해가 가시오? 그렇게 세계적인 천재들이 다시 이 세상에 출현하는 도수라 사람을 볼 때, 환경이나 외모로 판단하지 말라고 한 거요."

머리가 끄덕여졌다. 우리가 고등 종교 스승으로 알고 있는 성자 예수 역시도 출생부터가 사생아로 태어나 학교 문전에는 가 본 일이 없었다고 했었다. 그러나 어려서부터 그 제사장들에게 질문을 하는 폼이 다른 사람들과는 달랐다고 했다.

그런 예수께서 어느 날 자신이 선지자들이 오고가면서 예언했던 그 구세주 메시아라고 했을 때, 그들은 비웃고 믿어주질 않았다. 그때 예수께서 하신 말씀이 '외모를 보고 판단하지 말라.' 그 말씀에 이어서 '육은 육이요, 영은 영이니라' 하신 것이고 보면, 조화의 세상에 각자 그 쓰임의 사명으로 오고간 신명神命들 역시 그와 다를 것이 없다는 것을 생각해 보게 했다.

도인의 그와 같은 말을 들으면서 연이는 문득 성경 속에서 읽고 그때까지 의문으로 남아 있던 구절이 떠올라 물었다.

"그렇다면 거짓말을 잘 하는 신도 내려오겠네요. 구약성경에 보니까 여호와 신이 이방민족을 산골짜기로 유인하기 위해서 거짓말 잘하는 영을 동원했다는 구절이 있거든요, 도무지 이해가 되지 않지 뭡니까."

"그게 뭔지 아십니까? 그렇게 모사를 잘 꾸미는 영이 있어야 인간들이 검은 것과 흰 것, 그 흑백을 구별할 수 있는 지혜의 눈이 떠질 것 아니겠소. 그래서 옛말에 지나가다가 돌멩이에 치어 아픔을 당해도 그것을 교훈으로 삼고 매사에 신중을 기하고 조심하는 지혜를 구하라고 한 거요."

"아, 그래서……."

순간 성서 속의 의문이 풀어졌다. 예수께서 제자들이 농부가 농사짓는 밭에 알곡처럼 익을 때에 익지 못하고 고개를 빳빳하게 세우고 있는 가라지를 뽑아버리겠다고 했을 때였다. 예수께서는 농부가 추수할 때까지 그냥 두라고 하셨다.

그것이 무지無知한 물질인간 세상에서 분별력을 키우기 위한 하나님의 지혜였구나, 하는 생각에 웃으면서 말했다.

"그러니까 고개를 빳빳하게 쳐들고 오고가면서 사람을 아프게 음해하며 찔러대는 모사꾼도 다 타고난 제 몫의 역할이라 어쩔 수가 없다는 것이네요."

"그것을 보고 조화의 세상이라고 한 거요. 그래 어두운 음기가 있으면 밝은 양기가 있다는 것이지요. 그런데 이제 그 어두운 음기를 거두고 밝은 세상이 온다는 것이 말법시대이니까 중생들아! 이제 하늘 이치를 바로 깨닫고 영혼을 성숙시키라고 한 거요. 그래야만이 성현의 반열에 들어가 구원을 받고 영원히 죽지 않는 신선세계에 들어가 우주와 일체를 이루게 된다는 것이 성경 불경할 것 없이 일곱 성현들 가르침의 말씀 그 결론은 다 똑같은 거요. 그런데 이제 그 알곡과 쭉정이를 골라내는 불 심판 타작마당에서 살아남을 수 있는 천기 운행의 도수가 코 앞에 와 있다는 말씀이외다. 그것이 기독교에서 말하는 지상낙원 시대로 알파와 오메가의 성공시대라고 한 것이지요."

그처럼 세상 모든 일이 천기운행天氣運行 도수度數에 의한 것이라고 설명해 주던 그 도인은 확실히 보통 사람과는 다르게 거기에 대한 믿음과 신념이 확고했다.

그러한 정신 사상으로 청와대를 출입했었던 도인이었던 만큼 그 영향을 자연스럽게 입은 분이 박 대통령이었음에는 틀림이 없는 것 같았다.

박정희 대통령은 일본사관학교 출신으로 일본 사무라이 정신을 공부해 온 사람이다. 그런데 그 사무라이 정신이 바로 우리 한민족 뿌리 역사에서 비롯되어진 화랑도 정신임을 재인식하게 되면서 은밀하게 추진해 온 사업이 우리 민족 조상 '얼' 되찾기 운동이었다고 했다.

우리 민족정신 '얼' 이란, 지구촌 동서東西의 양대사상兩大思想이 조화주 하나님의 '한틀' 속에서 비롯되었다는 단군왕검의 홍익인간이념으로, 그 조화사상이다.

그로부터 우리 민족 주체성 확립을 위한 〈개국조 단군선양회〉가 발족하게 되었다고 했다. 그리고 이어서 〈재건국민운동선양회〉를 발족하셨던 분이 초대 문교부 장관이셨던 안호상 박사로 〈민족관건립추진회〉 자금을 추진했었다는 것이다.

그러나 안타깝게도 그처럼 은밀한 정부 움직임에 서양 종교 논리에 만연되어 있는 가톨릭 신부 주요한 씨와 열성 기독교인 백 교수가 그 여세를 몰고 반기를 들었던 데모가 시청 앞에 곰탈까지 쓰고 나와 "곰의 자손은 물러가라!"고 했었던 그 시위데모였다고 했다.

그들의 반기에 안타깝게도 민족관 건립 추진금이 반납되어 버린 후, 그 다음 단계에서 마땅한 명분을 찾아 만들어 나온 것이 '국민헌장' 이었다고 했다.

그때의 상황을 가만하게 말해 주는 도인은 참으로 안타깝다는 듯이 말했었다.

"하다 못해 유관순 동상은 세워졌어도 소위 이 나라를 세웠다는 개국조 단군 동상 하나를 세우지 못하는 나란데 말하면 뭐하겠소. 그러고도 명색이 국가경축일 개천절 행사에서는 우리가 나무라면 뿌리가 있고, 우리가 물이라면 새암이 있다고 뜻도 모른 채 노래 부르고 있어, 그것이 오늘 우리나라 문교정책인데 말하면 뭐하겠소. 그러니 제 조상 족보를 모를 수밖에 더 있겠소? 그래 하는 짓이 주체성 상실로 강대국에 빌붙어 먹을 생각이나 하는 거요. 물론 그것이 일제가 의도한 식민 정책으로 한민족 뿌리 역사에다 토테미즘을 삽입했던 거요. 그렇게 왜곡시켜 놓은 게 곰의 자손으로 단군신화라는 것인데, 그럼 해방이 되고 우리 민족 뿌리 역사를 바로 정립해 놓았느냐? 아니야, 일제가 왜곡시킨 곰의 자손이 해방이 되고는 노란 머리에 파란 눈을 한 아담의 자손이 되어버렸으니 거기에 세뇌된 종교인들이 민족관 건립을 하게 놔두었겠소?"

도인의 말은 그랬다. 그것이 오늘 서구신학 종교 논리에 의한 모순점으로 우리 배달 한민족 뿌리 역사를 표류시키고 있는 그 원인이라며 거기에 다시 덧붙여 말했다.

"족보가 없는 자손이 상것일 수밖에 더 있소? 그러니 배부른 나라 서양 다리 밑에 쓰레기는 죄다 쓸어 담아다가 부은 꼴이 우리나라요, 노란 물을 들인 쑤석이 장발 머리에 다 찢어진 청바지를 걸치고 나오는 방송 연예인들 행사에 젊은이들이 그것이 뉴 패션이라고 유행처럼 너도 나도 그 모양이라, 그런데 정작 미국을 가 보면 그런 거지패션은 다리 밑 빈민가에서도 찾아볼 수가 없는 거요. 그게 왜 그런지 아시오? 사람은 그 입고 있는 모양대로 행동하고 산다는 거라. 그래서 박 대통령이 장발족 단속을 그렇게 철저하게 했고, 강간 성폭행 같은 사회범죄를 막기 위해서 미니스커트 단속도 했던 거요."

사실 그건 혁명 정부가 잘한 일이라고 생각했다. 고개를 끄덕이자 다시 말을 계속했다.

"그런데 요즘 풍경이 어떻소? 특히 여름철이면 허연 젖가슴을 다 내놓다시피 하고 거기에다 배꼽까지 내놓는 패션에 옛날 같으면 속 팬티만 입고 나온 것 같은 아가씨들, 관능적인 육체미 자랑에 수컷들 본성이 발양성이라 벌떡벌떡 하는데 가만 놔두고 보겠소? 쇠고랑을 찰 때 찰망정 덮치고 볼 수밖에 더 있소? 그러니 이 사회가 무질서하고 혼탁해질 수밖에 없는 거요. 그게 어디 남의 일이요? 내 자식이 그리고 내 손자가 당하는 일이지."

그 말에는 연이도 동감을 했다. 국제 PEN클럽 행사로 미국을 여행하고 캐나다를 여행했을 때도 우리나라 젊은이들처럼 그렇게 눈살을 찌푸리게 하는 패션은 오히려 구경하기가 힘들었기 때문이다.

그것은 분명히 그 나라 국민정신을 나타내 주는 것으로, 오늘 우리나라 방송매체에도 그 책임이 있다는 생각에 한 마디 했다.

"그건 매스컴이 은연중에 국민들에게 심어준 영향이라고도 할 수 있잖겠어요? 시청자들은 그것이 최첨단 선진국 패션으로 알고 그 흉내를 내는 것이니까요."

"그렇다고도 할 수 있지요. 하지만 그건 저 위에서 그러한 쓰레기 문화가 국민정신에 어떠한 영향을 주는지도 모르고 무감각하게 보고 앉아서 단속하지 못한 그 책임이 더 큰 것이지요. 사실 오늘 세계화 시대에 오히려 한류열풍이 불고 있는데도 말입니다. 그것은 저 위에서부터 우리 것을 그만큼 소중히 여기지 못하는 혼몽한 정신 상태를 보여주는 증거라고 할 수 있는 것 아니겠소이까?"

듣고 보니 사실 그랬다. 우리 조상들로부터 전래되어 내려온 한국전통 음식문화가 연구 결과 과학적인 발효식품으로 인정을 받고 있고, 한글이라는 우리나라 글이 쓰기에도 편리하고 가장 과학적인 글이라고 인정을 받고 있을 뿐만 아니라, 한복이라는 우리나라 전통의상 역시도 국제무대에서 그 멋을 인정받고 있는 나라다.

그러한 우리 민족의 전통문화가 국제무대에서 그처럼 한류열풍을 일으키고 있다는 사실을 아는지 모르는지 이 나라 장래를 짊어지고 갈 젊은이들은 그랬다. 다 찢어진 청바지를 마치 선진국 서양 패션의 유행처럼 알고 걸치고 나와 입은 옷 모양대로 눈살을 찌푸리게 하는 것이 오늘 우리 사회에 유행처럼 번져 만연되어 있는 것이 사실이다.

그 책임이 바로 우리 민족 자긍심의 '얼' 이 빠져 버린 기성세대에 있다고 말하고 있는 도인의 말은 그랬다.

"우리나라가 이제 국운이 들어오고 있기 때문에 더 이상 망해 버린 뿌리 없는 고아처럼 표류하지는 않을 것입니다. 지난 이십세기 초에 조선은 제국주의 격랑 속에서 꺼져가는 불빛처럼 가물거렸지만, 그 불씨가 꺼지지 않고 대한으로 이어져서 이제는 아시아 대륙 동쪽 끝에서 태평양과 세계를 비추는 등불로 우뚝 솟게 되어 있는 도수요. 그래서 일찍이 인도의 시성 타골이 읊었던 동방의 등불이라는 시가 그거였소."

그리고 잠시 사이를 두고 도인은 가만하게 타골의 시를 읊었다.

"일찍이 아시아의 황금시기에, 빛나던 등불의 하나인 코리아, 그 등불 다시 켜지는 날에, 너는 동방의 밝은 빛이 되리라. 허허허……. 바로 그거요. 그 등불은 정치·경제·문화·종교적으로도 세계의 어느 나라의 것과 견주어도 손색이 없는 등불이 된다는 거요."

도인이 하는 말이 결코 생소하지는 않았다. 나름대로 역사 공부를 해 오기도 했지만, 언젠가 한국을 방문한 《25시》의 작가 콘스탄스 게오르규도 '빛은 한국에서 올 것'이라고 말했었다. 근대화 세계화로 몰락해 가는 서구문명에 대한 희망의 빛을 한국에서 본 것이다.

그리고 보면 작가 콘스탄스 게오르규 역시도 우주 의식이 열려 있는 신과에서 그 예언 은사의 사명使命을 받고 온 사람이라는 생각이 들었다.

사실 지금은 비록 우리가 살고 있는 강역이 22만 평방킬로미터 밖에 되지 않고, 인구가 남북을 합쳐 7천만 밖에 되지 않지만, 10%에 해당하는 7백만 해외 동포가 살고 있는 서쪽의 중국과 북쪽의 러시아, 그리고 동쪽의 미국과 남쪽의 일본을 합치면 세계의 절반을 우리 동포가 차지하고 있는 것이나 마찬가지다. 이들 4개 나라들은 21세기를 이끌고 갈 세계의 핵심 세력들이다.

우리나라는 사실 반도라는 지정학적 위치 때문에 수많은 침략과 외세에 시달려야 했던 나라다. 한국처럼 역사의 질곡을 겪으며 질기게 살아남은 민족이 없다. 징기스칸의 말발굽 아래서도, 중국 한자 문화의 거대한 블랙홀 속에서도, 대륙세력과 해양세력의 소용돌이 속에서도 사상과 이념의 투쟁을 극복하면서 끈질기게 살아남은 민족이다.

가난의 배고픔을 아는 사람들, 그리고 나라를 잃은 피지배의 설움을 당해본 사람들, 사상과 이념의 갈등으로 피를 흘려본 사람들, 그런 고통을 껴안고 자신을 죽이고 삭아져서 우리의 김치처럼 맛을 낼 줄 알기에 한국문화가 21세기에 진정한 문화대국으로 높이 우뚝 설 수 있을 것이다.

그것은 분명히 하나님께서 섭리하신 선택된 나라로 그 시작의 뿌리 역사가 서양과는 그 차원이 다를 수밖에 없다. 지구 중심의 중앙아시아 백두산 천지못에서부터 시작한 물줄기가 동으로 흘러 두만강이 되고, 서쪽으로 흘러 압록강이 되듯이, 지금 우리 한류문화는 동해로 흘러들고, 서해로 흘러들어 한류가 되고 난류가 되어 세계로 퍼져 나가고 있다.

강물은 물 한 방울로 이루어지는 것이 아니다. 수많은 방울들이 모여서 만들어 내듯이 한류의 맛과 멋을 모르는 사람들에게 한류는 한때 세상을 휩쓸고 지나가 버리는 홍수일 뿐, 그 이상 무슨 의미는 될 수가 없다.

하지만 오늘 세계를 향해 웅비하는 여수의 액스포 행사는 하늘 천기 운행에 의한 그 신호탄이라는 생각을 해 보고 있는 연이였다.

그 불꽃인 듯 여수 엑스포 행사는 둥둥~ 둥! 북소리를 울리고 있었다. 신기루 같은 바다 위의 판타지, 그 히든카드 The Big-O 전대미문의 멀티비디오 쇼가 아리랑~ 아리랑~ 아라리요~ 그토록 사연 많은 한민족 애환의 노래를 저 멀리 세계를 향해 울려 퍼지게 하고 있는 여수 세계해양박람회 그 풍경이라니, 가슴이 뭉클하고 뜨거워졌다.

그것은 왕솔밭의 큰 소나무는 베어지고 없어도, 한 번 소나무가 심겨졌던 자리에는 그 정기精氣가 남아 있어서 그곳이 자기의 태胎자리인 줄 알고 때가 되면 송이가 돋아난다는 자연의 이치를 되살려 보게 했기 때문이다.

그러한 자연의 섭리와 운용의 신묘함이 비록 오늘 민족의 비운悲運으로 남북이 분단된 채 형제의 가슴에 총부리를 겨누고 절규하고 있지만, 그러나 지난 역사 속에서 동방의 해 뜨는 나라로 세계 속에 우뚝 솟았던 우리 한민족이다.

그와 같은 조상의 혈류가 오늘 우리들의 몸 속에 뜨겁게 살아 용솟음치고 있는 한 자주 독립을 추구하는 정신은 더 이상 강대국에 의존하는 부끄러운 역사는 만들지 않을 것이라는 생각이 들면서 미소를 짓게 했다.

고조선시대 그처럼 아시아 대륙을 주름 잡았던 우리 배달민족 조상들이다. 그 정기精氣는 어제로부터 이어져 1988년 서울 올림픽 때 국민 모두가 하나로 뭉쳐진 뜨거운 가슴은 얼마나 벅찼었던가. 그리고 또 2002년 월드컵에서도 그랬다. 온 국민이 하나로 뭉쳐 강인한 우리 민족정신을 세계를 향해 유감없이 보여주었으며, 오늘 또한 여수에서 열린 세계해양박람회 엑스포를 통해 고유한 우리 한민족 정신과 문화를 유감없이 보여주고 있는 것이었다.

그러한 민족정신은 서구가 2세기에 걸쳐 발전시킨 민주주의를 반세기 만에 꽃피우고, 일제가 저지른 36년 동안의 식민지 착취와 6.25 한국전쟁으로 폐허가 된 잿더미 위에서도 반의 반세기 만에 '한강의 기적' 이라는 경제적 부흥을 이루어낸 국민정신을 유감없이 나타내 보여주기도 했다.

그처럼 자랑스러운 배달민족 혈류의 정기精氣는 동해물과 백두산이 마르고 닳지 않는 한, 그 한 방울, 또 한 방울의 피가 모여서 우리를 슬프게 했던 조국분단의 갈등을 해소하고 내일쯤은 세계를 향해 무궁화 삼천리 화려한 금수강산, '아 대한민국 코리아!' 를 힘차게 외치며 다시 또 세계 속에 '동방의 등불' 로 우뚝 솟을 것이라는 믿음을 갖게 해 주기에 충분했다.

그토록 강인한 배달민족의 정기精氣를 다시금 일깨워 주고 있는 여수의 금빛 물결 출렁이는 밤바다 위로 한 점의 별똥별이 길게 흐르고 있었다.

그 반짝임을 바라보고 앉아 있던 연이는 가슴 속 뭉클한 이야기를 늘상 해 오던 손버릇처럼 백지 위에 주워 담고 있었다.

이순신 장군의 숨결을 마시며

지나간 역사 속에서
오늘도 우리에게
커다란 교훈을 들려주고 있는
충무공 이순신 장군의 숨결!
그처럼 당쟁 싸움으로
한낱 밥자루에 자나지 않는
장수들과 조정 관리들의 작태에
왜구들이 노리고 쳐들어 온 곳

호남의 관문으로 여수였다니,
그토록 커다란 중책의 소임 받들어
좌수영 진남관에 갑옷 입고 걸터앉아
골몰하게 짜낸 지혜의 결단이
마침내 철갑으로 거북선을 만들어
그처럼 거침없이 떠밀고 들어온
왜적 수군 십만 대병을 상대로
둥둥, 둥~ 거북선에 북소리 울리며
통쾌하게 왜구들을 쫓아 물리치셨다는
번뜩이는 총명한 지혜의 전략이
오늘도 그 피맺힌 역사의 현장
여수 앞 바다를 지키는 수문장처럼
일신一身의 안위를 버리고
포효하던 그 기상의 용맹을
파도 소리와 함께 그 숨결소리
들려주고 있는 것만 같다.
살아 있는 정신이 나와 함께 있는
애국 애족하는 국민정신으로
올바른 신념의 주체의식이라는 듯이

　　나와 더불어 존재하고 있다는 국가관, 그 민족주체의식의 '얼'이 밀려들어온 외세에 의해 상실되어 버린 우리 국민들이라고 할 수 있다.

　　그러나 과거 고조선시대에 아시아 대륙을 주름잡았었다는 동방의 해 뜨는 나라, 우리 배달민족 국운의 천기天氣가 일본을 거쳐 다시 남쪽 바다 여수를 통과해 들어온다는 임진년壬辰年이다.

　　그 기운을 마중하는 손짓처럼 술렁이는 돌산 앞 바다에 흑룡이 용틀임을 하듯이 밤 행사의 불꽃놀이 치솟는 이순신 대교 위의 서기瑞氣를 바라보고 앉아 있는 연이는 참으로 감회가 깊었다.

어느 시대나 지배 계급의 사상은 그 나라 전체를 지배해 왔고, 또 그것이 행幸·불행不幸의 역사를 이루어 나왔다.

한때 그처럼 돌개바람 출렁이던 외세의 파도에 실려 아프게, 아프게 죽어서 우리 앞에 돌아온 그 밀어密語들이 이 숲과 저 숲에 묻혀 있는 그 은밀한 피의 역사를 바로 알고 밝혀 보라는 듯이 장군도 섬 둘레를 깜박이면서 많은 생각을 안겨주고 있었다.

"그래, 한낮에 불끈 치솟았던 햇살이 저물어 색이 바라면 역사가 되고, 어둠을 밝혀주던 달빛이 새벽 미명에 제 빛을 잃으면 신화가 된다고 하더니 자랑스럽던 우리 고조선 뿌리 역사가 신화가 되어 버린 거야."

달빛 뿌리는 바다를 하염없이 바라보며 우리 민족의 뿌리 역사를 반추해 보면서 중얼거리고 있을 때였다. 전화가 걸려 왔다. 동양천문학회 김구연 회장의 사모님이었다.

전해 주는 소식은 반갑게도 천기운행天氣運行을 살피신 회장님께서 여수를 방문하여 그 천기도수天氣度數를 마중하는 정중한 의식행사를 하신다는 것으로, 마음에 준비를 하고 있으라는 전갈이었다.

뜻밖에 놀랍고 반가운 소식에 그 어르신과의 만남의 인연因緣을 다시 생각해 보게 했다.

회장님과 교분을 맺을 수 있었던 것은 미국 남태평양대학교 정치학 박사이신 신철균 교수님의 소개로 10년 전 어느 날 만남의 자리가 이루어졌었다.

그날 첫 만남의 자리에서였다.

"은하계 선녀궁에서 옥저울을 들고 온 영감화력신이라, 영감을 받고 글을 쓰시는구만."

은하계銀河系에서 옥玉저울을 들고 왔다니, 무슨 말인가 싶어서 뜨악하게 물었다.

"……옥저울이라뇨?"

"이 세상에 와서 펼치라는 영성기운 인명부가 옥형성玉衡星이라, 공평한 하늘 저울대라고 한 거요."

"……?……"

어려서부터 독실한 기독교 집안에서 자랐고, 또 한때는 기독신앙에 남다르게 광적으로 깊이 빠져서 바깥세상과는 일체 단절을 하고 살아오기도 했었던 연이였다.

그런데 처음 들어보는 '옥형성'이라는 단어의 뜻이 도무지 생소하기만 했다. 하지만 어쨌거나 은하계銀河系 선녀궁에서 옥 저울을 들고 왔다는 말씀에는 아무튼 기분이 좋았다. 선녀라는 호칭은 기독교 성서적으로 하늘에서 이 세상에 해야 할 일의 소명召命을 받고 온 천사天使라는 의미와 동일하기 때문이다.

그로부터 회장님은 연이를 옥형성이라는 호칭으로 불렀다. 그렇게 회장님과의 첫 만남 이후 그 모임 자리에서 만나 인사를 나누게 된 분들이 오늘 우리 사회에서 나름대로 자기 영역을 굳히고 있는 저명인사들이었다. 그 중에는 줄기세포 연구박사로 국제적으로도 유명하신 그 박사님과도 가끔 자리를 함께 했었다.

그만큼 사회적으로 이름이 알려져 있는 저명인사들로부터 존경을 받고 있는 동양천문학회 회장님이셨다.

지금은 고인故人이 되셨지만 정주영 회장님께서도 김구연 회장님의 동양천문학을 인정하시었고, 그래서 이북으로 소 아흔 아홉 마리를 몰고 올라가셨던 것은 천기 도수 주파수에 맞춘 의식행사였다는 것이 그 뒷소문이었다.

그처럼 남다르게 천문학계에서 인정을 받고 계시는 회장님이 이번에는 우리나라 남쪽 여수 관문을 통해서 들어오는 국운을 맞이하는 의식행사를 정중하게 치루기 위해서 내방하신다는 사모님의 전갈이었다.

연이가 다음 날 도착하실 것이라는 일행을 맞이할 준비를 서두르고 있을 때였다. 뜻밖에 동생이 벌려 놓은 사업장 일터에 조그만 도움이라도 되어주

고 싶었던지 광주에서 내려와 잔일을 보살펴 주고 있던 언니가 뜨악한 표정
으로 물어왔다.

"누가 온다고?"

"음, 언니도 한 번 만나뵌 적이 있잖아. 그 동양천문학회 회장님께서 우리
나라 남쪽으로 들어오고 있는 천기 도수를 여수에서 맞이해 돌려야 한다고
일행 분들과 함께 내려오신다나 봐요."

"그 참, 넌 예수를 믿는다면서 어쩌다가 그런 말을……."

말끝을 흐린 언니는 그 말을 믿고 함께 움직일 것이라는 동생이 사뭇 걱
정이 된다는 그런 표정이었다.

그 마음이 짐짓 이해되는 연이였다. 가만하게 웃으면서 말했다.

"언니야, 성경에 유대 땅 나사렛 베들레헴 말구유간에서 태어나신 예수
님께 경배를 드리고 돌아간 사람들이 누구였었지?"

"그야 동방박사들이지."

"그래, 동방에서 온 박사들이라고 했어. 그 박사들이 뭐하는 사람들이길래
유대 땅에 큰 인물이 태어날 것을 알고 찾아왔을까 생각해 보지 않았어?"

"……?……."

그 물음에 대답을 못하는 것은 당연했다. 교회 목사들에게서 들어본 적도
없었고, 목사들 또한 그 동방박사들의 존재에 대해서는 신학 공부를 했어
도 듣고 배운 적이 없기 때문이다.

그것이 오늘 서구기독신학의 문제라는 듯이 연이가 웃으면서 말했다.

"성경에 동방에서 이상한 별자리 움직임을 보고 멀리 유대 땅 나사렛 동
네까지 찾아왔다는 박사들이 그 시대 하늘 천체 기운행을 살피고 연구하는
동양 천문학자들이었어. 그러니까 하늘에 전에 없이 이상하게 크게 움직이
는 그 별의 기운을 보고 유대 땅에 큰 인물이 태어날 예시적인 조짐이라고
믿고 그 서기가 머물러 있는 유대 나사렛 동네까지 찾아왔었다는 거 아니겠
어. 아무튼 그 시대에 있어서 참 대단한 사람들이지. 그처럼 천기를 살피고
연구해 온 박사들이라서 비록 말구유간에서 볼품없이 비천하게 태어난 아

기 예수였지만 몸에 큰 서기가 뻗어 있음을 보고 가지고 온 황금 몰약을 예물로 바쳐 경배를 드리고 돌아갔다는 거 아뉴. 그럼 그 동방박사들이 쓸데없는 헛짓하고 다닌 거유? 아니야. 그게 하늘로부터 그 박사들이 받고 온 소명이란 표본인 거유. 그런데 그런 하늘 섭리의 이치를 서구 신학박사들이 모르니까 그 동방박사들 존재에 대해서는 언급조차도 못하고 있는 거란 말이야. 오직 단일적인 유대민족 여호와 유일신 숭배사상만 배워 왔으니까 그럴 수밖에 없지만."

"무슨 소린지 내 원……."

"모르니까 언니 눈에는 내가 마치 마귀 사탄 놀음에 함께 히죽대고 헛짓거리 하고 다니는 사람처럼 솔직히 걱정스럽게 보인다는 거 아니겠수. 그치?"

"글쎄다. 나는 너 머릿속처럼 복잡한 것은 딱 질색이니까, 너나 잘 해 봐."

"언니가 당연히 그렇게 나올 줄 알았어. 하지만 요즘 의식이 깨인 기독신앙인들은 달라, 서양이 낳은 철인 토인비가 죽어서 다시 태어난다면 동양철학에 심취해 보겠다고 했단 말씀이야, 왜 그런 줄 알우?"

"됐다. 난 그렇게 복잡한 거 알고 싶지 않거든."

정말 듣고 싶지 않다는 듯이 언니는 고개를 살래살래 흔들었다. 하지만 들어 주거나 말거나였다.

"알고 싶지 않아도 알아야 되거든, 예수께서 뭐라고 하셨수? 하늘을 아는 것이 지식의 근본이라고 하셨잖아. 그런데 하늘의 이치를 바로 알지 못하게 장님을 만들어 놓고 있는 논리가 바로 오늘 그 서구신학 문제점이란 말씀이야."

"뭐야? 서구신학이 문제라니."

"뭐가 문제냐고? 예수님은 분명히 내 아버지는 사랑이시라고 했어. 그리고 나는 아버지 일을 행하러 왔다고 했잖아,"

"그랬지. 그런데 그게 뭐가 문제야."

"누가 그게 문제라고 그랬어. 예수님은 분명히 사랑이 많으신 하나님 아들이라고 했고, 또 그 아버지 일을 행하러 왔다고 하셨거든. 그런데 구약 성경을 읽어 봤으니까 알겠지만 나는 이스라엘 하나님 여호와로다. 그 선포를 하고 이방민족과의 경계를 분명히 하면서 보여준 그 행사가 뭔데? 이방민족과 싸움을 붙여서 떼죽음을 시킨 여호와 행사가 우주 만물을 사랑으로 창조하셨다는 예수님 아버지라고? 그 서구신학 논리가 이치적으로 앞뒤가 맞는다고 생각해?”

“어지럽다 그만해라, 나는 예수님을 믿으니까.”

“나는 언니보다 더 굳게 바르게 잘 믿고 있거든, 왜 그런지 알아? 언니는 예수님이 지칭하신 내 아버지 하나님이 여호와라고 믿고 있잖아, 그 여호와 행사가 보여준 게 뭔데? 맨날 이방민족하고 능력대결이나 시켜서 얼마나 많은 이방민족 피를 흘려 죽게 했느냐고, 그 여호와가 사랑이 많으신 하나님이고 그 아들이 예수님이라고? 그렇게 이치적으로 맞지 않는 성서해석을 하고 있는 오늘 서구신학이 문제가 있다는 거야. 내 이야기는. 여호와가 왜 그렇게 유대민족만을 보호하고 이방민족을 때려죽이게 했겠어. 그것은 지구촌 각 족속마다 창조 수호신이 다르다는 것을 분명히 증거해 주고 있는 거 아니겠어? 그런데 뭐 지구촌 오색 인종이 아담과 이브 후예로 여호와 하나님의 창조물이라고?”

목사들의 그와 같은 설교에 ‘아멘 믿습니다. 할렐루야!’ 해 왔던 지난날 그처럼 무지했던 자신의 신앙생활에 연이는 코웃음이 나왔다. 사이를 두고 다시 말했다.

“그러니까 동방에서 전에 없이 이상한 조짐의 별자리를 보고 유대 이스라엘 땅까지 찾아온 그 박사들의 존재에 대해서 신학자들이 전혀 언급조차 못하고 있는 거란 말이야. 그리고 한다는 말이 여호와 하나님을 의심하면 죄를 받는다고 무조건 믿으라고 하지만 오늘 우리가 천지분간조차 못하는 그 원시시대의 인간이야, 무조건 믿게?”

“그만해라. 머리 어지럽다. 어찌 신학박사도 아닌 게 저렇게……”

머리가 어지럽다고 흔드는 것도 무리는 아니었다. 그만큼 오랫동안 논리적이 아닌 주입식 종교 논리의 틀 속에 갇혀 믿어왔었기 때문이다.

그러나 기왕지사 말이 나온 김에 기독교 스승의 가르침, 그 본질이 무엇인가 하는 핵심만큼은 짚고 넘어가야 할 것 같았다. 듣거나 말거나였다.

"그게 신학이유? 맹탕한 물질인간 머리로 해석하는 인학이지. 예수님 족보도 바로 알지 못하는 자칭 신학박사들이 예수께서 염려하신 바로 그 눈 먼 몽학선생들이란 말이거든, 그러니까 그 가르침을 받은 신도들이 하늘 섭리를 바로 알지 못한 눈 먼 봉사들일 수밖에. 그래서 둘 다 구덩이에 빠지게 된다고 염려하셨다는 거 아니겠수? 예수께서 너희가 시대 구별을 하라고 그렇게 이르고 당부하신 말씀의 뜻이 뭔지도 모르는 그 눈 먼 몽학선생들이 그래 신학박사야?"

"그만 하래도 그러네."

"듣기 싫어도 들어야 돼. 그래야 하나님을 바로 알고 예수를 믿지, 흙으로 물질 인간을 만들어 놓고 한탄했다는 유대민족 창조수호신 여호와를 예수께서 신약복음에서 태초에 빛의 말씀으로 우주와 만물을 창조했다는 성부 하나님 신위에다가 올려놓고 믿으라니, 인류 구원이라는 성자 예수 신약복음이 유대민족 뿌리 역사 구약과 섞어 잡탕 쑥물이 되어 버린 거라. 그 쑥물을 먹고 영혼 생명을 얻는다고? 무지가 유죄가 된다고 그랬어, 그러니 교회 바닥에 엎드려 죽을 때까지도 이 죄인 용서해 달라고 빌고 앉아있지. 하지만 나는 죄인이 천국에 간다는 말 성경에서 못 읽어 봤거든."

그리고 잠시 사이를 떠오르는 성구가 있어서 다시 말했다.

"예수께서는 여호와 신으로부터 율법 십계명만 배워왔던 구약시대 이스라엘 백성들을 향해서 의인은 하나도 없다고 하셨거든. 그건 인간이 이 세상을 살아가는 데 동물과는 변별되는 사람으로서의 도리를 알게 하는 율법만을 배워 왔기 때문이야. 그래서 이제 영혼생명을 얻게 하는 하늘나라 새 계명을 가르치러 왔다고 하셨거든. 그 천법을 배워야만이 신의 성품을 이루어서 의인이 될 때에 비로소 하나님을 아버지라고 부를 수 있는 자격을 얻게 되는 것이기 때문에 형제라고 부르기를 부끄러워하지 않겠다고 하신 거야. 그런데 맨날 듣기 싫게 죄인이래."

"참말로 우리 집에 신학박사 하나 나왔네. 쿵!"

못마땅하다는 듯이 그 말을 뒤로 하고 언니는 자리에서 벌떡 일어나 버렸다. 더 이상 신앙적인 논쟁은 하고 싶지 않다는 그런 몸짓 표정이었다.

그처럼 순진하기만 한 언니의 신앙심은 충분히 이해하고도 남았다. 과거 자신의 얼굴을 거울로 보는 듯했기 때문이다.

그런 다음 날 오후였다. 천문학회 회장님 일행이 두 대의 자가용으로 여수에 도착했다. 그러니까 연이가 전혀 생각이 없었던 그 사업장을 아들이 멕시코에서 들어온 때문이기도 했지만, 어떤 낮도깨비 귀신에 홀린 듯 인수하는 바람에 일 년만에 다시 만나보는 반가운 해후였다.

연이는 그동안 자신의 신변에 있었던 일들을 대충 간략하게 이야기로 나누고 일행과 함께 움직였다. 행사의 목적지는 부두에서 약 30분 정도 배를 타고 들어가는 금죽도金竹島라고 했다.

예정된 시간에 배를 타야 하는 일행은 그 시간에 맞추어 서울에서 비행기를 타고 도착하실 것이라는 정 박사님을 기다리고 있었다.

세계 최고의 핵융합 물리학 박사로 익히 그 명성이 알려져 있는 분이었다. 박사님은 그 일정이 바쁘신 중에도 불구하고 회장님의 행사에 참석하기 위해 잠시 후 모습을 나타냈다.

천체天體의 기운행을 살피신 회장님께서 보신 정 박사님의 영성靈性 인명부人名簿는 해명성海明星이라고 했다. 세상을 밝게 하는 기운을 하늘로부터 소명召命으로 받고 와서 펼친다는 뜻이다.

뜻밖에도 세계적으로 명성을 떨치는 정 박사님과 첫 인사를 나누게 되면서 감동을 받은 것은 열심히 기독생활을 하고 계신다는 교회 장로님이라는 것이었다.

그야말로 맹목적인 신도들과는 달리 우주 의식으로 열려 있다는 사실이 더욱 존경스럽기까지 했다.

일행은 함께 배를 타고 마치 무인도처럼 느껴지는 금죽도에 당도했다. 아름다운 금죽도의 풍광에 '우와!' 하는 탄성의 소리가 저절로 새어나왔다.

회장님께서는 준비된 산 오름 의식행사를 끝으로, 해명성海明星 정 박사님이 우물에서 해인海印이라고 새겨진 나무 도장을 건져 올리게 했다.

그리고 그 도장을 받아 저울에 달아 올리는 일이 뜻밖에도 옥형성玉衡星이 해야 하는 일이라는 말씀에 연이는 그대로 따랐다. 천문학회 회장님을 주축으로 한 일행이 금죽도에서 행사를 마쳤을 때였다.

"금생여수金生麗水라, 금죽도에서 기운을 돌렸으니 이제 다음 행사는 구례로 넘어가는 거요. 옥형성은 내 이 말의 뜻이 무슨 말인지 알겠소?"

회장님께서 연이를 돌아보며 하시는 말씀이었다.

"다음 차례가 구례라고 하셨습니까?"

"그렇소, 지리산 화엄의 운기가 그 다음 기운을 펴는 도수라."

순간 연이는 혁명정부시절 청와대를 출입했었다는 그 도인이 하던 말이 다시 떠올랐다.

"여수에서 엑스포가 왜 열리는지 아쇼? 우주 만물이 음양의 이치여서 서양에서 발전시켜 나온 물질문명이 일찍이 정신문명을 발전시켜 나온 우리 동방 한국으로 들어오는데 그 관문이 여수라, 세계를 향해서 북소리를 둥~둥 하고 울리게 되어 있는 거요."

"아, 그래서……."

연이는 회장님께서 핵융합 물리학 박사님으로 하여 그 해인海印 도장을 건져 올리게 했던 이유가 무엇인지 그 뜻이 조금은 알아갈 것만 같았다.

그것은 서양 물질과학 문명과 동양의 정신문명이 합일을 이루게 된다는 그 천기 도수의 상징성을 나타낸 것이라고 할 수 있었다.

연이는 문득 기독교 성서가 천지개벽이 있을 말법시대末法時代에 이 땅에서 이루어질 일들을 예언해 놓은 요한 계시록이 머리에 떠올랐다.

오늘 지구촌에서 일어나는 기상이변의 현상은 현자들이 예언한 천지개벽이 가까이 오고 있다는 그 경보 울림으로, 예수께서도 그 징조를 보고 깨달으라고 하셨던 그 천기운행 변화의 상황들을 《요한 계시록》에 담아두고 있기 때문이다.

하나님 섭리의 천지공사天地工事가 이 땅에서 마무리된다는 것이 천지개벽이다. 그 도수가 이를 때에 큰 지진이 나며 해가 총담같이 검어지고 온 달이 피같이 되며, 또 하늘의 별들이 무화과나무가 태풍에 흔들려선 과실이 떨어지는 것같이 땅에 떨어지며 하늘은 종이 축이 말리우는 것같이 떠나가고 각 산과 섬이 제 자리에서 옮겨질 것이라고 했다.

지구에 그러한 조짐의 징조가 있고 난 후에 하나님이 택하신 백성들이 하나님 말씀의 도장, 그 인印을 가지고 세계로 나가게 됨을 '요한 계시록 7장'에 기록해 두고 있는 것이었다.

그 기록에서 살아계신 하나님의 인印을 가지고 세계로 나가는 사람을 천사라고 묘사하고 있으며, 그 천사가 '해 돋는 데'로부터 올라와서 땅과 바다를 해롭게 할 권세를 얻은 네 천사를 향해 큰 소리로 외쳐 말하기를 '우리가 우리 하나님의 종들 이마에 인치기까지 땅이나 바다나 나무나 해하지 말라' 그것이었다.

그와 같은 예언의 기록에서 분명히 밝히고 있는 것이 하나님 말씀을 상징하는 인이 동방으로부터 올라온다는 것이며, 흰옷을 입은 무리가 그 말씀을 세계에 전파하게 된다는 것이다.

그러한 하나님의 섭리가 이 땅에서 이루어진다는 말세末世에 우리나라가 세계의 스승국으로 나가게 됨을 인도의 시성 타고르도 예언한 바 있다.

그런데 세계적인 예언서 기독교 요한 계시록에서 장로 중에 한 사람이 '흰 옷을 입은 자들이 누구며 또 어디서 왔느냐' 고 물었을 때, 천사가 말하기를 '큰 환란에서 나오는 자들' 이라고 대답해 주고 있다.

그리고 이어서 말해 주기를 보좌에 앉으신 이가 그들 위에 장막을 치고 함께 계시면서 환란과 고난을 당한 그들의 눈물을 닦아내 주시기 때문에 저희가 다시 주리지도 아니 하고 해나 아무 뜨거운 기운에 상하지 아니 할 것이라고 했다.

그처럼 하나님의 장막 지상천국이 이 땅에서 이루어진다는 축복 받은 땅이 아침 해가 돋는 동방의 나라, 대한민국으로 인도의 영적 시성詩聖 타고르가 '어서 깨어나소서!' 한 것이 바로 그러한 뜻을 내포하고 있었음을 다시 느끼게 해 주고 있었다.

그와 같은 예언의 뜻을 담아두고 있는 기록은 불교 역시도 마찬가지였다. 불교의 교조이신 석가 부처께서 말법시대未法時代에 이 땅에 충만한 법의 왕 미륵용화세계彌勒龍華世界가 펼쳐지게 될 것이라고 했다.

그 기록이 미륵상생경彌勒上生經과 하생경下生經, 그리고 화엄경華嚴經으로, 불교佛敎가 국교國敎처럼 되어 있었던 신라시대 선덕여왕이 그 화엄경의 예언을 토대로 사찰寺刹을 지어 놓은 것이 지리산 화엄사華嚴寺라고 했다.

그런데 놀랍게도 천문학회 김구연 회장님 역시도 그 기운이 구례에서 펼쳐지게 될 것이라니 연이는 눈이 번쩍하고 크게 떠졌다. 고향이 구례였기 때문이기도 했지만 청와대를 출입했었다는 그 도사 역시도 그와 같은 이야기를 했었기 때문이다.

천문학회 회장님께서 다음 행사를 지리산에서 하게 된다는 말씀의 뜻이 알아질 것 같았다. 천지합일天地合一 기운이 이 땅에서 이루어지는 도수이기 때문에 서양이 발전시켜 나온 물질문명과 그보다 앞서 일찍이 동양의 정신문명을 꽃피웠던 양대兩大 음양기운이 하나로 합쳐지는 것이 기독교 성서적으로 말하는 처음과 끝이라는 알파와 오메가의 하나님 천지공사가 마무리되는 성공시대라고 했다.

그러한 천기도수의 운기를 맞이해 돌려야 한다는 회장님의 움직임이었다. 그렇기 때문에 그 행사에서 세계적인 핵융합 물리학 박사님이신 해명성海明星으로 하여 그 해인海印 도장을 우물에서 건져 올리게 하셨구나, 하는 생각이 새삼 머리를 끄덕이게 했다.

그리고 거기에 또한 중요한 역할이 오늘 지구촌에 대립적인 종교 문서를 공정하게 바로 정리해야 하는 사명이 바로 옥형성玉衡星 자신에게 있음을 그 행사를 통해 다시 또 크게 느끼게 해 주었다.

하지만 그와 같은 이야기를 청와대를 자유롭게 출입했었다는 그 이 대감이라는 도인으로부터 처음 들었을 때는 전혀 받아들이지 못했었던 것이 사실이다.

그런데 30년이 지난 오늘에 이르러서야 그러한 하늘 섭리의 천기운행天氣運行의 도수를 그렇게라도 조금은 이해할 수가 있게 되면서 만남의 인연법을 다시 생각해 보고 있었다.

지난날 만났던 그 도인의 말에 의하면 하늘 사명을 받고 이 땅에 온 일꾼들이 지금 각자의 위치에서 그 일을 하기 위한 준비를 그 나름대로 하고 있다고 했다. 그리고 그때가 이르면 그물이 한판으로 짜지는 것처럼 모이게 된다는 말을 동양천문학회 김구연 회장님과 그 천기운행의 행사를 끝내고 돌아 나오면서 다시 또 상기시켜 보게 했다.

하늘에서 그 일을 준비하기 위해 이 땅에 보내진 조화신명造化神命들에 의해 하늘나라 복된 소식을 세계로 울려 퍼지게 하는 성전이 이 땅에 건설된다는 것이며, 그 준비함이 신부가 신랑을 맞이하는 것처럼 새롭게 단장될 것이라고 한 예언의 말씀을 기독교 성서 '요한 계시록' 에도 분명히 담아두고 있기 때문이다.

운명의 회로

소우주라는 인간은 참으로 신묘한 물건으로 대자연과 고리를 잇고 있는 존재라고 했다. 오늘도 우주는 생멸변화를 거듭하고 있고, 소우주라는 인간 역시도 우주의 파동 속에서 일생의 경영을 끝마치고 밤하늘에 사라지는 별똥별처럼 생멸변화를 거듭하고 있다. 그처럼 대우주와 고리를 잇고 있다는 인간 생명체는 동물과는 달리 무한의 세계라는 영원성의 빛이 자성自性으로 속사람 영혼 생명의 불씨임을 깨닫게 될 때, 비로소 자기 내부의 신성神性을 회복한 완성체로 탈겁된다고 했다.

공자 성현께서도 그와 같은 맥락에서 체성복귀體性復歸라, 인간 육체는 생로병사로 소멸되는 에너지체지만 영혼의 초월적 각성으로 생명의 우주 순환에너지 그 파장기운이 육체에 연결되어 있다는 말씀이다.

그와 같은 섭리를 깨닫고 각성하게 되면 신성神性을 이루게 되고, 마침내 현상세계와는 무관하게 본체로 회귀回歸하여 지향하게 된다는 것이다.

그러한 천도의 섭리가 도가道家에서 말하는 신선세계神仙世界며, 기독교에서 말하는 지상천국地上天國, 불가佛家에서 말하는 미륵용화세계彌勒龍華世界로 용어상으로만 다를 뿐이다.

그 가르침이 시대와 나라를 달리하고 동서東西로 오고간 성현들의 말씀이다. 그래서 예수께서는 '물질은 일만 악惡의 뿌리라고 하시며', 세상 부귀영화를 쫓는 부자가 천국天國 들어가기가 낙타가 바늘구멍으로 들어가는 것보다도 더 어렵다고 하시었고, '심령이 가난한 자는 복이 있나니' 하고 말씀하셨던 것이다.

그처럼 이 세상에 출현하여 우주 섭리의 이치를 가르쳐 주신 성현들의 말씀의 뜻이 이제야 새삼스럽게 하나님 은혜의 선물처럼 감사함으로 받아들여지고 있는 연이였다. 이제 저물어가는 황혼 노을빛을 머리에 이고 앉아 살아온 지난날들을 돌이켜 보면 지나간 한때 그처럼 헛된 세상의 부귀영화를 추구하던 시절이 있었다.

그러나 하나님이 택한 백성은 부모가 사랑하는 자식을 깨우치기 위해 회초리를 드는 것이나 마찬가지로 아픔을 겪게 한다는 것이기에 예수께서는 범사에 감사하라고 하셨고, 공자께서도 하늘이 큰 사람을 만들기 위해서는 뼈를 깎는 고통을 준다고 하시었다.

성현들의 그 말씀을 다시 상기시켜 보고 있는 연이였다. 지난날 그처럼 헛된 그림자 세상의 물질을 얻고자 지향하는 기만의 눈을 어떤 계기를 통해 돌리게 해 주셨기 때문이다.

오늘 글을 쓴다는 작가의 모습으로 연이를 변신시켜 준 계기는 1982년도 전국적으로 크게 물의를 일으켰던 장영자 사건이 일어나면서였다. 그 사건의 영향은 우리나라 경제가 휘청할 정도로 은행뿐 아니라 지하자금까지도 마비시켰을 정도였다.

그 때의 경제 혼란으로 연이는 이제 막 근사하게 출발했던 사업이 부도나고 말았다. 그로부터 가정이라는 둥지에 먹장구름이 몰고 오는 거센 태풍에 마침내 세상이라는 파도 속으로 침몰하는 그런 몰골이고 말았다.

차라리 죽음을 손짓하던 그때 남편이 비아냥거리듯이 이죽거리며 하던 말이었다.

"흥! 꼴좋다. 선무당이 사람 잡는다고 똑똑할라믄 제대로 똑똑하든가, 쿵! 당신 좋아하는 오빠하고 벌린 사업이니 그 오빠하고 잘해 보라고, 나한테 언제 의논이나 한 마디 하고 시작했어?! 사고치고 손 내밀게?"

그처럼 이죽거리는 남편의 말에 연이도 가만 있지 않고 맞대응을 했었다.

"뭐요? 부부가 뭔데. 어려울 때 서로 우산이 돼주는 관계야. 그런 당신은 나하고 의논하고 그때 그 사고를 쳤어? 그리고 지금 그 직장 누구 땜에 앉아 있는 건데, 그 은혜도 모르는 인간이 사람이야? 짐승이지."

연이의 남편은 반미 반관으로 미8군에 근무하고 있었다. 그 당시는 우리 나라에 수입코너가 없었던 시절이었다. 남편의 퇴근시간을 기다리는 뒷거 래 상인들이 줄을 섰고 다투어 모서가는 자리는 언제나 유흥업소였으며, 뿐만 아니라 외제 물품을 선호하는 화사한 여인네들이 가정 주부할 것 없이 언제나 남편의 주위를 맴돌았다.

한국 속의 미국, 그럴 듯한 직장에 낭창하게 들어오는 뒷거래 수입에다가 그 인물까지도 받쳐주고 있는 남편이었다. 그렇게 삼박자가 잘 맞아 떨어지 는 꽃밭놀이는 어느 재벌도 그렇게 화사하게 살지 못했을 정도로 통금시간 마저도 제한을 받지 않았다.

그러한 생활환경에 남편의 생활은 바람, 또 그 바람으로 언제나 분노와 실망만을 안겨 주고 있었기 때문에 남편과 의논 없이 노후대책으로 벌렸던 사업이었다.

그 모든 것이 인연법에 의한 것이라고 하는 것인지 사업의 시작은 그랬 다. 노후대책으로 신촌 로터리에 고풍적인 한옥을 사들여 월세를 받고 있었 고, 이제 막 개발 도상에 있는 잠실 아파트 상가를 매입해 두고, 점차로 서 울 근교에 부동산을 하나 둘씩 남편 모르게 늘려가고 있을 때였다.

큰오빠가 서울시청 직원으로 있을 때에 함께 근무했었다는 친구 분과 함 께 동생 집을 찾아왔다. 고향이 같은 구례였기 때문에 지금도 남다른 사이 로 지내고 있다고 했다. 그 이름이 박창권으로 박 대통령 시절 서울시청의 막강한 위치에 근무하고 있었던 전국 국토개발 국장이었다. 그 인연이 어쩌 면 운명의 회로를 바꾸어 놓게 되었던 것인지도 모른다. 당시 연이는 반포 42평 아파트단지 내에서 '깃발' 처럼 생활하고 있을 때였다.

큰 딸 아이가 다니는 반포 유치원과 미8군 안에 있는 외국인 유치원과 자매로 결연을 맺도록 다리를 놓고, 반포 유치원생들에게 한국 속의 미국을 관람시키면서 그 자모들과 벌리는 입 잔치는 연이의 유일한 즐거움이기도 했었다.

물질이 왕노릇한다는 세상이다. 그처럼 경제적으로 어려움이 없었던 생활에 아파트 단지 안에 살고 있는 엄마들에게 마치 은행이나 마찬가지 역할을 하고 있었던 것이 그 문제였다. 잠깐 돈을 빌려 쓰고 갚겠다던 한 자모가 남편의 사업 부도로 그 부채를 갚지 못하고 형편상 한국을 떠나 미국으로 가게 됐다면서 안겨주고 간 땅이 제주도 임야 5800평이었다.

그 임야가 제주도 어디쯤에 위치해 있는 것인지 그 풍광도 알아볼 겸 남편과 가까이 지내고 있는 동창 내외와 어느 봄날 제주도를 여행했었다.

그때 제주도의 풍광에 매료당한 연이였다. 그런데 오빠의 친구가 국토개발 국장이라니, 제주도 전망에 대해서 물어볼 수밖에 없었다. 그때 대답이 그랬다.

"동생, 제주도가 앞으로 국제항으로 전망이 좋은 곳이니까 어디든지 상관은 없네. 하지만 투자를 하려거든 지금 서귀포에 칼 호텔 기초 작업을 하고 있거든. 그 주위를 매입하면 전망이 있을 것이야. 지금은 녹지구이지만 넉 달 후에는 관광호텔지구로 바뀌니까."

귀가 번쩍했다. 그래서 서둘러 내려갔다. 그리고 그 주위에 땅을 물색해 보았지만 이미 그 이름도 유명한 문선명 씨와 워커힐 전낙원 씨 등이 매입해 버리고 없었다.

그래서 혹시나 하고 부동산에 부탁을 해두고 올라온 그 얼마 후였다. 관광호텔지구로 은밀하게 내정되어 있다는 녹지구 안에 개인 소유 1500평이 나왔다는 부동산 소개업자의 말은 그 땅 주인이 놀음을 하다가 내놓게 된 것이라고 했다.

현장 답사도 없이 먼저 통장을 털어 계약금을 내려 보냈고 매입해 두었던 부동산들을 급하게 처분해서 호텔부지뿐 아니라, 서귀포 한남리 중산간 농장부지 육만 평을 매입했었다.

그리고 호텔설계에 들어갔다. 그 호텔설계를 도맡아 주신 분이 우리나라 해군제독으로 지목받고 승승장구하던 황의성 장군이었다. 그 분의 고향이 구례로 어려서부터 두뇌가 명석했다는 것이 아버지의 말이었고, 그래서 시골에서 올라와 젊은이들이 선망하는 경기고등학교를 졸업하고, 해군사관학교를 수석으로 나오신 분이었다.

그의 강인한 성격은 해군에 입대하여 대령으로 오르기까지는 결혼을 하지 않겠다는 참으로 남다르게 못 말리는 고집이었다. 그런 황 대령에게 연이가 결혼을 하고 난 후, 당시 28세로 직장에 다니고 있던 친구를 중매하려고 했었다. 하지만 그는 고개를 흔들었다. 그런데 얼마가 지난 후 황 대령이 결혼을 선포했다.

그 신부는 당시 우리나라 재벌로 다섯째 손가락 안에 뽑히는 동원탄좌 회장님의 둘째 딸로 서울 음대를 졸업한 여성이었다. 그래서 연령 차이는 다소 있었지만 잘 어울리는 부부였다.

결혼 후 드디어 해군 준장으로 진급했다. 대한민국 해군 제독감으로 황 장군만큼 지목받는 사람이 있을 수 없었다. 그가 갖춘 능력과 인격도 그랬지만, 그 뒤에 처갓집의 막강한 재력 또한 무시할 수가 없었기 때문이다.

그런데 참으로 묘한 인연이였다. 황 장군이 소장으로 진급하고 연이가 살고 있는 반포 아파트 같은 동 1층으로 이사를 왔다. 그렇게 다시 만난 인연으로, 두 집 식구들은 3층과 1층을 오르내리면서 마치 한 가족처럼 지냈다.

하지만 '인간사人間事 새옹지마塞翁之馬'라고 하던가.

어느 날 해군 군수참모 자리에 올라있던 그에게 날벼락이 떨어졌다. 그 사건이 바로 '골프채 사건'이었다. 청렴결백하기로 그 이름이 익히 소문 나 있는 황 장군은 더구나 그 처갓집이 소문난 재벌이었던 만큼 사소한 그런 뇌물에 현혹될 인물이 아니었다.

그 골프채 사건은 당시 호남과 경상도를 가르는 지역적인 풍토에서 만들어진 의도적인 사건이라고 할 수 있었다. 해군 제독감으로 황 장군을 능가 할 사람이 없었기 때문이다.

사건은 그의 처갓집 소유의 로열 골프장에서 일어났다. 캐디가 황 장군 골프채를 다른 고객 자동차에 잘못 실어 분실하게 한 것이 의도된 작전계획이었기 때문에 그 입소문에 여기 저기서 골프채를 다투어 선물로 인사를 해 왔다. 그처럼 밀려 들어오는 골프채를 어떻게 처리할 것인가?

그야말로 세상 풍파 모르고 곱게만 살아온 마누라였다. 들어온 골프채를 밖으로 내다 팔았고, 그 돈을 다니던 교회에 몽땅 헌납해 버렸었다.

그런데 그것이 뇌물을 먹었다는 사건의 빌미가 된 것이다. 마치 기다렸다는 듯이 황 장군 마누라는 동빙고에 연행되어 조사를 받았고, 황 장군은 골프채를 뇌물로 먹었다는 혐의로 위로부터 묘한 협의가 들어왔다. 스스로 자진 퇴역을 하게 되면 없던 일로 하겠다는 협의 제안이었다. 그리고 그 제안을 받아들이면 미국에 가서 살 수 있게끔 보장해 주겠다는 것이었다.

하지만 대쪽과도 같은 황 장군의 고집이었다. 그 제의를 받아들일 성격이 절대로 아니었다. 그 제안을 받아들이지 않고 그것은 뇌물에 속할 수가 없는 일이라며 그 진상을 가리겠다고 버티었다. 그 사이에 박 대통령 시해사건이 불거지면서 황 장군은 스스로 자진 퇴역을 하고 물러 나왔다.

그런 황 장군에게 민주당의 깃발이던 김대중 씨가 손짓을 해 왔다. 마침내 황 장군은 그 제의를 받아들였고, 그래서 민주당 공천을 받아 구례지역 국회의원에 출마 당선되었다.

하지만 그 다음 국회의원 선거에서 민주당 공천의 약속이 있었음에도 불구하고 정치에 환멸을 느낀다며 손을 흔들어 버리고 '동원건설'이라는 회사를 설립했다.

그래서 연이는 제주도 호텔 설계를 부탁했었고, 공사 또한 그 회사에 맡길 생각이었다. 그런데 그 사업 계획이 장영자 사건으로 부도를 맞고 무산되고 말았던 것이다.

그 당시 연이는 황 장군 마누라가 권면 인도한 교회를 함께 다니고 있었기 때문에 그 교우들과 함께 교회 주동 목사님과 장로님 몇 분을 모시고 제주도 그 호텔부지에서 근사하게 축복기도까지도 마쳤었다. 그런데 그처럼 경제 혼란을 일으켰던 장영자 사건으로 회사가 부도를 맞게 된 것이었다.

그때 그 교회에 대한 실망이란 이루 말할 수가 없었다. 연이가 마치 세상을 향해 헛된 욕심을 부리다가 부도를 맞은 것처럼 그렇게 대했다. 그러니까 그런 세기적인 사업에 투자할 돈이 그처럼 많았으면 교회 사업을 위해 좀 더 헌금을 했으면…, 하는 그런 눈빛들이었다.

그야말로 세상의 부富를 좇다가 시험에 들게 된 신도信徒란 듯이 웃음 없이 바라보는 눈빛들이 위로의 말조차도 인색한 데에는 참으로 실망을 느끼게 해 주었다.

사실 연이가 한때 광적인 기독신앙 집단에서 회의를 느끼고 나와 '신은 죽었다' 라는 니체의 말을 지껄이며 다시는 그와 같은 신앙생활에는 고개를 돌리려고 하지 않았었다.

그러나 그것이 운명이었던 것인지 남편의 출렁이는 바람기에 분노와 배신으로 잠을 이루지 못해 수면제를 습관처럼 복용했었다. 그렇게 곤두선 신경은 음식을 소화하지 못했고, 마침내 식음을 전폐하게 되면서 미8군에 들어가 소화기능을 검사했다.

그때 의사가 하는 말이었다.

"환경을 좀 바꿔보시는 게 좋을 것 같습니다. 위 신경이 보통 사람보다 예민해서 그런 것이지 다른 이상은 없습니다."

신경이 예민해서 음식을 소화해 내지 못하는 것이라면서 환경을 바꿔보라니, 서방님을 바꾸기 전에는 불가능한 일이었다.

그렇다고 세상 모르고 자라는 아이들에게 상처를 안겨주면서까지 남편과 갈라설 수도 없는 일이었다. 차라리 그대로 죽을 날만을 기다리면서 매일 서랍을 정리정돈하면서 그 죽음에 대한 준비를 조용히 하고 있을 때였다.

황 장군 부인이 염려가 된다는 듯이 3층으로 올라와 들여다보면서 위로와 함께 신앙을 가져보라는 권면을 하면서 하는 말이었다.

"나도 한 집에서 얼굴을 마주 대하는 시어머니가 어떻게나 싫은지 여름
에도 벌벌 떨립디다. 그런데 예수를 믿고부터 그 증세가 없어졌지 뭐예요.
나랑 우리 교회에 나갑시다."

그러나 연이는 그 권면에 처음에는 고개를 흔들었다. 그리고 당신이 하나
님을 알면 나보다 얼마나 더 많이 아느냐는 듯이 잘라 말했다.

"당신이나 열심히 잘 믿어서 위로 받고 살어. 난 어려서부터 남들보다 더
잘 믿어 보려고 아예 보따리 싸들고 광신도 집단으로 들어가서 세상은 아예
안 보려고 담쌓고 생활한 적도 있었거든. 그런데 어쩌다가 그곳 생활에 회
의를 느끼게 되어가지고 나와서 저 원수 같은 사람을 만났지만……. 이제
세상에서 볼것 안 볼것 다 보고 살다 보니까 세상을 산다는 게 별게 아니더
라고, 불지옥이지 쿵!"

"그러니까 예수님 말씀으로 천국을 이 땅에서 이루라고 하셨잖아요. 그
성경 구절 읽어 드릴게요."

황 장군 부인은 손에 들고 온 성경을 뒤척거렸다.

"됐어. 난 이제 그 성경만 봐도 지난날이 후회스러워지거든. 몇십 번을 읽
었는지 알아? 그게 내 생활의 전부였으니까, 하지만 이제는 염증을 느껴. 그
래서 차라리 조용히 눈 감고 갔으면 좋겠어."

그렇게 믿어 보았지만 별 볼일 없더라는 듯이 고개를 돌려버렸다. 황 장
군 부인은 그 얼마 전까지만 해도 불교를 신봉해 왔었다. 그 어머니가 재력
이 있었기 때문이기도 하겠지만 어떻든 전국불교신도협회 여성회장직을
맡고 있을 정도로 독실한 불교집안이었다.

그런데 그 당시 한미연합사 이민영 장군 부인의 전도를 받고 불교에서 기
독교로 전향을 했고, 그로부터 마음에 많은 위로를 받고 있다면서 함께 가
기를 권면해 오곤 했다. 하지만 거기에는 무반응으로 대화의 분위기를 바꿔
버리곤 했었다.

그런 어느 날이었다. 황 장군 부인이 한미연합사 이민영 장군 부인과 함
께 아파트를 방문했다. 그 이 장군 부인이 황 장군 부인이 다니는 교회에서

전도사 책무를 맡고 있다는 것을 다음에 알게 되었다.

현실적으로 볼 때는 무엇 하나도 부족할 것이 없는 고귀한 안방 사모님들이었다. 애써 찾아와 준 그 성의를 고맙게 생각하고 집에서 입은 옷차림 그대로 따라나섰다.

그 당시 그들이 다니는 교회는 서울 시내에 아직 성전 건축이 되어 있지 않은 상태에서 기독 정통파에서 이단으로 매도를 당하고 있다고 했다. 하지만 기존의 교회와는 다르게 하나님 은혜의 말씀이 충만하다는 것이 그 전도사님의 말이기도 했다.

그때의 심정은 그 교회에서 그들처럼 말씀의 은혜를 받고 기쁨으로 세상을 살아갈 수만 있다면…, 하는 마음도 없지 않았다.

그래서 기독정통파에서 갈라져 나온 이단 아니라 삼단이라고 해도 위로를 받을 수만 있다면 좋을 것 같았다. 하지만 자신은 이제 다시 그런 종교적인 믿음신앙에는 쉽게 빠져들지 못할 것이라고 생각했었다. 활활 불타오르던 장작불이 한 번 꺼지면 쉽게 불이 붙지 않는 것이나 마찬가지이기 때문이다.

안내를 받고 따라 들어간 곳은 교회라고 할 수 없는 모임장소로 홍은동에 위치해 있는 가정집이었다.

그 교회 본부는 전북 김제에 있었고, 서울에는 아직 그 모임 장소가 없었던 관계로 신도의 개인집을 그 모임 장소로 활용하고 있다고 했다.

그러나 그 날 방문을 해 준 고마움에 인사차 따라 들어갔던 그 첫걸음이 그처럼 암울하게 죽음을 손짓하던 생활에서 위로를 받게 해 주는 계기가 되었다.

황 장군 부인을 통해서 말로만 들어왔던 그 교주(?) 할머니는 육십이 될까 말까 해 보였다. 그런 할머니가 다니던 기독교에서 분파되어 이제 막 새로운 한 파를 열어가고 있었다. 그러니까 열심히 기도생활만을 해 왔었다는 그 할머니는 어느 날부터 놀라운 신유의 은사를 받게 되면서 또 다른 한 파를 만들어 열어가고 있었을 때였다.

예배를 보고 있던 중간에 들어갔었던 만큼 눈인사만을 간단하게 하고 한쪽에 자리를 잡고 앉았었다. 그런데 뜻밖에도 장로님이라고 부르는 그 교주 할머니가 연이의 가슴을 뭉클하게 해 주는 찬송을 부르기 시작했다. 거기에 모두 합창을 했다.

'~슬픈 마음 있는 사람~ 예수 이름 믿으면~ 영원토록 변함없는 기쁜 마음 얻겠네~.'

얼마만에 다시 불러보는 그 찬송이었던가.

눈물이 울컥 쏟아져 나왔다. 손등으로 두 눈에 흐르는 눈물을 닦아내가며 찬송이 끝났을 때였다. 다시 이어지는 찬송이 그만 펑펑 울음을 쏟아내게 하고 말았다.

'~천부여 의지 없어서 손들고 옵니다. 주 나를 박대하시면 나 어디 가오리까~.'

찬송이 끝났을 때였다. 언제 옆으로 다가왔는지 교주 할머니가 울음을 쏟아내고 있는 연이의 머리 위에 손을 얹고 기도를 하기 시작했다. 그런데 이게 웬 말인가?

"사랑하는 딸아! 남편 밑으로 들어가서 사랑을 이루거라. 원수를 용서하는 예수님 사랑을 보이는 것이 네가 이 세상에 와서 해야 할 일이니라."

그야말로 원수 같은 남편을 십자가 위에서 피를 흘려가면서까지 그 원수들을 용서했던 하나님의 사랑으로 용서하고 또 용서하라는 하나님의 음성으로 들려왔다. 그날 받은 감동은 마침내 그 말씀에 순종해야겠다고 다짐하기에 이르렀다.

'그래. 내 것이 어디에 있어. 자기 몸 가지고 저 좋을 대로 꽃밭놀이를 하든 말든 상관하지 말자.'

그로부터 신앙생활에 다시 불이 붙기 시작했다. 시간만 있으면 미8군에서 나오는 진귀품을 한 아름씩 싸들고 그 모임 장소를 향해 달려가곤 했다.

그렇게 믿음 생활을 다시 시작하면서부터 연이는 서서히 그 우울증에서 풀려나게 되면서 점차로 건강을 회복해 가고 있었다. 그러나 여전히 고통스럽게 해 주는 것은 부부 침실에서였다. 그의 취미는 잠자리에서조차도 미8군에서 일주일에 한 번씩 나오는 원색의 남녀 나체사진집『플레이보이』잡지를 영어로 읽고 해석해 주면서 그 몸짓을 즐거움으로 삼았다. 그런 부부행위는 마치 짐승들이나 하는 몸짓처럼 환멸마저 느껴지게 했다.

그런 분위기를 싫어하는 연이를 보고 어느 날 남편은 못마땅하다는 듯이 말했다.

"천국이 별건지 알아? 남녀 섹스가 바로 유토피아고 파라다이스야, 흥!"

그리고 거기에다가 덧붙여서 하는 말이었다.

"당신이란 사람은 말이야. 저 강원도 산골에 들어가서 이슬이나 받아 처먹고 살년 딱 맞을 사람이야. 쳇!"

거기에는 할 말이 없었다. 그것을 보고 동상이몽同床異夢이라고 하던가.

연이의 부부생활이 그랬다. 실망만을 안겨주는 남편 밑으로 들어가서 최대한 그 비위를 맞춰 주려고 노력했지만, 더없이 불결하고 혐오스럽게만 느껴져 왔다. 심지어는 그런 남편의 호흡을 마시는 것조차도 견딜 수 없는 고통으로 고개를 돌리고 '오, 주여!' 소리가 저절로 튀어나갔다. 그러한 고통을 언제까지 참고 견디며 살아야 한단 말인가?

그래서 고민하고 생각한 것이 '늙어서 힘 떨어졌을 때 보자!' 하고 노후대책으로 제주도에 투자했었던 그 사업계획이었다.

그 당시 연이의 작은 오빠는 오양수산 호주 특파원으로 해외근무 중이었다. 그 오빠에게 국제전화를 걸어 노후에 함께 살자고 징징거렸다.

"오빠! 내가 우리 노후대책 근사하게 마련해서 호텔설계까지 끝마쳤어. 최 서방은 일체 모르고 있거든, 그러니 들어와서 오빠가 맡아 관리해 달란 말이야. 늙어서 나는 바닷가에 앉아서 시나 쓸 테니까."

어려서부터 남달리 두뇌가 명석했던 오빠였다. 줄곧 학교 우등생으로 이승만 정권 때 전라남도 우남 장학생으로 뽑혀 집안의 자랑이기도 했었다.

그런 오빠를 아버지는 당신이 못다 이룬 원양어업의 후계자로 타고난 성품의 소질과는 전혀 다른 부산수산대학 어로과를 지망하게 했었다. 그 길이 아버지가 평생을 바라고 지향하셨던 꿈이었기 때문이다.

일제시대에 첩첩 산골 구례에서 여수수산전문학교를 졸업하신 아버지는 일제가 패망해서 쫓겨 가기 직전 그들의 어업 전진기지였던 고흥 나로도어업조합 이사로 재직하고 계셨다.

그런 관계로 쫓겨 가는 일인 선박 일곱 척을 인수할 수 있게 되면서 본사는 광주에, 그리고 지사를 여수에 두고 전남수산개발주식회사를 설립했었다. 우리나라 최초의 원양어업의 선구자인 셈이었다. 그래서 장남인 큰오빠조차도 여수수산고등학교를 다녔었고, 그 학교 후원회장직을 맡고 계셨던 아버지였다.

그러나 그처럼 원대했었던 아버지의 꿈은 해방공간에서 일어났던 여순민중봉기에 뒤이어 6.25한국전쟁이 일어나면서 어선 모두를 부산항에 정착할 수밖에 없게 되었다.

그 당시 우리나라에는 무전기가 달린 배가 없었던 관계로 아버지 회사의 모선을 정부공작부대 김창룡 대장이 활용하게 되면서 아버지의 부탁으로 장남 큰오빠는 우리나라 초대 루트사령관의 경호원으로 들어갈 수 있는 특혜를 입을 수 있었다.

그러나 해상조업을 할 수 없었던 당시의 상황에서 선박관리 유지비에 노심초사를 해야 했었던 아버지였다. 어쩔 수 없이 고향의 농토를 제값도 받지 못하고 싸게 팔아 그 뒷감당을 하기에 급급했었다.

그처럼 불운했던 시대상황에서 서울이 수복되고 38선을 중심으로 휴전협정이 이루어진 후, 아버지의 경비정 모선은 38선 근해에서 포격을 당해 침몰했고, 설상가상으로 천재지변의 사라호 태풍으로 여수항에 정박 중이던 여섯 척의 선박 모두가 떠내려가 버렸다.

그렇게 해서 아버지가 못다 이루셨던 원대한 꿈을 그처럼 두뇌 명석한 작은 아들을 통해서 이루어 보고 싶어했던 것이 아버지의 희망이었고, 또 그 뜻에 따랐던 작은 오빠였다.

그래서 부산수산대학 어로과를 졸업하고 그 첫 근무처가 고려원양어업

수산회사였고, 그 태평양 조업 3년 임기를 마치고 나와 원래 3개 국어를 유창하게 구사할 수 있었던 실력이었던 만큼 오양수산 특파원으로 호주 파견 근무를 하고 있었다.

그곳에서 근무를 하던 오빠는 호주가 한국보다 살기가 좋다면서 영주권을 받아 그곳에서 눌러 살고 싶다며 들어와 가족과 함께 떠났었다.

그런 오빠를 향해 연이는 사흘이 멀다 하고 전화를 걸어 손짓했었고, 그 징징거림에 오빠는 마침내 회사에 사표를 내고 가족과 함께 다시 귀국했다.

그러나 수산대학을 나와 그 분야 생활 테두리 속에서만 살아온 오빠였다. 그 직업의식의 발로였다고나 할까?

연이가 계획한 제주도 호텔사업에 붙여 계획한 것이 원양어선을 사들여 수산업을 시작해 보자는 사업계획안이었다. 그럴 듯했다. 태평양에서 잡아 올린 참치는 몸통만을 일본에 수출하고 그 큰 참치 머리는 그대로 물속에 던져 버린다고 했다.

그렇게 버리는 생선 머리를 구워서 호텔 손님들에게 내놓게 되면 광고 효과도 되지만 수익 면에서도 도움이 될 것이라는 오빠의 말이었다.

그래서 처음 대왕수산 원양어선 한 척을 인수하는 데 연이 소유의 부동산으로 보증하고 사들였다. 그리고 세 척의 원양어선을 일본으로부터 차관으로 들여와 희망에 부푼 신호탄을 근사하게 쏘아 울리며 태평양으로 배를 띄워 보냈었다.

그 4척의 원양어선 밑으로 매월 들어가는 경비를 회사 당좌 수표를 끊어서 돌리고 있을 그때, 뜻밖에 장영자 사건이 몰고 온 영향으로 회사가 부도를 맞고 말았던 것이다.

연이가 뒤늦게 그 사실을 남편에게 실토했지만, 그처럼 냉담한 남편은 그 일을 빌미로 삼아 언제 마누라 눈치를 보고 살아왔는가 싶게 큰소리를 내곤 했다. 그 사건으로 완전히 적반하장賊反荷杖이 되어 버린 격이었다.

그런 데다가 더욱 견딜 수 없는 것은 매월 고정적으로 아이들 밑으로 낭창하게 들어가던 과외 수업비와 거기에 따르는 일체의 생활비조차도 이제

자기는 알 바가 아니라는 식이었다.

회사가 부도를 맞게 되면서 그 사건을 빌미로 남편은 마치 고기가 제물을 만났다는 듯이 이제 마누라 눈치 볼 것도 없다는 듯이 그랬다. 펴놓고 꽃밭 놀이에 신바람이 난 사람 같았다.

그러던 어느 날 밤이었다. 통금 시간이 넘어서 얼큰하게 술이 취해 들어온 남편에게 자존심이 상했지만 어쩔 수 없이 손을 내밀었다. 큰 딸 아이가 예원예술중학교를 다니고 있었던 만큼 매월 나가는 첼로 레슨비를 주어야 했었기 때문이다.

그런데 남편은 한 마디로 싹둑 잘라 말했다.

"아, 당신 좋아하는 오빠한테 가서 달라고 그래, 나 돈 없으니까 쳇!"

"그래, 돈 없다는 사람이 밤낮 그렇게 술 먹고 다닐 돈은 있는 거유?"

"내 돈 가지고 먹나? 업자들이 사줘서 먹지 쿵!"

연이는 그럴 줄 알았다는 듯이 남편이 화장실을 간 사이 벗어 놓은 호주머니 지갑 속에 들어 있는 몇 장의 수표를 꺼냈었다. 그 수표를 흔들어 보이면서 말했다.

"그럼 이 수표는 뭐유? 여자 꼬실 때만 쓰는 돈이유?"

"그건 공금이야, 왜 남의 주머니까지 뒤지고 야단이야?"

"그래, 당신하고 나하고 남이란 말이지, 그럼 알았어. 당신 그 자리에 앉혀준 노 국장한테 말해야겠네. 당신하고 나하고 상관없는 사람이니까 이제부터 당신한테 무슨 일이 생겨도 신경 쓰지 말아달라고. 쿵!"

사실 남편은 연이가 말하는 그 노 국장의 도움을 받아 그처럼 많은 사람들이 부러워하고 선망하는 그 직장 총책의 자리에 올라앉을 수 있게 된 것이었다.

그렇게 남편에게 도움을 주고 있었던 노 국장은 연이와 같은 동향으로 곡성 사람이었다. 그 노 국장을 처음 알게 된 것은 17세 때의 일이었다.

시름시름 폐결핵을 앓기 시작하면서 마침내 피를 토하기 시작한 연이는 어쩔 수 없이 학교에 휴학계를 내야 했다. 그리고 요양을 하기 위해 구례 고향 집으로 향했다. 언니가 그 당시 마산면 청천국민학교에서 교편을 잡고 있었기에 어머니와 언니가 번갈아 가면서 보살펴 줄 수가 있었기 때문이다.

그렇게 고향에서 요양을 하고 있었지만 중세는 점점 악화되면서 기침을 하다가 두 번이나 까무러치기도 했었다. 희미하게 눈을 떴을 때는 그대로 죽는 줄만 알았던 가족들이 울음바다를 이루고 있었다.

그렇게 사경을 헤매야 했던 요양생활에서 연이 자신도 죽음이 가까이 다가오고 있다는 생각을 떨쳐 버릴 수가 없었다. 바라보는 하늘마저도 잿빛 회색이었다. 당시 폐결핵은 약물치료로도 회생할 수가 없는 악성질환으로 간주되었기 때문이다.

그래서 기도생활에 더욱 열심을 내면서 교회로 달려가곤 했었다.

그 냉천리 교회는 구례에서뿐 아니라 전라도 갑부로 알려져 있는 김대목 씨댁 장남 며느리로 시집을 간 연이의 고모할머니가 그 텃밭을 내놓고 교회 성전을 건축했었다.

그때 그 교회성전 건축에 어머니도 함께 동참을 했었던 관계로 교회에서 주동역할을 하고 있었던 고모할머니와 어머니였다. 두 분이 그처럼 기독신 앙에 열심을 내고 봉사생활을 하게 된 것은 구례 토지면 함안 조씨댁 큰 며 느리로 시집을 가게 된 연이의 고모로 인해서였다.

고모님이 시집을 간 시댁의 내력 또한 대단한 집안으로 명문가였다. 구한 말 전라감찰사를 지냈던 함안조씨 댁에서는 연이의 고모를 장남 며느리로 맞아들이면서 토지면 월명동 소재의 임야를 오히려 그 답례로 희사해 주었 을 정도였다.

그만큼 구례 간전면 한씨韓氏하게 되면 조정에서 효자비를 세워 주었던 선비집안 명문가로 아직도 그 이야기를 담은 비각이 간전면에 그 증표로 남 아 있다.

당시의 결혼 풍조는 그 집안 가문의 혈류내력부터 보는 것이 우선이었다. 그런 시대 분위기에서 특히 효자로 그 내력이 알려진 한씨韓氏 가문이고 보 면, 명문가에서 한씨 집안 딸들을 며느리로 맞아 사돈을 맺고 싶어 했음은 당연했다. 호박씨는 호박을, 오이씨는 오이를 그 열매로 맺는다는 것이 자연의 이치라는 것 때문이다.

그처럼 혈류의 흐름을 중시했던 시대, 한씨 가문 딸들은 그 인물 또한 출중해서 정비正妃가 여덟이었다는 것이 청주한씨淸州韓氏 족보를 정리하시던 할아버지의 입자랑이었다.

그것이 한씨 가문 혈통의 자랑이듯이 고모할머니 역시 그 인물이 마치 '중전마마' 상이라고 할 정도로 곱고 단정하면서 더없이 온화한 성품이었다. 명문가에서 당연히 며느리 감으로 욕심을 낼 수밖에 없었다.

그런저런 여러 가지 조건이 고루 갖추어 있는 신부감이었던 만큼 할아버지 여동생은 전라도 갑부 김대목 씨댁 큰 며느리로 몸종 둘을 거느리고 시집을 가게 된 것이라고 했다.

그 고모할아버지가 이승만 박사와 미국 유학 생활을 함께하면서 그 뒷자금을 후원해 주기도 했었다는 전라도 최초의 미국 유학생이었다.

그 할아버지를 구례에서는 미국 김센이라고 호칭해 불렀다. 이승만 박사와 미국 유학 생활을 함께 했었기 때문에 장관 자리를 주겠다고 하는 그 손짓에도 고개를 흔들어 버렸던 할아버지였다. 그 이유는 이승만 박사와는 그 사상을 달리했던 만큼 해방공간에서 그 이념을 달리 했던 김구 선생의 성향으로 관직생활에는 크게 관심을 갖지 않았기 때문이다.

그처럼 당시에 전라남도에서 손꼽히는 거부 집안으로 시집을 간 고모할머니는 기독교로 전향하기 전에 더 없는 불교 신자로 화엄사에 암자를 짓는 데에도 크게 그 한몫을 했다고 했다.

그러한 고모할머니가 기독교로 전향하게 된 것은 토지 함안조씨 댁으로 시집간 고모의 남편 고모부가 이제 막 신부가 임신을 하게 되었을 때, 강도를 맞아 친정에 와서 유복자를 낳고 산후조리를 하고 있을 때였다고 한다.

해방공간에서 기독교 복음전도활동을 펴기 위해 마침 구례 간전면에 들어와 있던 서양 선교사 밀라 부인의 눈에 반짝하고 띠게 된 것이다.

선교사 밀라 부인은 시골 좁은 지역에서 소문에 의해 듣게 된 미망인 고모의 딱한 처지를 위로한다는 명분으로 잦은 출입을 하게 되면서, 고모는 그 밀라 부인의 전도로 신랑을 잃어버린 슬픔을 위로 받게 된 것이다.

그것을 계기로 마침내 전도사가 되기로 결심한 고모는 유복자를 친정에 맡기고 기독신학을 공부하게 된 것이라고 했다.

그처럼 생각지도 않게 운명의 회로가 바뀌어져 버린 고모가 전도사가 된 이후, 제일 먼저 전도를 해야 되겠다고 생각한 사람이 쓸쓸하게 홀로 지내고 있는 고모할머니를 전도의 대상으로 삼은 것이다.

그것이 마산면 냉천리에 교회가 세워질 수 있게 된 그 배경이었다. 그런 만큼 연이의 어머니와 고모할머니가 교회 주동 역할을 해왔고, 그런 관계로 성탄절 행사 준비를 돕고 있었던 연이였다.

주일날 중등부 예배시간을 마치고 연이는 그 고모할머니의 외손녀 은숙이와 선희 동생에게 찬송가에 맞추어 무용을 가르쳐 주고 있었다. 어려서부터 교회 성탄절 행사에 그 춤사위를 배워 왔었기 때문이다.

'~하늘가는 밝은 길이~ 내 앞에 있으니~ 슬픈 일을 많이 보고~ 늘 고생하여도~ 하늘 영광 밝음이~ 어둠 그늘 헤치니~ 예수 공로 의지하여~ 항상 빛을 보도다~.'

무용을 열심히 가르치고 돌아섰을 때였다. 교회에서 처음 보는 웬 청년이 저만치서 얼굴에 웃음을 띠고 다가오면서 말했다.

"하늘에서 천사가 내려와 춤을 추는 것 같구먼, 허허……."

그것이 그와의 첫 만남이었다. 그는 곡성에서 구례 마산면 거주의 친척집을 왔다가 주일 예배에 함께 참석하게 되었다고 했다. 그래서 둘이는 예배가 끝나고 목사님과 함께 식사를 하게 되면서 그는 연이가 휴양중인 폐결핵 환자란 것을 알고 사뭇 안 됐다는 표정이었지만, 위로가 되어주고 싶었던지 한 마디 했다.

"하나님의 능력은 능치 못하시는 게 없다고 하셨으니까 굳게 믿고 열심히 기도하면 기적이 일어날 거요. 그렇지요 목사님? 너희 믿음대로 이루어진다고 했으니까요."

“그러믄요. 죽은 나사로도 살리셨으니까요.”

그렇게 목사님과 식사 자리에서 위로의 말을 주고받던 그는 그 몇 달 후에 미국으로 유학을 떠나게 될 것이라고 했다. 그는 성당을 다니고 있는 가톨릭 신자로 성당 신부님의 주선으로 미국 유학을 갈 수 있게 된 것이라고 했다.

그것이 그와의 첫 만남이었다.

그 후의 소식은 서로가 생활환경이 다른 만큼 왕래가 없었던 관계로 더는 알려고도 하지 않았다. 더구나 그 뒤에 연이의 폐결핵 증세는 더욱 악화되어 절망상태에 빠져 있었다.

그야말로 살아 숨을 쉬고 있다는 것뿐이던 그때였다. 어머니는 하나님 치유 은사를 받아 환자를 고친다는 박태선 장로의 소문을 밖에서 듣고 들어와서 거기에 가느다란 희망이라도 걸어 보자는 듯이 말했다.

“우리도 가보자꾸나. 앉은뱅이도 일어나게 하고, 눈먼 봉사도 눈을 뜨게 하는 하나님 기적을 보이는 박태선 장로 부흥집회가 여수에서 있다는구나, 어서 일어나 이 옷 입어라.”

어머니가 서둘러 일어나 벽장에서 꺼내 준 옷은 비로드 치마에 법단 저고리였다. 어머니는 두 딸들의 혼사 준비를 그처럼 일찍부터 손수 만들어 놓았고, 심지어는 두 딸이 시집갈 때 가져갈 재봉틀까지 미리 준비해 놓고 있었을 정도로, 매사에 준비성이 철저하신 분이었다.

어머니를 따라 여수 서교동에 위치한 천막 부흥집회 장소를 찾아 들어갔을 때는 멀리서 그 소문을 듣고 온 환자들로 대만원을 이루고 있었다.

그 부흥집회에서 어머니는 눈물을 펑펑 쏟으며 애타는 간구의 기도를 했고, 연이 역시도 살려만 주신다면 하나님 사업을 위해서 목숨을 바치겠다고 간절히 기도했다.

그처럼 간절하게 애원하며 빌었던 간구의 기도를 들어주셨던 것일까? 그 3일이 되던 날부터 기침이 서서히 멎어 가면서 진통이 덜했다. 그러한 기침의 증세가 부흥집회가 끝났을 때는 언제 그랬던가 싶게 멎어 있었다.

뜻밖의 기적에 어머니도 연이도 할렐루야! 하고 크게 외치며 자리에서 일어났다. 소문대로 놀라운 하나님의 기적이 일어났다는 생각에 연이는 입고 있던 비로드 치마를 벗어 감사하는 마음으로 바쳐 올렸다. 그 시절에는 웬만한 가정집에서는 만져 볼 수 없는 진귀한 고가품이었기 때문에 진상품으로도 손색이 없었다.

하나님 능력의 기적을 그렇게 보았다는 어머니의 신심信心은 그로부터 고향집을 아예 박태선 장로 전도관의 초석으로 삼고 전도를 하기 시작했다.

그로부터 신도수가 늘어나면서 어머니는 구례읍에 신도들과 함께 전도관을 세웠다. 그 당시 전국적으로 떠들썩하게 전도관이 늘어났고 신도수가 활성화 되어가면서 이윽고 경기도 소사에 그 집단의 신앙촌이 세워졌다.

그때 연이의 열성은 어머니에 못지않았다. 건강을 회복하고 다시 복학을 했었던 연이는 학교 수업보다도 교회생활에 더 열심을 했고, 그 열성에 학생 집사라는 소리를 들을 정도였다. 그때 경기도 소사 범박리에 신앙촌 학교가 세워지고 있었다.

연이는 봇짐을 싸들고 상경을 했다. 그만큼 전국적으로 크게 부흥을 일으켰던 박태선 장로였다. 그와 같은 기적의 열풍에 봇짐을 싸들고 상경한 연이었고, 그 뒤를 따라 어머니가 막내 남동생 하나만을 데리고 그곳으로 들어왔다. 그로하여 가족은 뿔뿔이 흩어질 수밖에 없게 되었다. 불신 가족은 뒤돌아 볼 것 없다는 것이 그 교단의 설교였기 때문이다.

그래서 그 안에 들어온 신도들 모두가 그 설교에 따랐고, 어머니 역시도 더는 세상에 미련을 갖지 않겠다는 신심信心으로, 고향에 남아 있던 재산을 모두 정리하고 들어왔다.

그 부동산은 아버지가 잘 나갈 때에 들어온 수입으로 친정 쪽으로 은밀하게 사두었던 농토와 산이 있었다. 어머니는 그 부동산을 팔아 신앙촌에 아파트를 마련하고 학교 건축헌금으로 그 일부를 내놓았다.

그렇게 신앙촌으로 어머니가 입주를 하고 2년쯤 지났을 때였다. 갑자기 벌레 물린 연이의 오른팔이 퉁퉁 부어올랐다. 하지만 약을 써서는 안 된다는 것이 그곳 집단의 규율처럼 되어 있었다. 오직 기도로써 하나님 능력의 기적에 의지해야 한다는 것이 그 가르침이었고, 또 그렇게 믿고 따르는 신도들이었다.

연이 역시도 예외는 아니었다. 퉁퉁 부어 오른 손목을 붙잡고 그 진통에 견딜 수가 없어 밤낮을 울어대면서 애원의 기도를 했다. 하지만 하나님의 기적은 끝내 나타나 주지 않았고, 마침내 어느 날 졸도를 하고 말았다.

심한 진통에 눈을 떴을 때는 다급해진 어머니가 면도 날로 되곪아 시커멓게 부어 오른 팔목의 피를 빼내야 한다는 생각이었던지 살을 가르고 피를 빨아낸 다음 거기에 박태선 장로가 기도했다는 생수라는 우물물을 솜에 묻혀 박아 놓고 울며불며 애원의 기도를 하고 있었다.

그러나 그처럼 간절한 어머니의 기도에도 끝내 하나님의 기적은 두 번 다시 나타나 주지 않았다. 그렇게 면도 날로 살을 가르고 난 후, 이제는 뼛속까지 썩어 들어가는 진통은 밤을 새우며 울어지치다가 몇 번이나 졸도를 하곤 했다.

사실 그때 약물 투입이나 간단한 병원치료를 받고 살아날 수 있는 환자들이 무수히 죽어 나갔다. 신앙촌에 있는 산 하나가 온통 그 무덤일 정도였다.

어머니는 거듭되는 연이의 졸도에 그처럼 죽어 나가게 될 것이라고 생각한 것 같았다. 마침내 아버지에게 연락을 했고, 그 연락을 받은 아버지가 언니와 함께 올라와 연이를 밖으로 싣고 나와 소사에 있는 외과병원 수술대에 눕혔다.

그때쯤 희미하게 의식이 돌아와 있었던 연이였다. 수술보다도 더 걱정이 되는 것은 한 번 밖으로 나가 병원 치료를 받게 된 그곳 신도는 받아들일 수가 없다는 것이 그 안의 규율처럼 되어 있었기 때문이다.

희미한 의식 속에서도 수술을 거부했다. 하지만 그때만큼은 완강하게 강제성을 띠운 아버지였다. 그대로 수술이 집행되었다. 어쩔 수 없이 연이는 수술은 하되 약물 투입만은 하지 말아달라고 애원했다. 그야말로 한 번 뿌리 내린 종교 사상은 그만큼 무서운 것이었다.

그래서 수술 후가 염려된 아버지는 언니로 하여 병실을 지키게 하면서 회유하기 시작했다.

"밖에서도 얼마든지 네가 원하는 신앙생활 할 수 있는 것이니까. 퇴원하고 아빠 따라 가는 거야, 알았지?"

"그래, 너 고집 부리지 말고 단념해. 밖에 나가서 병원치료 받은 사람은 그 안에서 안 받아 주게 돼 있다며? 그러니 아빠 말 들어, 다 너를 위해서 그러는 거니까."

그리고 언니는 덧붙여서 말했다.

"이담에 네가 아빠한테 정말 감사하다고 진심으로 말할 때가 올 거야. 사람이 우선 살고 봐야지 안 그러냐?"

그렇게 아버지와 언니의 사랑과 염려 덕분에 그 때 그 안에서 꼭 죽어 나갔을 연이의 목숨이 이어지면서 운명의 회로는 바꿔진 것이었다.

팔목 수술 치료를 받고 완쾌된 후, 연이는 어쩔 수 없이 아버지를 따라갈 수밖에 없게 되었다. 그 당시 아버지는 어머니가 뒤도 돌아보지 않고 신앙촌으로 들어가 버렸었기 때문에 작은 마나님을 얻어 생활하고 있었다.

어머니의 말에 의하면 그 옛날 아버지가 어업조합 이사로 계실 때 그 부하직원 마누라였다고 했다. 그런데 불행하게도 6.25전쟁 중에 남편이 죽고 딸 하나를 데리고 돈놀이를 하다가 광화문 무교동에서 식당업을 하게 되면서 아버지와 만나 함께 생활을 하게 된 것이다.

그 딸이 시집을 간 뒤여서 그 빈 자리를 아버지가 대신 메워주고 있는 셈이었고, 그 작은 마님 집으로 아버지를 따라 들어가게 된 연이였다.

그런데 어느 날 그 사업장에서 뜻밖에 그 사람과 만나 재회를 하게 되었다. 그가 먼저 연이를 알아보고 깜짝 반가워했다.

"이게 누구요? 구례 친척한테 듣기로는 가족이 모두 신앙촌으로 들어갔다고 하던데……."

"그보다도 미국 가신다고 하셨잖아요? 그런데 언제 귀국하셨어요?"

"음, 얼마 전에 귀국했지. 이제 몸은 완쾌됐고?"

"보시다시피……."

"그 참 다행이구만."

그는 그 얼마 전에 들어와 상공부 상역국 사무관으로 근무하고 있다고 했다. 그렇게 그와 다시 재회를 하게 되면서 그는 시간이 나면 전화를 걸어왔다. 그래서 밖에서 만나 함께 영화구경도 하고 때로는 남산 팔각정을 올라가 서울 시내를 내려다보며 미국 생활에서 있었던 이야기도 들려주면서 정담을 나누었다.

그렇게 그와 만남의 횟수가 잦아지면서 처음 느껴보는 야릇한 감정에 가슴이 두근거려지기도 했었다.

그처럼 연이가 이제 막 이성異性에 눈을 떠가고 있을 때였다.

"어쩌지? 얼마 동안 미국에 가서 근무를 하고 돌아와야 할 것 같은데 보고 싶어서……."

"그동안 저 중단했던 피아노 공부 열심히 하고 있을게요. 귀국하실 때쯤이면 유 그 십팔번 노래, 꿈길에서 멋있게 들려 드릴 수 있을 거예요. 알았죠?"

"고마워. 근사하게 들려주겠지?"

그 말을 하고 그는 연이를 와락 끌어안고 입을 맞추었다. 참으로 처음 느껴보는 이성의 현기증이었다. 그러나 그처럼 황홀했던 그와의 입맞춤이 먼 훗날까지 아름다운 그림자 사랑으로 가슴 속에 그리움이 되어 남아 있게 될 것을 그때는 상상조차도 못했다.

그 며칠 후 그가 미국으로 떠난다는 날이었다. 배웅을 하기 위해 그에게 안겨 줄 꽃다발 속에 그날 남산 팔각정에서 있었던 황홀했던 그 순간의 감정을 하얀 백지에 〈시월 어느 하루〉라는 제목의 시로 읊어 묶어 들고 공항으로 나갔었다.

그는 출입국에서 이제 막 수속을 마치고 나온 듯 두리번거리고 있었다. 그를 먼저 발견한 연이가 뛰어가 꽃다발을 안겨 주면서 말없는 눈인사로 눈웃음을 짓고 있을 그때였다.

웬 사내아이가 ‘아빠!’ 하고 뛰어나왔다. 대충 서너 살쯤 되어 보였다.

그때 더욱 당혹하게 한 것은 그 사내 아이 뒤로 한복을 곱게 차려 입은 여인이 ‘여보!’ 하고 걸음을 세우면서 연이와 그를 번갈아 쳐다보고 있는 것이었다.

‘여보! 라니?’

순간 정신이 아찔해 왔다. 연이는 할 말을 잃고 두 사람을 번갈아 쳐다보다가 인사 한 마디도 건네지 못하고 그대로 돌아서고 말았다.

뜻밖에 생각지도 못했던 충격에 망연자실한 연이였다. 하늘이 그대로 내려앉는 것만 같았다. 다음에 알게 된 일이지만 그는 그때 미국 유학을 떠나기 전, 집안 어른들의 권유로 서둘러 결혼식을 올리게 되었다고 했다. 그 당시 미국 유학생들은 졸업을 하고 그곳에서 직장을 잡아 정착하는 그런 분위기였기 때문이었다.

그래서 그는 연이와 재회의 만남에서 그의 결혼에 대해서 일체 언급할 필요를 느끼지 않았던 것인지도 모른다. 그러나 연이로서는 이 세상에 태어나 처음으로 이성異性의 감정을 느끼게 했던 그 첫사랑의 남자였다.

그야말로 청교도적인 생활권 속에서 살아왔던 연이로서는 ‘너희가 마음으로도 간음하지 말라’ 는 말씀이 마음을 어둡게 하면서 잊어야 한다고 머리를 흔들었다. 그러나 그럴 때일수록 더욱 크게 확대되어 오는 그의 눈빛, 그리움은 그가 들려주던 ‘꿈길에서’ 그 노래 소리가 귓가에서 마치 그의 숨결처럼 가슴을 젖게 했다.

정녕 이루어질 수 없는 사랑, 그것은 먼 산 쳐다보게 하는 아픔이었기에 공부는 뒷전이었다. 그야말로 ‘저 바다가 없었다면~’ 하는 콧노래나 불러가며 흐느적거리고 있을 그때였다.

그것이 인연법에 의한 만남의 운명이었던지 어느 날 화사하게 나타난 28세의 청년, 그가 바로 연이의 영혼을 두들기고 몇 번이나 그토록 뜨거운 불지옥 속에 집어넣고 몸살 앓게 해 주던 남편이었다.

여자의 무덤

사람은 혼자 세상을 살아갈 수가 없다. 누군가를 만나 서로의 가슴 사랑을 주고받으며 살아가게 하느님이 그렇게 만들어 놓았다고 했다.

연이가 처음 그를 만났을 때는 이제 막 카츄사(KATUSA) 군복무를 마치고 나와 파주 미군부대 PX 근무를 하고 있었다. 그런 직장관계로 그는 그 당시 일반인들이 쉽게 만져볼 수 없는 미제 화장품을 자랑스럽게 안겨주면서 다가왔다. 팔남매의 장남이라고 했다.

그의 아버지는 교도 공무원으로 안동에서 근무를 하고 있었기 때문에 시집간 누나를 제외한 밑으로 동생 여섯을 데리고 서대문 영천에 전셋집을 얻어 살고 있다는 것이 그의 말이었다. 건장한 체격에 인물 또한 출중했다.

퇴근 후에 불쑥 나타나곤 하는 그의 손짓 미소는 가슴 속에 그리움으로 남아 도는 그림자를 조금씩 잊어갈 수 있게 했다.

하지만 아버지와 작은 어머니는 그의 출입을 별로 반가워하질 않았다. 그의 아버지가 관사로만 전전했던 교도 공무원으로 반듯한 집 한 채도 없다는 것이었고, 또 그 동생들 밑으로 들어가야 할 등록금하며 장남으로서의 책임이 막중하고 무겁다는 것 때문이었다.

그러나 어려서부터 복잡한 수학적 계산에는 전혀 머리가 돌아가지 않는 연이였다. 그게 무슨 상관이냐는 듯이 그가 전화를 걸어오면 슬며시 밖으로 나가서 만나고 들어오곤 했다.

그때마다 그가 신나게 보여준 것은 마치 백마를 탄 왕자 같았다. 광화문 네거리 신호등에도 구애 받음이 없이 자동차를 몰고 질주하는 멋진 폼을 연출했기 때문이다. 나중에 알게 된 사실이지만, 그때 연이를 태우고 멋지게 질주했던 차는 당시 미8군에서 흘러나오는 뒷거래 물품을 감시 관리하던 서울세관 차였었다. 그런 관리 차원의 세관차를 평소 가까이 지내오던 동창 친구로부터 빌려 타고 그와 같은 멋들어진 폼을 연출해 보였던 그였다.

그의 환심 작전은 그뿐만이 아니었다. 당시 사회 분위기는 전라도 하면 '개똥쇠!' 하고 일방적으로 폄하했기 때문에 고향을 속이는 사람들이 많았다. 그래서 그 역시도 전라북도 군산에 있는 호적을 서울 인맥을 통해 삼청동으로 옮겨 놓았을 정도였다. 연이의 작은 어머니가 경상도 사투리를 쓰고 있었고, 연이는 표준어를 쓰고 있었기 때문에 고향이 전라도라는 것을 미처 몰랐었던 것이다.

그렇게 어른들이 반대하는 눈을 피해 밖에서 둘이 만나고 다녔던 밀회를 눈치 빠른 지배인이 작은 어머니에게 귀띔을 했었던 모양이었다. 감시가 심해졌다. 그래서 머리를 굴려 생각해 낸 것이 학교 친구를 만난다는 핑계로 도시락을 싸서 들고 밖으로 나가 그를 만났고, 휴일이면 정릉 유원지를 산책하며 놀이터에서 탁구를 치고 들어오기도 했었다.

그렇게 밖에서 만나 놀다가 무교동 낙지집으로 들어가 음식을 시켜 먹으면서 입을 짭짭거리며 정담을 나누며 새롭게 정을 주기 시작하던 어느 날이었다. 그는 뜻밖에 돌아오는 토요일에 충청도 예산에 있는 수덕사를 구경하고 오자고 했다. 당시 미8군은 토요일이면 휴무였기 때문이다.

싫지 않았다. 하지만 작은 어머니에게 어떤 핑계를 대고 나가야 할지 그것이 마음에 걸렸다. 생각해 보겠다고 대답을 한 연이는 짬짬하고 머리를 굴린 생각이 마침내 광화문 우체국에서 시골 언니가 위독하다는 전보를 집으로 띄웠다.

하지만 어른들이 그 전보를 받아 볼 때는 그야말로 눈감고 '아웅' 하는 식이었다. 발신처가 시골이 아닌 광화문 우체국이었기 때문이다.

느낌이 이상했었던지 작은 어머니는 감시차원에서 지배인을 서울역까지 배웅을 나가게 했다. 그런 분위기를 짐작한 연이였다.

그에게 영등포 기차역에서 탑승하여 만나자고 그 분위기를 귀띔하고 서울역에서 탑승하여 그 감시망을 근사하게 피해 나갔다. 그런 분위기 속에서 두 사람이 갖는 밀행은 어쩌면 또 다른 불씨의 감정을 안겨주면서 살랑거리는 봄바람에 어깨동무를 하고 키들거렸다. 그때쯤 첫사랑의 눈빛 그림자는 어른거리지 않았다. 그 자리를 대신 채워 주는 사람이 있었기 때문이다.

그렇게 감시망을 빠져 나간 연이는 연분홍빛 눈웃음을 웃어가며 마침내 무르익은 청춘의 밤을 불사르면서 백년을 함께 살자는 굳은 약속을 하기에 이르렀다.

그리고 헤어져 집으로 돌아왔을 때, 그 느낌이 이상했던 것일까?

작은 어머니가 대뜸 물어왔다.

"그래, 언니 상태는 어떻던고?"

"……."

그것까지는 생각지 못하고 있었던 연이였다. 머뭇하다가 하얀 거짓말을 만들어 겨우 대답했다.

"체했었다나 봐요. 그래서……."

"그으래? 다행이구나."

말은 그렇게 했지만 작은 어머니는 믿어지지 않는다는 그런 눈빛 표정이었다. 그로부터 연이의 행동거지를 더욱 살폈다. 그것은 어쩌면 세상을 많이 살아온 어른들의 그 어떤 직감 같은 것이었을 것이다.

그래서 빠르게 추진된 것이 재일 교포와의 약혼이었다. 상대는 이북 함흥 출신으로 해방공간에서 일본으로 건너가 부를 일으켜 국제은행권을 가지고 있다는 대단한 거부 집안이었다. 그런데 슬하에 두 아들을 두고 있는 당시 36세 토끼띠로 홀아비였다. 작은 어머니가 그쪽을 연이의 반려자로 택하려고 했었던 이유는 실패한 아버지의 사업자금을 도와줄 수 있다는 은근한 기대 심리가 우선적이었음에는 틀림이 없었다.

그러는 데에는 언젠가 작은 어머니가 사주역학상으로 본 연이의 팔자가 드세기 때문에 나이 차이가 많은 사람이나, 상처를 한 남자와 결혼을 해야 평탄할 것이라고 한 때문이기도 했다. 그와 같은 이야기는 어느 날 작은 어머니가 불러들였던 관상쟁이 역시도 그랬다.

"당신 딸은 주단을 깔고 만인지상에 높이 올라앉아 남편을 돕는 기상이라. 옛날 같으면 중전마마 상이라서 어디를 가도 뒷전에 앉는 꼬리가 못되니 고독한 상이라 했소. 그러니 편안하고자 하면 나이 층하가 있거나 홀아비한테 시집을 가야 그 땜을 하겠소."

그리고 흠이 없는 총각하고 결혼을 하게 되면 관상학적으로 세 번이나 신발을 바꿔 신게 될 것이라고 했다.

그것이 연이가 타고난 운명의 팔자라는 그 선입견 때문이었던지 아버지와 작은 어머니는 집안 형편도 그렇게 넉넉하지 못한 총각하고 만나는 것을 탐탁하게 생각하지 않았고, 그래서 그처럼 서둘렀던 홀아비와의 약혼이었다. 그쪽으로 다리를 놓아 준 분이 당시 국회 법사위원장으로 계시던 한태영 씨였다. 그 어른이 한씨韓氏종친회 회장직을 맡고 있었다. 그렇기 때문에 아버지와 자주 만나게 되면서 연이를 그 쪽으로 중매를 하게 된 것은 사업 실패로 낙심하고 있는 아버지를 돕기 위한 마음이 그 한편으로 있었기 때문이기도 했을 것이다.

이쪽을 따를 수도 없고, 그렇다고 저쪽을 따를 수도 없는 그야말로 진퇴양난進退兩難의 입장이 된 연이였다. 약혼은 빠르게 진행되었다. 약혼 예물로 생전 처음 보는 다이아몬드 반지, 목걸이, 팔찌에 귀한 사람은 돈을 만지는 게 아니라며 백지 수표책 쿠폰을 건네받았다.

하지만 보석이나 수표책의 가치를 크게 느끼지 못한 연이였다. 그러나 아버지와 작은 어머니의 표정과 몸짓에는 전에 없이 환한 생기가 돌았다.

그만큼 세상 돌아가는 물정을 몰랐던 연이는 마음이 어둡기만 했다. 어쩔 수 없이 약혼을 하게 되었다고 했을 때, 그는 실망했다는 듯이 말을 잃고 있었다.

그로부터 그는 술이 만취된 목소리로 전화를 걸어왔고, 부슬비가 내리는 저녁이면 집 건너 마주보이는 전봇대에 기대서 이쪽을 하염없이 바라보고 서 있기도 했다.

그런 그의 모습은 참으로 바라보기조차 민망하고 고통스러웠다.

그러던 어느 날이었다. 외출을 하셨던 아버지가 대문 밖에서 서성거리는 그를 만나셨던 모양이었다. 집으로 데리고 들어왔다. 그리고 연이와 나란히 앉혀 놓고 훈계를 하듯 말씀하셨다.

"우리 딸은 약혼한 처자일세, 잊어버리시게. 그리고 자네가 아는지 몰것네만은 우리 딸은 정상적인 몸이 아닐세, 이 팔을 보시게."

그리고 아버지는 연이가 그때 팔목 수술로 움푹 패여 상처가 남아 있는 손목을 얼른 잡아 그의 눈앞에 흔들어 보이면서 말씀했다.

"보시게, 이 팔을 가지고 그 많은 식구들 뒷바라지를 할 수 있겠는가? 결혼은 두 사람 기분만 가지고 하는 것이 아녀. 서로가 여건이 맞아야지, 그러니 마음 돌리시게."

아버지의 훈계의 말씀은 그랬다. 두 사람이 만나 한평생을 함께 살아가는 결혼은 신중히 고려해야 한다는 것이었다.

뜻밖에 아버지를 만나 뜨끔하게 야단을 맞은 그는 힘없이 대문을 나갔다. 그런 다음 날이었다. 한양대학교를 다니고 있던 그의 남동생이 생각지도 않게 연이를 찾아와서 전해 주는 말이었다.

"어젯밤 형님이 만취해 들어와 가지고 물을 뜨다가 그랬는지 수돗가에 있는 도람통에 빠져 뒹굴어 가지고 하마터면 큰일 날 뻔했어요. 엄니가 이 말을 좀 전해 달라고 하드구만요."

건네주는 이야기로 보아 그 어머니가 구원을 청하는 소리 같았다. 더 없이 마음이 괴로웠다. 그렇다고 이제 와서 어떻게 뒤바꿀 수도 없는 일이었다. 고민 또 고민을 하다가 소사 신앙촌으로 어머니를 찾아갔다. 그리고 그 고민을 털어 놓았다.

그 동안에 있었던 이야기를 전해 듣게 된 어머니는 펄쩍 뛰었다.

"이게 도대체 뭔 소리여? 그러니까 홀아비한테 딸 팔아서 즈그들 팔자 고쳐 보겠다고 한 것 같은디 안 되겠다, 어여 일어나 가자."

어머니는 그 길로 연이를 앞장세우고 서울로 향했다. 그리고 아버지가 살고 있는 작은 어머니 집 대문을 들어서면서부터 큰소리를 냅다 질렀다.

"그래, 이제 팔아먹을 것이 없어서 딸 팔아 팔자 고쳐 보겠다고 한 것 같은디. 어디 그 상판떼기가 어찌 생겼나 좀 봅시다!"

어머니는 어느새 안방 문을 활짝 열고 들어서면서 더욱 음성을 높였다.

"세상이 아무리 험해도 그렇지, 딸 팔아 잘 살아 보겠다는 사람이 제정신 있는 사람이요? 엉?!"

뜻밖에 나타나 그처럼 펄펄 뛰는 어머니의 다그침에 방안에 있던 두 분들은 한 마디 변명의 말조차 할 수 없었던지 조용했다. 그러자 몸을 돌리고 나온 어머니는 갑자기 수돗가로 뛰어가 물통에 번개처럼 물을 퍼서 담아 들고 안방으로 들어갔다. 그리고 만류할 틈도 없이 그대로 엎어 버리면서 말했다.

"그래. 홀애비한테 딸 팔아서 팔자 고쳐 보겠다는 것 같은디 당신이 사람이요? 사람이냐고요?!"

참으로 당혹스럽고 민망했다. 자신으로 인해서 그처럼 어처구니없는 상황이 눈앞에서 벌어지고 있었기 때문이다.

그때서야 연이는 어머니를 찾아가 하소연을 했었던 자신이 그렇게 후회스러울 수가 없었다. 하지만 이미 물은 엎어진 상태였다. 어떤 구차한 변명도 할 수 없게 된 연이는 안방에 물을 끼얹고 돌아서는 어머니의 치맛자락을 붙들고 그대로 집을 나올 수밖에 없었다.

그렇게 어머니를 따라 나왔지만 그러나 난감한 심정이었다. 정작 머리를 들고 갈 곳이 없었기 때문이다. 그래서 어머니와 헤어진 연이는 어쩔 수 없이 그가 살고 있는 집을 향해 서대문 영천으로 걸음을 옮겼다. 뜻밖에 생각지도 않게 불쑥 나타난 연이를 보자 식구 모두가 기다리기라도 했던 것처럼 반갑게 맞아 주었다.

그러나 그 날, 그 집 대문을 두들기고 들어간 걸음이 그토록 몸살을 앓고 살아야 했던 뜨거운 불지옥이었음을 그때는 상상조차 하지를 못했었다.

그야말로 돌이킬 수 없는 걸음이 되고 말았던 연이였다. 이제 그와 한평생을 살아갈 준비를 해야 했다. 그래서 집을 나올 때 손가락에 끼고 나왔던 약혼반지하며, 목걸이, 팔찌 모두를 보석상에 들고 나가 팔았다. 고가품이었던 만큼 웬만한 집 한 채를 거뜬하게 장만할 수 있는 거액이 손에 들어왔다. 그 돈으로 연이는 당시 한참 개발 도상에 있는 홍익대학교 밑에 위치해 있는 동교동에 이제 막 신축된 주택 한 채를 마련했다. 그리고 결혼식을 서둘렀다. 임신 4개월로 배가 불러오기 시작했기 때문이다.

그러니까 24살에 교포와 약혼을 하고, 다음 해 정월에 집을 뛰쳐나와 6월 5일 결혼식을 올리기로 한 것이다.

결혼식 전날이었다. 이제 임신도 된 상태에서 아버지도 더는 두 사람 관계를 만류하지 못할 것이라고 생각했다. 그만큼 철이 없었던 연이였다. 결혼식 전날 뻔뻔스럽게도 결혼식을 올린다는 청첩장을 손에 들고 신랑과 함께 아버지를 찾아갔다.

그런데 이게 웬일인가?

멀쩡했었던 작은 어머니의 두 눈이 그 사이에 마치 소 눈알처럼 툭 불거져 나와 있었다. 다음에 알게 된 일이지만 연이의 대책 없는 행동에 충격을 받고 속을 끓였던 관계로 신경선 갑상선으로 두 눈이 튀어나오기 시작했다는 것이다.

그야말로 철이 없어 세상을 몰랐던 연이의 대책 없는 행동으로 두 분이 그토록 마음의 고통을 받았으리라고는 상상도 못했었다. 작은 어머니는 눈이 불거져 나와 눈을 감고 뜰 수도 없는 상태에서 진물인지 눈물인지 연신 흘러 나오는 물기를 손수건으로 훔쳐내면서 처음에는 침묵으로 일관했다.

그런 분위기 속에 염치도 없이 사죄를 하며 청첩장을 내밀었던 연이였다.

두 분은 고개를 돌리고 냉담한 채로 말이 없었다. 어찌 할 말이 없으셨겠는가?

그러나 이미 돌이킬 수 없는 엎질러진 물이란 듯이 잠시 후 아버지는 무겁게 입을 열고 한 말씀하셨다.

"이제 와서 무슨 말을 하겠느냐? 이 애비가 모자라서 그런 것을……. 아무쪼록 너희 두 사람이 서로 좋아서 하는 결혼이니까 소리 없이 잘 살아 주기만을 바랄 뿐이다. 바쁠 텐데 어서 일어나 가 보거라."

그 말을 하시고 아버지는 눈빛조차도 마주보는 것이 고통스러우셨던지 우두커니 앉아 벽쪽으로 고개를 돌리셨다. 더는 앉아 있기가 민망스러웠다. 어떤 말도 할 수 없는 채 눈인사를 뒤로하고 물러나왔다.

그런 다음 날 결혼식장에서였다. 그래도 평생에 한 번 있을 딸자식 결혼식장에는 참석해 주리라고 믿었던 아버지의 모습은 보이지 않았다. 신부를 아버지가 데리고 들어가야 하는 것이 관례이기 때문에 그래도 참석해 주시리라고 믿고 있었다.

두리번거리며 아버지를 기다리던 큰오빠가 이윽고 나가서 모시고 오겠다고 뛰어 나갔다. 그런데 어찌된 셈인지 신부 입장 시간이 다 되어 가는데도 아버지의 모습은커녕, 모시고 오겠다고 하던 오빠의 모습조차도 보이지 않았다. 시간은 다가오고 초조해진 식구들이었다. 그러자 이번에는 시골에서 처제의 결혼식에 참석하기 위해 상경했던 형부가 어찌된 영문인지 알아보고 오겠다면서 달려 나갔다.

그러나 그 형부조차도 시간이 다 되도록 나타나지 않았다. 이제 더는 기다릴 시간이 없었다. 어쩔 수 없이 외가로 친척뻘이 되는 해군 양 소령 아저씨가 신부의 손을 잡고 식장으로 들어갔다. 그리고 예식이 끝나고 가족 기념 촬영을 할 그때였다. 축 처진 어깨에 풀이 죽은 얼굴 모습을 하고 나타난 오빠와 형부였다. 그러나 끝내 아버지의 모습은 보이지 않았다.

뒤에 알게 된 사연은 그랬다. 아무리 딸이 철없는 행동으로 엄청난 실수를 저질러 그와 같은 충격을 주었다고 하더라도 옛말에 자식 이기는 부모

없다는 말이 있듯이 아버지가 옷을 챙겨 입고 나오려고 할 때였다고 한다.

연이의 철없는 행동에 두 눈이 붉거져 튀어 나오기까지 했던 작은 어머니는 아버지의 행보를 극구 만류했었다고 했다. 하지만 딸의 결혼식에는 참석해야 한다는 아버지의 몸짓에 드디어 작은 어머니의 분노가 폭발하면서 아버지의 옷가지를 마당에 내던지면서 했다는 말은 그랬다.

"그년 결혼식에 가려거든 다시는 내 앞에 나타나지 마시요!"

그와 같은 상황에 아버지를 모시러 갔던 오빠는 그 두 분을 진정시키기에 바빴고, 뒤따라 상황을 알아보러 갔던 형부 역시도 그런 작은 어머니의 감정을 진정시키다가 결혼식이 끝났을 때쯤에 모습을 나타낸 것이다.

그렇게 온 집안에 시끄럽게 소란을 피우면서 결혼 예식이 끝났을 때였다. 그러나 신랑은 마치 개선장군이나 되는 것처럼 준비한 미8군 오픈카에 드레스를 입은 신부를 태우고 오른손 두 손가락으로 V자를 만들어 흔들어 보이면서 멋있게 남산을 돌아 나왔다. 그 모습은 마치 백마를 타고 달리는 왕자의 모습 그대로였다.

그러나 그날 그 행복한 웃음 뒤로 가슴을 아파하는 어떤 아가씨의 한 맺힌 울음이 풀어지고 있었음을 전혀 모르고 있었다. 결혼 후에 그 사실을 알게 되었지만 신랑은 연이와 사귀기 전에 그 직장 타이피스트 아가씨와 결혼을 약속하고 거의 동거생활을 하다시피 하고 지냈었다고 했다. 그런데 연이를 만난 이후 변심을 한 것이다.

그 아가씨는 그토록 믿고 사귀던 남자의 배신에 음독 자살을 시도했었으나 다행히도 일찍 발견됐던 관계로 목숨을 건져 회복했다고 했다.

그처럼 비밀한 사연이 있었음을 전혀 몰랐던 연이였다. 결혼 후에 시동생을 통해서 그 사실을 알게 되었다. 그런 사연이 있었기 때문에 신랑은 그날 결혼식장에 행여나 그 쪽에서 어떤 횡포가 있지 않을까 염려가 되어 친구들로 하여 그 경계를 삼엄하게 지키게 했었다고 했다.

그처럼 사연도 많았던 연이의 결혼이었다. 그렇게 주위에 견딜 수 없는 고통을 알게 모르게 안겨주면서 백년을 함께 살자고 화관을 얹고 그와 같이 문을 열었던 결혼 생활은 그것이 불가佛家에서 말하는 업보業報였었던 것일까?

그야말로 일년 삼백육십오 일, 대책 없이 출렁이는 남편의 바람기에 두 볼에 물기 마를 날이 없었다. 거기에다가 가속된 고통은 그처럼 대책이 없었던 연이의 가출로 인해 두 눈이 신경선 갑상선으로 튀어나오고 말았던 작은 어머니의 협박의 소리였다. 그 약혼 패물을 팔아 장만한 동교동 집이었던 만큼 불을 질러 버리겠다는 것이었다.

고민 끝에 신앙촌으로 친정어머니를 찾아가 그 일을 의논했을 때였다. 어머니는 기가 막힌다는 듯이 힘없이 말했다.

"그 집 전세를 놓고 시집으로 들어가거라. 눈이 튀어나온 여자가 뭔 짓을 못하겠냐. 그 참……."

그때 연이는 지난날 수술을 했던 팔이 임신을 하고 부쩍 붓고 아파 와서 손으로 주무르고 있었다.

"왜 그러냐?"

어머니가 놀란 눈을 뜨악하게 뜨고 물어왔다.

"그때 수술했던 팔이 애를 가지고부터 자꾸만 붓고 아프다니까요. 임신을 했으니 함부로 약을 복용할 수도 없고, 밤이면 아파서 도무지 잠을 못 자겠어."

그러자 어머니는 걱정이라는 듯이 쳐다보다가 갑자기 생각이 난다는 듯이 정색을 하고 말했다.

"얘야, 예수님이 그러셨잖니. 너희가 세상에서 빛과 소금이 되라고, 여기 내 아는 신도 한 사람이 무릎 관절이 심해서 일을 못 나가는데 삼베 조각을 누벼서 소금을 넣고 물을 뿌려서 무릎에다가 묶어 자고 일어나니까 거짓말처럼 진통이 없고 걷게 되더란다. 너도 그렇게 해 보렴."

그래서 집으로 돌아온 연이는 어머니가 일러준 대로 소금 주머니를 만들어 팔목에 감고 잤다. 그런데 이게 웬일인가.

아침에 눈을 떴을 때였다. 그렇게 심하던 진통이 언제 있었는가 싶게 멎어 있었고, 부기도 가라앉아 있었다.

"그러고 보면 예수님이 이 세상의 최고 과학자야. 어떻게 이걸 알으셨을까?"

너무나 신기했다. 연이는 그 이야기를 목욕탕에 갔을 때, 신경통 관절염으로 절름거리는 동네 아주머니들에게 믿거나 말거나 팔을 들어 보이며 그 치료방법을 일러주기도 했었다.

그리고 연이는 친정어머니의 말대로 그 집을 전세 놓고 불편하지만 마침내 시댁과 합쳤다. 그때쯤은 시아버지가 정년퇴직을 하고 나오셨기 때문에 영천 전셋집을 빼서 마포에 조그만 주택을 마련해서 살고 있었다.

그러나 그 많은 식구가 방 세 개의 좁은 공간에서 함께 모여 산다는 것은 여간 불편스러운 일이 아니었다. 거기에다가 새벽이면 일찍 일어나서 학교 가는 시동생들 아침 밥상에서부터 도시락을 챙겨야 했고, 매일 벗어 놓은 빨래 또한 만만치가 않았다.

더구나 그때 일반 가정에는 세탁기가 없던 시절이었다. 빨래를 손으로 주물러서 삶고 말려가면서 다림질을 해야 했고, 거기에다가 너절한 집안 일 하며 도무지 견뎌낼 수가 없었다. 그래서 집안일을 도와주는 식모를 구해 보았지만 식구가 많다는 이유로 머리를 흔들었다. 어쩔 수 없이 시골 언니에게 그 사정 이야기를 하고 식모를 시골 농촌에서 한 사람 구해달라고 부탁했다.

그렇게 해서 겨우 식모를 구하고 조금은 정신적으로 여유를 갖게 된 연이였다. 그러나 그 작은 어머니의 협박의 소리가 늘 마음에 걸렸다. 생각 끝에 그 마음도 달래줄 겸해서 을지로 메디컬센터로 모시고 갔다. 그리고 병원에 입원시켜 수술을 받게 하면서 그 뒷감당을 해 왔다.

참으로 그렇게 마음이 안정될 수 없는 고통의 날들 속에서 첫 아이를 출산했다. 그리고 한 달 쯤 지났을 때였다. 그 얼마 전에 옆 동네로 이사를 와서 살고 있던 시누이가 둘째 아이를 출산하게 되면서 시어머니는 딸의 해복 수발을 하기 위해 거기에 매달렸다. 그러자 식모는 하는 일이 생각보다 너무 많다면서 투덜거리더니 다시 시골로 내려가 버렸다.

출산을 하고 아직 건강이 완전히 회복되지 못한 상태였다. 밤이면 보채는 아이에 젖을 물려야 했고, 그렇게 밤을 설친 새벽 일찍부터 부엌에 나와 시동생들 아침밥과 도시락을 챙겨 주고 나면, 아이 기저귀에서부터 식구들 벗어 놓은 빨래를 주물러 삶아 널고 집안 청소를 해야 했다. 아이에게 젖을 먹이고 앉아 있을 그런 시간이 없었다. 어쩔 수 없는 환경에 아이는 시아버지가 맡아 안고 우유를 먹였다.

그처럼 밤잠을 설치면서 집안일을 도맡아 해야 했던 시집생활에 언젠가부터 눈에 피고름 같은 것이 끼어 불편했다. 그것을 보신 시아버지가 물어왔다.

"아가, 네 눈에 그게 뭐냐? 피고름 같은데……."

"잠을 못자서 그런가 봐요."

사실 연이는 그렇게 생각했다. 그때였다. 딸네 집에서 회복수발을 하시다가 잠깐 들르셨던 어머니가 그 말을 듣고 툭 하고 한 마디 던지셨다.

"옛날 시골 농사짓고 살던 여편네들은 애 낳고 바로 밭에 나가 일도 하고 밥도 해 먹고 그랬단다. 뭘."

그 말에 시아버지도 한 마디 하셨다.

"그런 당신은 그런 일 해 봤어? 해 보지도 않구선, 쯔쯔……."

시아버지가 며느리의 편을 들어 말하자 시어머니는 입을 삐쭉 한 번 해 보이고 나가 버리셨다. 참으로 별나게도 매몰찬 시어머니의 심술은 그야말로 특종감으로 소설 속에서나 만나볼 수 있을 정도였다.

연이가 어쩔 수 없이 그렇게 시댁과 합친 생활은 생각보다 여러 가지로 불편하고 힘이 들었다. 새벽 일찍부터 일어나 하루에도 몇 번씩이나 밥상을 차리고 집안일을 도맡아 해야 했던 연이는 어느 날 밤 심하게 열이 오르기 시작했다. 정신없이 식구들 아침상을 차려주고 세브란스 병원으로 달려갔다. 의사의 진단 결과 과로에 의한 급성 신우염이기 때문에 당장 입원치료를 받아야 한다고 했다. 그 입원 치료를 무려 한 달 동안이나 받아야 했다.

그렇게 병원치료를 받는 동안 가장 고통스러웠던 것은 음식을 먹지 못해 링거 주사를 맞을 때였다. 혈관이 나오지 않아 간호원들이 여간 애를 먹지 않았다. 학창시절 폐결핵을 앓았을 때 진통제를 많이 맞았던 것이 그 원인이었다. 그때 혈관이 수축되어 버린 관계로 어린 아이 혈관보다 더 수축되어 있고 약한 혈관은 찾기도 힘이 들었지만, 어린 아이 주사 바늘로 겨우 혈관을 찾아들어갔는가 하면 시퍼렇게 터져 버리곤 했다. 그처럼 고통스러운 병원생활을 하고 나왔을 때는 첫아이 백일이 내일 모레로 다가왔을 때였다.

그처럼 하루도 마음 편할 날이 없는 시집 생활은 살아 있다는 그 자체가 고통이었다. 줄줄이 돌아오는 시동생들 등록금하며, 그 많은 식구들의 생활을 감당해야 하는 일과 지출은 친정아버지가 염려하셨던 그대로 만만치가 않았다.

그때 한양대학교 정외과를 나온 시동생이 ROTC 군복무를 마치고 나왔다. 그리고 직장을 구하려고 밖으로 기웃거리며 다니던 시동생이 어느 날 술을 먹고 들어와서 퇴근을 하고 늦게 들어온 형님을 보고 말했다.

"형님, 저 장가 좀 보내 주세요."

"뭐. 그게 무슨 소리야? 아직 직장도 없는 놈이, 야 임마! 나는 고학하다시피 공부해서 지금까지 동생들 뒤치다꺼리 하고 내가 벌어서 장가갔어. 누구보고 시방 그런 소리하는거. 대학 졸업시켜 줬으면 니가 벌어서 장가가야 옳지."

형님의 말이 틀린 말은 아니었다. 시동생은 무색했는지 더는 말을 꺼내지 못하고 돌아섰다. 그 뒷모습이 왠지 서글퍼 보이면서 궁금했다. 장가를 보내 달라고 할 때는 마음에 두고 있는 아가씨가 있을 것이기 때문이다.

뒤를 따라 나가서 가만하게 물었다.

"삼춘아, 그럼 결혼할 상대 아가씨가 있다는 말이요?"

"형수도 봤잖아요, 집에 가끔 놀러 왔던 그 아가씨."

"아, 그 아가씨유?"

삼촌이 말하는 그 아가씨는 대학 동창생으로 동갑내기라고 했다. 그 아버지는 대한제분주식회사 간부로 가정환경이 좋았던 만큼 학교를 졸업하고 아버지의 주선으로 그 당시에 서울시 교육위원회에 근무하고 있었다.

그래서 처녀를 탐내는 중매쟁이가 줄을 이었고, 그 때마다 아가씨는 부모의 권유에도 고개를 돌렸다고 했다. 그리고 대학시절부터 정분을 나누어 왔던 시동생에게 그 입장을 털어놓음으로 더 없이 마음이 초조해진 시동생은 염치불구하고 그 말을 형님에게 꺼냈다가 그대로 딱지를 맞은 셈이었다.

시동생의 사정 이야기를 듣고 난 연이는 그 일이 마치 자신의 일처럼 마음이 아파오면서 많은 생각을 하게 했다. 그리고 마침내 크게 마음을 먹고 용단을 내렸다. 그래서 다음 날 시동생을 조용히 불러서 말했다.

"삼춘아 나도 그 아가씨 놓치고 싶지를 않거든, 우리 비상 대책을 한 번 강구해 보자구요."

"형수가 어떻게?"

"내게 생각이 있어, 돈은 있다가도 없는 것이지만 좋은 사람 한 번 놓치면 평생 두고 후회할 거야, 그러니 간소하게 결혼식 올리자구요."

시동생은 뜻밖이라는 듯이 눈을 크게 뜨고 다음 말을 기다렸다.

"동교동 집 전세를 놓은 돈 은행에 정기적금을 들어뒀거든. 그 이자를 받아 적금을 들고 있지만 해약하면 삼촌 신접살림 차릴 방은 준비해 줄 수 있어,"

무엇보다도 집안에 사람이 잘 들어와야 된다는 연이의 생각은 그렇게 단안을 내려 시동생의 결혼을 서둘렀다. 적금을 해약해서 집 근처에 부엌 달린 방을 한 칸 마련해 주고 연탄 백장에 쌀 한 가마니를 들여 놓아 주는 것도 잊지 않았다.

그리고 간소하게 결혼식을 올려 주었을 때였다. 남편은 시동생의 결혼식에 부대에서 신부 손목에 채워 줄 시계 하나 달랑 들고 나온 것이 전부였다.

그렇게 집안에 생각지도 않았던 경사를 치루게 된 것이 며느리 잘 들어온 덕분이란 듯이 시아버지는 더 없이 흐뭇해 하시었고, 시이모님 역시도 칭찬을 아끼지 않으셨다. 그러나 시어머니만은 당연이 형수로서 할 일을 한 것처럼 그 입칭찬조차도 인색했다.

물론 그 칭찬을 들으려고 한 것은 아니었다. 더불어 사는 가족이 건강하게 잘 살아 주는 것만이 서로가 편안할 수 있다는 생각이었다.

그러한 연이의 생각은 셋째 시동생 일만 해도 그랬다. 그 시동생은 어려서 약을 잘못 먹였던 관계로 살짝 가는귀가 먹어 정상적으로 듣지를 못했다. 그래서 대학교를 보내지 못했다. 그런 시동생의 진로가 더없이 측은하게 느껴졌다.

그러던 어느 날 신문 광고를 보다가 눈이 반짝해졌다. 그것을 계기로 시동생을 냉동기술학원에 이어, 전기기술학원에 입학시켜 돌려대면서 그 분야로 전문기술을 익히도록 주선을 했었다.

그 시동생이 군대 영장이 나와 입대를 하게 되었을 때였다. 그 어두운 귀가 혹독한 군대 훈련을 받게 되면 견뎌내기가 힘이 들 것 같았다. 그 일이 남의 일처럼 생각되지 않았다. 그래서 주머니를 털어 녹용을 한 재 지어다 먹였었다. 그것을 집에 놀러 오셨다가 보시게 된 시이모님께서 입이 마르게 칭찬을 하셨다.

"세상에 어느 부모가 군대 가는 자식 그렇게 신경을 쓰겠는가. 자네 그 얼굴이 참말로 달리 보이네."

어떻게 그럴 수 있었던 것인지 자신이 생각해도 모를 일이었다. 오직 그렇게 측은지심만이 앞섰던 연이였다.

그런 어느 날이었다. 딸이 어떻게 지내고 있는지가 궁금해서 찾아오셨던 친정어머니의 눈에는 딸의 시집생활이 더없이 고단해 보이고 걱정스러우셨던 모양이었다.

"내가 괜히 합치라고 혔는갑다. 이러다가는 니가 병나서 내 앞에 가겄다."

그리고 어머니는 당신의 호주머니 속에 그처럼 깊이 뭉쳐 넣어 두었던 마지막 비상금을 몽땅 털어 전셋집을 찾아 들어가는 데 보태라고 하시었다.

그렇게 동교동에 전세 놓았던 집을 다시 찾아 들어가도록 주선해 주신 어머니였다. 하지만 친정아버지에게 그토록 커다란 불효를 저지르고 결혼을 했던 연이에게 하늘이 준 고통은 그것으로 끝나지 않았다.

딸을 위해 그처럼 깊숙이 간직하고 있던 비상금까지 몽땅 털어 그 집을 다시 찾아 들어가도록 도와주셨던 어머니는 그 해 겨울, 한 장의 연탄마저도 아낄 요량이셨던지 구례 고향에서 올라와 같은 처지의 신도 집에서 함께 주무시다가 연탄가스를 마시는 불상사를 당하고 말았다.

당시 어머니는 소사 제1 신앙촌에서 범박리 제2신앙촌으로 들어가 믿음 생활을 하고 계셨다. 어머니가 위독하다는 전화를 받고 달려갔을 때는 헐떡이는 숨소리조차 조용한 채 눈에 흰 창을 드러내고 있었다. 어머니를 붙들고 눈 좀 떠 보라고 울며불며 애원해도 소용없는 일이었다.

그렇게 몇 시간이 지났을 때였다. 그 단지 내에서 순찰 업무를 맡고 있던 경비가 들어와 이제 그만 시간이 됐으니 나가달라고 했다. 그것이 정해진 그곳 규율로 저녁 6시가 넘으면 들어왔던 외부 사람들은 나가게 되어 있다고 했다.

하지만 이제 곧 임종하실 어머니를 그대로 두고 돌아설 수는 없는 일이었다. 그래서 마지막 세상 떠나는 어머니의 임종만이라도 지켜보게 해달라고 애원했다. 그러나 경비 아저씨는 그 안의 규율이 그런 만큼 자기로서도 어쩔 수 없는 일이라고 잘라 말했다.

그처럼 냉엄한 그 안의 규율에 연이는 자신이 지난날 그처럼 추종하고 믿어왔던 규율이었다는 사실을 새삼 다시 확인하면서 뒤 늦은 후회가 눈에 힘줄을 세우게 했다.

"좋습니다. 자식이 부모 임종도 볼 수 없는 것이 여기 규율이라면 모시고 나가서 임종을 보겠습니다. 택시를 불러주세요."

그렇게 해서 연이가 어머니를 안고 그 길로 청량리에 있는 성바오로 병원 응급실로 들어갔을 때였다. 의사가 새벽에 발견한 환자를 해 가지는 저녁 무렵에 모시고 오는 사람이 어디 있느냐고 어이없다는 듯이 힐문했다.

연이는 전후 사정을 말하고 제발 목숨만이라도 살려달라고 눈물을 흘려가며 애원했다. 그 애원의 간구를 하늘이 들어주셨던 것일까?

그처럼 이제 곧 숨이 넘어갈 것만 같았던 어머니가 입원 일주일 넘었을 때 손가락을 꼼질거리며 무슨 말을 할 듯, 할 듯 입을 달싹거렸다. 희미하게나마 의식이 돌아오고 있다는 의사의 말이었다. 비로소 살았다는 안도의 숨을 내쉬면서 어머니는 병실로 옮겨졌다.

그렇게 입원한 어머니의 병원 생활 3개월이 지나면서 조금씩 희미하게 의식이 돌아오고 있었다. 그러나 아직 일어나 앉고 걸을 수 있는 상태는 아니었다. 의사는 환자의 건강상태를 지켜보고 나서 조치를 취해야 한다고 했다. 환자의 상태가 연탄가스 중독으로 등짝하며 허리가 두 군데나 피고름이 뭉쳐 튀어나와 있었기 때문에 이식수술을 받아야 한다는 의사의 말이었다.

어쩔 수 없이 어머니를 신촌 세브란스 병원으로 옮겨야 했다. 병원이 연이가 살고 있는 동교동 집과는 거리가 멀었기 때문에 여간 불편하지가 않았다. 더구나 젖먹이 아이를 시아버지에게 부탁해서 우유를 먹이게 하고 병원을 뛰어다녀야 했던 그때의 고통은 이루 말할 수가 없었다.

마침내 어머니는 세브란스 병원으로 옮겨져 이식 수술을 받고 6개월 만에 퇴원을 했다. 환자가 무의식 상태에서 침대에 등짝을 부비는 바람에 두 번이나 재수술을 받았었기 때문이다.

그 당시 연이의 주위에는 어머니의 병간호를 맡아줄 사람이라곤 아무도 없었다. 교편생활을 하던 언니는 9남매 장남 며느리로 시집을 가서 세 아이를 낳고 시골 농촌생활을 하고 있었으며, 시청에 다니는 큰오빠는 올케가 일찍이 연이의 전도 영향을 받아 아이들 셋을 데리고 신앙촌으로 들어가 버렸기 때문에 홀아비 생활을 하고 있었고, 총각 작은 오빠는 그때 고려원양 소속의 선장으로 태평양 조업을 하고 있었으며, 막내 동생 상철이는 해군을 제대하고 외항선을 타고 있었기 때문에 둘러보아야 돌봐줄 친척 하나가 없는 그야말로 적막강산이었다.

그렇게 병원과 집을 헐떡거리며 뛰어다녀야 했던 연이의 생활은 말이 아니었다. 그 고통은 어머니가 병원을 퇴원하고 나와서도 마찬가지였다. 집으로 모시고 들어올 수밖에 없었던 환경에서 밤중에 무의식 속에서 쏟아내는 어머니의 대소변은 그 악취가 온 집안에 묻어 진동을 했다. 숨을 쉴 수 없는 고역이었다.

그러한 고통의 날들 속에 도움을 주기는커녕 거기에 고통을 더해 주고 있는 사람이 큰오빠였다. 다니던 시청에서 어떤 사건에 연루되어 사표를 쓰고 나왔다. 그리고 광산업에 손을 댔다가 빈손이 되어 버린 오빠는 하는 일마다 그렇게 신통치를 않았던지 동가식東家食 서가숙西家宿을 하고 다니면서 가끔씩 술이 만취해 들어와 코맹맹이 소리를 늘어놓곤 했다.

그야말로 곤혹스러운 생활을 하고 있는 동생의 입장과 어머니의 처지는 장남으로서 그 책임감마저 전혀 느껴 보지 않은 사람 같았다. 그 날도 어디서 밤을 새워 술을 마셨던지 통금이 해제되어 들어온 오빠의 흐느적거리는 말이었다.

"이 더러운 놈의 세상, 천지개벽이나 해 버려라 쿵!"

그런 오빠의 모습에 속이 상해 오는 연이가 한 마디 했다.

"아무리 뭐가 마음 먹은 대로 안 이뤄진다고 해도 그렇지, 그럴 바에는 이 꼴 저 꼴 보지를 말고 차라리 일찍 하늘나라에 가서 편안히 쉬셔."

그 말을 뒤로 던지고 누워 있는 어머니를 향해 말했다.

"저렇게 책임감 없는 아들도 장남이라고 낳고 엄니는 미역국 잡수셨수?"

그러나 그 말이 화근이 되었다. 아침 식사 준비를 하고 있을 때였다. 밖에서 누군가 요란스럽게 대문을 두들기는 소리가 들려와 문을 열고 밖으로 얼굴을 내밀었을 때였다.

대문 밖에서 무슨 일인지 동네 사람들이 웅성거리고 있었고, 그 중에 낯익은 옆집 아주머니가 다급하게 말했다.

"애기 엄마! 큰일났구만요, 얼른 저기 가 보세요."

무슨 영문인지를 몰라 그 아주머니가 가리키는 곳으로 뛰어갔을 때였다. 동네 옆으로 흐르는 개천가 언덕에 사람들이 웅성거리고 있었다. 그 속에 진흙탕 물을 온 몸에 뒤집어 쓴 채 얼쩡하게 서 있는 오빠의 모습이 얼핏 눈에 들어왔다. 술에 취해 사고를 쳤구나 싶었다. 가슴이 철렁했다.

그런데 그 사고는 어이없게도 술기운에 의한 오빠 혼자만의 해프닝이 아니라, 환자 어머니까지를 들쳐 엎고 개천에 빠져 죽어 버리겠다고 뛰어든 그야말로 어처구니없는 해프닝이었다.

그래도 오빠는 다행히 술기운을 빌어 돌계단으로 다시 올라온 것 같았다. 하지만 보행을 할 수 없었던 환자 어머니는 진흙탕 뻘 바닥에 주저앉아 울상을 하고 이쪽을 올려다보고 있었다.

참으로 온 동네 망신을 그렇게 시켜준 큰오빠였다. 그때 고맙게도 동네 장정 두 사람이 내려가 어머니를 부축해 들쳐 업고 올라왔다. 그 뒤처리를 혼자 감당해야 했던 그때의 연이 심정은 살아 숨을 쉬고 있다는 그 자체가 고통으로 차라리 죽어 버리고만 싶었다.

"온 동네 망신을 다 주고 이게 뭐유? 죽고 싶으면 혼자 죽든지 할 일이지."

참으로 대책 없는 오빠가 더 없이 원망스러워지면서 별 생각 없이 입 밖으로 튀어나간 말이었다.

그러나 그 말이 다시 또 불씨가 돼서 돌아왔다. 며칠이 지나고 통금 시간이 임박해 올 무렵이었다. 오빠는 그 날도 술이 만취해 들어왔다. 그런 모습이 오빠이거니 하고 대문을 열어주고 뒤도 돌아보지 않고 들어와 버렸다.

그런 얼마 후였다. 고향에서 직장 관계로 올라와 있던 육촌 동생 선희의 목소리가 난데없이 큰 소리를 냈다.

"언니야! 언니야! 큰일 났어. 빨리 나와 봐!"

영문을 모르는 연이가 방문을 열고 나갔을 때였다. 동생 선희가 축 늘어진 오빠의 어깨를 껴안고 반 울음으로 말했다.

"오빠가 약을 먹었어, 언니야 빨리, 빨리 엠블런스 불러요."

"뭐야?!"

아찔했다. 정신없이 엠블런스를 불러 오빠를 싣고 신촌 로터리에 있는 병원 응급실로 들어갔다. 다행히 약기운이 전신에 퍼지지 않은 상태라고 했다. 관장을 시킨 다음 날 아침이었다. 퇴원을 시키려고 할 때였다. 오빠의 광기가 다시 또 발동을 했다.

"빨리 죽으라고 할 때는 언제고 살리긴 왜 살려? 이 더러운 세상 살기 싫다는데!"

그 말을 내뱉음과 동시에 오빠는 병원 입원실 문을 발로 차고 주먹으로 부수더니 뒤도 돌아보지 않고 휑하니 밖으로 사라져 버렸다.

그 뒷모습을 넋 놓고 멍하게 쳐다보고만 있던 연이의 눈에서는 어느 새 두 줄기 눈물이 흘러내리고 있었다. 오빠가 그런 모습을 하고 다니는 것도 어쩌면 자신에게 어느 정도는 책임이 있다고 느껴졌기 때문이다.

그러니까 지난날 연이의 영향을 받아 신앙촌으로 세 아이들을 데리고 훌쩍 들어가 버린 올케였다. 그래서 홀아비로 그 쓸쓸함을 달래야 했던 오빠는 그처럼 술을 마시면 때로는 광기가 발동을 했던지 그런 모습을 만들어 내곤 했다. 그래서 때로는 측은해지기까지도 했다.

하지만 그러한 친정 식구들을 핑계 이유로 남편은 밖으로 돌았다. 그렇게 고통스러운 생활 속에서 어느 사이 또 둘째를 임신하고 낳은 아이가 딸이었다. 그런 환경에 식모조차도 오래 붙어 있지를 않았다. 일도 일이지만 악취가 심해 견딜 수가 없다는 것이 그 이유였다. 어쩔 수 없는 생각 끝에 환자의 악취를 차단하기 위해서 동교동 단층 가옥을 팔고 불광동 3층 건물을 사서 이사를 했다. 다행히 은행 융자를 안고 살 수 있는 건물이었기 때문이다.

그래서 1층은 세를 주고 이층은 환자 어머니의 거처로 삼게 했으며, 연이는 3층에서 아이들과 함께 생활했다. 그렇게 환자 뒷바라지에 겹쳐 몇 집 생활비를 감당해야 했던 정신적 고통은 이루 말할 수가 없었다.

그렇게 힘든 생활을 하고 있을 그때 남편은 군산비행장으로 이동 발령을 받았다. 주말부부 생활이 시작되었다.

그러던 어느 날 아침 조간신문을 펼쳐 들었을 때였다. 이게 웬일인가?

눈이 반짝했다. 뜻밖에도 그야말로 눈물을 핑 돌게 하는 기사가 눈길을 붙잡아맸다. 가슴 저 깊이 묻어 두었던 첫사랑의 남자, 그 이름 석 자가 거기 보석처럼 빛을 내면서 반짝이고 있는 것이었다. 그는 임기를 마치고 상

공부 상역국장의 직책을 맡고 귀국한 것이었다. 참으로 보석처럼 반짝이며 돌아온 그의 이름은 단절된 시간만큼 더욱 영롱하게 활자화 되어 빛을 내고 있었기에 더 없이 반가웠다. 하지만 또 한편으로는 슬퍼지기까지도 했다.

그토록 반짝이는 그 이름 앞에서 연이는 감격하고 있었지만, 그러나 우뚝 선 등대를 멀리 바라볼 수밖에 없는 자신의 처지였기에 '안녕' 이란 말 한 마디 전할 수 없는 채, 행방은 영원한 비밀로 숨어 버리기로 했다.

그렇게 성공해서 귀국한 그는 가끔씩 그의 모습을 TV 한국경제 좌담을 통해 보여주고 있었다. 그때마다 저 깊이 묻어 두었던 그리움이 살며시 다시 살아 오르면서 두 볼에 물기를 젖게 했다.

그처럼 한 때 아침 이슬 머금은 풀잎처럼 가슴 젖게 했던 남자, 그 사랑의 추억을 연이는 시詩로 읊어 담았다.

풀잎 사랑

오늘도
아침 햇살처럼
그 이름 반짝이는
잊지 못할 사람아,
그대와 내가 주고 받은
사랑의 밀어는
아침 이슬 머금은
풀잎의 시였다네.

우리는 동화 속에
하―얀 집을 짓고
초원처럼 파랗게
파란 꿈을 꾸었지.

그러나 이제는
사라져 간 꿈
그대와 나의 사랑은
아침 이슬에 젖는
풀잎의 시였다네.

따스한 봄날, 그와 사랑의 눈빛을 주고받던 4월의 아름다웠던 추억이 신
록의 푸르름처럼 살며시 다시 살아 올랐다. 그 가슴을 〈4월이 오면〉이란 시
詩로 펼쳐 『주부생활』에 투고했었다.

4월이 오면

그리움이, 아쉬움이
신록의 푸르름처럼
푸르러지는 계절,
남산에 진달래꽃 활짝 피고
노란 개나리 꽃망울 터트리던
햇빛 따스하던 봄날
우리들이 부르던
그 사랑노래,

봄빛 가물거리던
5월 어느 날
사슴의 눈망울을 하고
손을 흔들었던
이별의 공항 터미널,
사랑의 기쁨은 떠나고

4월이 오면
메기의 추억 그
고곡古曲을 흥얼거린다.

오늘도
그리움에 젖어
가만하게 불러보는
추억 속의 그 노래
세월은 흘러가고
먼— 훗날 나는
백발의 그대를 만나도
두 눈이 호수처럼 깊던
그대를 회상하리라.

　마침내 그 시가 활자화 되어 나왔을 때, 연이는 그 시를 들여다보면서 따스했던 봄날에 그가 곧잘 십팔번처럼 불러주던 노래를 가만하게 흥얼거렸다.
　"아름다운 꿈 깨어나서 하늘의 별빛을 바라보라～. 한갓 헛되이 해는 지나 나에게 남모를 허공 있네～."
　　　Beautiful dreamer guee of my song
　　　List while I woo thee with soft melode
　　　Gone are the cares life' s busy throng
　　　beautiful dreamer wakeun to me!

　그처럼 아름다웠던 추억 속에 가슴 속 저 깊이 묻어두었던 남자, 그는 귀국하여 그렇게 이름을 반짝이며 TV 화면에 모습을 나타내고 있었다.

재회

이 세상의 모든 만남은 모두가 그 인연법에 의해서라고 하든가.

TV 화면에 그처럼 가끔씩 그 모습을 나타내는 첫 사랑의 남자, 그는 추억을 다시 살랑이게 하는 그리움으로 연이의 가슴을 젖게 하곤 했었다.

그런 그는 이후, 연이의 결혼 생활에 그야말로 엄청난 도움을 주었던 구세주나 마찬가지 역할을 해 주었다. 그 당시 남편은 군산비행장 근무로 내려가 있었기 때문에 주말부부 생활이었다. 그런데 주말에 올라온 남편의 손등이 볼쌍사납게 깨물려 있었다. 놀래서 그 연유를 물었다.

"손등이 왜 그래요?"

"음… 그 녀석이 건방지게 굴어서……."

남편은 말끝을 흐렸다. 분명히 무슨 일이 있었구나 싶었다. 그런데 얼마만에 남편이 하는 말은 그랬다. 자기가 카츄샤(KATUSA) 군복무를 할 때 밑에서 굽실거리던 하사관 녀석이 사회에 나와 그 비행장 부대 안에서 터키탕을 운영하고 있더라고 했다.

그런 만큼 당시 부대 안의 흐름의 관례상 외제 물품을 뒷거래 흥정으로 밖으로 유출하여 많은 부를 축적할 수 있었고, 그래서 70년대에 벤츠를 타고 다닐 정도로 돈을 벌어 그 지방 유지로 대우를 받고 행세를 하고 있었음은 말할 여지가 없다. 아무튼 그렇게 성공한 것까지는 축하를 해 줄 일이지만, 그러나 그 부대를 출입하면서 자기를 언제 보았던가 싶게 무시하고 그 부대 총책(Manager)만 보란 듯이 만나고 다니며 거들먹거리는 그 꼴이 더 없이 자존심을 상하게 한다는 것이었다.

"지가 돈 좀 벌었다고 그렇게 목에 힘을 주고 댕기면서 언제 봤드냐 하는 식이잖아."

남편의 말은 그랬다. 그처럼 군복무 시절과는 전혀 다르게 사회에 나와 뒤바꿔진 자신의 처지가 더 없이 초라해지면서 술을 마시고 자기도 모르게 분함을 참지 못하고 손등을 깨물어 버렸던 것이라고 실토를 했다.

그 마음이 조금은 이해가 될 것도 같았다. 남편의 자존심이 그렇게 뭉개졌다는 것은 곧 가족의 자존심이나 마찬가지다. 그 마음이 연이에게로 전이되어 왔다. 남편의 바람기에 애증의 불꽃을 튕기고 있었던 연이였지만, 그러나 그 말을 듣는 순간에 언제 우리가 냉전이었느냐? 하는 식으로 방관만 할 수 없게 만들었다. 그야말로 그 얼굴도 보지 못한 사람을 향해 눈에 힘줄이 꼿꼿하게 세워지면서 번개처럼 떠오르는 얼굴이 있었다.

'그래, 그 사람이라면 할 수 있을 거야. 부탁해 보자.'

구겨진 남편의 자존심이 그야말로 자신이 무시당하고 있는 것처럼 견딜 수가 없었던 연이의 생각은 그랬다. 그 사람이라면 그가 맡고 있는 근무 직책상으로 보아 도움이 되어줄 수도 있을 것 같았다. 미8군을 관할하는 한국 정부의 대변인 직책을 맡고 있었기 때문이다.

그처럼 오직 남편의 자존심을 세워주어야 한다고 마음이 달아오른 연이였다. 지난날 공항에서 그와 이별할 때 시를 써서 꽃다발 속에 묶어 담아 보냈던 것과는 전혀 다른 상황에서 머뭇거림도 없이 손놀림을 하기 시작했다.

그 서두의 내용은 '도와주세요!' 였다. 그리고 이렇게 pen을 들 수밖에 없는 지금의 심정은 차라리 저 낙도에 숯을 굽는 아낙이 오히려 부러울 정도로 서글프다고 했다.

하지만 어쩔 수 없이 이렇게 자존심을 뒤로 하고 구원을 요청하게 된 것은 이제 두 아이 엄마로서 살아야 한다는 것 때문이라고 마음을 적어 보냈다. 그 편지 속에 집 전화번호까지를 적어 넣고 광화문 광장에 우뚝 솟아 있는 그의 직장 주소로 띄워 보냈다.

그에게서 전화가 걸려왔다. 참으로 몇 년만에 들어보는 그의 목소리였다.

"편지 받고 놀랬어. 그렇잖아도 유(You) 소식이 여간 궁금하지 않았는데……."

그가 하는 첫 마디였다. 그리고 거기에 덧붙여 말했다.

"그동안 얼마나 변했는지 궁금하구만……."

순간 눈 안에 싸르르한 물기가 차오르면서 떨리는 가슴이 목소리마저 떨리게 했다.

"있잖아요, 신문을 보고 알았어요, 귀국하셨다는 거……."

"그랬구만, 아무튼 그 얼굴도 보고 싶고 하니까 우리 사무실에서 만났으면 하는데……."

그와 만남의 재회는 남편의 일로 해서 그렇게 다시 이어졌다. 연이는 반가움과 떨리는 가슴을 조용히 안고 광화문에 있는 그의 사무실을 찾아 올라갔다. 그리고 노크를 했을 때였다. 그는 마치 기다리고 있었던 것처럼 문을 열어주면서 눈빛으로 많은 말을 대신했다. 연이 역시도 마찬가지였다.

"앉지……."

얼마 만에 자리로 걸음을 옮기면서 그가 하는 말이었다. 그러나 몇 년 만에 얼굴을 마주 대하는 연이는 해후의 인사를 어떻게 할지 몰라 고개를 떨치고 그를 바로보지 못했다.

"곱던 얼굴이 몹시 상했구만, 그래, 두 아이 엄마라고?"

"네, 그래서……."

"알고 있어. 애기 아빠가 미8군에 다닌다니 다행이구먼, 내가 조그만 힘이라도 되어 줄 수 있을 테니까."

그토록 민망스러운 만남의 자리를 하고 연이는 그동안 살아온 이야기를 부끄럽게 털어놓았다. 그리고 도와줄 것을 부탁하고 돌아온 며칠 후였다.

그에게서 반가운 전화가 걸려왔다. 그는 벌써 남편이 근무하는 군산비행장 미군부대를 미8군사령관과 함께 그 부대 검열이라는 명분으로 내려가기로 조치를 취해 놓았다면서 덧붙여 말했다.

"나는 자동차로 먼저 내려가고 사령관은 비행기로 내려오니까 유가 그 비행기로 내려오면 거기서 같이 만나게 될 거야. 우리 거기서 보자고."

그는 연이가 무엇을 원하고 있는지 벌써 다 알고 조치를 취해 놓았다는 듯이 말했다. 그러나 아직 사회 물정을 제대로 모르는 연이었다. 그가 어떤 도움을 줄지가 궁금해지면서 그를 만나서 주고받았던 말을 남편이 알고나 있으라는 듯이 전화를 걸어 그 마음에 준비를 하도록 전했다.

그렇게 그 부대 검열 행사 일정이 정해졌다는 날이었다. 그날 연이는 미8군사령관이 탑승하게 될 것이라는 비행기 시간에 맞추어 그 비행기를 타고 군산비행장에 도착했다.

그 비행장 부대 안에서 근무하던 100여 명이 넘는 직원들이 모두 나와 줄을 서서 사령관을 환영했다. 비행기로 내려오는 사령관을 마중하기 위해 앞으로 나와 있던 그가 사령관과 나란히 서서 부대 직원들의 인사를 받으며 걷다가 갑자기 걸음을 멈춰 세웠다. 그는 가슴에 달고 있는 남편의 명찰을 보고 연이의 신랑이란 것을 알아본 것 같았다. 나란히 걷고 있던 사령관의 소매를 끌며 뜻밖에도 남편을 소개했다.

"My sister in law husband."

그러니까 그가 정신적으로 맺은 동생의 남편이라는 말이었다. 그러자 사령관은 의외라는 표정이었다. 남편과 그를 번갈아 쳐다보다가 알아들을 수는 없었지만 무슨 말인가를 하면서 남편에게 손을 내밀어 악수를 청했다. 다음에 남편이 전해 준 말로는 사령관이 왜 이제야 소개를 하느냐고 했다는 것이다.

환영 나온 그 많은 비행장 근무자들 앞에서 그는 그렇게 보란 듯이 남편 뒤에는 엄청난 배경이 있음을 과시해 보여줌으로써 그 자존심을 통쾌하게 세워주고 있었다. 그것은 도무지 상상할 수도 없는 일로 남편으로서는 더없는 영광으로 쾌거였다. 그렇게 연이를 위해 사령관까지 동원해서 남편의 위상을 세워주고 있었던 그였다.

그래서 공사다망한 중에도 그처럼 번거로운 일을 자초해서 만들어 가지고 내려온 그의 마음이 뜨겁게 전이되어 오는 연이였다. 더 없이 통쾌하고 가슴 뿌듯하면서도 한편으로 그를 향한 미안함과 고마움에 눈시울이 뜨거워졌다. 미8군사령관이 지방 미군소속부대를 직접 검열을 하기 위해 내려온다는 것은 결코 쉽지 않은 일이었기 때문이다.

미8군사령관이 그날 그렇게 움직여 주었던 것은 그의 직위가 한국에 주둔해 있는 미8군을 통괄하는 한국정부 대변인의 위치에 있었기 때문이다.

그러나 그날 남편뿐 만이 아니라, 그 부대 전체 직원들을 놀라게 한 것은 그 다음 일이었다. 그곳 검열 행사를 끝마친 사령관이 서울로 귀경할 때, 연이도 따라서 그 비행기에 탑승하려고 했었다.

그런데 남편은 뜻밖에 그의 위상을 세워준 마누라가 새삼스럽게 고맙고 다시 보였던지 헤벌쭉하게 웃으면서 며칠 휴가를 내고 왔노라고 했다. 며칠 여행을 다녀오자는 것이었다.

그래서 장교클럽으로 들어가 음식을 주문해 놓고 먹고 있을 때였다. 그때 한 직원이 들어와 급히 사무실에서 남편을 찾는다고 말했다.

"무슨 일이지? 잠깐 가 보고 올게."

그 말을 뒤로 하고 남편은 바쁘게 사라졌다. 그리고 잠시 후 모습을 나타낸 남편은 전에 없이 얼굴에 생기가 돌면서 그야말로 믿어지지 않는다는 듯이 고개를 갸웃거리면서 말했다.

"그 참, 낙하산 줄도 그런 낙하산 줄이 없네 그려."

"무슨 일인데 그래요?"

"글쎄, 내가 이 부대 총책(manager) 자리에 임명됐다는 거야."

"어머! 그럼 지금 있는 사람은 어쩌고?"

"잠깐 비켜 앉아 있으라는 거지."

"검열에서 무슨 사고가 있었던 것도 아닌데 그렇단 말예요?"

"그러니까 이상하다는 거야, 다들."

"어떻게 그럴 수 있대요? 당신이 임시로 그 자리를 맡는다는 것도 말이 안 되는데 몇 등급을 훌쩍 뛰어서 그 자리에 정식 임명을 받았다니 믿어지질 않네요."

순간 그 사람이 능력 행사를 사령관을 통해서 했구나 싶었다. 그렇지 않고는 도저히 그럴 수가 없는 일이었기 때문이다. 연이 자신도 그토록 엄청난 인사 발령에 처음에는 어리둥절해질 수밖에 없었다. 하지만 그 인사 발령은 미8군사령관이 서울로 상경한 즉시 중앙본부에 지시한 것이라고 했다. 다음에 알게 된 사실이지만 그러한 인사 발령은 미군부대가 한국에 들어와 주둔한 이후로 전무후무前無後無한 일이라고 했다. 그만큼 그는 연이를 위해 작정하고 미8군사령관까지 동원하고 내려와서 온 부대 안이 떠들썩하게 남편의 자존심을 보란 듯이 세워주고 그날로 올라갔다.

그처럼 큰 가슴의 고마움을 참으로 말로는 다 표현할 수는 없는 일이었다. 두 눈에 흙이 들어갈 때까지 두고두고 잊지 못할 것만 같았다.

남편은 뜻밖에 진급 발령을 받고 사무실로 다시 들어갔고, 연이는 다시 그 길로 서울행 비행기에 올랐다. 그때의 기분은 남편이 진급 발령을 받았다는 기쁨보다는 가슴 속에 묻어 둔 사람, 그토록 진실한 사랑의 무게를 다시 확인한 것 같아지면서 가슴이 뭉클뭉클 젖어왔다.

그렇게 통쾌하게 많은 직원들 앞에서 나보란 듯이 자존심이 세워진 남편이었다. 그러나 정작 남편의 자존심에 대한 문제는 거기에서 끝나지 않았다. 물론 그것이 가슴을 넓게 타고나지 못한 남편의 인성人性이 그 문제를 만들게 한 근본 원인이기도 했다.

그날 그렇게 남편이 부대 안의 전 직원들이 보는 앞에서 자존심을 세워 보였으면 더욱 겸손하게 모든 동료들을 대했어야 옳은 일이다. 설령 남편의 자존심을 상하게 했던 그 사람의 지난 행동에 서운함이 있었다손치더라도 오히려 보란 듯이 그를 가슴으로 넓게 품어주는 것이 통쾌하게 자존심을 세워 보인 승자의 모습일 것이다.

그러나 남편은 그렇지를 못하고 마치 좁쌀처럼 '너 이 자식, 나 언제 봤드냐 하고 총책만 찾고 놀았지. 내 뒤에 이런 배경 있어 임마!' 보지 않아도 남편은 그런 눈빛 몸짓으로 그를 대했던 것 같았다.

그런 모습에 그 역시도 '그래, 어디 두고 보자, 그 자리 얼마나 버티는지.' 그리고 밖으로 감시의 그물망을 친 것이 틀림없었다. 그는 그 당시에 시골 조그만 도시 군산에서 벤즈를 타고 다닐 정도였고 보면, 각 기관장들과 각별하게 지낼 수 있는 지방유지급에 속한 인물이다.

그런 기관장들을 상대로 하는 지방인물과 부대 안의 외제 물품을 비정상 뒷거래 흥정으로 수입을 올리고 있는 그 부대 총책이 맞대응을 한다는 것은 자폭행위나 마찬가지인 것이다.

그렇다고 외제 물품을 받아가는 상인들과 뒷거래를 안 할 수도 없는 형편이었다. 사실 그 부대에 근무하는 외국인들이 생활필수품으로 사인을 하고 가져가는 물품 수량은 뒷거래 상인들에 의해 밖으로 유출되는 분량에 비하면 아무것도 아니다. 그렇게 부대에서 밖으로 유출되는 물품 수량을 마치 외국인 근무자들이 소비시킨 수량으로 서류상 꾸며서 밖으로 유출시켜 왔던 것이 그동안의 관례였다.

그 뒷거래 수입이 미군부대 근무자들에게 있어서는 만만치 않았던 것만큼은 사실이다. 그런데 그 물품이 감시 그물망에 의해 밖으로 빠져 나가지 못하고 그대로 창고에 쌓이게 된다면 그로 인해 들어오는 수입이 문제가 아니다. 그동안 서류상 꾸며서 밖으로 유출시켜 왔음을 스스로 드러내 주는 격이기 때문에 상부의 조사를 받을 수밖에 없는 일이라고 했다.

그 부대 총책으로 앉아 있는 남편으로서는 이만 저만 고민이 되지 않는 모양이었다. 시무룩해진 표정에 축 늘어진 어깨가 힘이 하나도 없어 보였다. 그렇게 고민을 하던 남편이 이른 봄 어느 날 난색을 하고 올라와 어떻게 해야 좋을지 모르겠다며 투덜거리면서 말했다.

"그 녀석이 끝까지 나하고 해 보겠다고 그물망을 치고 나오는데 밟아 죽일 수도 없고, 그 참 쯧 쯧……"

늘어놓는 상황이 그림이 그려졌다. 여간 답답하지가 않았다. 미군부대 근무자들 월급은 시간제이기 때문에 국가 공무원 월급이나 마찬가지였다. 하지만 우리나라에 아직 수입코너가 없던 시절이었던 만큼 상인들과 뒷거래 수입이 그렇게 만만치가 않았던 것이다.

그러나 지금 당장 남편 앞에 놓인 걱정은 그 뒷거래 수입보다도 그대로 가면 그동안의 판매 수량과 많은 차이가 있기 때문에 어쩔 수 없이 서류 조사를 받게 될 것이고, 그렇게 되면 그동안 뒷거래를 해 왔다는 것이 들통이 나게 될 것이라고 걱정을 했다.

"수입은 그만 두고라도 그동안 해먹은 거 들통나는 것이 시간문제네요. 어쩐대요? 그만 두고 나올 수도 없고……."

"그만 둔다고 해결될 문제가 아니야, 그녀석이 물고 늘어지면……."

"당신도 그렇지, 그때 좀 다독거렸으면 그렇게 나오지 않았을 건데……, 그래서 미운 놈 떡 하나 더 주라고 한 말도 있잖아요."

"그 참, 이제 와서 그 녀석한테 자존심 상하게 손 내밀 수도 없고……."

듣고 보니 문제가 보통 심각한 것 같지 않았다. 그렇게 어두운 얼굴을 하고 남편이 내려간 월요일 날이었다. 생각 끝에 연이는 그 문제를 염치없는 일이지만 그 사람과 의논해 보아야 될 것 같아 전화를 걸었을 때였다.

그가 반갑다는 듯이 말했다.

"그래, 별 일은 없고?"

"네, 그런데 좀 의논할 일이 있어서……."

"의논할 일이라. 그럼 오후에 청사 밑 다방에서 만나지, 그동안 이야기도 좀 듣게."

"고마워요, 바쁘실 텐데……."

"난 유가 잘 살아 주고 있는 것만 해도 고마운 걸. 핫, 핫, 하……."

다시 또 가슴이 뭉클하게 고마웠다. 바쁘게 약속된 다방으로 뛰어나가 그를 마주 대했을 때였다. 미안함과 부끄러움이 앞서 말이 더듬거려졌다.

"사실은 저 있잖아요……."

그러자 그는 뭔가 느낌이 이상했던지 물어왔다.

"무슨 일이 생긴 거구만, 그렇지?"

다그쳐 묻는 말에 시선을 마주하지 못하고 그동안 남편 신상에 있었던 일을 대충 털어 놓았다. 그러자 그는 잠시 무슨 생각을 하는지 말이 없다가 얼마 만에 입을 열었다.

"그렇다면 자리를 바꾸어 앉는 수밖에 없겠는 걸."

"그럴 수만 있다면 얼마나 좋겠어요, 사실 주말부부 생활을 하니까 불편한 점이 한두 가지가 아니에요."

"그렇겠지, 기다려 봐요. 서울로 옮겨 볼 테니까……."

그 말만 들어도 눈이 번쩍해졌다. 헤어져 집으로 돌아온 연이는 그 말을 남편에게 전화로 전해 주었다. 그리고 일주일 쯤 되었을 때였다. 얼굴이 지난 번 올라올 때와는 달리 편안해 보이는 남편이 말했다.

"갑자기 본부 인사과장이 내려와서 보직은 어디라고 말하지 않고 서울 본부에서 월요일날 보자고 하드라구."

이제는 살았구나 싶었다. 그래서 월요일날 아침 본부로 들어가는 남편을 보고 말했다.

"그 분이 서울로 옮겨 보겠다고 했으니까 아마도 좋은 자리로 배치시켜 줄 거예요, 사령관 빽 줄을 동원했을 테니까."

지난번 있었던 일로 미루어 볼 때 충분히 그럴 수 있다고 믿었다. 그래서 남편이 본부에 들어가서 반가운 소식을 들고 오기만을 기다렸다. 그런데 이게 웬 일인가? 저녁나절 귀가한 남편의 얼굴이 집을 나설 때와는 전혀 다르게 힘이 하나도 없어 보였다.

"왜, 무슨 일이라도 있었어요?"

"나 도무지 무슨 영문인지 모르겠네, 본부로 들어오라더니 갑자기 웬 영어 시험지를 내놓고 시험을 보게 하잖아? 내가 뭐 학생인가 시험지를 내놓게? 기가 막혀서……."

생각지도 않았던 소리에 너무나 놀라 다시 물었다.

"그게 무슨 소리래요? 그래서 어찌 됐어요?"

"어쩌긴 어째, 시험을 봤지. 그런데 다행히 카트 라인은 면했지 뭐야. 뭔가 느낌이 이상하단 말이야. 누를라면 제대로 확실하게 누르던가……."

남편은 마치 빽줄을 확실하게 눌러주지 못했다는 식으로 볼묵은 소리를 했다. 연이 역시도 얼른 이해가 되질 않았다. 하지만 어쨌거나 그 영어 시험에 67점을 맞고 겨우 커트 라인을 면했다는 남편의 말에는 일단은 안도의 숨을 내쉬었다. 그러나 남편은 뭔가 기분이 좋지 않다는 듯이 중얼거리듯이 말했다.

"카트 라인은 면했지만 매니저로서 실력 부족이라나. 그래서 6개월 트레이닝 코스로 본부에 들어와서 공부만 하라는 거야. 그리고 난 후에 보자고, 그 참……."

도무지 얼른 이해가 되질 않았다. 갑자기 시험은 뭐며, 또 6개월 수습을 마친 뒤에 보자고 한다는 데는 연이 역시도 기분이 찜찜했다. 그래서 다음 날 전화상으로 그에게 그 말을 전했을 때였다.

그 역시도 뜻밖이라는 듯이 의아해 하면서 말했다.

"그 이상하네, 그럴 리가…… 알아봐야겠구만, 어떻게 된 것인지……."

그렇게 전화 통화를 하고 난 이틀 후였다. 업무 보기에도 바쁜 그에게서 전화가 걸려 왔다.

"전화상으로는 그렇고, 아무튼 우리 만났던 그 다방으로 나와요. 만나서 이야기하게……."

전화하는 음성 목소리로 보아 뭔가 기분이 썩 좋지 않은 그런 느낌이었다. 옷을 챙겨 입고 그 다방으로 달려가 그를 만났을 때였다.

"일이 묘하게 됐구먼, 애기 아빠가 부대 안에서 여자 문제로 좀 좋지 않은 일이 있었던 모양이야, 누가 모략을 했던 것인지는 몰라도……."

이게 무슨 소린가 싶었다.

"어머! 부대 안에서 무슨? 설마 그렇다 하더라도 그건 개인적인 일이잖아요?"

참으로 이해가 얼른 되질 않았다. 설사 그런 일이 있었다 하더라도 남편의 보직 문제와 연관될 일은 아니라는 생각이 들었다. 그래서 다시 물었다.

"그래서 시험을 보게 하고 6개월 후에 보자고 했다는 말인가요?"

정색을 하고 묻는 말에 그는 어쩔 수 없다는 듯이 말했다.

"그 여자가 본부 인사과장 와이슈트 애인이었다는 게야. 그 여자를 와이슈트한테 소개해 준 사람이 그 부대 안에서 터키탕을 운영하는 사장이었는데 재수 없게 그 친구 감시 그물망에 걸려든 것 같에, 두 사람 관계가……. 아무튼 내가 아는 정보통에 의하면 그날 8군사령관 지시를 받고 인사과장이 아침 비행기로 내려갔는데 하필이면 그 날 두 사람이 호텔에서 똑같이 늘어지게 자고 늦게 출근을 했었던 모양이야, 와이슈트는 비행기로 내려가 기다리고 있는데……."

"그럼 그 여자도 그 부대에 근무하는 여자였단 말인가요?"

"그 스토아에 근무하고 있다는 걸로 들었어. 그러니 그 말을 전해 들은 와이슈트 눈에 불이 났었을 수밖에, 사령관 지시만 없었으면 그날로 당장 어떻게 됐겠지만 그러지도 못하고 떨어낼 빌미를 잡으려고 시험을 치게 했던 것 같에, 아무튼 두고 보자고. 6개월 트레이닝이 끝나면 무슨 조치가 있겠지. 사령관 지시가 있었으니까 저 기분난 대로 잘라내지는 못할 거야."

더 없이 듣고 있기가 민망하고 부끄러워서 얼굴을 들지 못했다. 그러자 그는 크게 염려하지 말라는 듯이 말했다.

"남자는 그런 실수를 할 수도 있어, 하필 그날 재수 없이 걸렸을 뿐이지. 아무튼 6개월 트레이닝 코스에 들어갔다니까 그 후에 보자고."

"미안해요. 자꾸만 이렇게 신경을 쓰게 해 드려서……."

"사람이 살다 보면 그럴 수도 있는 거야, 마음 상해 하지 말라구. 그래도 내가 귀국해서 그런 일이 있어 다행이구만, 그것도 다 유복이란 것 아니겠어. 핫핫, 하……."

신경 쓸 것 없다는 듯이 여유를 보이는 그 웃음 앞에서 연이는 더는 어떤 말을 할 수가 없었다. 무슨 일이 있으면 연락하겠다는 말을 하고 집으로 돌아왔다. 그리고 저녁에 귀가를 한 남편을 보고 말했다.

"당신 군산에서 그 부대 안에 있는 와이슈트 애인하고 호텔에서 자고 다녔다는 말이 있는데 도대체 그게 무슨 소리유? 그랬으니 그 인사과장이 보직을 주겠수? 목 잘리지 않은 것만 해도 다행이지."

남편의 표정이 하얗게 질려가고 있었다. 내심 짐작하고는 있었던 것 같았다.

"……누가 그런 말을 하든고?"

"나도 정보통이 있다구요, 그래 놓고선 뭐 어중간히 눌러서 그렇다고?"

눈에 힘줄을 세우고 내뱉는 말에 남편은 변명 비슷하게 말했다.

"내가 그랬나? 우리 직원이 그 여자하고 놀아난 건데 어떤 놈이 모략한 거구만."

남편의 변명은 그랬다. 밑에 있는 그 부하 직원이 같은 호텔 안에서 그 여자와 동침을 한 것 같은데 그것이 자기라고 말을 꾸며 모략하고 있다는 변명이었다. 하지만 아무리 그렇게 변명을 해도 그림은 그려졌다. 서울에서 내려간 미8군 인사과장 와이슈트는 상부에서 내려온 지시로 남편에게 보직은 주어야 하겠고, 그 어떤 빌미를 잡자는 것이 바로 그 영작문 시험이었던 것 같았다.

그야말로 한국인이 갑자기 우리말 작문 시험을 본다고 해도 그런 점수를 받을 수 있다. 그런데 하물며 보직을 주지 않기 위해 계획한 영작문 시험이었고 보면 짐작이 가고도 남는 일이었다. 참으로 갈수록 태산이라더니 또 그런 문제의 상황을 만들어낸 남편이 너무나 실망스러워서 쏘아댔다.

"다 된 밥에 코 빠트린다고 도대체 그게 말이나 되는 소리유? 그래, 당신 말 그대로라면 상사로서 당신이 어떻게 처신했기에 부하직원이 감히 상사가 묵고 있는 호텔에 그것도 같은 직장 여자를 데리고 와서 잔다는 게 말이 되는 거요? 그래 놓구서는 뭐, 나보고 어설프게 눌러서 그렇다고? 저렇게 대책 안 서는 사람을 믿고 부탁한 내가 바보고 미친년이지."

남편이 더 없이 얄밉고 원망스러웠다. 하지만 당장 발등에 불똥이 떨어진

상황에서 더는 입씨름을 하고 앉아있을 그런 때가 아니었다. 먼저는 비상대
책을 세워야 했다. 시아버지와 의논 끝에 시댁이 살고 있는 마포 집을 팔고
불광동으로 합쳐 모여 살기로 했다. 수입은 없고 지출을 막아야 했기 때문
이다.

그래서 환자 친정어머니를 행길 앞 건너 골목에 부엌 달린 두 칸 방을 얻
어 식모를 붙여 생활하도록 조치를 취했다. 그때 동교동 생활을 할 때 시골
에서 올라와 삼성출판사에 취직을 하고 출퇴근을 하고 있던 육촌 동생 선희
가 그동안 어머니와 함께 생활하면서 조금은 도움이 되어 주고 있었다.

그렇게 여러 가지를 생각하고 조치를 취했었지만 문제는 여전히 환자 어
머니 밑으로 들어가는 자질구레한 생활비였다. 옛날 같지 않게 수입이 줄어
든 남편의 직장 생활로는 그조차도 감당하기가 힘이 들었다.

그래서 생각 끝에 동가식 서가숙하고 다니던 큰오빠에게 중고 택시를 빚
을 얻어 사주고 어머니와 함께 생활하도록 그 책임을 맡겼다.

그러나 그조차도 연이의 계획과는 빗나가고 말았다. 택시를 구입하고 난
그 한 달만에 그만 인사 사고를 내고만 오빠였다. 서대문 경찰서에서 보호
자를 찾았다. 정신없이 경찰서를 찾아 뛰어갔을 때는 피투성이 잠바를 걸친
오빠는 마치 넋이 나간 사람모양으로 멍하니 앉아 있었고, 피해 당사자는
서대문 독립문 병원에 입원해 있다고 했다.

다행히도 큰 인명 사고는 아니었다. 사고는 통금 시간이 임박해 올 무렵
이었다고 했다. 오빠가 운전하던 택시가 홍은동 고갯길에서 전봇대를 들이
받고 튕겨져 나가면서 지나가던 행인을 받아쳤다는 것이다.

그 사고로 인해 피해자는 넘어지면서 이마가 조금 찢겨 나갔고, 손목에
차고 있던 시계가 고급 로렉스로 치료와 보상을 해 주어야 했다. 하지만 그
또한 만만치가 않았다. 하지만 불행 중에 다행이었다고나 할까. 그 피해자
가 그때 한참 잘 나가고 있던 배우 남정임의 오빠였기 때문에 그 사고를 핑
계로 턱 없이 부당한 요구를 해 오지 않았다. 그러나 어찌됐건 당시 보험도
들어 있지 않은 상태에서 그 보상을 해 주어야 하는 연이의 입장은 말이 아

니었다.

　그 택시를 구입했었다는 사실은 남편이 전혀 모르고 있는 일이었기 때문에 의논할 수도 없는 처지였다. 혼자서 이리저리 뛰면서 친정 원효로 아짐에게서 돈을 빌려다가 처리해야 했던 그 때의 심정은 암담하고 처절하기가 이루 말할 수가 없었다. 차라리 죽어 버리고만 싶었다.

　그처럼 신경을 쓰면서 허둥거렸던 탓인지 언젠가부터 음식을 소화하지 못하고 마침내 밤중에 쓰러져 동네 병원으로 실려갔다. 의사의 진단결과 큰 병원으로 가서 종합 진찰을 받아보는 것이 좋을 것 같다고 했다.

　그래서 서울대학병원에 입원 날짜를 받아 놓고 있을 때였다. 외항선을 타고 있던 막내 동생 상철이가 신경성 위장병으로 하선을 하고 서울로 상경했다. 참으로 눈을 뜰 수 없는 먹빛 가슴이었다. 형편이 그런 만큼 연이는 동생부터 서울대학병원에 입원을 시켜야 했다. 다행히도 경제적인 부담을 주는 동생이 아니었던 만큼 입원을 시켜 놓고 치료를 받게 하고 있을 그때, 정월 스무 닷새 그날이 친정어머니의 생신날로 일요일이었다.

　연이는 식구들 아침상을 차려주고 평소에 어머니가 좋아하시던 시루떡과 소뼈를 시장에서 사서 들고 어머니를 부르며 방문을 열고 들어갔다. 그런데 어머니는 대답도 없는 채 벽 쪽을 향해 꼼짝도 하지 않고 누워 있었고, 새벽녘에 들어 왔다는 오빠가 술 냄새를 확 풍기면서 말했다.

　"아침밥을 드시다가 체해 뿌러가꼬 까스 활명수를 사다 드렸는디 못 잡수시잖여, 조금 누워 있다가 일어 나시겄제."

　오빠의 그 말에 동생 선희가 좀 보자는 눈짓을 해 왔다. 그래서 왠지 이상한 느낌에 방문을 열고 나가는 동생 뒤를 따라 나갔다. 그러자 가만하게 동생이 말했다.

　"언니야, 체하신 것이 아니고 밥을 잡수시다가 쓰러지셨어, 아무래도 심상치를 않아."

　동생 선희 말로는 그랬다. 그러니까 아직 수족이 불편하신 어머니는 그날 아침 생일 밥상을 앞에 놓고 그 놓인 처지에 마음이 편할 리가 없는 것은 당연했다. 그런 데다가 새벽녘에 술 냄새를 풍기고 들어온 오빠가 김치가닥을 물고 흘리는 어머니를 보고 뭐라고 한 마디를 한 모양이었다. 그러자 그대로 옆으로 쓰러지셔서 일어나지를 못하고 계신다고 가만하게 귀띔을 했다.

어쩐지 그 느낌이 좋지를 않았다. 방으로 들어가 어머니를 흔들면서 말했다.

"어무니, 저 왔어요, 눈 좀 떠 봐요."

그때였다. 눈에 흰 창을 드러낸 어머니가 힘없이 그대로 피그르 쭈욱 뻗었다.

"아이고 엄니야! 정신 좀 차리세요."

등골이 오싹했다. 어머니는 이미 의식이 멀어져 가고 있는 상태였다. 연이는 그대로 정신없이 뛰어나가 행길 건너 동네 병원의사를 급히 모시고 들어왔다. 의사는 어머니의 맥을 짚어보고 고개를 흔들면서 말했다.

"임종 보실 준비를 하셔야겠습니다."

임종이라니, 눈앞이 캄캄해 왔다. 아득해져 오는 정신에 눈물도 나오지 않았다. 급해진 마음이 소리를 질렀다.

"오빠! 빨리 엠블런스 좀 불러요, 어서요!"

"그 참, 너는 걸핏하면 병원 좋아하드라."

오빠는 그때까지도 술이 덜 깼는지 그렇게 아무렇지도 않게 말을 받았다. 그런 오빠를 탓하고 앉아 있을 시간이 없었다. 뛰어나가 엠블런스를 불러 어머니를 싣고 동생이 입원해 있는 서울대학병원 응급실로 들어갔다. 운명을 하시더라도 그 병원에 입원해 있는 막내 동생이 그 임종을 보아야 할 것 같아서였다. 어머니가 평소에 늘 그처럼 보고 싶어 하고, 또 못잊어 하던 막내아들이었기 때문이다.

어머니를 병원에 입원시켜 놓고 여기 저기 친척들에게 어머니의 위독함을 알렸다. 입원 사흘이 되었을 때였다. 의사는 환자의 상태가 회생할 수 없을 것 같다면서 비관적으로 말했다.

"차라리 모시고 가서 임종을 보시는 게 좋을 것 같습니다."

의사의 그 말에 입원해 있던 동생도 어머니와 함께 퇴원을 했다. 그 다음 날 어머니는 한 많은 이 세상을 조용히 떠나셨다. 그 뒷자리에 자식 사랑하는 어머니의 가슴인 듯, 그 숨결인 듯 하얀 종이 뭉치가 남아 있었다.

그것은 평생 동안 비녀를 꽂고 다니셨던 어머니의 머리카락 뭉치였다. 그러니까 행길 건너로 방을 얻어 어머니를 모시고 난 어느 날이었다. 전에 없이 머리에 수건을 쓰고 앉아 있던 어머니는 연이가 들어서자 자리 밑에서 하얀 종이 뭉치를 하나를 꺼내 건네주시면서 말했다.

"아이, 요즘에 골목에 달비 사러 다니는 사람들이 있는 갑드라. 달비 팔으시오, 하는 소리 들어본께. 내가 이래가꼬 머리 비녀 꽂고 나들이 갈 일도 없고 할 것 같아서 가위로 잘라 부렀다. 요것 팔아서 쌀 사는 데 쪼깨라도 보태거라."

그렇게 손수 잘라주신 어머니의 체온 묻은 머리카락 그 달비는 이승에 남겨두고 간 어머니의 사랑으로 두고두고 가슴을 적시는 그리움의 시편이 되게 했다.

사모곡

살았을 적 잘라주신 당신의 머리카락
두고 가신 세상에 사랑으로 남아
어머니 당신의 가슴으로 남아
오늘은 내 가슴에 그리움입니다.

생각 없는 철부지가 쏟아 붓던 투정도
넉넉한 화구인 양 다 쓸어 담고
꼬깃한 웃음으로 다독이던 당신
오늘은 내 가슴에 눈물입니다.

휘파람 새

산다는 것이 그처럼 가슴 젖게 하는 날들의 연속이었다.

어머니를 저세상으로 가슴 아프게 떠나보내고 가슴 젖는 날들 속에 남편의 6개월 트레이닝 시간도 끝이 났다.

그러나 본부 인사과장에게 한 번 미움이 박혀 찍힌 남편의 불씨는 꺼질 줄 모르고 계속 우울하게 만들었다. 남편은 일정한 보직도 받지 못한 채 이 부대에서 저 부대로 직원 휴가 땜질이나 하고 다녔다.

그렇게 얼마 동안을 이리저리 떠돌이처럼 우울하게 다니는 모습은 쳐다보기조차도 민망했다. 생각다 못한 연이는 어쩔 수 없이 다시 또 그에게 전화를 걸었다. 그리고 염치없는 구원을 다시 또 요청했다.

"죄송해요, 좋은 일도 아니고 이렇게 자주 전화를 걸게 돼서……."

그러자 그는 직감적으로 그 어떤 상황이 느껴지는 듯이 말했다.

"아직 보직을 못 받은 모양이지? 기다려 봐요. 내가 곧 조치를 할 테니까."

그 말만 들어도 연이는 힘이 나면서 살 것만 같았다. 그 만큼 믿음을 준 사람이었기 때문이다.

그와 통화가 있고 일주일이 지난 후였다. 남편이 전에 없이 걸음에 힘을 주고 들어오면서 말했다.

"나 오늘 보직 받았어, 허허허……."

"그거 봐요, 곧 조치를 해 주겠다고 하드라니까요, 그 사람은 자기 말이 법으로 알고 사는 사람이라구요."

"당신 그 빽이 대단한 사람이야, 허허……."

"그나저나 당신 보직 받은 부대는 어딘데?"

"꿈인지 생시인지 나도 모르겠어, 믿어지질 않으니……."

도무지 궁금해서 견딜 수가 없었다. 다그쳐 물었다.

"믿어지질 않는다니 도대체 어딘데 그래요?"

"놀래지 마. 거긴 미군부대라기보다도 한국 속의 미국이야."

"거기가 도대체 어딘데?"

"한국에 들어온 외국인들은 지위 고하를 막론하고 일단 들렀다 가는 곳이 용산이야."

"그 이태원에 있는 미군부대 말이유?"

"출구가 네 군데야. 그 안에는 유치원에서부터 고등학교까지 있고, 골프장, 테니스장 없는 게 없어. 그러니 한국 속의 미국이지. 허허허……."

"잘 해 봐요, 또 일 저지르지 말고 이젠 정말 미안해서 부탁할 수조차도 없다구요. 염치도 한도가 있으니까……."

사실 이제는 미안해서 더는 부탁할 수 없을 것 같았다. 그래서 남편에게 못 박듯이 말했다.

"나는 이제 미안해서 더 부탁 못하니까 당신이 알아서 고맙다는 인사나 잘해 둬요."

"그러고 보면 전라도 사람들이 확실히 머리는 좋아. 그 자리는 장관하고도 안 바꾸는 자리거든, 대단한 사람이야."

"그러니까 그 대단한 사람한테 고맙다는 인사나 잘 해두라구요. 무슨 일 있으면 마누라 내세우지 말고."

그 말뜻을 알아챘는지 남편은 다음 날 부대로 들어갔다가 퇴근 후 그와 저녁 약속을 하고 그 사람의 단골 요정에서 함께 술을 마시고 왔다며 기분이 좋아져 있었다. 그리고 하는 말이었다.

"팔군사령관을 조선호텔에서 만나 부탁했었다고 하드구만. 나보고 마누라 잘 만났다고 하드라니까, 허허허……."

연이가 잘 살아주기만 바란다고 하던 사람이었다. 그 마음이 남편에게 마누라 잘 만난 덕인 줄 알라고 확인을 시켜 주고 있는 말이 분명했다. 새삼 가슴이 뭉클해지면서 눈시울이 뜨거워졌다. 지난날 한 순간 서로의 가슴을 다독였던 사랑이라고 해서 그처럼 온 정성을 다해서 남편의 뒤처리까지를 해 준다는 것은 그만큼 인격이 진실하게 갖추어져 있지 않고는 결코 쉽지 않은 일이다.

그것은 어쩌면 연이가 첫 사랑의 남자를 잘 만난 복이었고, 그런 마누라를 얻은 것도 그의 말대로 남편의 복인 것만은 사실이다. 어쩌다가 남편의 사주역학을 봤을 때도 그랬다. 부모덕도, 형제간 덕도 없고, 오직 마누라 복만 있다는 것이 사주역학상으로 풀어본 남편의 팔자라고 했다.

그것이 남편이 타고난 처복妻福이었던지 마누라의 도움을 받고 그토록 엄청난 자리의 총책임자로 보직을 받게 된 남편은 그로부터 신바람이 났다. 그때 연이는 임신 4개월이었다. 그런 어느 날 밤 남편은 얼큰하게 만취해 들어와서 평소에 누님처럼 지내오던 여자에게 전화를 걸고 있었다.

그 여자와는 십여 년 전 남편이 파주 미군부대에 근무했을 때부터 물품 뒷거래를 해 오던 여자로 집에도 자주 놀러 왔고, 시아버지 환갑 때도 마치 친딸처럼 선물도 사가지고 와서 축하를 해 줄 정도로 가까이 지내온 처지였다. 남편보다 세 살이 많았다.

그래서 연이는 가끔 집을 찾아오는 그녀에게 마음의 고민을 털어 놓기도 했었다.

"누님은 우리 애기 아빠하고 거래를 하시니까 좀 아실 것 같아서 하는 말인데요, 밖에서 만나고 다니는 여자가 있나 봐요. 이따금 속살에 입술에 빨린 자국을 내고 오지를 않나, 또 어쩔 때는 속옷 런닝 셔츠에 루즈를 묻혀 들어오기도 해서 이게 뭐냐고 물으니까 술집에서 그런 거래요. 그래서 술집에서 웃통 벗고 술 먹느냐고 그랬죠, 만나고 다니는 여자가 분명히 있는 거 같은데 혹시 모르시겠어요?"

"글쎄? 나는 본 일이 없으니까……."

자기는 전혀 모른다는 식이었다. 그런데 그녀가 놀랍게도 십년을 넘게 남편과 내연의 관계를 맺어왔던 그 여자란 것을 알았을 때, 그 배신의 충격이란 그야말로 하늘이 무너져 내려 앉는 것만 같았다. 남편과 그 누님이란 여자와의 관계를 전혀 의심해 본 일이 없었기 때문이다.

그래서 그날도 늦게 들어와 전화를 거는 것을 조금도 이상하게 생각하지 않고 주방에서 물을 떠들고 막 방으로 들어가려고 할 때였다. 분명히 열어 놓고 나온 방문이 닫혀 있었다. 그리고 전에 없이 사근거리는 남편의 목소리가 새어 나왔다. 갑자기 느낌이 이상했다. 그래서 숨소리를 죽이고 살그머니 귀를 방문에 갖다 댔다. 그런데 이게 웬 말인가.

"우리 며칠 못 봤지? 응, 나도 보고 싶어, 누나 멘스 끝났어? 그래, 내일 새벽에 일찍 갈게. 앞으로 좋은 일이 많을 거야, 가서 얘기해 줄게."

그 사실을 지금까지 모르고 있었다니, 온몸이 사시나무 떨리듯이 부들부들 떨려 왔다. 순간 연이는 자신도 모르게 발길로 방문을 차고 들어갔다. 그리고 결혼을 하고 처음으로 남편을 향해 냅다 소리를 질렀다.

"뭐?! 누님 멘스 끝났냐고? 그래 누님 동생하면서 그렇게 십여 년을 넘게 살 부비고 다녔어? 그게 개새끼지 사람 새끼야? 야! 이 개새끼야. 그래, 입 있으면 말 좀 해봐! 말 좀 해보라니까!"

그때서야 남편은 술이 확 깨는지 어벙하게 쳐다보고만 있었다. 그때였다. 뜻밖에 며느리의 고함 소리를 듣고 아래층에서 올라온 시어머니의 심사 뒤틀린 목소리가 등 뒤에서 들려왔다.

"들자 들자 하니 너무하는구나. 갸가 개새끼면 내가 개 에미냐? 생사람을 잡아도 분수가 있지, 그래 누님하고 붙어먹었다니 말이나 되는 소리를 해야제."

그리고 시어머니는 아들 편을 들어 쏘아 올려붙이고 발걸음도 요란하게 쿵쾅 소리를 내며 아래층으로 내려가 버렸다.

연이는 그런 남편을 만나 살아온 날들이 너무나 억울하고 분했다. 그대로는 도저히 한 방에서 잠을 잘 수가 없을 것 같았다. 가끔 잠이 오지 않을 때면 복용했던 수면제를 입에 털어 넣고 잠이 들기를 기다렸다. 그러면서 생각한 것이 내일 새벽 남편의 뒤를 미행해 보리라고 마음을 먹었다.

그 여자의 집은 동대문에 있었다. 그동안 서로가 가족처럼 지내 왔었기 때문에 몇 번 가본 적이 있었다. 그러니까 생활비가 바닥이 나고 시동생 등록금 마감일이 닥쳐와서 걱정을 했었을 때였다. 남편은 그 누님이란 여자에게 전화해 놓을 테니 가서 빌려오라고 했다.

그 여자는 당시 여관을 하고 있었다. 다음에 알게 된 사실이지만 그 여자의 생활 역시 남편이 못 말리는 바람둥이로 두 아들을 낳고 대책 없는 남편의 생활에 처음에는 백화점 안에서 화장품 장사로부터 시작했다고 했다. 그러다가 미군부대에서 흘러나오는 미제화장품을 구입하다가 남편을 만나게 된 것이 그 인연으로 백화점 화장품 장사를 집어 치웠다고 했다.

그로부터 그녀는 남편의 직장 부대 주위를 맴돌면서 외제물품을 받아 도깨비 시장에 팔아넘겨 부를 축적했고, 그 돈으로 여관을 인수하여 숙박업소를 하게 되었다고 했다.

그녀의 남편은 두 아들을 데리고 따로 분가해서 서로가 자유롭게 생활하고 있는 처지였다. 그런 그쪽 환경에 남편은 아무런 거침없이 그 여관을 출입하면서 그 여자와 즐기는 내연의 관계로 기둥서방 격이었다. 하지만 연이는 그 사실을 그 동안 전혀 몰랐기 때문에 진실한 누님처럼 다정하게 대해 왔었다.

그런데 그 날 밤 남편의 그와 같은 전화 내용을 통해 그들의 관계를 짐작하게 된 연이였다. 그래서 새벽에 가겠다는 남편의 뒤를 따라가 현장을 덮쳐 끝장을 내주리라고 생각했었다.

눈을 떴을 때는 남편의 자리는 썰렁하게 비어 있었다.

"그렇겠지, 잘들 놀아 보라지."

바쁘게 옷을 챙겨 입고 집을 나섰다. 두 아이들은 시어머니와 시아버지가 돌봐주고 계셨기 때문에 그 염려는 묶어 두고 동대문 그 여관으로 달려갔다.

그러나 두 사람은 이미 연이가 그 전화 소리를 들었기 때문에 덮칠 것이라는 것을 예상하고 빠져 나간 뒤였다. 그러나 기왕지사 내친 걸음 그 여자라도 만나서 속 시원하게 한 마디 해 줘야 될 것 같아 대문 밖에 서서 그 여자가 나타나기만을 기다렸다.

그렇게 얼마를 기다리고 있었을 때였다. 그 누님이라는 여자가 택시를 타고 여관 앞에서 내렸다. 그리고 대문 한쪽으로 서 있는 연이와 눈이 마주치자 그동안 대해 오던 것과는 달리 굳어진 얼굴 표정이 주춤했다.

"왜, 내가 와서 그러는 거유? 누님 멘스 끝났냐고 묻던 그 별종 찾으러 왔는데 내가 잘못 된 거유?"

연이는 그 뻔뻔스러운 얼굴을 전에 없이 쏘아보며 다 알고 왔다는 듯이 그렇게 말을 던졌다. 그러자 그 누님이라는 여자는 그럴 줄 알았다는 듯이 심드렁하게 말을 받았다.

"머리가 좀 이상해졌다고 하더니, 왜 남의 영업집에 아침부터 와서 이러는가 모르겠네 쳇!"

그리고 더 할 말이 없다는 듯이 고개를 돌리고 휑하니 안으로 사라져 버렸다. 물론 남편은 출근 시간에 맞춰 부대로 출근했을 것이기 때문에 두고 보자는 마음으로 집으로 돌아왔다. 그러나 하루 종일 머릿속이 어지러웠다.

그날 밤이었다. 통금 시간이 임박했을 무렵에 들어온 남편이었다. 어디서 얼마나 술을 먹었는지 술 냄새를 지독하게 풍겨내면서 대뜸 하는 말이었다.

"왜 미행을 하고 지랄이야? 쿵!"

기가 막혔다. 그래 해 보자는 식으로 맞대응을 했다.

"뭐?! 지랄하고 있다고? 누가 지랄은 하고 다니면서 누구 보고 지랄한다고? 그래, 년놈이 붙어 잘 놀아 보라고, 저런 개새끼를 좋아라고 결혼한 내가 바보고 미친년이었지."

그때였다. 불화살 같은 시어머니의 목소리가 뒤에서 날아왔다.

"아이고, 제발 이제 그만 좀 해라! 밤이고 낮이고 개새끼, 소새끼 혀싸니 시끄러워서 어디 살겠냐? 듣자 하니 해도 해도 너무 하는구나."

쇳소리를 내며 쏘아대는 시어머니의 독기 서린 눈빛에 그만 벙어리가 되고만 연이였다. 너무나 억울하고 슬펐다. 그런 탓인지 하루 종일 목구멍으로 밥알은커녕 물도 넘어가지 않았다. 그만큼 신경이 날카롭게 예민해진 연이는 그날 오후부터 아랫배가 뭉치는가 싶더니 출혈을 하기 시작했다.

임신한 상태에서 출혈은 유산이라는 생각에 엠블런스를 불러 필동 성심병원 응급실로 들어갔다. 의사의 진단은 신경성 자궁출혈로 임신된 아이를 유산시킬 수밖에 없다고 했다. 그러나 당장은 수술이 어렵겠다고 했다. 임신 4개월이면 태아의 뼈가 생기는 시기인 만큼 소파 수술을 하게 되면 산모가 위험하다는 것이었다.

의사의 말은 그랬다. 엑스레이 촬영을 해 보고 태아의 맥이 끊어져 있는 상태면 어쩔 수 없이 재왕절개 수술을 해야 한다고 했다. 그래서 엑스레이실로 들어가 촬영을 끝내고 입원실로 옮겨졌다.

그러나 불행 중에 다행이었다. 뱃속의 태아가 아직 맥이 끊어지지 않고 숨을 쉬고 있는 상태여서 재왕수술 만큼은 받지 않아도 될 것 같다고 했다. 하지만 예민한 신경성 자궁출혈이기 때문에 독방에 입원하여 상태를 지켜봐야 한다는 것이었다.

독방으로 옮겨진 연이였다. 아침저녁으로 의사와 간호원이 번갈아가며 들어와 태아의 맥박을 검진했다. 그리고 일주일 동안 임산부의 건강상태를 정밀 검사한 의사는 외부 사람들의 출입을 일체 금지시켰다. 환자 입원병실 문에 '면회사절'이라는 팻말이 붙여졌다. 그것은 그 당시 연이의 정신적인 고통의 충격이 어떤 것이었는가를 잘 대변해 주고도 남는 것이었다.

그렇게 환자의 정신을 안정시키기 위해 의사는 '면회사절'이란 팻말까지 붙여 놓았다. 그러나 환자 자신 내부에서 일렁이는 배신의 분노는 결코 잠재울 수가 없었다. 침대에 누워 생각하는 것이 오직 그것뿐이었기 때문이다.

여전히 환자의 속옷에 묻어 나오는 출혈을 검진하던 의사는 마침내 환자 식사 시간에 맞추어 겨우 눈을 뜰 수 있도록 간호원에게 수면제 주사를 놓게 했다. 환자의 정신 상태가 불안하다는 것 때문이었다.

그렇게 수면제 주사를 하루에 세 번씩이나 볼기짝에 맞아야 했던 관계로 입원치료 한 달쯤이 되었을 때는 양쪽 볼기짝이 단단하게 굳어 버렸다. 그런데도 안정을 위해 주사를 맞아야 하는 고통은 차라리 공포의 시간이었다.

환자의 상태가 그쯤에 이르자 간호원은 주사를 놓기 전에 전기 히터를 가져다가 엉덩이 볼기짝을 녹여 주사를 놓는 번거로움을 하루에 세 번씩이나 치루었다.

그러한 고통은 두 달 반 동안이나 계속되었다. 그럴 수밖에 없었던 것은 임신 7개월이 되어야 만이 태아를 인공으로 돌려 낳게 할 수 있다는 것 때문이었다.

물론 태아가 그와 같은 출혈 상태에서도 모질고 끈질기게 맥박이 끊어지지 않고 있었기 때문에 잘 하면 열 달을 채워 정상 분만을 할 수도 있다고 했다. 그러나 문제는 계속적으로 수면제를 투입해 왔었기 때문에 정상적인 아이를 기대할 수가 없다는 것이 의사의 말이었다.

그래서 석 달 동안이나 병원에서 주사로 안정을 취하고 난 입원 3개월이 되었을 때였다. 7개월 된 태아胎兒를 인공출산을 하기 위해 수술실로 옮겨졌다. 그리고 의사들의 손에서 여러 가지 의술이 동원되면서 이윽고 세상 밖으로 고개를 내민 태아였다. 그러나 안타깝게도 제대로 울음소리조차 내지 못한 채, 겨우 '킥킥' 하고 불행한 미숙아의 울음으로 가슴을 아프게 했다.

그때 의사가 이제 막 탯줄을 끊은 아이의 두 발을 훌쩍 추켜들고 말했다.

"딸이네요."

의사의 손에 발목이 잡힌 채 거꾸로 처들린 출산 아이는 마치 이제 막 도마 위에서 껍질을 벗기고 잡아 올린 닭 모양과 흡사 다를 것이 없었다. 눈물이 왈칵 쏟아졌다.

그 모진 고통 속에서 그래도 살아보겠다고 일곱 달을 버텨온 그 목숨이었다니, 그처럼 안타까운 울음이 의사의 손에서 한낱 쓸모없는 고기 덩어리마냥 처치실 쓰레기 통 속으로 던져지면서 그토록 불행한 인연에 몇 번이나 킥킥 울었다.

그처럼 엄마 품에 한 번 안겨보지도 못하고 병원 처치실 쓰레기 통 속으로 던져지면서 울던 그 아이의 울음이 가슴을 찌르는 못처럼 언제까지 가슴에 남아 눈물에 젖게 했다.

그렇게 병원 생활 3개월을 끝내고 집으로 돌아온 연이였다. 하지만 생활은 적막강산으로 무덤이나 마찬가지였다. 세상 모르고 키득거리는 아이들의 재롱마저도 슬프기만 했다.

퇴원을 했을 때 남편은 조금은 미안했었던지 말을 조심했다. 연이 역시도 그 문제를 가지고 더 이상 거론하고 싶지 않았기 때문에 절제를 했다. 사실 그런 분위기를 만들어 낸 장본인은 더 말할 것도 없이 남편이었고, 또 한편으로는 시어머니였다.

그처럼 암울한 환경 속으로 다시 돌아와 생활해야 했던 연이는 음식을 소화하지 못하고 시름시름 몇 달을 시들거리면서 뼈만 앙상하게 남았다.

그 모습을 시골에서 소식을 듣고 올라오셨던 친정 이모님이 몹시 걱정이 된다는 듯이 남편을 보고 말했다.

"어이, 나는 이참에 올라온 길에 자네 장모님 산소도 좀 같이 가볼라고 혔는디 안 되겠네. 저 사람 병원부터 가서 진찰을 받아보던지 해야지."

그러나 연이는 고개를 흔들었다. 산다는 자체가 고통스러웠기 때문이다. 하지만 조카의 건강 상태를 더 없이 염려스럽게 보신 이모님은 차마 뒤돌아 발길이 떨어지지 않는다는 듯이 연이를 돌아보시며 하시는 말씀이 그랬다.

"자네 그때 피 토하고 그럴 때 엄마가 차라리 대신 죽었으믄 좋겠다고 하든 엄마여. 지금 그 마음이 이해가 가네."

그렇게 말씀하시는 이모님은 슬하에 자식을 두지 못했기 때문에 평소에 유난히 조카들을 사랑하시고 챙겨 주셨던 분이다. 조그만 시골 구례에서 천석지기 허완 씨하게 되면 모르는 사람이 없었다. 그 안방마님이었던 이모님은 두 딸을 낳았으나 어찌된 일인지 하나는 돌림병으로 죽고, 또 하나는 홍역을 앓다가 죽었기 때문에 고독하고 외로울 수밖에 없었다.

그런 데다가 이모부는 시골 천석지기 갑부들이 대개가 그렇듯이 엽색 행각으로 평양기생에서부터, 신여성으로 순천 매산 여고생, 그리고 대구 카페의 여자들로, 어느 해는 그 첩들이 일 년 동안 아홉 명이나 되게 살림을 차렸었다고 했다. 그처럼 한평생을 가슴앓이를 시켜온 남편의 삶을 쓸쓸하게 바라보면서 이모님이 하신 것은 지역을 위한 활동으로 많은 기록을 남기신 분이었다.

그처럼 남아 있는 흔적의 기록이 특히 1965년 8월 15일, 마산면 냉천리 청천초등학교 실습지가 없다는 말을 듣고 토지 3두락을 희사해 줌으로써 교장, 교사 일동이 8.15해방 20주년 기념으로 고인이 된 이모부의 기념비를 학교 마당 한 쪽에 세워 주었다.

그렇게 가슴의 폭이 넓으셨던 이모님의 덕분으로 연이의 언니가 그 학교에서 교편을 잡을 수가 있었던 그 뒷 배경이 되어주기도 했다. 물론 그때 외삼촌이 마산면 면장으로 계셨기 때문이기도 했다. 아무튼 마산면 사도리 해주海州 오씨吳氏하게 되면, 족보가 있는 양반 선비 가문으로 소문이 나있었다.

구한말에 삼대문장가로 장원급제를 했던 매천 황현 선생의 처갓집으로, 그 마나님이 바로 연이 어머니의 고모할머니가 되시는 분이었다.

그런 명문가문의 딸들이었던 만큼 큰 딸인 연이의 친정어머니는 그토록 유명한 간전면 효자 한씨 집안 며느리로 시집을 갔고, 이모님은 갑산리 천석지기 허씨 집안 며느리로 시집을 갔다. 그리고 그 셋째 이모님은 일제시대 첩첩 산골 시골에서 일본 와세다대학을 나온 광희면 지천리 양씨 댁 총각과 결혼을 할 정도였다.

그런 만큼 이모님의 자긍심 또한 누구보다도 대단하신 분이셨다. 그처럼 엽색행각이나 하고 다니는 이모부님의 삶을 외롭게 지켜보면서 자신의 모습을 뚜렷하게 만들어낸 지역활동은 1965년 마산면 관리장으로부터 시작해서 전남지사 신용우 씨 표창장을 받았고, 구례교육장 김형삼 씨 감사장을 받고난 다음해 1966년 박정희 대통령으로부터 수여장을 받았다.

그리고 1967년 구례 여성위원장으로 김종필 씨 임명장을 받은 이모님은 1969년 허씨 문중 표창장을 받았으며, 1971년 박경원 내무부장관으로부터 감사장을 받았고, 1971년 전남지부 지부장 권영희 표창장을 받았으며, 그 해 1971년 구례군 재건국민운동본부 부위원장으로 임명된 오순기가 연이의 이모님이었다.

참으로 한 남자의 아내로서는 그렇게 더 없이 불행했던 이모님이셨다. 그러나 이 세상에 온 자기 몫의 삶을 누구보다 건강하고 보람되고 일구고 있는 이모님의 모습이었다. 그와 같은 이모님의 기상은 온화하시면서도 매사에 빈틈이 없으셨다. 그때 이모님의 강권 발동으로 서울대학병원으로 가서 종합진찰을 받았을 때였다.

"다행히 염려하신 위암이나 위궤양은 아니고 신경이 예민해서 그런 것이니까 환경을 좀 바꾸어 보는 것이 좋을 것 같습니다."

환경을 바꿔 보라니, 남편과 이혼을 하고 갈라서는 길 밖에 더 있겠는가. 그래도 걱정했던 것 보다는 다행이라는 마음에 안도의 숨을 내쉬었다.

그래서 연이는 간경화 증세로 병원치료를 다니고 계신다는 아버지를 전화로 연락해서 이모님과 함께 모시고 어머니의 산소를 찾아갔다. 그때 아버지는 손에 들고 간 꽃다발을 어머니의 무덤 앞에 놓고 두 손을 모두고 서서 현생現生에서 못 다한 가슴 속 한恨맺힘의 말을 털어놓는 듯 더 없이 슬퍼 보였다.

그처럼 쓸쓸해 보이셨던 아버지의 그날 모습이 이세상에서 어머니의 무덤을 찾아가는 마지막 걸음이 될 줄이야 생각조차 못했었다.

그렇게 어머니의 산소를 찾아가 보고 오신 이모님은 그러나 연이의 병원 진단 결과에도 정작 마음이 놓이지 않는다는 듯이 남편을 보고 말했다.

"자네 들어 봤는가 모르겠네만 위장병에는 고로쇠 물이 효과가 있다고 그러데, 마침 고로쇠 물이 나올 때고 하니까 나랑 같이 구례로 내려가서 며칠 쉬었다가 오는 게 어쩌겠능가? 자네 머리도 식힐 겸 말일세."

이모님의 그 말에 남편은 잠시 사이를 두었다가 대답을 했다.

"며칠 휴가를 내보겠습니다. 다녀오기로 하지요."

그러나 연이는 마음에 걸리는 게 있었다. 그 때 첫 아들 식이가 불광동 선일사립초등학교에 입학을 하게 되어 있었기 때문이다.

'어쩐다지?'

잠시 그렇게 망설이던 연이는 그러나 애써 시골에서까지 올라와서 조카의 건강을 마치 친정어머니처럼 안타깝게 챙기고 염려해 주시는 이모님의 성의를 봐서라도 그 뜻에 따라야 도리인 것 같았다.

그래서 시어머니에게 아이를 데리고 입학식에 가 달라고 부탁을 하고 이모님을 따라 남편과 함께 시골을 다녀 왔을 때였다. 나이가 육십으로 집 잔일을 맡아 도와주고 있던 식모 할머니가 연이에게 가만하게 귀띔하듯이 말했다.

"애기 엄마, 나도 시어머니가 된 입장이지만 어찌 저런 시어머니가 다 있대요? 애기 엄마가 시골 떠나면서 분명히 애기랑 집을 잘 부탁한다고 하고 떠나는 걸 내가 봤는디 저녁에 시아버님이 들어와서 물으니께 언제 말하고 어디 댕기는 며느리냐고 모른다고 합디다. 저녁에 시아부지 들어오시면 몰라도 한 소리 들을 거구만요. 밤마다 거푸 술을 잡숫고 들어와서 며느리 왔냐고 찾으시는 걸 본께."

평소 그처럼 남다른 시어머니였기에 그러려니 했지만, 그래도 아들과 함께 떠나면서 분명히 집안일을 부탁하고 다녀온 여행이었다. 그 증인이 다른 사람도 아닌 그 아들인 만큼 신랑을 보고 말했다.

"여보, 우리 시골 떠나면서 분명히 어머니한테 집안일 잘 부탁한다고 인사하고 떠났잖아요. 그런데 아부지가 찾으시니까 모른다고 하시드래요. 세상에 그럴 수가 있어요? 증인이 없으면 꼼짝없이 막되 먹은 며느리 꼴이 되겠네, 기가 막혀서……."

"당신도 늙어 봐, 그렇게 되는 거야."

남편은 별 신경 쓸 일도 아니라는 듯이 어머니의 편을 들어 잘라 말했다. 그런데 그날 밤이었다. 역시 그 할머니의 말대로 시아버지는 밖에서 술이 한잔 되어가지고 들어오셨다. 그리고 아들 며느리를 보자 침통한 표정을 지으시면서 말씀했다.

"느이들 게 좀 앉거라."

이미 마음에 준비를 하고 있었던 연이는 옷깃을 여미고 그 앞에 꿇어앉았다. 그러자 무겁게 입을 열으셨다.

"느그 그러는 것이 아니다. 아무리 부모가 능력이 없어서 너희들한테 무거운 짐을 지워 주고 있지만 옆집 마실갔다가 오는 것도 아니고 며칠씩 집을 비우면서 어디 간다는 말도 안 하고 다녀와서 쓰겠냐? 아무리 별 볼일 없는 부모지만 그러는 것이 아니여."

바로 이때다 싶은 연이였다. 시아버지 등 뒤에서 멀끔히 쳐다보고 있는 시어머니를 쳐다보며 말했다.

"어머니. 우리 이 사람이랑 시골 내려가면서 분명히 집안일 잘 부탁한다고 어머니한테 말씀드리고 갔었지요. 그죠?"

그러자 시아버지는 고개를 돌려 시어머니를 쏘아보며 말했다.

"당신이 나빠! 나한테는 당신이 어디 갔는지 모른다고 했잖아?!"

그 말에 시어머니는 머쓱해 있었고, 시아버지는 아들 내외 보기가 차마 민망스러웠던지 벌떡 일어나 아래층으로 내려가 버리셨다. 은근히 속이 다 시원했다. 시아버지와 남편이 보는 앞에서 그동안 시어머니의 만연된 심술을 확인시켜 보여줄 수 있었기 때문이다.

그러나 보통 사람하고는 다르게 타고난 시어머니의 오기 심술이었다. 그 며칠 후 시어머니의 심술은 다시 또 이어졌다. 그것을 식모 할머니가 또 귀띔을 해 주었다.

"애기 엄마, 세상에 어찌 저런 시어머니가 있대요? 새벽에 난데없이 시아

버지 술국이라고 멸치 국물을 끓여가지고 내려와서는 한다는 말이 성룡이
엄니가 사가지고 온 소고기를 며느리가 묵어부렸능가 숨겨 부렸능가 한 조
각도 없어가꼬 멸치 국물을 해장국으로 끓여 가지고 왔다고 하잖여요. 김치
도 못 삼켜 넘기는 며느리가 소고기를 먹었을 것이라고 말도 안 되는 소리
를 하드라니까요."

참으로 대책이 안 서는 시어머니였다. 그러나 이미 그렇게 타고 난 시어
머니의 인성人性을 며느리가 어떻게 해 볼 수도 없는 일이었다. 모른 척 참
아내는 수밖에 없었다. 그런데 그날 저녁 무렵이었다. 시댁 큰 아버지의 아
들이 운영하고 있는 부동산을 다녀오신 시아버지였다. 연이가 밥상을 차려
갖다드리자 힘없이 입을 열으셨다.

"게 앉거라. 늙은 부모가 이제 먹으면 얼마나 더 먹고 죽겠냐, 언제 이렇
게 늙어가지고…… 어제가 청춘이더니 오늘은 백발이구나."

시아버지는 밥상을 앞에다 받아놓고 앉아 엷은 한숨을 길게 내쉬고 계셨
다. 그 한숨은 새벽에 시어머니가 며느리를 음해하기 위해 시아버지의 해장
술국을 멸치로 끓여 들고 가서 의도적으로 만들어낸 말이 그처럼 자탄의 한
숨을 내쉬게 한 것이었다.

그렇다고 그 증인으로 식모할머니를 끌어 들일 수도 없었다. 어떤 변명도
할 수 없는 채 고개만 떨구고 있었다. 그렇게 별난 시어머니에 별난 남편을
밤낮 번갈아가며 대해야 했던 결혼 생활은 살아 숨만 쉬고 있을 뿐 눈앞 캄
캄한 무덤 속이나 마찬가지였다.

그러나 세상 모르고 자라는 두 아이들을 보아서라도 죽을 때 죽더라도 밥
알을 넘기기 위해서는 기분전환을 해야 할 필요가 있다고 생각했다. 그때
아슴한 등대 불처럼 깜박이는 눈빛이 가슴 속에 묻어둔 그 사람이었다.

물론 그동안 연이의 소식은 남편을 통해 듣고 있었으리라고 믿고 있었다.
그 일이 있은 후로 남편은 밖에서 그와 함께 가끔씩 술자리를 하고 왔다는
소리를 들어왔기 때문이다.

기분전환도 할 겸 나가서 그 얼굴이라도 보고 싶어졌다. 그러나 왠지 초

라한 자신의 모습만을 그에게 보여준다는 것이 여러 가지로 마음에 걸렸다. 그렇다고 불쑥 전화로 안부만을 묻는다는 것도 어쩐지 그랬다. 그러나 잔잔하게 피어오르는 눈빛 그리움이 가슴에 물기를 젖어들게 하면서 연이는 오랫동안을 덮어 두고 있었던 피아노 뚜껑을 열었다. 그리고 건반을 두들기며 콧노래를 흥얼거렸다. 한참 유행하고 있던 노래, 패티 김의 '이별'이었다.

'∼어쩌다 생각이 나겠지∼ 냉정한 사람이지만∼ 그렇게 사랑했던 기억을 잊을 수는 없을 거야∼ 산을 넘고 물을 건너∼ 헤어졌지만∼ 바다 건너 두 마음을∼.'

그 노래를 손놀림에 맞추어 흥얼거리던 연이는 어느새 가슴 속에 물기가 차오르면서 손놀림을 멈추었다. 그리고 돌아서 자신도 모르게 수화기를 집어 들고 그의 사무실로 다이얼을 돌렸다. 그는 대뜸 연이의 목소리를 알아듣고 물어왔다.

"건강이 좋지 않다고 들었는데, 지금은 어때?"

"그냥 아직은 살아 있어요. 명줄이 모질게도 간들거리면서 그래도 아직은 남아 있나 봐요, 이렇게……."

"다행이야. 그래, 언제 식사라도 한 번 함께 하자구. 연휴도 돌아오고 하니까……."

그 말만 들어도 벌써부터 가슴이 뛰면서 연이는 마치 어린애처럼 말했다.

"저 있잖아요, 유한테 들려줄 가슴에 멜로디가 있는데 들어 보실래요?"

"허허허…… 그래, 어디 들어보지."

연이는 수화기를 옆에 놓고 다시 그 노래를 불러가면서 건반을 두들기기 시작했다.

'∼어쩌다 생각이 나겠지∼ 냉정한 사람이지만∼ 그렇게 사랑했던 기억을 잊을 수는 없을 거야∼.'

거기까지 노래를 부르던 연이는 더 이상 목이 메여 부르지를 못하고 그냥 멜로디만 두들기고 말았다. 그리고 다시 수화기를 집어 들었을 때였다. 그는 연이의 마음이 전이되어 오는지 착 가라앉은 목소리로 말했다.

"유는 멋이야, 그대로가 예술이야 당신은……."

"고마워요, 정말 행복했어요, 그때……."

"그래, 이것도 다 어쩔 수 없는 우리들의 운명 아니겠어? 건강하게 살면서 가끔 얼굴이나 한 번씩 보자고."

전화를 끊고 돌아섰을 때였다. 언제 올라왔는지 1층에 전세를 들어와 있던 새댁이 얼굴에 웃음을 풀어내면서 말했다.

"세상에 나는 누가 피아노를 치는가 했네요, 뜬금없이 피아노 소리가 나서 올라와 봤지 뭐예요."

"음, 우리 친정아버지 덕분이야. 일제시대 수산전문학교를 다니시면서 그때 바이올린을 연주하시고, 또 드럼도 치고 하셨대. 그렇게 음악을 좋아하셔서서 우리 집에 없는 악기가 없었다니까, 북장구까지……."

"어머! 멋쟁이셨네요."

"그 길로 나가셨어야 하실 분이 무슨 영화를 보시겠다고 수산학교는 나와 가지고 저 고생을 하시는지 내 원……."

아버지는 그 당시 간경화 중세가 악화되어 작은 어머니가 모시고 병원치료를 받고 계셨다. 그렇게 아버지가 신병을 얻게 된 것은 어쩌면 다시 일으켜 복구할 수 없는 그 원대한 꿈을 잃고 비탄에 빠진 그 우울증이 원인이 된 것이기도 했다.

거기에다가 가느다랗게 희망을 걸었던 딸 연이마저도 철이 없어 외면을 당한 상처에 희망을 잃고 우울한 날을 보내시다가 간경화증을 일으키게 한 것이었음이 틀림 없었다.

그처럼 철이 없어서 아버지의 마음을 헤아리지 못했던 연이였다. 그토록 씻을 수 없는 불효를 저질렀던 만큼 아버지가 반대했던 남편을 만나 그와 같은 불지옥에서 속살 뜨거운 형벌을 받고 있다는 생각이었다.

참으로 때 늦은 후회가 한숨을 내쉬고 있었지만 소용없는 일이었다. 아버지에게 조그만 도움도 될 수 없는 연이는 복잡한 환경에 마음까지도 어지러웠다. 그렇다고 의사의 말대로 환경을 바꿀 수도 없는 처지에 생활 분위기라도 애써 바꿔보고 싶었던 것이다. 그래서 한동안 손을 놓고 잊고 있었던 피아노를 치면서 마음을 달래 보려고 했었던 몸짓이었다.

그러나 생각지도 않게 들려오는 피아노 소리에 새댁은 감동을 했다는 듯이 그 날부터 자주 3층으로 올라와 우울한 연이의 말벗이 되어 주었다.

그러던 어느 날이었다. 새댁이 올라와 말벗이 되어 주다가 어린 시절에 뛰놀던 고향이야기가 나왔다. 갑자기 그 시절이 그리워지는 연이는 일어나 피아노 건반을 두들기며 〈고향의 봄〉을 부르기 시작했다.

'~나의 살던 고향은 꽃 피는 산골~ 복숭아꽃 살구꽃 아기 진달래~.'

그러자 새댁도 마치 어린 동심으로 돌아간 것처럼 어깨까지 흔들어가면서 신나게 노래를 부르고 있을 그때였다. 갑자기 등 뒤에서 볼묵은 시어머니의 둔탁한 목소리가 날아왔다.

"참말로 시끄러워서 살 수가 없네. 하다가 이제는 별짓을 다하네 그랴. 쯔쯔쯔……"

흠칫 놀랬다. 새댁은 마치 못 먹을 것을 먹다가 들킨 생쥐 모양을 하고 아래층으로 내려갔고, 연이는 피아노 뚜껑을 닫고 방으로 들어와 버렸다.

그러나 일은 다음 날 아침에 벌어졌다. 아직 자리에서 일어나지 않고 있을 때였다. 아래층 새댁 신랑의 목소리가 방문 앞에서 들려왔다.

"저 좀 보세요."

무슨 일인가 하고 뜨악하게 방문을 열고 얼굴을 내밀었을 때였다.

새댁 신랑이 뭔가 이상하다는 듯이 고개를 갸우뚱하면서 말했다.

"아침에 갑자기 텔레비전 화면이 나오지를 않지 뭡니까, 그래 옥상을 올라가 봤더니 글쎄 누가 가위로 안테나를 잘라버렸지 뭡니까?"

"예?! 누가 안테나를 자르다뇨? 그냥 바람에 떨어진 거겠죠."

그러자 방에서 뒤 따라 나온 남편이 무슨 그런 일이 있느냐는 듯이 퉁명스럽게 말했다.

"안테나 줄이 저절로 떨어지면 떨어졌지, 누가 올라가 일부러 자른단 말이요?"

“올라가 보십시오. 바람에 떨어진 거하고, 가위로 자른 거하고 다른 것이
니까요.”

도무지 이해가 되지 않았다. 그래서 그 새댁 신랑을 보고 다시 확인해 보
라는 듯이 말했다.

“설마 하니……, 그럼 사람이 일부러 올라가 잘랐단 말인가요? 잘못 보신
거겠지요.”

“그러니까 이상하다는 거죠. 제가 잘못 본 건지 올라가 보시라니까요.”

그때였다. 아래층에서 발걸음 소리도 요란하게 올라오시던 시어머니가
눈에 잔뜩 힘을 주고 이쪽을 쏘아보면서 말했다.

“내가 그랬소. 왜?”

새댁 신랑도, 연이도 너무나 당당하게 나오는 시어머니의 그와 같은 태도
의 말에 어처구니가 없어 그만 할 말을 잃고 말았다. 잠시 말문이 막혀 눈만
껌뻑거리고 있을 때였다. 새댁 신랑이 참을 수가 없다는 듯이 목에 잔뜩 힘
을 주고 말했다.

“좋습니다. 보기 싫으면 좋게 나가 달라고 하실 것이지 그게 무슨 심술입
니까? 어른답지 못하게 스리, 우리도 이런 집에서 더 살고 싶지 않으니까 당
장 오늘이라도 돈 내놓으십시오. 나가겠습니다.”

문제가 심각했다. 그야말로 한두 푼도 아닌 전셋돈을 당장 어디를 가서
빌려다가 돌려준다는 말인가. 그동안 집안의 대소사는 말할 것도 없고 자질
구레한 집안의 경제는 모두 연이가 떠안고 처리해 왔던 만큼 그 불똥 역시
도 며느리 앞으로 떨어질 수밖에 없는 일이었다. 그야말로 이른 아침부터
찬물을 끼얹듯이 시어머니가 만들어 준 싸늘한 분위기에 머리가 어지러웠
다. 그러나 시어머니의 심술은 거기에서 끝나지 않았다.

점심때쯤 되었을 때였다. 그 새댁 친정어머니가 딸의 연락을 받고 온 듯
자동차를 3층 대문 앞에 세워 놓고 내려갔다. 그리고 얼마가 지난 후였다.
갑자기 대문 밖에서 큰 소리가 들려왔다.

“아니, 이럴 수가 있어요? 우리 딸이 뭘 그리도 잘못했길래 그래, 보기

싫으면 곱게 나가달라고 할 일이지. 텔레비전을 못 보게 안테나 줄을 끊지를 않나, 이제는 대문 앞에 세워둔 자동차까지 빵꾸 바람을 내는디, 어이! 자네 어서 경찰에 신고를 해야겠네.”

그 운전기사를 보고 새댁 친정어머니가 하는 말이었다. 그러자 대책 없는 시어머니의 심술이 해볼 테면 해 보자는 식으로 맞대응을 하고 나왔다.

“여보시오, 누가 남의 집 대문 앞에 자동차를 세우라고 했소?”

“뭐욧?! 이 할마씨가 듣던 대로 참말로 못 말리는 심술첨지구만, 그 집에 세를 들었으면 당연히 그 집 앞에 자동차를 세울 권리가 있는 거요. 그래 그 것도 모르는 무식쟁이 심술 할멈하고 오늘 한판 붙어 봅시다. 누가 이기는 가, 야! 어서 경찰 부르라니까!”

시어머니가 그 새댁 친정어머니 자동차 바퀴를 송곳으로 찔러 바람을 낸 것은 틀림이 없는 것이고 보면 입씨름으로 간단하게 끝날 문제가 아니었다. 그 시끄러움에 동네 사람들이 하나둘 고개를 내밀었다. 여간 민망스럽지가 않았다. 연이로서는 달리 방법이 없었다. 새댁을 빠르게 눈짓해서 귀에다 대고 말했다.

“새댁, 나를 봐서 이 싸움 좀 말려 줘요. 우리 시어머니 심술 보통 아니라 는 거 잘 알잖아, 나 못 잡아먹어서 그러는 거야. 그러니 제발 친정어머니 좀 말려줘, 응 제발……”

이미 시어머니의 심술을 보아온 새댁이었다. 연이의 입장이 딱했던지 끝 까지 해 보겠다는 친정어머니를 겨우 말리고 달래서 집으로 돌려보냈다. 상 황이 그쯤에 이르자 연이는 바쁘게 부동산에 아래층 전세를 내놓고 원효로 친정 아짐에게로 달려가 사정 이야기를 하고 급전을 빌려다가 집세를 돌려 주었다.

그동안 일 년 넘게 수입이 없었던 남편의 직장 생활에 이제 겨우 숨을 돌 리고 있는 형편이었기 때문에 목돈을 돌려 대기란 쉽지 않았다. 새댁이 서 운하게 이사를 가던 날이었다. 그런데 참으로 이상한 일이 벌어졌다. 새댁 이 기르던 강아지가 갑자기 어디로 갔는지 보이지 않더니 끝내 돌아오지 않왔다. 할 수 없이 새댁은 서운하게 뒤를 돌아보고, 또 돌아보면서 떠났다.

그리고 몇 시간이 지났을 때였다. 그렇게 기다리던 강아지가 어디를 나갔다 왔는지 어슬렁어슬렁 나타나 마당 뒤처리를 하고 있는 연이를 보고 꼬리를 흔들었다. 주인 잃어버린 강아지가 더 없이 측은해서 마치 어린 애를 껴안듯이 와락 껴안고 말했다.

"아이고 요 불쌍한 것아, 어디 갔다가 이제 온겨. 느그 엄마가 기다리다 못해 갔어, 아이고 요 이쁜 것."

그때였다. 시어머니가 층계를 내려오시다가 그 광경을 보셨던지 그 강아지조차도 꼴 보기 싫다는 듯이 말했다.

"꼴도 보기 싫다, 갖다가 내버려!"

"어머니도 참, 이 강아지가 무슨 죄가 있다고 그래요. 살던 제집이라고 이렇게 찾아 들어온 강아지를 내다버리면 죄 받지요."

죄 받는다는 말에는 더 할 말이 없는지 몸을 돌려 올라가 버리셨다. 그러나 그 심술은 멈출지를 몰랐다.

그렇게 소란을 피우고 3층을 올라갔을 때였다. 일하는 할머니가 어이가 없다는 듯이 말했다.

"세상에 저런 시어머니도 다 있네요 잉. 강아지도 꼴 보기가 싫다고 밥도 갖다 주지 말라고 하시더라니까요."

"그런 심술인 걸 어쩌겠어요, 눈에 뜨이지 않게 조심해서 갖다 주세요."

그런 다음 날 아침이었다. 시어머니는 그럴 줄 알고 있었다는 듯이 일하는 할머니가 아침 설거지가 끝났을 때쯤 담장 밖에서 지켜보고 있었던 모양이었다. 그런데 짐작했던 대로 할머니가 강아지 밥을 갖다가 주고 층계를 올라오자 난폭하게 막아서며 또 시비를 걸어왔다.

"아니, 내 말이 말 같지가 않소? 내가 강아지 밥 갖다 주지 말라고 했잖소."

그러자 할머니는 어이가 없다는 듯이 심드렁하게 말했다.

"참말로 누구 말을 들어야 할지 모르겠네요. 애기 엄마는 갖다 주라 하고……."

"뭐욧! 그러니까 갸가 이 집 주인이란 말이요?!"

시어머니는 어느 새 몸을 돌려 연이를 쏘아 보면서 큰소리로 말했다.

"에미, 네가 강아지 밥 갖다가 주라고 그랬냐?"

"그랬구만요, 강아지가 무슨 죄가 있다고 그러세요."

"뭐여? 우리 자식 벌어온 돈 우리 먹고 살기도 바쁜디 강아지까지 먹여 살릴 돈 있냐?"

"어머니는 무슨 말씀을 그렇게 하세요? 식구들 먹고 남은 밥찌꺼기 쓰레기 통 속에 갖다 버리면 고다리 생기니까 강아지 갖다 주라고 그랬지요."

"뭣이야? 너는 시에미 말이 말 같지 않은겨? 갖다 주지 말라믄 갖다 주지 말아야제."

그때였다. 밖에 나갔다가 들어오시던 시아버지가 그 광경을 목도하신 것이다.

"집안에서 이게 무슨 큰 소리여, 큰 소리가?! 동네가 다 시끄럽게 스리."

그러자 시어머니는 언제 그렇게 큰 소리를 냈느냐는 듯이 목소리를 착 가라앉히고 말했다.

"시에미 말이 말 같잖아도 들어야 하는 겨, 알았냐?"

"알았어요, 죄송해요."

그 속이 너무나 빤히 들여다보였다. 하지만 그렇게 태도를 바꿔 말하는 시어머니 앞에서는 별도리가 없었다. 시아버지는 그런 시어머니의 성격을 익히 잘 알고 계신 분이셨다.

며느리의 마음을 다독이려는 듯이 목소리를 착 가라앉히고 말씀하셨다.

"목이 마르구나, 에미야, 물 한 그릇 다오."

그야말로 하루도 조용히 마음 편할 날이 없는 연이의 시집 생활이었다. 그러한 고통의 분위기 속에 그래도 시아버지의 그러한 마음이 무언無言으로 며느리의 마음을 다독여 주는 위로가 되어주기도 했다.

불효의 형벌

효를 으뜸으로 가르치신 공자께서는 부모를 존경함은 스스로를 사랑하는 길이라고 말씀했다.

우리말 속담에도 '효성이 지극하면 돌 위에 풀이 난다' 는 말이 있다. 어버이에 대한 효성이 지극하면 하늘도 감응하여 도움을 입게 된다는 말이다.

지난날 친정아버지는 인생의 반려자, 그 만남은 신중히 해야 되는 것이라며 남편과의 결혼을 그렇게 반대하시며 타이르시었다. 하지만 세상을 모르고 철이 없었던 연이는 아버지와 작은 어머니에게 그처럼 커다란 불효까지 저질러가면서 그와 결혼을 하고 말았었다.

복사꽃 불우물에 미소를 짓던 그 결혼 행진곡은 어쩌면 무덤을 향해 가는 장송곡이었던 것이라고나 할까. 참으로 긴 한숨 늘이고 앉아 있는 연이의 결혼 생활은 끝없이 이어지는 어둠 속 터널과 조금도 다를 것이 없었다.

저녁 열시가 넘었을 때였다. 아이들을 잠재우고 별빛 반짝이는 창밖을 내다보고 앉아 있는 연이의 입에서는 저절로 한숨이 새어나왔다.

그때 전화 벨 소리가 울려왔다. 수화기를 집어 들었을 때였다. 남편 친구의 목소리였다.

"접니다, 애기 아빠 좀 바꿔 주시오."

"아직 안 들어 왔어요."

"으응, 나하고 술 같이 먹고 헤어졌는데, 어디 갔지?"

"친구 만나서 또 술 먹고 있나부죠 뭐."

"집에 무슨 일이 있다고 바쁘게 갔는데, 이 친구 어디 갔지?"

순간 연이는 남편이 집 핑계를 대고 동대문으로 빠졌다는 생각이 퍼뜩 들면서 그 누님이라는 여자의 얼굴이 떠올랐다. 분해서 도저히 잠을 이룰 수가 없었다. 뜬눈으로 날밤을 새운 연이는 바쁘게 옷을 챙겨 입었다. 남편은 틀림없이 그 여자 여관으로 갔을 것이라고 생각했기 때문이다.

그래서 통금이 해제되는 시간을 기다렸던 연이가 막 대문을 나서려고 할 때였다. 남편이 들어왔다. 그 얼굴을 보자 갑자기 눈에 쌍심지가 켜지면서 어느새 목소리가 높아졌다.

"나가요! 어젯밤에 갔다는 당신 집은 동대문이잖아?"

"어어? 이 사람이…….”

"이 사람이라니, 여기가 당신 집이야? 당신 집이냐구?!"

"미쳤구만, 새벽부터 또 지랄이네. 쿵!"

"그래, 미쳐서 지랄한다, 왜? 이렇게 미치게 만든 사람이 누군데, 누구냐구?! 당신 어제 밤에 쌍둥이 아빠하고 술 먹고 헤어지면서 집에 간다고 했다면서? 그 집이 어디야? 가 보자니까!"

연이는 남편의 가슴을 온몸으로 밀어냈다. 그때였다. 등 뒤에서 찢어지는 듯한 쇳소리가 날아왔다. 시어머니였다.

"또 시작했구나, 그 병이, 쿵!"

"그 병이 나게 한 사람이 누군데요?"

이제 보이는 게 없었다. 시어머니에게 맞대응을 했다. 그 사이를 피해 남편은 재빠르게 안으로 들어가 버렸다.

그러자 시어머니는 잔뜩 못마땅한 표정으로 아들의 뒤를 따라 들어가면서 며느리를 힐책하듯이 말했다.

"내가 나가던지 해야지 못 살겠다, 하루도 마심 편할 날이 없으니……."

참으로 대책이 서지 않는 그 시어머니에 그 아들이었다. 할 말을 잃고 응접실 소파에 풀썩 주저앉아 어떻게 남편의 그 버릇을 고쳐줄 수 있을까? 그 생각을 하고 있을 때였다. 이층 계단을 발소리도 요란스럽게 올라온 시어머니의 손에 보따리가 들려 있었다.

정말 집을 나가려는 것 같았다. 하지만 연이는 그대로 멀건 눈으로 쳐다만 보고 있었다. 만류하고 싶지도 않았고, 또 만류한다고 들을 시어머니도 아니었기 때문이다.

그런 분위기에서 어떤 말도 하고 싶지 않은 연이는 남편이 옷을 챙겨 입고 나가거나 말거나 더는 상관하고 싶지도 않았다. 하루 종일 마음이 서글퍼서 그런지 아무것도 먹을 수가 없었다. 보리차로 배를 채웠다. 아무리 생각해도 하루 이틀도 아니고 숨을 쉬고 살아낼 방법이 없었다. 그렇다고 그대로 앉아 죽기는 너무나 억울했다.

"그래, 헤어지자."

마침내 그렇게 밖에 결론을 내릴 수밖에 없다고 생각했다. 그때의 마음은 더 없이 슬펐다. 벌떡 일어나 남편이 부대에서 갖다 놓은 위스키를 벌컥 들어서 몇 잔을 거푸 따라서 마셨다. 얼큰하게 술기운이 올랐다. 그러면서 세상이 별 거가 아니라는 생각에 코웃음이 나왔다. 마음만 크게 먹으면 보란 듯이 잘 살아갈 수 있을 것 같았다.

시집 식구들과 함께 모여 살고 있는 그 3층 건물은 연이가 결혼 전에 있었던 그 교포와의 약혼 패물을 팔아 장만했던 동교동 집이 그 토대가 된 것으로, 연이 명의로 되어 있었기 때문이다.

남편과 이혼을 하고 그 건물을 팔아 무슨 장사라도 해서라도 두 아이들을 공부시켜 가면서 얼마든지 살아갈 수가 있을 것 같았다. 갑자기 맞서 볼 테면 맞서 보자는 배짱이 생기면서 집문서를 챙기고 있을 때였다. 남편이 들어왔다. 그 역시도 맑은 정신에는 들어올 수가 없었던지 불콰하게 술기운이 올라 있는 상태로 코맹맹이 소리를 했다.

"뭐하는 거야? 사람이 들어온지도 모르고."

“당신이 사람이야? 사람이면 사람 같은 행동을 해야지, 칫!”

“뭐야?! 꼭 그렇게 할 거야?”

“적반하장이네, 그렇게 하고 다닌 사람이 누군데? 됐어, 우리 이제 큰소리 낼 것 없이 조용히 헤어지면 될 것 아뉴? 나도 이 불 지옥에서 더 살고 싶은 마음 없으니까 내일 법원에 가려고 서류 준비하고 있다구요. 알았어요?”

연이는 여유 만만하게 손에 들고 있던 집문서를 흔들어 보이면서 코웃음을 웃었다. 그리고 더는 말하고 싶지 않다는 태도로 방으로 들어와 벌렁 자리에 누워 버렸다.

그러자 잠시 사이를 두고 옆으로 바싹 달라붙은 남편은 씩씩거리는 소리를 내면서 말했다.

“뭐?! 헤어지자고?”

“그래, 헤어지자고 그랬수, 왜?”

“흐흥! 누구 좋으라고 헤어져? 당신 죽이고 나 죽으면 끝나지.”

그 말과 동시에 번쩍하고 추켜들어 올린 남편의 손에 어느새 섬뜩하게도 등산용 칼이 쥐어 있었다. 하지만 협박하려고 그러는 줄만 알았다. 그래서 오히려 태연스럽게 각오가 돼 있다는 듯이 말했다.

“그래, 이혼을 못해 주겠다면 죽여 봐, 죽어 줄 테니까.”

순간 칼을 쥐고 있던 남편의 손이 그대로 내리쳤다. 아찔했다. 이제 죽었구나 싶었다. 그런데 이게 어찌된 일인가?

눈을 떴을 때는 칼은 베개 한 쪽 모서리에 섬뜩하게 꽂혀 있었고, 남편의 주먹 쥔 손에서는 검붉은 피가 뚝뚝 떨어지고 있었다. 벌떡 일어났다. 그런 상황에서 어떤 말도 할 수가 없었다. 정신없이 수건을 갖다가 남편의 손바닥에서 흐르는 검붉은 피를 닦아내면서 어쩔 수 없이 달랬다.

“그렇게 죽기를 각오하고 마누라 사랑하는 줄 몰랐네요. 미안해요, 법원에 가자는 소리 취소할게.”

사람이 피를 보게 되면 제 정신을 잃는다는 말이 퍼뜩 생각나면서 남편의 손을 붙들고 진정으로 미안하다는 눈빛을 보였다. 뜻밖에 이혼을 하자는 말에 흥분했었던 남편은 술기분에 등산용 칼을 불끈 쥐고서 힘을 주었던 탓에 그처럼 손바닥에 흉한 상처를 내고 말았다.

참으로 어이없게도 한판 벌린 부부 싸움은 그날 밤 그 피 흘림의 소동으로 그렇게 끝이 났다. 그런 다음 날 아침 남편이 출근을 하고 난 뒤였다.

다시는 안 들어오실 것처럼 하고 집을 나가셨던 시어머니가 시무룩한 얼굴을 하고 들어오셨다. 마음은 편치 않았지만 그러나 며느리 된 도리로서 형식적인 인사는 해야 했다.

"어디 다녀오셨어요?"

그러자 시어머니는 심기가 몹시 불편하다는 표정으로 툭하고 말을 던졌다.

"지가 마누라 무슨 호강을 시켜 줬다고 외박을 하고 댕겨. 업고 댕겨도 시원찮을 마누라를……."

시어머니 입에서 그런 소리가 다 나오다니, 참으로 이게 무슨 소린가 싶었다. 갑자기 눈이 크게 떠지면서 사죄하듯이 말했다.

"죄송해요. 어머니, 다 제가 모자라서 그렇죠."

"너보고 한 소리가 아녀, 우형이 아베보고 한 소리제."

시어머니가 말하는 우형이 아버지는 둘째 시누이의 남편으로, 아동 만화가였다. 그런데 언젠가부터 사업을 해 보겠다고 하다가 뜻대로 되질 않아 여러 가지로 어려움을 겪고 있다는 것이 시누이의 말이었다.

그 사위가 하필이면 장모님이 보따리를 들고 찾아간 그 날 밤, 말도 없이 외박을 하고 새벽에 들어왔던 모양이었다. 그것을 보고 속이 뒤집혀 그대로 눌러 있지를 못하고 보따리를 들고 그 길로 나와 버렸다는 것이 시어머니의 말이었다.

그 상황이 눈 앞에 그림이 그려지면서 연이는 코웃음이 나왔다. 당신 아들이 밥 먹듯이 자주하는 외박은 아무렇지도 않게 두둔을 하시면서, 어쩌다가 사위가 외박한 것을 보고는 그처럼 속상해 하시며 투덜거리고 있는 시어머니였기 때문이다.

그 얼굴이 참으로 양심이 없는 사람 같아 보이면서 다시 빤히 처다보였다. 그런 시어머니를 처다보면서 시할머니께서 잠시 얼마동안 그런 며느리에게서 밥을 얻어먹고 계셨다니 그 마음 고생이 얼마나 심했을까 하는 것이 충분히 짐작이 가고도 남았다.

시어머니는 연이가 결혼했을 때 담배를 피우시면서 그런 이야기를 잠깐 한 적이 있었다.

"큰 아들이 있는데 왜 둘째가 시어머니를 모셔야 하는지 속이 상해가꼬 담배를 피우게 된 거."

그것이 시어머니가 담배를 입에 물게 된 동기라는 변의 말이었다. 그런 시어머니는 그 시절에 팔남매를 낳아 집안 일이 많으셨을 터인데도 서양 춤을 배우셨을 정도로 한량기도 있는 분이셨다.

그야말로 연이가 자라온 환경과는 너무나 대조적으로 다른 생활 분위기 속에서 몸살을 앓아야 했던 탓인지 밥을 소화하지 못하고 계속 누룽지 아니면 미음만 먹고 지탱을 했었다. 그런 만큼 오래 서 있지를 못하고 택시를 잡을 때도 앉아서 손짓을 할 정도로 시들거렸다.

그런 환경 속에서 또 임신을 하고 입덧을 하기 시작했다. 그래서 병원에 가서 유산을 시켜야겠다고 생각했다. 그 말을 남편에게 했을 때였다.

"뭐라고? 남의 새끼야 유산을 하게?"

"그러니까 난 당신 애나 놔주는 생산 공장이유? 몸도 안 좋은데?"

"당신 사주팔자에 아들이 둘이라는데 하나 밖에 더 낳어?"

남편은 사주팔자까지 들먹여 가며 반대를 했다. 그래서 마음에 갈등은 있었지만 어쩔 수 없이 그 말을 따르기로 했다.

참으로 여러 가지로 겹친 고통의 날들 속에서 해산 막달이 되어 오던 어느 날이었다. 남편은 전에 없이 퇴근을 하고 바로 집으로 들어왔다. 표정이 몹시 어두웠다.

"왜 무슨 일이 있었어요?"

왠지 느낌이 좋지 않아서 물었다. 그러자 남편은 주머니에서 봉투 하나를 꺼내 보이면서 말했다.

"그 참, 눈엣가시처럼 끝까지 해 보겠다고 이걸 주잖아."

"그게 뭔데요?"

"미군이 감축돼서 그런 것이라나, 부대 총책 자리를 내놓고 직원으로 내려앉던지, 아니면 사표를 내라고 본부 인사과에서 내려온 공문이야."

"어머! 어쩐대요, 자존심 상하게 이제 와서 직원으로 내려앉을 수도 없잖아요."

"그러니까 하는 말이지. 본부 정식 공문이니 노 국장인들 별수가 있겠어? 쯧 쯧……."

남편은 참으로 이럴 수도, 저럴 수도 없다는 듯이 난감하다는 표정이었다. 달리 대책이 없는 것 같았다. 생각 끝에 염치없는 일이지만 어쩔 수 없이 그 노 국장을 만나 의논이라도 해 보아야겠다고 마음을 굳히고 다음 날 사무실로 전화를 걸었다.

"오래간만이구만, 그래, 별 일은 없고?"

그가 반갑다는 듯이 대뜸 하는 말이었다.

"저……, 만나 의논할 일이 좀 생겨서요."

"그래? 그럼 점심때 청사 밑 다방으로 나와요. 점심이나 함께 하면서 이야기나 들어보자구."

임신 막달로 배가 불러온 연이는 집에서 입고 있던 임신복 그대로 걸치고 그 다방으로 나갔다. 먼저 와 있던 그가 연이를 보자 웃으면서 말했다.

"엄마 되는 것이 쉽지 않은 모양이지, 무척 수척해졌으니 말이야."

그리고 따라 나오라는 듯이 손짓을 하면서 말했다.

"우리 요 앞 식당에 가서 간단하게 점심이나 먹으면서 이야기하자고."

그래서 그가 안내하는 식당으로 들어가 자리를 잡고 음식을 주문할 때였다. 단골집인 듯 아가씨가 상냥하게 웃으면서 말했다.

"어머, 사모님이 참 미인이시네요."

"아가씨 눈에도 미인으로 보이는가?"

그 아가씨는 배가 불러 있는 연이를 그의 아내로 보고 있었고, 그는 그 말에 부정도 긍정도 하지 않은 채 그렇게 응수를 하고 웃었다. 그것이 현실이었다면 얼마나 좋았을까?

어쩐지 그런 분위기가 슬퍼졌다. 연이는 그를 민망스럽게 건너다보면서 남편으로부터 받아온 그 공문서가 들어 있는 봉투를 가만하게 내밀었다.

"이게 뭐야?"

봉투를 의아스럽게 건네받으면서 물어왔다.

"읽어 보시면 알아요."

뜨악하게 봉투를 받아 읽고 난 그가 말했다.

"어허, 끝까지 해 보겠다는 거구만. 안 되겠는 걸, 그 참……."

"어쩌지요? 열두 식구에 당장 사표를 낼 수도 없고, 그렇다고 내려앉는다는 것도 우습고……."

그러자 그는 잠시 무슨 생각을 하는 듯하다가 말했다.

"방법을 생각해 보자고, 정 안 되면 그 부대 안에 가게라도 열게 해 줄 테니까."

"정말 미안해요, 번번이 이렇게 신경을 쓰게 해 드러서……."

"그것이 눈 마주친 만남의 인연법이란 거 아니겠어. 전생에 내가 유한테 빚을 많이 졌던 모양이야, 허허허……."

참으로 미안해서 시선조차도 마주치지 못하는 연이를 위해 그는 그렇게 위로의 말을 해 줄 정도로 속이 깊은 남자였다.

그날 그를 만나고 들어온 그 며칠 후였다. 축 처진 어깨를 하고 힘없이 출근을 하던 남편의 얼굴이 활짝 펴져 웃고 들어오면서 말했다.

"대단한 사람이야, 당신 빽줄이, 허허허……."

그 웃음이 귀를 번쩍 세우게 했다. 대뜸 물었다.

"어떻게 됐어요? 잘 풀렸수?"

"천지개벽을 했지 뭐야."

"도대체 어떻게 된 건데 그래요?"

"나를 엿을 먹이려다가 되려 엿을 먹었지 뭐야. 그 인사과장이 홋, 홋, 후……."

"참말로 궁금해 죽겠네, 빨리 말해 봐요."

"글쎄, 아직 임기가 일 년이나 남아 있는 그 인사과장이 본국으로 귀환하라는 명령을 받았다지 뭐야."

"어머 세상에……. 백악관하고 직통 전화가 있는 자리라더니 참말로 그런가 보죠?"

"팔군사령관을 움직인 거겠지, 무엇으로 그 보답 인사를 하지?"

남편은 생각지도 않은 인사과장 귀환 소식에 감격하고 또 감격하고 있었다. 하지만 연이는 그런 처지에 놓여 있는 자신의 환경처지가 더 없이 슬프기만 했다. 번번이 염치를 뒤로하고 그처럼 어려운 부탁을 그에게 매번 했어야 했기 때문에 더 없이 부끄럽고 자존심이 상했다.

그렇게 그의 도움을 받고 그야말로 어렵고 힘든 고비를 몇 번이나 넘겨온 남편이었다. 그래서 그랬었던지 그 후로 외박을 하고 들어오는 일은 거의 없어졌다.

그러나 타고 난 그 주색잡기 버릇은 끝이 없었다. 어느 날 새벽 일찍 남편은 테니스를 치고 오겠다고 운동복 차림으로 나갔다. 그래서 남편의 주머니에 돈이 얼마나 들어있는가를 보려고 지갑을 열었을 때였다. 그런데 그 속에 조그만 종이에 싸인 새까만 머리카락이 방바닥으로 굴러 떨어졌다.

"이게 뭐야?"

눈이 크게 떠진 연이였다. 놀래서 얼른 주워 들고 들여다보다가 그만 기절을 할 뻔했다. 꼬불하게 짧은 털은 분명히 여자 성기에서 뽑아 모은 그 음모陰毛라는 생각이었기 때문이다.

"이럴 수가?"

도대체 그 음모를 왜 지갑에 넣고 다닌다는 말인가. 그렇다면 변태성욕자란 말인가? 그 음모를 지갑에다 넣고 다니는 남편의 정신상태가 도무지 이해가 되지를 않았다. 가슴이 마구 뛰었다. 그런 어느 순간이었다.

"그래, 그 여자가 마누라 빨리 죽게 하려고 지갑에 넣고 다니게 한 부적 효과를 낸다는 그 방편이구나."

생각이 거기에 미친 연이는 불안 초조한 가슴이 벌렁거리면서 그대로 미쳐 버릴 것만 같았다. 그 충격이었던지 갑자기 배가 아파오기 시작했다. 정신없이 독립문 종합병원으로 택시를 잡아타고 달려가 의사 진찰을 받았을 때였다.

"애기가 내려앉았군요. 출산 준비를 하셔야겠습니다. 그런데 산모가 탈진 상태라 제왕절개를 하셔야겠습니다."

눈앞이 캄캄했다. 하지만 상황이 다급해진 만큼 집에 연락을 취해야 했다. 얼마 후 남편이 달려왔다. 입원 수속을 마치고 수술 준비에 들어갔다. 그때 연이는 더없이 불쾌한 지갑 속의 음모陰毛가 다시 가슴을 짓눌러 왔다. 남편과 그 누님이라는 여자가 연이가 죽기를 바라고 그런 방편을 쓴 것이 아닐까? 하는 참으로 어처구니가 없는 그런 생각을 갖게 했기 때문이다.

그렇다면 수술을 하고 나온 산모가 마취에서 깨어나기를 기다리는 환자 대기실에서 아무도 모르게 코를 잡아 숨을 틀어막아 버릴 수도 있다는 생각이었다.

그처럼 뜻밖에 남편의 지갑 속에서 떨어진 그 음모에 마음이 어두워진 연이는 그 부근에 살고 있는 초등학교 동창에게 전화를 걸어 사정을 말하고 마취에서 깨어날 때까지만 옆에서 좀 지켜달라고 부탁을 했다. 그렇게 남편을 믿지 못할 정도의 마음이 되어 버린 연이는 수술실을 들어가면서도 못내 슬프기만 했다.

수술이 끝나고 마취가 깨어났을 때였다. 친구가 말했다.

"눈 떴구나, 딸이야."

그러나 연이는 딸이든 아들이든 반갑지가 않았다. 살아 숨을 쉰다는 그 자체가 고통스럽기만 했다. 그런 마음의 고통은 마침내 신경을 경직시켰던지 멀건 미음조차도 목으로 넘어가지 않았고 계속 영양제 링거에 의지해야만 했다. 그로하여 수술 경과는 너무나 좋지 않았다. 음식을 전혀 먹지 못했던 관계로 산모가 아이에게 먹일 젖은 생각조차 해 볼 수가 없었다. 젖꼭지는 살점이라고는 만져 볼 수 없는 채 앙상한 가슴에 마치 건포도마냥 달라붙어있었다. 그만큼 뼈만 남아 있는 상태였다.

연이는 제왕절개로 출산을 한 후, 한 달이 넘게 병원 생활을 하고 집으로 돌아왔다. 그러나 상태는 여전히 좋지를 않았다. 음식을 씹어 소화하지를 못하고 희멀건 죽을 쒀서 겨우 넘겼다. 그러나 심각한 문제는 변이 이제 갓 난 아이 변처럼 나오면서 더없이 고통스러웠다. 어쩔 수 없이 다시 병원으로 가서 진찰을 받았을 때였다. 의사가 고개를 갸우뚱하면서 말했다.

"자궁에 이상이 있는 것 같은데 엑스레이를 찍어봐야 할 것 같습니다."

마침내 엑스레이를 찍고 결과가 나왔을 때였다.

"그 참……, 재수술을 받아야 할 것 같습니다."

의사는 참으로 알 수 없다는 표정을 지으면서 다시 말했다.

"자궁이 아이를 가졌던 그대로 근육이 움직이질 않아 늘어진 상태로 수술하고 꿰맨 상처가 속살 뱃가죽하고 달라붙어 유착이 된 모양입니다. 어쩌지요?"

"또 수술을 받아야 한다구요?"

눈앞이 캄캄해 왔다. 차라리 그대로 눈을 감아 버리고 싶었다. 그러나 문제는 의사의 다음 말이었다.

"하지만 지금 상태로는 수술도 어렵겠는데요. 탈진 상태도 문제지만 피가 너무 모자라서 수혈을 해 가면서 수술을 해야 하는데 부작용이 날 수도 있다는 것이지요. 아무튼 마음을 안정하시고 좀 지켜보고 난 후에 결정하십시다."

기가 막혔다. 방법은 마음을 안정시켜 혈액순환을 시키는 것만이 최선의 방법이라는 의사의 말이었다. 집으로 돌아온 연이는 말을 잃고 멍하니 먼 산만 쳐다보고 앉아 있었다.

그때였다. 세상 모르는 큰 딸 아이가 그 큰 눈에 웃음을 담고 '엄마, 엄마' 해 가며 치맛자락을 붙들고 재롱을 부렸다.

"그래, 요 이쁜 것들을 두고 이대로 죽을 수는 없지."

무슨 방법을 써서라도 살아야 된다고 마음을 다짐했다. 어두운 생각을 털어내기 위해서는 기분을 바꿔 보기로 작정을 했다. 이제 갓 태어난 딸아이는 식모 할머니가 유모 노릇을 대신해 주고 있었기 때문에 그래도 다행이었다.

시어머니는 그때 장가를 들게 했던 시동생 아이를 돌봐주고 있었다. 시동생과 결혼을 했던 그 동서同棲가 그대로 직장생활을 하고 있었기 때문이다.

그 시동생은 결혼을 하고 장인의 도움으로 한국일보 도서실에 근무하게 되었다. 그래서 내외가 직장을 다니고 있었기 때문에 임신한 동서가 아이를 출산하게 되면 어쩔 수 없이 그 직장을 그만 두어야 할 입장이었다.

그때 연이의 생각은 동서가 직장을 그만두게 된다는 것이 마음에 걸렸다. 경제적으로 도움을 줄 수 없는 시집 형편에 두 사람이 벌어야만이 작은 주택이라도 빨리 마련할 수가 있기 때문이다.

그래서 시동생을 도와줄 수 있는 길을 모색한 것이 살고 있는 불광동 집 건너 대문이 마주보이는 조그만 셋집을 얻어 집을 옮기도록 서둘렀고, 아침저녁 식사를 따로 해먹을 것이 아니라 집에 와서 먹고 출퇴근을 하도록 했었다.

그렇게 해서 동서가 출산 후 그 아이를 시어머니가 맡아 돌봐줄 수 있도록 조치를 취해 주었다. 그로부터 집안일은 자연히 더 많아질 수밖에 없었다. 그래서 일하는 식모 할머니는 힘이 들어 헉헉하면서도 차마 그만 두겠다는 말을 못했다. 아니 할 수가 없는 입장이었다. 그 아들을 작은 오빠에게 부탁해서 원양어선을 태워준다는 조건으로 집안일을 돌봐 주고 있었기 때문이다.

그야말로 집안의 크고 적은 일에서부터 심지어는 남편의 직장문제까지도 그렇게 신경을 써야 했던 연이였다. 그런 데다가 타고난 남편의 바람기는 하루도 마음 편할 날이 없었다. 말 그대로 무덤 속이나 같은 생활이었다.

그처럼 우울한 기분을 바꿔 보기 위해 어느 날 옆집 아주머니를 찾아갔다. 그 아주머니는 평소 친구들과 함께 화투판도 자주 벌렸고, 가끔 카바레로 가서 춤을 추고 놀고 온다는 이야기를 얼핏 들었기 때문이다.

그런 분위기 속에 함께 어울려 잠시라도 머릿속에 그처럼 어둡게 자리잡고 있는 생각으로부터 해방이 되고 싶었던 연이였다. 그래서 화투 놀음에 끼어들었다.

하지만 어찌된 일인지 그 화투 놀이에도 즐거움을 느끼지 못하는 연이였다. 오히려 고통스럽기만 했다. 몸 전체가 뼈만 앙상하게 남아 있었기 때문에 엉덩이뼈가 아파 와서 한 자세로 오래 앉아 견딜 수가 없었기 때문이기도 했다.

그때 방송뉴스에서 춤에 미친 여자들이 집안의 눈속임을 위해 시장바구니까지 들고 나가서 카바레를 다닌다고 꼬집었다. 얼마나 즐거우면 그렇게 미칠 수 있을까?

연이는 그토록 춤에 미칠 수 있는 여자들이 오히려 부러웠다. 그때 떠오른 얼굴이 셋째 아이를 낳을 때 옆에서 지킴이를 해 주었던 그 친구였다. 카바레를 다닌다는 말을 들었기 때문이다.

그렇게 정상적인 생활이 아니라고 하더라도 어딘가에 미칠 수만 있다면 하고 그 친구를 손짓했었다. 그리고 옆집 아주머니와 함께 그 친구가 놀이터로 삼고 있다는 국일관 카바레로 향했다.

그런데 그 계단을 오르면서부터 연이는 이상하게 가슴이 뛰었다. 하지만 각오를 하고 내친걸음이었던 만큼 안으로 들어갔을 때였다. 컴컴한 분위기 속에 남녀가 쌍쌍이 손에 손을 잡고 출렁이고 있었다.

그러나 연이는 왠지 그 모습들이 즐거워 보이지를 않았다. 한쪽에 자리를 잡고 앉았을 때였다. 웬 남자가 성큼 연이 앞으로 다가와 손을 쑥 내밀었다. 가슴이 철렁해지면서 무안했다. 바로 쳐다볼 수가 없어 고개를 돌리고 머리를 흔들어 버렸다. 가슴이 그대로 벌렁거리면서 뛰었다.

그래서 자리를 피해 화장실을 찾아 들어갔을 때였다. 거울 앞에서 입술 연지를 발라대는 여자도 있었고, 눈썹 밑에 파란 아이샤도를 문질러대는 여자들도 있었다. 그 얼굴 표정들이 더없이 행복해 보였다.

다시 앉았던 테이블로 돌아왔다. 그 사이 친구와 옆집 아주머니는 쌍쌍이 붙들고 춤을 추는 속으로 나가고 없었다. 머쓱하게 그 쪽을 쳐다보고 앉아 있을 때였다. 한 사내가 다가와 손을 내밀면서 말했다.

"한 번 추실까요."

여기까지 온 것, 크게 마음을 먹고 용기를 냈다. 그래서 사내가 내미는 손을 붙잡고 쌍쌍이 껴안고 출렁이는 속으로 미끄러져 들어갔다. 음악은 다행히 잔잔한 부르스 곡이어서 사내가 리드하는 대로만 몸을 맡기고 따라갔다. 하지만 자꾸만 발을 밟아 더없이 민망했다. 그러자 사내는 선뜻 연이를 가슴에 껴안고 스텝을 밟으면서 소곤거리듯이 말했다.

"처음이신가 보죠?"

무안해서 고개를 돌린 채로 웃기만 했다. 그러면서 속으로는 이제부터 춤을 배워 보겠다는 마음을 먹었다. 그러나 다음 멜로디가 그 마음을 돌아서게 하고 말았다. 부르스를 출 때는 그 남자의 발을 밟으면서도 그런대로 따라갈 수가 있었다. 그런데 멜로디가 경쾌하게 바뀌면서 손을 놓고 떨어져 스텝을 밟아야 했다. 참으로 난감했다. 어떻게 발을 놀려야 하고, 또 어떤 몸짓을 해야 할지를 몰라 주춤거리다가 상대를 마주보기가 민망해서 그대로 몸을 돌려버렸다. 그리고 친구에게 간다는 말도 없이 카바레를 뒤로 하고 나오고 말았다.

그렇게 카바레를 나와 버린 연이는 그러나 차를 타지 않고 종로에서 불광동까지 많은 생각을 하면서 터벅터벅 걸었다. 매일 통금시간이 임박해서 들어오는 남편에게 자신도 다른 여자들처럼 놀고 다닐 수 있다는 것을 보여주기 위해서였다.

그래서 일부러 통금 시간에 맞추어 집으로 들어갔을 때였다. 먼저 들어와 있던 남편이 뜨악하게 쳐다보면서 물었다.

"어디 갔다 오는 거야?"

"으응, 국일관 카바레."

주저도 없이 기다렸다는 듯이 대답했다. 그러자 남편은 잠시 어이가 없다는 표정이더니 이윽고 입을 열었다.

"카바레를 갔다 왔다고? 솔직해서 좋네. 흐흥!"

그리고 남편은 정말 아무렇지도 않다는 듯이 자리에 누워 버렸다. 그런 다음 날 일요일 밤이었다. 텔레비전을 보고 있던 남편이 갑자기 정색을 하고 말했다.

"어?! 당신 이리 좀 와 봐, 어쩌지? 당신 빽줄이 떨어져서……."

빽줄이 떨어졌다니, 도대체 이게 무슨 소린가 싶었다. 그런데 참으로 믿어지지 않는 뉴스가 방송되고 있었다.

그동안 연이를 그처럼 도와주고 있었던 노 국장이 뜻밖에도 그때 한참 사회 문제가 되고 있었던 고급 공무원 숙청사건에 연루되었다는 보도 뉴스였다. 그가 외국에서 임기를 마치고 귀국했을 때 압구정동 현대아파트 60평을 받은 것이 그 뇌물혐의였다.

가슴이 철렁하고 내려앉았다. 무엇보다도 그 보도 뉴스에 충격을 받고 있을 그 노 국장의 마음이 전이되면서 말문이 막혀 한동안 아무 말도 못하고 멍해져 버렸다. 그렇다고 좋은 일도 아닌 터에 위로의 인사를 한답시고 전화를 걸 수도 없는 일이었다.

마음이 더 없이 어둡고 슬펐다. 그건 남편의 말대로 빽줄이 떨어져서가 아니었다. 그가 지금 당하고 있을 마음의 고통이 무겁게 느껴져 왔기 때문이다.

연이는 고통스러워하고 있을 그의 눈빛이 눈앞에 그림처럼 펼쳐지면서 가슴이 젖어 왔다. 세상을 산다는 것이 슬프기만 했다.

그런 일이 있고 난 얼마 후였다. 남편이 전에 없이 진지한 표정으로 들어와서 말했다.

"당신 거기 좀 앉아봐."

"무슨 할 말 있어요?"

"으음……. 다른 게 아니고 나 친구하고 무역을 해 볼까 하는데 당신도 잘 알잖아, 세관에 있던 그 친구 말야. 얼마 전에 밀수 사건에 말려서 그만두고 나왔는데 무역회사를 차렸다는 거야. 그런데 거기 대표이사를 나보고 맡아 달라고 해서……."

"그럼 당신 지금 직장은?"

"응, 실무는 그 친구가 보기로 했으니까 직장을 그만 둘 필요는 없지, 대 표이사로 보고만 받으면 되니까."

"그럼 됐네 뭐, 의논할 것도 없이……."

"그 친구가 이미 수출 공장도 이리공단 안에 벌려 놓았어, 기숙사도 있고. 그런데 내가 들어가야 할 출자금이 문제거든, 그래서 당신한테 의논하는 거야, 이 집을 담보로 좀 활용했으면 해서……."

남편이 의논하자는 것은 바로 그것이었다. 연이 명의로 되어 있는 그 집 을 출자금으로 담보해서 은행 융자를 얻어 쓰겠다는 말이었다. 사이를 두고 말했다.

"그럼 며칠 회사 실정도 살펴 파악해 보고 결정하자구요. 확실하게 믿고 투자할 수 있는지……."

그렇게 해서 남편과 함께 연이는 이리공단을 답사했다. 무역 수출회사로 공단 안에 공장 직원들 기숙사까지도 갖추고 있었다. 그런대로 규모도 컸고 전망도 있는 것 같았다.

그러나 어쩐지 그 회사 돌아가는 분위기가 마음에 걸려 왔다. 남편의 고 등학교 동창 셋이 합세하여 발족한 무역수출 회사였다. 그러한 분위기에서 직장이 있는 남편이 자기의 입지를 분명히 세우고 논할 수 있는 그런 회사 분위기가 아니라는 부정적인 생각이 들었다.

그래서 남편을 한쪽으로 불러 가만하게 말했다.

"사업은 아무나 하는 게 아니거든. 당신 다니는 직장에나 충실하고 마음 돌렸으면 좋겠어, 나는 그 일에 찬성할 수 없으니까."

"뭐야? 이미 투자한 돈이 얼만데 지금 와서 그만두라고?"

남편은 이미 그 사업에 동참을 하고 부대에서 벌어들인 뒷거래 수입은 물론 주위에서 끌어들여 이용해 쓸 만한 돈은 모두 끌어다가 넣은 상태로 그 회사 자금책을 맡고 있었던 것이다.

남편은 연이와 의논도 없이 발목이 거기에 묶인 상태였기 때문에 직장을 그만두고 퇴직금을 받아서라도 회사를 살려보겠다는 결심 각오였다.

그 결심을 이제 와서 막아낼 수는 없을 것 같았다. 연이의 생각을 말했다.

"정히 그렇게 하겠다면 나는 반대니까 이혼을 하고 하던지 해요."

직장만큼은 그만두어서는 안 된다는 방패막이의 으름장이었다. 하지만 남편은 난감하다는 듯이 다시 목소리를 높였다.

"그래서 집 담보를 못해 주겠다는 거야 뭐야?"

"그래요, 내가 볼 때는 설사 회사가 흑자로 수입을 올린다고 해도 당신 권리를 제대로 찾을 것 같지 않은 분위기거든. 그러니 그동안 투자한 거 없다 생각하고 마음 돌리자구요."

"뭐야?! 정말 사람 얼굴 없게 만드네."

남편은 그 말을 내뱉고 정말 그렇게 나올 것이냐는 듯이 눈에 힘줄을 세우고 쏘아봤다. 더는 어쩔 수가 없었다. 그러나 은행까지 가서 담보 융자 대출에 사인을 하고 싶지는 않았다. 집문서와 도장을 남편 앞에 밀어 던져 버리고 일어나면서 말했다.

"잘 해 봐요, 다음에 식구들 길거리에 나앉게 만들지 말고."

그 길로 뒤도 돌아보지 않고 혼자 올라와 버린 연이였다. 남편이 하는 일이 미덥지가 못했다. 하지만 어쩔 수 없이 집문서를 내주고 허탈하게 서울로 올라온 연이는 동대문 시장으로 나갔다. 집안일을 모두 도맡아 해 주고 있는 그 식모 할머니의 옷가지라도 사주고 싶어서였다. 그렇다고 달랑 그 할머니 옷만 사들고 갈 수 없어서 시어머니가 입을 옷을 함께 사들고 집으로 들어갔다. 저녁식사 시간이었다.

연이는 시장에서 사들고 온 옷가지들을 시어머니 앞에 펼쳐 보이면서 말했다.

"이 옷은 어머니 입으시고, 이 옷은 저 할머니 주세요."

그러자 시어머니는 못마땅하다는 듯이 옆눈으로 흘겨보면서 시큰둥하게 말했다.

"나는 입을 옷 있응께 저 할머니나 줘라."

시장에서 사들고 간 옷이 시어머니 마음에 들지 않은 것이라고 생각했다. 그래서 그 할머니에게 모두 주어 버렸다.

그런 다음 날 아침이었다. 갑자기 시어머니의 목소리가 방문 앞에서 쩌렁하게 들려왔다.

"에미 너 어제 내 옷 사가지고 온 거 어디 있냐?"

기가 막혔다. 어제 분명히 식구들이 보는 앞에서 며느리가 당신에게 사다 준 옷을 못마땅하게 흘끔 한 번 쳐다보고 할머니를 주라고 했던 시어머니였다.

아침부터 또 심술을 부리는구나 싶었다. 방문을 열고 나가면서 말했다.

"어머니는 필요 없다고 할머니 주라고 하셨잖아요. 그래서 할머니 주었죠, 뭐."

"뭐야?! 이리 가져와!"

참으로 못 말리는 시어머니의 심술은 대책이 없었다. 그런 분위기 속에 시달리고 있을 때였다. 그동안 간경화 증세로 시달리던 친정아버지가 급기야 간암 선고를 받았다는 절망적인 소식이 날아들었다. 입에서 저절로 한숨이 새어나왔다.

그때 아버지에게 저질렀던 불효가 더없이 아프게 가슴을 찔러오면서 그 불효했던 형벌을 오늘 이처럼 받고 있는 것이라고 생각했다. 지난날을 돌아보는 연이의 두 눈에서는 하염없는 눈물이 주룩주룩 흘러 내렸다.

그러나 그렇게 가슴만 적시고 있을 때가 아니었다. 그처럼 불효했던 아버지에게 마지막 가시는 길에 늦었지만 참회의 모습이라도 보여야 할 것 같았다. 서둘러 일어나 연락을 취하고 행길 건너에 방 두 칸에 부엌 딸린 셋집을 마련하고 위독한 환자 아버지를 모셔 들였다. 물론 작은 어머니가 병든 아버지 시중을 정성을 다해 돌봐 주고 있었기 때문에 의지가 되어 주고 있었다.

그리고 거기에 그때까지도 생활에 안정을 얻지 못하고 동가식 서가숙하고 다니는 장남 큰오빠를 불러 그 시중을 함께 들어주도록 최선의 조치를 했다.

그렇게 정신없이 이리 저리 헐레벌떡 뛰어야 했던 생활 여건 때문이었던지 그처럼 어둡게 가슴 한쪽에 분노의 배신으로 짓눌려 있었던 남편에 대한 감정이 어디로 사라졌는지 생각할 겨를조차도 없었다.

그로부터 그처럼 신경 혈액순환을 막고 있었던 어둡던 생각이 사라지고 시장기를 느끼면서 조금씩 밥을 소화시켰다. 비로소 정상적인 혈액순환으로 피를 생성시킬 수 있었기에 자궁이 유착된 상태였지만 수축이 되고 있었던 모양이었다. 염려했던 재수술을 받지 않고도 그런대로 지낼 수가 있게 되었다.

그렇게 병색이 짙은 친정아버지를 모셔다가 놓고 6개월이 되었을 때쯤이었다. 식구들 아침 식사 준비를 하고 있을 때였다. 예고도 없이 큰오빠가 대문을 열고 들어섰다.

"어쩐 일이유? 이렇게 아침 일찍?"

"오늘 아부지가 돌아가실랑 갑다. 글쎄, 내가 일이 있어서 여관방에서 자고 있는데 꿈에 아부지가 방문 앞에서 상호야! 나 좀 보자, 하고 부르시지 않겠냐. 그래 문을 열고 나갔지, 그랬더니 따라 오라고 손짓을 하더라고, 그래 따라 갔는데 공동묘지야. 그런데 아부지가 그 위에 산을 손짓해 보이면서 저기가 명당이다, 하시는 거여. 꿈을 깨고 생각해 보니 오늘 아부지가 운명하실 것 같아서 말이야."

"그럼 얼른 오빠나 빨리 가 보셔, 나는 식구들 밥 차려 주고 갈 테니까. 마침 시골서 언니도 아부지 상태를 본다고 올라와 있거든."

오빠는 고개를 끄덕이고 나갔다. 그런 오빠가 잠시 후 다시 모습을 나타내면서 말했다.

"야, 얼른 안 돌아가시겠드라, 맥박 뛰는 것을 본게."

"그래요? 다행이네."

그렇게 아버지의 맥박 상태를 짚어보고 온 오빠는 조금은 안심이 된다는 듯이 만날 약속이 있다면서 돌아나갔다. 그런데 그날 아침 10시쯤 되었을 때였다. 울먹이는 언니의 목소리가 수화기를 통해 가슴을 철렁하게 했다.

"흐흑! 아버지가 돌아가셨어, 지금 막……."

마음에 준비는 하고 있었지만, 하늘이 아득해져 오면서 눈물이 핑그르 돌았다. 그러면서 그 옛날 동네 어른들이 하던 말이 참으로 실감이 났다. 임종 전에 그 사람의 혼이 빠져 나가 꼭 만날 사람을 찾아가 그 예시를 해 준다고 하더니 그랬구나, 하는 마음이 더없이 슬퍼졌다. 생전에 그 아들로부터 따뜻한 밥 한 그릇을 못 얻어 잡수신 아버지였다. 그런데도 장남이라고 찾아가셨구나, 생각하니 서글프기 짝이 없었다.

장남 큰오빠는 학창시절, 그 시대에 남이 하지 못한 호강은 혼자 다 누리고 살아왔었다. 그런 오빠는 아버지의 후광을 입고 우리나라 초대 미8군 루트사령관 경호원으로 들어갔고, 그리고 자유당시절 국회의사당 경호원으로 뽑혀 근무할 수 있게 된 것 역시도 아버지의 후광에 의해서였다.

그러나 정작 아버지는 그런 장남 아들로부터 따뜻한 밥 한 그릇을 끝내 못 얻어 잡수시고 세상을 떠나시면서도 아버지의 영혼이 그렇게 별 볼일 없는 아들이지만 장남이라고 찾아가 당신의 죽음을 예시해 주고 있었다는 생각이 들면서 가슴을 젖게 했다.

친지들에게 아버지의 임종을 알리고 장례 준비를 할 때였다. 큰오빠는 상주로 문상객을 받아야 했기 때문에 연이가 친정 당숙님을 모시고 나가 마음에 미리 정해 놓고 있었던 장지를 답사하고 돌아왔다. 성당에서 주관하고 있는 파주 공원묘지였다.

그런데 참으로 알 수 없는 일이었다. 아버지의 시신屍身을 장지에 모셔 이제 막 입관을 하려고 할 때였다. 그 한 계단이 높은 언덕 묘지에 세워 놓은 십자가에 난데없는 쑥꾹새 한 마리가 이쪽을 보고 앉아 쑥꾹, 쑥국하고 울어댔다.

그 울음소리가 어쩐지 슬퍼져서 쳐다보고 있을 그때였다. 큰오빠가 말했다.

"야아, 그 참 이상하다. 꿈에 아버지가 나를 데리고 와서 손짓하면서 명당이라고 하던 자리가 저기 같으니 말이야."

"정말이유?"

참으로 믿어지지 않는 일이었다. 하지만 이미 묘터를 파놓고 있었던 상황에서 찜찜하지만 어쩔 수가 없는 일이었다. 그러나 기분이 어쩐지 편안치를 못해 일꾼들에게 그 쪽을 손짓하며 물었다.

"저기는 묘지 한 구에 얼마나 합니까?"

"여긴 삼급이지만, 거긴 특급이라 비쌉니다."

연이가 아버지를 삼급의 묘터를 잡아 정했던 것은 원양어선을 타고 있던 작은 오빠가 하선하면 의논해서 고향 선산으로 옮길 생각에서였다. 그런데 아버지의 영혼이 그 날 밤 꿈에 장남 오빠를 데리고 나와 명당이라고 가리킨 묘터가 그 특급이라니, 갑자기 머릿속이 혼돈스러웠다. 하지만 이제 와서 어쩔 수 없는 일이라고 그 마음을 털어냈다.

그렇게 아버지의 장례를 치루고 난 뒤였다. 밤이 되면 전에 없이 담장 울타리에서 쑥꾹새의 울음소리가 쑥꾹, 쑥꾹하고 들려왔다. 그런 어느 날이었다. 오빠가 찾아와 참으로 이상하다는 듯이 고개를 갸우뚱해 가면서 말했다.

"별 일도 다 있어, 밤이면 이상하게 전에 없이 쑥꾹새가 담장에 와서 울다가 간단 말이야. 작은 어머니도 참 이상한 일이라고 하잖아."

"어머! 거기 와서도 울어요?"

그 순간 머리를 스치는 성구가 떠올랐다. 예수님이 무덤 앞을 지날 때였다. 무덤가에서 서성이던 귀신이 예수님을 알아보고 자기를 강가에서 서성이는 돼지에게 들어가게 해달라고 부탁했고, 그 소원을 들어 주는 장면의 기록이었다.

그러한 현상을 사실적으로 증빙해 주고 있는 것이 또한 무당들이 죽은 영혼을 위해 살풀이굿을 할 때다. 어떤 영가는 새 발자국을 나타내고, 또 어떤 영가는 돼지 발자국으로 나타내기도 한다는 것이 바로 그것이었다.

그렇게 인간 목숨이 끊어지고 나면 육신과 이완된 영혼은 귀기鬼氣가 되어 그 영혼 에너지 기운에 따라서 구천 하늘을 떠돌다가 그 파장 기운에 따라 동물이나 날짐승의 몸을 빌어 거기에 접신되기도 한다는 것이다.

그래서 살아생전 그 사람이 추구하던 영혼 성정性情에 따라서 음해하기를 좋아하고, 간교한 혀를 놀리던 사람은 그 파장에 따라 뱀의 몸을 빌려 들어가고, 탐욕이 많았던 인간 귀신은 돼지 속으로 들어가며, 사회질서를 무시하고 오직 육체의 쾌락만을 즐기던 영혼 귀신은 똥개와 같은 파장이기 때문에 우리 조상들은 그런 사람을 빗대어 '저 인간이 개새끼지, 사람 새끼냐?' 라고 했다는 말이 바로 그 뜻이라고 했다.

그 말의 진정한 뜻은 인간 육신의 오욕칠정五慾七情을 다스리지 못한 인간은 하등동물이나 다를 것이 없으며, 질서를 알고 자기를 다스릴 줄 알았을 때, 비로소 고등동물로서 인격을 이루었다고 해서 '사람' 이라고 정의한다는 것이다.

그래서 동방예의지국東方禮義之國으로 무엇보다도 예의禮義를 그처럼 중시했던 우리 조상들은 동물 성정 그대로의 인간과 적어도 사회 윤리 도덕이 무엇인가를 아는 사람과는 그 차원이 다름을 그와 같이 정의할 줄을 알았다는 이야기다.

그와 같이 인간 영혼의 파장 기운에 따라 접신이 되고 있는 현상을 또한 방송에서도 특집으로 다루어 녹화 방송해 준 적이 있었다. 돼지 속으로 들어가고 뱀 속으로 들어간 귀신이 생전에 자기가 살던 집으로 어슬렁 어슬렁 태연스럽게 들어와 이불을 뒤집어쓰고 눈을 꿈뻑거리고 있는 섬뜩한 광경이었다.

그렇게 인간물리적인 죽음 이후에 그 영혼 존재가 있음을 생각해 본 연이는 마침내 아버지의 영혼이 오빠에게 예시해 주었다는 그 묘터로 힘은 들지만 이장을 해 드리기로 마음에 결단을 내렸다. 아버지의 장례를 치룬 그 한 달만이었다.

그때 연이는 병든 아버지를 끝까지 돌봐 주셨던 그 작은 어머니의 고마움에 아버지 묘터 옆으로 한 구를 더 사서 준비해 두었다. 그 가슴 속 사랑의 진실함을 보았기 때문이다.

그래서 아버지의 비석에 작은 어머니의 손자 이름까지도 적어 넣었다. 그 손자는 아버지를 더 없이 따랐고, 아버지 역시도 그 아이를 무척 사랑했었기 때문이다.

그렇게 아버지의 묘지를 이장해 드리고 난 후에 연이는 집 정원에 있던 단풍나무와 찔레꽃, 그리고 봉숭아, 채송화 꽃까지를 옮겨 심어 묘와 묘 사이의 울타리를 만들었다. 어린 시절 추억 속에 살아 있는 아버지의 모습은 콧노래를 흥얼거리시며 정원에 꽃가꾸기를 즐거워 하셨기 때문이다.

아버지의 묘를 단장해 드리고 난 그 얼마 후였다. 생각지도 않았던 할아버지가 뜻밖에 꿈속에 나타났다. 그리고 당신도 아버지 옆으로 옮겨 달라고 부탁을 해 왔다. 할아버지는 아버지가 사업실패를 하시고 고흥 녹동에 잠시 머무시는 동안 거기서 돌아가셨기 때문에 시신이 그곳 공동묘지에 안장되어 있었고, 할머니는 순천에서 전도사로 활동하시던 고모님이 모시고 계시다가 돌아가셨기 때문에 그곳 공동묘지에 안장되어 있었다.

꿈에서 깨어난 연이는 인간의 생生과 사死에 대해서 다시 생각해 보면서 돌아가신 할아버지의 영혼이 죽어서라도 아들 옆에 묻히고 싶어하시는 것이라고 생각했다.

연이의 생각이 거기에 머물게 되면서 마침내 할아버지와 할머니를 화장시켜 작은 어머니 몫으로 사두었던 그 묘터에 합장을 해서 묻어 드렸다.

그리고 난 얼마 후였다. 돌아가신 어머니가 꿈속에서 퉁퉁 부어오른 얼굴을 하고 연이를 찾아와 답답하다면서 손을 내밀었다.

"체하셨는가 보죠?"

그리고 바늘을 가져다가 어머니의 손가락에 피를 내주다가 아파하는 어머니의 비명 소리에 꿈에서 깨어났다. 참으로 이상한 꿈도 다 있다고 생각한 그 얼마 후였다. 꿈속에서 어머니가 치마에 무엇인가를 담아들고 와서 응접실에 내려놓고 안방으로 들어가시더니 그대로 누워 버리셨다.

연이가 그 뒤를 따라 들어갔을 때는 큰오빠를 위시해서 다섯 형제 모두가 앉아 누워 있는 어머니를 지켜보고 있었다.

그때 어머니가 연이를 쳐다보고 사정을 하듯이 말했다.

"나 좀 옮겨 주렴."

"옮겨 달라니요? 엄마 죽으면 시신이라도 신앙촌 땅에 묻히고 싶다고 그렇게 소원하셨잖아요. 그런데 어디로 옮겨 드려요?"

그러자 벌떡 일어나 앉으신 어머니가 손짓을 했다.

"저기 있잖여."

"어?!……"

어머니가 옮겨 달라고 손짓한 곳은 아버지가 묻혀 있는 그 묘지 터였다. 꿈속에서도 놀랜 연이는 어떤 대답도 하지 못하고 난감해 했다. 작은 어머니가 돌아가시면 아버지와 합장을 해서 묻어야겠다는 생각을 하고 장만해 둔 터였기 때문이다.

꿈속에서 차마 대답을 하지 못하고 있는 연이를 한 번 힐끔 쳐다보신 어머니는 벌떡 일어나 형제들을 한 번 둘러보시고 그대로 현관문을 나섰다. 연이는 그런 어머니 뒤를 바쁘게 쫓아가 손에 차비를 쥐어주고 돌아서다가 그만 울음을 터뜨리고야 말았다. 어머니가 치마에 싸들고 와서 놓고 간 쑥이 어머니 가슴의 사랑처럼 거기 그 자리에 놓여 있었기 때문이다.

"생전에도 맨날 이렇게 쑥을 캐다 주시더니… 돌아가셔서도 이렇게 쑥을 흐흑……."

연이는 그 쑥을 마치 어머니의 가슴처럼 안고 엉엉 소리를 내서 울었다. 그 울음소리에 옆에서 자고 있던 남편이 놀랬던지 벌떡 일어났고, 연이 역시도 자신의 울음소리에 그 꿈에서 퍼뜩 깨어났다. 얼마나 서럽게 울었던지 베개가 흥건하게 젖어 있었다.

꿈이라고는 하지만 너무나 이상해서 그 꿈 이야기를 그 날 아침 시어머니에게 했을 때였다.

"느그 엄니가 아마도 저승길 닦아주라고 그런 갑다."

불교 신자라기보다도 기복신앙에 매달려 있는 시어머니는 그 꿈을 그렇게 해석했다. 하지만 연이의 생각은 달랐다. 그래서 어머니를 아버지와 합장을 해 주기로 결정을 한 것이었다.

이장을 하기로 하고 날짜를 잡아 인부들을 데리고 신앙촌에 묻혀 있는 어머니의 묘지를 삽으로 파들어 갔을 때였다. 그런데 이게 웬일인가?

어디서 흘러서 들어 온 흙탕물인지 관 밑이 질척했다. 그런데 더욱 놀라운 것은 관 뚜껑을 열었을 때였다. 하얀 쉬파리들이 어머니의 시신屍身 그 눈, 코, 입에서 확 풍겨져 나왔다. 눈을 뜨고는 차마 볼 수 없는 광경이었다.

어떻게 그럴 수 있었던 것인지 기가 막혀 말이 다 나오지를 못했다. 그렇게 물이 고인 관속의 어머니의 시신은 장사를 지낸 지가 3년이 지났음에도 물이 들어가서 그랬던 것인지 탈골은커녕 고인故人의 배는 더 불러 있었고, 겨우 손발만 앙상하게 탈골이 되어 있는 상태였다.

그래서 어머니의 영혼이 연이를 찾아와 옮겨달라고 그렇게 현몽을 하셨던 거구나, 하는 생각이 들면서 문득 지난날 어머니가 무심코 하시던 말씀이 떠올랐다.

"우리 신앙촌에 신도 하나가 맨날 눈이 아파서 질질 맸어. 그런디 꿈에 즈그 아부지가 나타나서 눈이 아파 죽겠다고 혀싸서 무덤을 가봤더니 칡넝쿨 뿌리가 무덤을 파고 들어가 있더라는 거여. 그래 관뚜껑을 열어본께 그 나무뿌리가 즈그 아부지 눈을 찌르고 있드란다."

"그것이었구나."

순간 연이는 지난날 국어 교과서에서 이성계가 조선 건국을 했을 때 그 아들 이방원이 일편단심을 읊는 충신 정몽주를 향해 '이런들 어떠하리, 저런들 어떠하리, 만수산 드렁칡이 얽혀진들 어떠하리' 하고 읊었을 때, '이 몸이 죽고 죽어 일백 번 고쳐 죽어. 백골이 진토되어 넋이라도 있고 없고,' 그 넋이 바로 인간육신의 물질 기운이기 때문에 땅 속에 묻혀 지수화풍地水

火風으로 사라질 그때까지 세상을 떠나지 않고 시신屍身 옆을 맴도는 귀기鬼氣임을 어머니의 이장을 통해 실감나게 해 주었다.

그것이 인간 환생의 윤회輪廻를 설說하는 불가佛家에서 망자의 시신을 화장시켜 날려 버리는 이유였지만, 그것을 미처 이해하지 못했던 연이였다. 그래서 그런 상태의 어머니를 화장시키지 않고 흐물한 시신의 살점을 물로 씻어내고 뼈를 맞추어 관에 담고 아버지 옆으로 합장시켜 드렸다. 아버지 무덤을 가리키며 옮겨달라고 하셨기 때문이다.

그렇게 어머니를 옮겨 드리고 난 그 며칠 후 다시 꿈에 나타난 어머니의 모습은 전에 없이 산뜻했다. 이제 갓 목욕을 하고 나오신 것 같은 정갈한 얼굴 머리 모습에 연이가 어머니 환갑 때 해 드린 치마저고리에 마고자까지 단정하게 입고 정자에 앉아 웃으시면서 말씀했다.

"애야, 여기 공기가 참 맑아 좋다."

꿈에서 깨어난 연이는 힘은 들었지만 정말 이장을 잘했구나, 싶었다. 그렇게 어머니 무덤을 옮겨 드리고 난 그 얼마 후였다. 오양수산 원양어선 선장으로 태평양 조업을 마친 작은 오빠가 귀국했다.

"동생이 아들 몫까지 다하느라고 고생이 많았네."

오빠의 첫 마디가 그것이었다. 그리고 그 동안의 애로점을 모두 듣고 난 오빠는 남편 모르게 짊어지고 끙끙거리고 있었던 부채를 모두 갚아 주고 중고차이긴 했지만 자가용 한 대를 사서 근사하게 안겨주었다.

그 시절에는 자가용을 가지고 있는 집이 서울 시내에 흔치 않았을 때였다. 일약 거부가 된 기분이었다. 그러나 그 기분도 오래 가지를 못했다. 그것은 시어머니의 심술 때문이었다.

연이가 집 앞으로 이사를 오게 해서 살게 했던 그 시동생이 언젠가부터 삐뚤하게 형수를 쳐다보면서 술이 한잔 들어가면 심술 사납게도 대문을 발로 차고 두들겨대면서 무슨 말인지 횡설수설하는 소리를 질러댔다.

"그래, 잘 먹고 잘 살으시요!"

이게 도대체 무슨 소린가 싶었다. 그런데 그 의문이 동서를 통해서 비로소 풀어졌다.

"참말로 어머니는 왜 그러신가 모르겠네요. 애비가 퇴근을 하고 집에 들어오면 말도 안 되는 소리로 고자질을 한다니까요. 그러니 애비가 참말로 형수가 그런지 알고 술을 먹고 저래 싸니 나도 옆에서 죽겠네요. 내가 눈으로 안 봤으면 그 말을 믿을랑가 모르겠지만, 형수가 우리 애를 괄세하고 먹는 것도 차별한다지 뭐예요, 형님이 그럴 사람이에요?"

그것이 시어머니의 고자질이었고, 그러한 심술은 끝이 없었다. 그때 연이는 자동차 면허를 취득하기 위해 운전학원을 다니고 있었다. 학원이 끝나고 집으로 들어갔을 때였다. 냉장고 밑에 웬 핏물이 홍건하게 고여 있었다. 할머니에게 물었다.

"이게 웬 핏물이예요?"

"나도 모르겠어요. 막내 삼촌이 아침에 뭐라고 투덜거리면서 냉장고 뒤를 만지고 나가더니 그러네요."

순간 연이는 냉장고 뒤의 전기선을 훑어보았다. 짐작했던 대로 냉장고 전기선이 빠져 있었다. 벌떡 일어나 냉동실 문을 열었다. 예상했던 그대로 참치 고기가 녹아 핏물이 흘러내렸던 것이다.

"세상에 이럴 수가……."

그 고기는 작은 오빠가 태평양에서 잡아온 참치였다. 그 생선을 전날 밤 식구들과 맛있게 먹었다. 그리고 일부는 일반 가정에서 쉽게 먹어볼 수 없는 생선이기 때문에 남편 직장 상사로 있는 본부 배 선생님 댁에 갖다 주기로 하고 남겨 놓은 것이었다.

그것을 못마땅하게 생각한 시어머니가 시동생들 앞에서 또 뭐라고 말을 만들어 구시렁거린 것이 틀림없었다. 그렇지 않고는 막내 삼촌이 느닷없이 냉장고 코드를 빼서 던져 버리는 그런 심술을 부릴 이유가 없었기 때문이다.

그림이 그렇게 그려진 연이는 이제 더는 견딜 수가 없을 것 같았다. 그 고민을 작은 오빠 회사를 찾아가 털어 놓았다.

“오빠, 이대로는 못 살겠어. 앞에서 쑤시고 뒤에서 쑤시고 도대체 살 수가 있어야지. 마음 편할 날이 하루도 없으니 말이야. 그렇다고 이제 와서 시댁 식구들을 나가게 할 수도 없잖아? 시어머니가 시동생 애를 맡아 봐주고 있으니까.”

그 동안의 이야기를 다 듣고 난 오빠는 잠시 무슨 생각을 깊이 하는 듯 눈을 감고 있다가 드디어 입을 열었다.

“그렇게 소화를 시키지 못할 정도로 마음이 안 편하다면 어쩌겠니, 따로 나와야지. 시집 식구들이 불광동으로 이사와 합칠 때 팔았다는 그 집값은 어른들이 가지고 있을 것 아니냐.”

“그 돈을 왜 아버지가 가지고 있을 돈인가? 최 서방이 동생들 데리고 세 얻어서 살던 영천 집 빼고 보태서 산 집이어서 최 서방이 동창 친구한테 빌려주고 이자 받기로 한 모양인데 눈치가 잘 안 돌아가는 모양이드라고. 그 친구 화곡동 집을 팔라고 내놨다는 걸 보니까.”

“그럼 느이 시아버지 퇴직금은 있을 거 아냐?”

“모르겠어, 시어머니 말로는 시아버지가 부동산하는 큰 아버지 아들이 사업한다고 빌려 달라고 해서 몽땅 빌려 줬는데 받을 수가 없게 되었다나 봐.”

“물론 상황에 따라서는 그럴 수도 있는 일이지만, 아들 내외한테 의논 한 마디 없이 그랬다는 건 좀 생각해 볼 일이다. 그게 시어른들 지혜일 수도 있으니까, 더 이상 알려고 할 필요는 없겠지.”

생각해 보니 그 말이 맞는 것 같았다. 그 돈을 시어머니의 말대로 큰 아버지 아들에게 주어 몽땅 날렸다면 그렇게 가만히 앉아서 조용할 시어머니가 절대 아니기 때문이다.

오빠가 다시 말했다.

“상황이 그렇다면 생각해 보자꾸나. 어차피 나도 서울 본사 근무를 하게 될 것 같아서 집 장만하려고 따로 준비해 둔 돈이 있으니까 동생이 먼저 집 얻어 나가고, 다음에 최 서방 그 친구가 내놓았다는 집이 팔리면 돌려주렴.”

“정말 그렇게 해도 되겠수?”

“그 친구 집 안 팔리면 내가 인수하지 뭐.”

“참말로 오빠는 해결사야 그치?”

그 말만 들어도 숨구멍이 터지면서 날아갈 것만 같았다. 오빠를 만나 그렇게 의논하고 집으로 돌아온 연이는 남편에게 더 이상 시어머니와는 한 집에서 살지 못하겠다고 단호하게 말했다. 그리고 다음 날부터 따로 나갈 집을 알아보기 위해 돌아다니며 적당한 집을 물색하고 다녔다. 그때 반포 아파트가 신축 개발도상에 있었다. 그래서 42평을 사서 입주하기 전에 처음에는 그 돈에 맞추어 32평을 전세로 들어갔다. 그리고 시어머니는 어차피 시동생 아이를 돌봐주어야 했기 때문에 시동생이 그 세든 집을 빼고 들어와서 합쳐 살게 했다.

그때 전기 냉동 기술을 배우게 했었던 셋째 시동생을 오빠에게 부탁해서 원양어선에 승선시켜 태평양으로 떠났기 때문에 시동생 내외는 전세 들었던 집을 빼서 친정어머니에게 이자를 놓아달라고 부탁하고 들어와 합쳐 살게 되었다.

그러나 동서는 시어머니와 합치고부터 얼굴이 어두웠다. 설상가상으로 식모 할머니 역시도 그 아들을 연이가 작은 오빠에게 부탁해서 원양어선을 타게 되면서 시골로 내려가 버렸기 때문이다.

하지만 이제 비로소 해방을 맞은 것 같은 연이의 얼굴에는 화색이 돌기 시작했다. 아들은 반포로 전학했고, 큰 딸은 반포 유치원을 들어갔다. 아이들을 미술학원에서 피아노학원으로 돌려대며 체크하는 것이 그처럼 머리 어지러웠던 시댁과 분리된 생활 속에서 오래간만에 가져보는 유일한 즐거움이었다.

성숙을 위한 고통

생활의 변화를 갖기 시작한 연이는 오직 아이들이 건강하게 자라주는 것만이 상처뿐인 가슴에 포근하게 안겨 오는 그 위로였다.

그런 어느 날이었다. 큰 딸 아이 유치원에서 자모들 모임이 있었다. 그 모임에서 유치원 운영과는 걸맞지 않는 제안이 원장 입에서 흘러 나왔다.

그때 연이는 주저없이 반기를 들었고, 자모들 역시도 거기에 따르면서 그로부터 자모 회장격이 되고 말았다. 그런 입지에서 연이는 이제 막 신설된 반포 유치원과 용산 미8군 단지 안에 있는 외국인 유치원과 자매 결속을 맺게 하는 중계역할에 나섰다.

외국인 유치원을 견학하기 위해 원생을 데리고 출발하는 날이었다. 대한민국 사상 최초로 외국인 유치원과 형제 결연을 맺게 되었기 때문에 서울시내 전체 유치원 원장들이 모두 참석했다.

외국인학교에서 스쿨버스를 보내왔다. 반포 유치원 원생들은 깃발을 날리며 한국 속의 미국, 그 외국인 유치원을 향했다. 그 정문을 통과할 때였다. 남편의 승용차가 그 스쿨버스 앞에서 정문을 통과하면서 외국인으로부터 받는 경례는 연이가 보기에도 통쾌하고 근사했다. 버스에 함께 탑승한 임원 엄마들 앞에서 뭔가를 보여준 것 같아서 조금은 우쭐해지기도 했다.

그때 함께 탑승했던 임원자모들은 외국 영화 속에서나 볼 수 있는 미8군 영내의 이색적인 풍경에 은근히 부러운 눈길을 보내오기도 했다. 그렇게 유치원 자모들이 넋을 잃고 '뿅' 가게 만든 유치원 견학이 끝나고 나서였다.

그곳 외국인 유치원생들이 준비한 연극에 뒤이어 푸짐하게 박스째 날라져 오는 과자와 과일 등은 당시로서는 일명 도깨비 시장에서나 구경할 수 있는 것들이었다.

그대로 미국에 건너온 착각을 불러일으켜 주기에 충분했다. 그 자리에 '헬로우'를 연발하며 마주치는 외국인과 유창하게 영어를 지껄이고 있는 남편이었다.

바로 그날이 문제의 발단이었다. 견학이 끝나고 원생들이 스쿨버스로 돌려보내진 후, 반포 유치원 원장과 임원 엄마들만 남아 미8군 영내의 나이트 클럽으로 들어갔다.

남편은 그날 연이가 그렇게 부탁하지도 않은 일에까지 호의를 베풀었다. 그것은 임원 엄마들의 생활이 부유층으로 분위기와 멋을 아는 여자들이었기 때문이다. 기질적으로 호탕한 남편의 '끼'가 그럴듯한 미모의 자모들을 보고 그냥 넘어갈 리가 없었다. 마치 저것은 내 것이다, 라고 생각한 듯한 회심의 미소가 입가에 번들거리기 시작했다.

그야말로 카사노바의 눈빛으로 변해 가고 있다는 느낌이 들었다. 그런데 잠시 후, 연이의 느낌은 적중했다. 남편은 나이트클럽에서 흘러나오는 음악소리를 듣고 그대로 가만히 앉아 있을 사람이 아니었다. 돌아가면서 임원 엄마들의 파트너가 되어주면서 파트너 그 '끼'의 무게를 저울질하고 있다는 것이 느껴져 왔다.

그것은 부부일신동체夫婦一身同體로 함께 살아오다 보면 갖게 되는 그 텔레파시다. 남편은 다른 자모들과는 달리 한껏 멋스러운 성아 엄마를 붙들고 춤을 추는 그 몸짓부터가 달랐다. 남성적 에너지의 파장이 철철 넘쳐 흘렀고, 그 성아 엄마 역시도 마찬가지였다. 차마 바라보고 있기가 민망해서 시선을 피했다. 다른 자모들 역시도 그 느낌을 받았던지 연이의 표정을 슬금 슬금 살피는 눈치였다.

그 두 사람은 짧은 시간에 서로가 그렇게 텔레파시가 통한 것이 분명했다. 그 다음 날부터 성아 엄마는 부쩍 연이네 집에를 자주 놀러왔다. 물론 대부분이 그렇게 환경적인 여건이 좋은 임원 자모들이었기에 경제적으로도 안정된 입지에서 선호하는 것은 자연히 미8군에서 흘러나온 외제 물품이었다.

그런 관계로 연이네 집 아파트 거실은 그 엄마들의 휴게실이나 마찬가지였다. 그만큼 내왕이 잦았다. 자연히 정으로 나누어 갖는 것은 부대 안에서 흘러 나온 외제 물품들이었다. 운송 도중 부실해져서 직원들이 나누어 가진 것도 있었지만, 정상물품 역시도 창고에 가득 쌓여 있었기 때문이다.

성아 엄마는 연이네 아파트 한 동 건너에 살고 있었다. 그로부터 출입이 더욱 잦았다. 그녀는 남편 회사 자가용이 두 대로 1호차 보내 주세요, 2호차 보내 주세요, 해 가면서 가정부에 유모까지 두고 살았다. 어느 것 하나가 부족함이 없이 살고 있는 그녀의 인물 또한 출중한 미인으로 외국 영화배우 '데보라카'를 닮았다고 해서 데보라카로 불렸다.

그렇게 출입이 잦던 데보라카 성아 엄마가 어느 날부턴가 이상하게 걸음이 뜸해졌다. 그조차도 어쩐지 느낌이 좋지 않았다.

그런 어느 날이었다. 통금시간이 임박해서 들어온 남편은 불콰하게 술기운이 올라있으면서 기분이 좋아보였다. 밖에서 좋은 일이 있었는가 보다 하고 연이는 주방으로 들어갔다. 남편은 늦게 들어와도 저녁밥은 집에 와서 먹는 습관이 몸에 배여 있었기 때문이다.

바쁘게 밥상을 준비하고 있을 때였다. 남편은 늦은 시간인데도 어디엔가 전화를 걸고 있었다. 함께 술을 먹었던 친구에게 거는가 보다, 연이는 그렇게 생각했었다.

그런데 그게 아니었다. 술기운 탓이었겠지만 귀에 익은 성아네 집 전화번호를 교환에게 부탁하고 있었다. 그 당시 반포 아파트단지 내에서는 교환을 통해서 연결되고 있었다.

“으응? 저 번호는 성아 엄마 집 번호……”

순간 무엇에 한 방 얻어맞은 기분이었다. 분명히 성아네 집 전화 번호였기 때문이다.

숨소리를 죽이고 그 쪽으로 귀를 기울였다. 그런데 그 쪽에서 전화를 받았다가 곧 끊어 버린 모양이었다. 하지만 술이 얼큰하게 올라 있는 남편은 민감하지를 못한 채 다시 교환에게 그 번호를 불러주고 있었다.

“오 칠 팔 하나.”

그와 동시에 전화가 연결된 모양이었다. 술기운에도 착 가라앉은 남편의 목소리가 다정하게 사근거렸다.

“나야 나……”

‘어? 나라니, 언제 두 사람이 그런 사이가 됐지?’

순간 신경이 곤두서면서 아찔했다. 다음 말을 기다렸다. 그러나 사근거리던 남편의 목소리는 더 이상 들리지 않고 슬며시 수화기를 놓고 돌아서다가 저만치서 우두커니 바라보고 서 있는 연이의 시선과 딱 마주쳤다. 조금은 흠찔하고 놀래는 기색이더니 시선을 피했다.

순간 연이는 그 쪽에서 전화를 받을 수 있는 입장이 아니었기 때문에 일방적으로 수화기를 내려놓아 버린 때문이라고 그렇게 짐작이 갔다. 그 상황이 마치 그림을 보듯이 다가오면서 너무나 기가 막혀 말문이 막힌 채로 멍하니 바라보고만 있었다.

연이가 들은 이야기로는 그 신랑은 사업상 지방 출장이 잦아 집을 비우는 일이 많다고 했었다. 그러한 그녀의 생활환경을 남편이 알지 않고서는 신랑이 엄연히 있는 여자에게 밤늦게 전화를 걸 수는 없는 일이다.

순간 연이는 얼마 전에 의문으로 남아 있던 여자가 바로 성아 엄마였었구나, 하는 확신이 들면서 두 사람의 배신에 몸이 마치 오뉴월 사시나무 떨리듯이 부들부들 떨려 왔다.

그 얼마 전에 있었던 일이었다. 아침 일찍 노량진 경찰서에서 전화가 걸려 왔다. 남편이 또 무슨 사고를 쳤는가 하고 가슴이 철렁했다. 그래서 바쁘게 경찰서를 찾아 들어갔을 때였다.

　남편이 경찰서에 들어가게 된 문제의 사건은 통금시간이 임박했을 때였다고 했다. 당시 반포아파트는 통금 시간이면 단지 내에 차량 출입을 금지시키는 바리게이트를 쳐 놓았다.

　그 당시에는 음주 단속이 없었을 때였다. 남편은 밖에서 성아 엄마와 만나 기분 좋게 술을 먹고 함께 들어오다가 술이 취한 상태에서 바리게이트를 받고 자동차가 튕겨져 나가면서 도로 옆 전봇대를 부러뜨렸다.

　그날 밤 남편의 사고 차량에 탑승해 있었다는 의문의 여자가 바로 성아 엄마였다는 것을 새삼 확인한 셈이다.

　그날 밤에 있었던 사고에 반포단지 안에 있는 파출소 경찰이 출동했고, 마침내 노량진 경찰서로 이첩된 것이라고 그 사건담당이 말했었다. 그때 그 사건의 전말을 말해 주던 경찰관이 갑자기 무슨 생각에서였던지 얼굴에 야릇한 웃음을 지어보이면서 하던 말이었다.

　"어제 밤 그 사모님이 아니시네요?"

　'그 사모님이 아니라니?'

　그게 도대체 무슨 소린가 싶었다. 통금이 임박한 시간에 함께 차를 타고 단지 내를 들어왔던 여자라면 분명히 반포단지 안에 살고 있는 여성임에는 틀림이 없는 것이다.

　하지만 그때, 그 여자에 대해서 연이는 도무지 짐작이 가지 않았었다. 그렇다고 남편이 불리한 입장에 놓인 상황에서 경찰관에게 그 여자에 대해서 구체적으로 더는 물어볼 수도 없는 일이었다. 불쾌하지만 어쩔 수가 없었다. 그 의문을 그대로 안은 채로 연이는 부서진 전봇대와 바리게이트를 원상으로 복구시켜 놓는다는 진술조사 서류에 보호자 서명을 하고 경찰서를 나오면서 남편을 보고 물었다.

　"통금 시간에 당신 자동차를 함께 타고 들어왔다는 그 여자가 대체 누구요?"

　"……으음, 나이트클럽에서 처음 만난 여잔데 집이 반포라고 해서 같이 타고 온 것뿐이야."

"그럼 그 여자는 어디 갔수?"

"사고는 내가 쳤으니까 그 여자는 돌려보내 준 거지. 통금 해제되고……."

남편의 말은 그랬었다. 그런데 그날 밤 성아 엄마의 집으로 거듭 걸었던 남편의 전화질을 통해 그날 자동차에 탑승하고 있었던 여자가 바로 성아 엄마라는 것을 확인하게 된 연이였다.

배신의 분노에 온몸이 사시나무 떨리듯이 벌벌 떨려 왔다. 그러나 목욕탕을 들어갔다가 나온 남편은 아무 일도 없었던 사람 모양으로 태연스럽게 말했다.

"아, 어서 밥이나 줘! 배고파."

이미 심사가 뒤틀린 연이의 입에서는 곱게 말이 나가지 않았다.

"그러니까 나는 당신 밥이나 차려 주는 식모유? 당신은 밖에서 재미 보는 여자 따로 놓고 살고, 팔자 좋네 뭐."

하지만 남편은 이제 그 상습적인 습관에 이골이 난 모양으로 힐끔 한 번 쳐다보고 안으로 사라져 버렸다.

'이것들을 어떻게 복수해 줄까? 흥신소를 사서 뒤를 미행시켜 봐?'

더 없이 분한 마음이 그런 생각까지도 들었다. 그토록 주체할 수 없는 감정에 밥상을 차리던 연이는 밥공기를 들고 김치 단지 뚜껑을 열 정도로 떨리는 마음이 오락가락 혼미했었다.

그런 마음을 겨우 진정시키면서 밥을 차리고 식탁에 마주 앉았을 때였다. 연이는 그토록 뻔뻔한 남편의 얼굴을 건너다보면서 가만하게 말했다.

"여보, 우리 이러지 말고 미국으로 이민 가서 삽시다. 남들은 영주권이 없어서 못가는 데 당신은 가기만 하면 영주권에다가 직장도 보장되잖아요, 애들 장래 문제도 있고 하니까……."

미국이란 나라는 사회질서가 안정된 나라다. 우리나라처럼 가정주부가, 그리고 또 한 가정의 남편이 그렇게 놀아날 수 있는 분위기가 아니라고 연

이는 들어왔다. 어떤 경우 남편이 외간 여자와 서로 눈이 맞아 정분이 나게
되면 부부가 원수처럼 다투지 않고 서로가 타협적으로 이혼을 한다고 했다.

미국이란 나라의 사회 분위기를 누구보다도 잘 알고 있는 남편이었다. 픽
웃으면서 말했다.

"한국이란 나라가 얼마나 살기 좋은 천국인데 이민을 가? 흐흥……."

사실 남편의 입장에서는 천국일 수밖에 없다. 상사의 눈치를 살펴가며 진
급하기 위해 굽실거릴 필요도 없고, 출근 시간 역시도 적당하게 사인만 되
어져 있으면 탈이 될 것 없는 그런 자리였다. 거기에다가 사령부 높은 사람
시찰 같은 것은 언제나 통보를 해 오는 것이었고, 일년에 한 번 정기적인 검
열 역시 미국에서 보내준 물자 입출入出 서류만 제대로 맞추어 놓고 나면 일
년 열두 달 감시나 눈치 같은 것은 볼 필요가 없었다. 그래서 장관 자리하고
바꾸지 않는다는 자리였다.

그런 최고의 자리에 마누라의 후광을 입고 올라 앉아 맘껏 즐기고 있는
남편으로서는 말 그대로 지상천국일 수밖에 없다. 그런 금상첨화의 자리를
버리고 미국 이민을 간다는 것은 다만 연이가 바라는 희망사항일 뿐이었다.

아득해져 오는 미움이 남편에게 지상천국 생활을 제공해 준 것이 뒤늦게
후회가 되면서 말했다.

"천국? 그래, 남의 유부녀와 놀아날 수 있는 나라가 천국이란 말이지? 언
제 그렇게 성아 엄마하고 나야 나, 하는 사이가 됐지?"

그때서야 머쓱해지는 남편의 표정이 술이 확 깨는 모양이었다. 대답을 못
하고 시선을 피한 채 수저를 놓고 일어나 방으로 들어가 버렸다.

식탁을 대충 건성으로 치워놓고 방으로 들어갔다. 남편은 자는 척 벽쪽으
로 돌아누워 있었다. 더없이 불결하게 느껴지는 남편의 숨소리였다. 그대로
방을 나와 버렸다.

생각할수록 억울하고 분했다. 5월인데도 온몸이 떨려 겨울 잠옷을 꺼내
걸친 연이는 마음을 진정시키기 위해 위스키를 꺼내 몇 잔을 들이켰다. 술
기운에 점차 떨림이 멎었다. 그러면서 갑자기 용기가 생겼다. 방으로 들어

가 남편의 어깨를 흔들어대면서 말했다.

"나 좀 봐요. 당신은 저 위에 천국에서 놀고 나는 지옥 불구덩이에 빠져 더는 견딜 수가 없으니까 당신이 보따리 싸가지고 나가던지, 내가 나가던지 둘 중에 하나를 택합시다. 우리 동네 시끄럽게 하지 말고 신사적으로 이혼을 하자구요."

그러자 남편은 자는 척하다가 내뱉듯이 말했다.

"제발 나 잠 좀 자게 해 줄 수 없어? 그 참……."

"뭐욧! 잠 못 자게 한 사람이 누군데? 그래, 됐어. 우리 내일 법원에 가자구. 당신 같은 사람한테 애들을 맡길 수 없으니까 매월 생활비 주는 조건이야. 그리고 내 그 불광동 집은 빨리 찾아 놓고, 알았어요?"

연이는 그렇게 결정을 지어야겠다고 마음을 굳혔지만, 분한 마음은 도무지 눈을 붙일 수가 없었다. 그대로 뜬 눈으로 날밤을 새운 연이는 애들 아침 밥상을 대충 준비해 두고 밖으로 나왔다, 그리고 성아 엄마 집으로 가서 현관문 초인종을 눌렀다.

"누구세요?"

아침 일찍 누군가 하고 삐쭉 현관문을 열고 내다보던 성아 엄마가 연이를 보자 당황해 하는 눈빛이 역력했다.

"들어가서 나하고 이야기 좀 하자구."

눈치 볼 것도 없었다. 다짜고짜로 성아 엄마 가슴을 밀고 안으로 들어갔다. 그리고 두리번거렸다. 연이가 찾는 것은 전화 수화기였다. 짐작대로 응접실 소파 한쪽 테이블에 놓인 전화 수화기가 내려놓아져 있었다.

"남편이 들어와서 전화를 받을 수가 없었던 모양이지? 어젯밤 통화내용 듣고 왔지, 언제 나야 나, 하는 그런 사이가 됐던 거야?"

"무, 무슨 소릴 하고 있는 건지 모르겠네. 무슨 오해를 한 것 같은데……."

"물론 오해라고 말하겠지, 현장을 목도한 것도 아니니까. 하지만 얼마나 가까운 사이가 됐으면 남의 유부녀를 보고 나야 나, 할 수 있겠어. 그것이 모든 말을 대신해 주는 것 아닐까? 물론 지금 내가 당신을 어떻게 하자는 게 아니야, 적어도 내가 당신들 두 사람 사이를 알고 있다는 것만큼만 알고 있다는 사실을 경고해 두는 거야.”

물론 성아 엄마는 연이의 그 말에 어떤 변명의 말은 할 수도 없었을 것이고, 또 거기에 대한 너절한 변명을 들을 필요조차도 없었다. 안방에 남편이 있을 것이기 때문에 가만하게 그러나 단호하게 다시 말했다.

“어젯밤 내 기분은 흥신소라도 사서 현장을 잡아 요절을 내고 싶은 심정이었어. 하지만 아이들을 봐서 마음을 돌린 거야, 불행은 나 하나로 끝내자 하고. 내가 이렇게 아침 일찍 온 것은 그 사실을 내가 알고 있다는 것만 알려 주려고 온 거야. 됐어, 이제 들어가 봐.”

그 말을 뒤로 남기고 뒤도 돌아보지 않고 그 집을 나와 버렸다. 가슴의 응어리를 쏟아내고 돌아오는 걸음이 한 편으로서는 시원하면서도 자신이 초라하다 못해 비참해지기까지 했다.

볼을 스치는 오월의 바람이 눈가에 흐르는 물기를 차갑게 느껴지게 했다. 집으로 돌아왔을 때였다. 현관 문 소리에 얼굴을 내민 남편이 떨떠름하게 물어왔다.

“아침부터 어딜 갔다 오는 거야?”

“어딜 갔다 오긴? 성아 엄마한테 가서 어젯밤에 당신 전화를 왜 끊었냐고 묻고 왔지. 하긴 신랑이 들어왔는데 전화가 자꾸 걸려오면 난처해지질 않겠어. 수화기가 내려놓아져 있더라구.”

“미쳤군!”

“당신이 미치게 했으니까. 이제 당신하고 할 말 없으니까 오늘 우리 동네 시끄러움 피우지 말고 법원에 가서 수속하자구요.”

그 말에 남편은 더 이상 구차한 변명이 통할 여지가 없다고 생각한 것이 분명했다. 한 마디 변명도 못하고 바쁘게 옷을 챙겨 입고 현관을 나가 버렸다. 그로부터 신경전이 계속되었다. 그날로 법원으로 가서 이혼 절차의 서류를 들고 와서 합의 이혼에 도장을 찍으라고 종용했지만 남편은 인언반구
一言半句도 없이 무시해 버렸다.

부부 사이는 그대로 시베리아 벌판처럼 찬바람만 돌았다. 그 숨결 호흡이 품어내는 공기조차도 같은 공간에서 맡기가 싫었다. 그때부터 잠자리를 따로 하고 밤이면 방문을 열지 못하게 빗장을 걸었다. 다만 아침에 마시고 나갈 음료와 와이셔츠에 양말 속옷가지를 챙겨주는 것이 전부였다. 그리고 눈길도 주지 않았다.

그렇게 일주일이 지나고 있을 때였다.

"정말 이럴 거야? 할 말이 있으니까 문 좀 열어보라고."

"할 말 있으면 거기서 해요. 내일 법원에 가자는 말이면 몰라도……."

그러자 남편은 성질이 난 모양으로 드라이버를 갖다가 문을 따고 들어와 씩씩거리면서 말했다.

"지금 부대에 비상이 걸렸단 말이야. 밖으로 나간 물건이 재수 없게 미군 방첩대원에게 걸려가꼬 발칵 뒤집혀서 잘못하면 영창에 가게 생겼구만 알지도 못하고, 쯧 쯧……."

가슴이 철렁했다. 합의 이혼에 의한 위자료는 고사하고 당장 부양가족들 생계문제가 대두되는 일이었기 때문이다.

어쩔 수 없이 이혼시위를 철회할 수밖에 없었다. 그리고 며칠을 그 결과를 지켜보고 있었다. 그러나 그 사건은 다른 때와는 달리 사건 무마 금품으로도 쉽게 철회가 되지 않는 듯했다. 그 날도 밤늦게 더 없이 어두운 표정으로 들어온 남편이 침울하게 말했다.

"지독한 놈한테 걸렸어, 전쟁고아가 돼서 그런지 아무리 구슬러도 통하지를 않으니 내 원……."

남편이 재수 없이 걸렸다고 말하는 그 존이라는 미국 방첩대원은 한국전쟁 고아로 미국에 입양해서 미국 정부 방첩대원으로 한국에 파견된 청년이라고 했다. 그런데 그 청년 고집이 도무지 적당히 타협이 통하지 않고 무조건 부대 안의 물품서류 검사를 하겠다고 통보를 보내오는 데에는 대책이 서지 않는다는 말이었다.

"부모 없는 입양 고아로 아직 청년이라면……."

　　순간 연이는 그 청년의 처지가 몹시 외롭게 느껴졌다. 그 청년에게 가장 필요한 것은 금품이 아니라 무엇보다도 그 마음을 따뜻하게 안아주는 가족의 온정일 것이라는 생각이 들었다.

　　"아직 총각이라면……, 내게 생각이 있으니까 밖에서 만나지 말고 어떤 수단을 써서라도 집으로 데리고 와 봐요. 생각이 있으니까……."

　　"어쩌게?"

　　"신앙촌 큰오빠 딸이 아직 사회에 때 안 묻은 미인이거든. 둘이 맞선을 보게 하자구요. 대학교도 나왔겠다, 잘 하면 어울릴 수 있을 것 같으니까……."

　　"그러니까 미인계를 써 보자는 거야?"

　　"개가 술집 여자야. 미인계를 쓰게? 서로 좋은 일이니까 맞선을 보게 해 보자는 건데. 요즘 세상에는 그렇게 때 안 묻은 숫처녀는 구경할 수도 없을 걸. 그 총각 입장에서는 횡재하는 건데 뭘."

　　연이의 제안이 그럴 듯했던지 눈을 짬짬 굴리던 남편은 그 다음날 밤 그 총각을 집으로 데리고 들어왔다. 이미 연락을 받은 연이는 정성을 다해 음식을 준비하고 집안 청소를 말끔히 해 놓았다.

　　이윽고 준비해 놓은 식탁에 마주앉게 된 연이는 인사를 하고 남편으로부터 그 형편 처지를 들었다는 듯이 말머리를 꺼냈다.

　　"그래, 전쟁으로 가족을 잃고 마음이 얼마나 적적하고 외로우세요? 저 양반이 그러더군요. 어디 좋은 아가씨 있으면 소개해 주고 싶다고……."

　　"들어 아시겠지만 내 처지가 고아라서 나이 삼십이 넘어도 결혼 같은 건 생각해 보지 않았습니다. 어떤 부모가 고아한테 딸 주고 싶겠습니까?"

　　"요즘 사회는 꼭 그렇지도 않아요, 상대방 능력과 인품이 더 중요한 거죠. 보아하니 관상도 남자로서 단단하게 대성할 상에다가 직업군인으로 그만하면 된 거지요. 아직 마음에 정한 아가씨가 없다면 제가 중매를 서 볼까요? 우리 큰오빠 딸인데 신앙생활 속에서만 살아와서 품성도 곱고 얼굴도 아주 예뻐요."

총각의 표정이 들어올 때와는 달리 부드러워졌다. 그렇게 시작된 중매 이야기는 그날 밤으로 신앙촌 올케에게 전화를 해서 알리고 일요일 날 그 총각과 약속을 하고 아이들을 데리고 덕소 신앙촌으로 향했다. 조카와 맞선을 보게 하기 위해서였다.

올케언니는 신랑감을 한 번 보라는 시누이의 전화에 정성스럽게 음식 준비를 해 놓고 기다리고 있었다. 그래서 우리는 하루를 식구들과 함께 그 앞 강가에서 물놀이도 즐기면서 하루를 보내고 돌아왔다.

그러나 목적했던 중매결과는 조카가 고개를 흔드는 바람에 성사되지는 못했다. 하지만 그 이후 그 총각과는 가족 같은 분위기로 바뀌어졌다. 그처럼 행정적으로 남편 사무실 서류 조사를 하겠다고 단호하게 나오던 말이 철회되었다고 했다.

연이가 목적했던 성과는 일단 올린 셈이었다. 그러나 골치 아픈 일은 끝이 없이 이어졌다. 지난 날 시집 식구가 불광동 집으로 합치게 되면서 팔았던 마포 집값을 남편 친구에게 빌려주고 이자를 받기로 한 것이 이자는커녕 원금까지도 회수하지 못하게 되고 말았다. 어쩔 수 없이 그 친구의 화곡동 집을 작은 오빠가 인수를 하는 번거로움을 치루어야만 했다.

그처럼 복잡하게 어지러움을 겪고 있는 속에서 또한 유쾌하지 못한 소식이 날아들었다. 불광동 집으로 합산해 들어간 동서가 심리적으로 견딜 수가 없었던지 얼굴이 퉁퉁 부어올랐고, 그 소식을 전해 들은 동서의 친정어머니가 그 동네로 방을 얻어 딸을 데리고 나가 버렸다는 것이다.

그때였다. 청천벽력과도 같은 소식이 엎친 데 덮친 격으로 또 날아들었다. 남편이 동창생들과 벌였던 무역수출 회사가 부도를 맞고 회사 공동담보로 은행에 저당 잡혀 있는 불광동 집이 경매에 들어가게 되었다는 통보였다. 거기에다가 연이가 살고 있는 자택 전화까지도 회사 국제사용 요금 체납으로 딱지가 날아와 붙었다. 그러나 그보다 더 심각한 문제는 남편이 부대 안의 공금을 빼다가 그 회사에 밀어 넣고 있었던 관계로 비상이 걸렸다는 것이다.

남편은 그동안 상인들과의 뒷거래로 들어온 수입은 물론, 그 원금까지도 채워 놓지 않고 그대로 수출무역 회사에 계속 투자만 하고 있었던 모양이었다. 미8군부대는 총결산 서류 검사가 1년에 한 번씩 1월 달에 있었다. 그래서 남편은 그 기간 동안은 마음 놓고 유용해 써도 된다고 생각했었던 것 같았다.

그러나 생각과는 달리 회사가 부도를 맞고 파산되면서 불광동 3층집은 경매에 들어가 날아가 버렸고, 부대의 공금까지도 그토록 엄청나게 구멍이 나 있는 상태였다.

회사 부도로 다급해진 것은 그뿐만이 아니었다. 남편이 빌려 온 주위의 채무와 회사가 밀려놓은 국제 전화요금에 심지어는 집안 가재도구에까지 빨간 딱지가 달라붙었다. 어쩔 수 없이 연이는 남편 몰래 그동안 계를 들어 장만해 두었던 서울 근교의 신갈 땅을 처분하여 당장 발등에 떨어진 불은 끌 수 있었다.

그러나 다시 다급하게 숨을 몰아쉬게 한 것은 남편 직장의 공금이었다. 일 년에 한 번 그 입출금을 대조 확인하는 검열이 눈앞에 닥쳐 왔다. 구멍이 난 공금 액수는 당시 32평 아파트 두 채 값이나 되는 엄청난 금액으로 꿈질을 하기에도 아득한 액수였다.

어떤 방법을 모색할 그런 여유가 없었다. 시간이 촉박한 것도 문제지만 그야말로 어디서 한꺼번에 빚을 얻어 막는다 해도 서류 검열에서 그동안 유용해 썼다는 것이 사실적인 증거로 나타나기 때문에 심각한 문제라고 했다.

상황이 그쯤에 이르자 남편은 어쩔 수 없이 해외 도피를 생각하기에 이르렀다. 공금 횡령은 그대로 구속으로, 그 액수를 다 갚아 내기까지는 평생을 그 안에서 몸으로 때울 수밖에 없는 노릇이다. 모든 재산을 하루아침에 그렇게 날려 버린 상태에서 남편은 감옥행을 해야 했고, 그 뒤에 아무 대책 없이 남겨질 그 많은 식구들을 생각하면 눈앞이 아찔해 오는 정도가 아니었다. 주위는 그 고민을 의논할 가족이라곤 아무도 없었다.

연이가 그 울음을 끌고 찾아간 곳은 역시 작은 오빠였다. 호주 특파원으로 나가기 직전이었다. 그 문제를 놓고 의논했다.

"오빠야, 어쩌믄 좋아? 서류 검열에 들통이 나면 그대로 쇠고랑을 차고 그 돈을 갚기 전에는 평생 그 안에서 못 나온대, 어쩌지? 불광동 집은 이리공단 공동 담보로 넘어갔고, 우리가 살고 있는 아파트까지도 내주어야 할 형편인데 최서방 쇠고랑 차고 들어가면 방 한 칸도 없이 길바닥에 나앉게 되는 식구들은 대책이 없으니 눈앞이 캄캄하잖아. 무슨 방법이 없을까?"

표정이 어두워진 오빠는 무슨 생각을 잠시 하는 듯하다가 입을 열었다.

"방법은 하나 밖에 없겠는데 말야. 외국으로 나가는 수밖에, 미군부대 공금을 횡령했으니 미국은 안 되고……."

"그럼 빈 털털이 식구들은 어쩌고?"

"거기 가서 벌어서 송금하면 될 거고, 다행히 그래도 영어는 잘 구사할 수 있으니까 대책을 마련해 보자구."

"기가 막혀서……. 사고를 한두 번 치는 것도 아니고 이게 무슨 팔잔지 모르겠어. 헤어지려고 마음먹으면 방해꾼마냥 사고가 터지고 하니 말이야."

그 날 그렇게 오빠에게 사정을 말하고 헤어진 며칠 후였다. 오빠에게서 만나자는 연락이 왔다. 오빠가 근무하는 회사 사장에게 부탁해서 그 회사 직원인 것처럼 5년짜리 상용여권을 발급받아 해외로 나가도록 그 조치를 취해 놓았다는 말이었다.

당시는 회사 직원이 해외에서 무단이탈을 했을 때는 그 회사가 책임 추궁을 당하게 되어 있었다. 그토록 엄청난 정신적 부담을 안고 오빠는 오직 동생을 위해서 최선의 방법을 모색했던 것이다.

그렇게 해서 받아낸 여권을 받아들고 해외로 떠나야 했던 남편의 얼굴은 무겁기만 했다. 그 마음은 연이도 마찬가지였다. 그 많은 식솔들을 데리고 닥쳐오는 현실에 대응할 일이 꿈만 같았다. 태산 같은 걱정에 잠을 이룰 수가 없었다. 눈앞이 캄캄해 오는 절망 속에서 남편의 옷가지를 챙기는 연이의 가슴은 그대로 검은 먹빛이었다. 이제 비행기표만 구입하면 남편은 소리없이 서울을 떠나게 되어 있었다. 눈물이 앞을 가렸다. 그 눈물이 마침내 이

왕 나락으로 떨어진 것 부딪쳐 보자는 비장한 각오를 하게 했다.

그때 떠오르는 사람이 평소 가족처럼 지내 오던 본부 상사로 감사과장 직책을 맡고 있는 배 선생이었다. 으스름 저녁 옆집 아주머니에게 잠깐 막내를 맡기고 집을 나섰다. 그 배 선생을 찾아가 그 모든 전후 사실을 털어 놓고 구원을 청해 볼 생각이었다. 그 부대 총체적인 서류 검열에 앞장서는 분이었기 때문이다.

연이는 평소에 희귀한 물건이다 싶으면 그 집부터 갖다 주곤 했었을 정도로 그 마누라와도 자연스럽게 유대관계를 잘 가져왔었다. 그런 반면에 그 배 선생은 남편 뒤에는 연이와 연계된 미8군사령관의 빽줄이 있다는 것을 익히 알고 있는 분이었다. 한국에 주둔한 미8군부대에서 남편과 같은 파격적인 인사이동 발령은 전무후무한 일로 미군부대 종사자들에게는 익히 소문으로 알려져 있었기 때문이다.

배 선생 내외는 뜻밖에 전화 연락도 없이 불쑥 찾아온 연이를 반갑게 맞아 주면서 말했다.

"어디 편찮으신가 보죠, 지난 번보다 얼굴이 몹시 상하셨네요."

그 말을 듣는 순간 연이는 눈물이 핑 돌았다. 체면 차려 인사할 것도 없이 주저앉아 주머니에서 남편의 여권을 배 선생 앞에 내밀면서 그동안 벌어진 상황을 숨김없이 털어놓았다. 그리고 애원하듯이 말했다.

"불미스러운 일을 만들어 놓고 그대로 떠난다는 것은 그동안 정을 나누어 왔던 인사가 아닐 것 같아서 염치를 무릅쓰고 그 사람을 대신해서 제가 왔습니다. 다시 그 어떤 기회를 모색해 주실 수만 있다면 그 은혜 죽을 때까지 실망시켜 드리지 않고 보답하겠습니다. 도와주실 방법이 없겠습니까?"

뜻밖에 쏟아놓는 이야기를 다 듣고 난 배 선생은 참으로 난감하다는 듯이 말했다.

"그 친구한테 그런 고충이 있었다니 정말 뜻밖이군요. 그나저나 검열 날짜는 다가오고 잠이 안 오실 만도 합니다. 이 일을 어쩐다?"

그 말을 하고 잠시 무엇인가를 깊이 생각한 듯이 하던 배 선생이 이윽고 입을 열었다.

"지금 그 쇼트를 어디서 빌려다가 막는다고 해도 서류상으로 그동안 유용해 쓴 것이 드러나게 되어 있으니 문제인데……, 아무튼 서류상으로는 드러나지 않게 제가 앞에서 막아볼 테니 어디서 달라 빚을 얻어서라도 그 쇼트를 막아보라고 하십시오."

참으로 눈물 질펀한 연이의 하소연에 배 선생은 마침내 그 서류 검열을 당신이 최대한으로 막아보겠다고 약속을 해 주었다. 그 검열은 한미 공동 작업이기 때문에 그가 막아보겠다는 것은 그 위험을 대신 안아 주겠다는 약조였다. 이제 문제는 돈을 만들어 내는 일만 남은 것이다.

잘 부탁한다는 인사를 정중하게 드리고 집으로 돌아왔을 때였다. 먼저 들어와 있던 남편이 힘없이 말했다.

"어디 갔다가 이제 오는 거야?"

"배 선생 댁에 가서 전후 사실을 다 이야기 드리고 왔죠. 서류 검열은 최소한 막아 볼 테니 쇼트만 막아 놓으라고 하데요."

"그 쇼트를 어떻게 막는다?"

"나도 알아 볼 테니 당신도 그 물건 받아가는 친구한테 다시 상황 이야기 하면 해줄 것 같은데……."

그렇게 말한 연이는 다음 날부터 반포 단지 안에 있는 엄마들의 통장을 급하게 털어 모았고, 남편 역시도 비상수단을 동원해서 드디어 구멍이 난 공금을 막아냈다. 그리고 서류 검열에서 배 선생이 막아준 덕분으로 그처럼 아슬했던 위기를 모면할 수 있게 되면서 남편은 해외 도피 계획을 취소했다.

이제 남은 문제는 남편회사 부채로 차압이 들어와 있던 32평 아파트를 비워 주어야 했고, 경매로 넘어간 불광동 집도 비워 주어야 할 형편이었다.

그렇게 어렵게 된 가정 형편에 셋째 시동생은 경찰전문학교를 나와 취직을 했고, 넷째 시동생은 광운전자대학을 졸업하고 작은 오빠에게 부탁해서 고려 원양수산 3년 계약으로 태평양 조업을 떠났다. 그리고 막내 시누이는 대구간호대학을 입학하고 기숙사로 들어가게 되면서 시아버지와 시어머니만 연이가 다시 모셔 합치게 되었다. 반포 32평 아파트를 어쩔 수 없이 비워 주고 단지 내에 22평 아파트를 월세를 얻어 들어갔다.

그렇게 집을 날려 버린 상황이었지만, 그러나 어떻든 남편의 직장이 그대로 유지되고 외국 도피행을 하지 않은 것만으로도 다행한 일이라고 한숨을 돌려 쉬었다.

그러나 한편으로는 반포단지 자모들로부터 얻어 쓴 부채에 늘 마음이 초조해 왔다. 그래서 연이는 유치원 자모가 구입해 놓은 반포단지 안에 있는 상가 점포를 월세를 주기로 하고 둘을 얻어 하나는 문구점으로 작은 올케 여동생에게 월급을 주기로 하고 맡겨 운영했다.

그리고 점포 하나는 아이스크림을 판매하는 가게를 열어 둘째 시누이에게 월급을 주기로 하고 맡겨 운영했다. 그때 만화가였던 시누이의 남편이 기획했던 사업이 끝내 회복하지 못하고 좌초되고 말았었기 때문에 어쩔 수 없이 생활전선에 나서야 했던 시누이의 입장이었기 때문이다.

그래서 연이는 시누이의 의지가 되어 주는 입장이었고, 그 반면에 시누이는 올케의 위로가 되어주고 있는 셈이었다. 그때 연이는 반포단지 안에서 비록 빈 털털이로 주머니는 비어 있었지만, 그러나 외형적으로는 모두가 부러워하는 미8군 용산기지 PX 총책으로 앉아 있는 남편이었고, 거기에 모든 것이 갖추어져 있는 생활이었기 때문에 속사정을 모르는 엄마들에게는 부러움의 대상이었다. 그야말로 속빈 강정으로 빛 좋은 개살구 모양이나 마찬가지였다.

그런 환경 입지에서 연이는 그때 막 창단을 하게 된 반포 어머니 합창단 주동멤버로 그즈음 한참 TV방송 재치문답에 나와 인기를 끌고 있던 윤길숙 박사와 함께 그 모임 단체를 이끌어 가게 되었다.

그런 어느 날 윤 박사가 연이를 보고 말했다.

"우리 어머니 합창단이 대회에 출전해서 우승하게 될지 한 번 알아보고 오실래요? 그런 것을 잘 보시는 유명한 분이 종로에 계시는데 그 분이 영부인 육영수 여사님 지관을 보신 분이래요."

그래서 연이는 가게를 맡아 주고 있던 그 시누이와 함께 윤 박사가 일러 준 그 동양철학 회장이라는 지관地官을 찾아 갔을 때였다. 연이의 생년월일 시를 짚어 보고 인의예지仁義禮智가 이렇게 고루 갖춘 사주가 쉽지 않다고 하면서 그가 하는 말이었다.

"성품이 비단 같아서 물건 같으면 뺐고 싶소. 그런데 마음 고생이 많으라 고 했소이다. 지금은 남편이 숨겨 놓고 즐기고 다니지만 좀 있으면 아예 펴 놓고 하겠소."

다른 것은 몰라도 남편의 바람기를 말하는 데에는 놀라지 않을 수가 없었 다. 그때 연이는 뇌리를 스치는 것이 있었다.

그 얼마 전 일이었다. 아래층 황 소장 마누라가 올라와 남편이 중장 진급 을 바라보고 있는 상황에서 궁금해진다며 그 친정어머니가 일러준 관상쟁 이를 함께 찾아가 보자고 했었다. 그래서 우리는 그 황 소장 내외와 함께 유 명하게 관상을 잘 본다는 그 집을 찾아갔었다. 그때 그 관상쟁이 역시도 남 편의 상을 보고 그와 같은 말을 했었다.

"말은 못하는 사람이 웬 여난이 그리도 많소. 당신은 부모 형제간 덕은 없 지만 다행이 처복은 있어서 먹고 사는 데는 걱정이 없겠소."

그리고 황 소장의 관상을 보고 말했다.

"주장이 보통 강하신 분이 아니시네요, 그 고집은 누가 당해 낼 사람이 없 겠소."

그러자 황 소장이 찾아 온 목적을 밝혔다. 그러자 그 관상쟁이 하는 말이 그랬다.

"이번에 중장 진급은 되겠는데 타협을 모르는 고집에 더 이상은 어렵겠 소."

그 관상쟁이가 소문대로 잘 본다는 생각이 들었다. 청렴결백하기로 소문 난 황 소장 고집이었기 때문이다.

그런데 그 관상쟁이가 연이를 쳐다보다가 차마 남편이 있는 앞에서 말하기가 곤란했던지 말을 돌렸다.

"당신 상에는 이름을 내는 큰 아들 둘을 두라고 했는데 내일 아들 사진을 가지고 와 보시오. 그때 말해 드리리다."

그 말이 더욱 궁금했다. 그래서 다음 날 아들 딸 사진을 들고 혼자 찾아갔었다. 그때 관상쟁이가 연이를 보고 하는 말이었다.

"만나지 말았어야 할 사람을 만나서 마음고생이 많겠소. 당신 결혼 때 쌍나팔을 불었던 상대가 있었지요? 당신은 그 쪽으로 시집을 갔으면 땅에 발도 안 딛고 살았을 것인데 지금 당신은 앉으나 서나 후회를 하고 있구만, 그렇죠?"

그리고 아들 사진을 들여다보고 말했다.

"역시 만나지 말았어야 할 사람을 만나서 이 아들이 흉을 갈겠소. 그리고 세계적으로 이름을 낼 둘째 아들이 딸이 돼 버렸소, 그 참……. 그래도 당신 남편이 처복은 타고나서 본인은 원 없이 살다 가겠지만 당신은 소낙비를 맞은 격이라, 그러니 이제 와서 어쩌겠소. 마음에 준비는 하고 있어야지."

어쩌면 그 관상쟁이가 하던 말과 거의 다를 것이 없는 동양철학 회장의 말이었다. 그리고 그때 그 자리에서 시누이의 생년월일시를 짚어보고 하던 말이었다.

"당신 사주는 파도 형국이라 남편이 되는 노릇이 없어라 했소. 그러니 남편 원망하지 마시오. 그리고 새달에 당신 남편한테 불길한 변고가 있을 테니 마음에 미리 준비를 해 두는 게 좋겠소이다."

너무나 뜻밖의 말에 연이와 시누이는 서로 맹하게 얼굴만 쳐다보다가 인사를 하고 나왔다. 그런데 어쩌면 그럴 수 있었을까. 그 지관이 시누이에게 일러준 그 달이었다. 어느 날 새벽 시누이로부터 숨이 넘어갈 듯한 비명의 울음소리가 수화기를 타고 들려 왔다.

"언니야! 우형이 아빠가 지하실에서 화공약품을 마시고 지금 숨이 넘어가고 있어, 흐흑……."

"어머! 정말이야? 그럼 빨리 엠블런스를 불러서 서울대학병원으로 싣고 가야지. 오빠랑 곧 갈게……."

그리고 병원으로 뛰어갔을 때였다. 의사는 희망이 없다는 듯이 도리질을 하면서 말했다.

"관장을 시켰지만 워낙이 독한 화공약품이라서 지금 뭐라고 단언을 할 수가 없군요. 상태를 지켜보는 수밖에요."

그 시누이의 남편 고모부는 아동 만화가로 장가를 들 때 이미 집을 장만하고 신부를 맞을 정도로 그 분야에서 능력을 인정받고 있었다. 그런데 아들 둘을 낳고 느닷없이 무슨 마음에서였었던지 직업을 바꿔 사업을 벌렸다.

하지만 그 사업이 계획대로 되질 않고 마침내 집과 모든 재산을 날린 절망 상태에서 공업용 화공약품을 마시고 자살을 시도한 것이었다.

연이는 그때 동양철학 회장이 하던 말이 생각나면서 그 달수까지도 짚어낸다는 것이 참으로 놀랍고 신기하기만 했다. 그리고 그 정확성에 자신에게 말했던 남편의 여자 문제가 앞으로 더 펴놓고 하게 될 것이라는 그 말이 찜찜하게 남아돌면서 기분이 별로 좋지 않았다.

결국 시누이의 남편 고모부는 그때 겨우 목숨은 살려냈지만, 그러나 숨만 쉬고 있을 뿐 살아 있는 목숨이 아니었다. 독한 화공약품에 식도가 녹아 붙어 목구멍에 계속 고무 호스를 박아 두고 있는 상태로 지내야 했고, 음식을 넘길 수가 없었기 때문에 링거주사에 의지한 채 오랜 투병생활을 해야 했다. 그런 관계로 시누이는 그렇잖아도 힘들어 있는 친정 오빠에게 어쩔 수 없이 의지하지 않으면 안 되는 참으로 기구한 운명이었다.

그렇게 빛 좋은 개살구처럼 생활을 하고 있던 연이였다. 그 3년 동안 반포에서 사당동 단독 주택을 월세로 얻어 집을 옮겼다가, 다시 반포 아파트를 얻어 옮겨 다니는 번거로운 일을 남편의 실수로 인해서 거듭 반복해야만 했었다. 그러는 동안 남편은 그 직장 밖으로 흘러 나간 외제물품 수입으로 그토록 뻥 뚫린 부대 공금을 그 이후 3년 동안 어느 정도 막아 갚아내고 있었을 그때였다. 미군 철수가 운운해지면서 미8군 근무자들이 뜻밖에도 퇴직금을 일시불로 지불 받게 되었다고 했다. 그야말로 눈이 빤짝하고 떠지는 더 없이 반가운 소식이었다.

드디어 퇴직금을 일시불로 미리 받게 되면서 월세를 얻어 운영하던 반포 아파트 상가 모두를 정리하고 비로소 강남맨션 36평 아파트를 매입하고 입주할 수 있게 되었다. 그때 미군 감축에 의해 일시불로 받게 된 퇴직금이 더 없이 자비로운 하나님 사랑의 은혜라고 생각한 연이였다. 그처럼 초조하고 불안했던 생활에서 벗어나 안정을 취할 수가 있었기 때문이다.

비로소 남편의 부대 공금 모두를 갚아내고 맨션까지를 사들여 입주하게 된 그 때의 기분은 아무것도 부러울 것이 없었다. 아이들을 전학시키고 웅변학원으로, 미술학원으로, 그리고 피아노학원으로 다시 돌리면서 오직 집과 교회의 일에 충실했다. 교회는 그때 황 소장 부인에 의해서 다시 시작된 믿음 생활이었다.

그러던 어느 날 밤이었다. 남편의 미군부대 물품을 뒷거래로 받아가고 있던 그 동창 친구로부터 생각지도 않은 전화가 걸려왔다. 얼큰하게 술이 한 잔 들어간 목소리였다.

"아주머니, 그 친구 아직 안 들어 왔지요? 흐흥! 그 친구 그 누님이란 여자와는 못 떨어질 겁니다. 부대 물건을 그 여자가 거의 다 받아 간다니까요. 그 친구 오늘 밤도 동대문 쪽으로 갑디다. 칫!"

말하는 내용으로 보아 같은 물품상인 거래입장에서 상대를 의식하는 질투심의 발로인 것 같았다.

"이것들을 그냥……."

그 시간에 동대문 쪽으로 갔다면 틀림없이 외박을 하고 들어올 것이 뻔했다. 눈에 힘줄이 세워지면서 입술을 깨물었다.

그때 시골서 직장을 구하려고 올라와 있던 조카 성숙이가 연이의 표정이 이상했던지 뜨악하게 물어왔다.

"고모, 왜 그래? 무슨 기분 나쁜 전화야?"

"음, 너 새벽에 고모하고 어디 좀 갔다 와야겠다."

"어디 가는데 새벽에 가?"

"가 보면 알아."

그렇게 마음을 굳힌 연이는 뜬 눈으로 시계만 들여다봤다. 3시 30분이었다. 연이는 시어른들에게는 말하지도 않고 조카를 깨워 아파트 입구에서 택시를 기다렸다. 통금이 해제됨과 동시에 나오는 택시를 타고 가기 위해서였다.

이윽고 택시를 잡아타고 동대문 그 여관 앞에서 내렸다. 남편의 차가 저만치 골목길에 세워져 있었다. 연이는 대문 옆 담벼락에 몸을 기대고 서서 남편이 나타나기만을 기다렸다. 그때서야 조카는 상황이 짐작이 가는지 울상을 하고 말했다.

"고모, 나 무서워."

조카는 벌써부터 몸을 떨며 두 손으로 얼굴을 가리고 담벼락에 얼굴을 갖다댔다. 그런 잠시 후였다. 안에서 대문을 여는 덜커덕 소리와 동시에 남편이 밖으로 모습을 나타냈다.

"들어가요!"

순간 연이는 기다렸다는 듯이 남편의 가슴을 힘껏 안으로 밀쳐댔다.

"어?!"

놀란 남편의 입에서는 엷은 비명 소리가 튀어나왔다. 그와 동시에 있는 힘을 다해 연이를 밀쳐냈다. 무작스런 그 힘에는 도무지 당해낼 도리가 없었다. 뒤로 밀려나면서 소리를 질렀다.

"성숙아! 성숙아! 고모 좀 도와줘! 빨리……."

있는 힘껏 소리를 질렀지만 조카의 모습은 보이지 않고 연이를 밀쳐낸 남편은 어느새 뛰어가 골목에 세워 둔 자동차의 시동을 걸고 있었다.

이미 이성을 잃어버린 연이였다. 뛰어가 자동차 앞을 두 팔을 벌리고 막아서며 소리를 질렀다.

"야! 이 개새끼 같은 인간아! 자동차 키 이리 내놔! 당신 이 짓 하라고 모가지 붙이고 자동차 사준 줄 알어?!"

그렇게 소리를 질러대는 순간에도 연이는 보이지 않는 조카를 찾아 두리번거렸다. 그때 저만치 담벼락 밑에 쭈그리고 앉아 얼굴을 가리고 흑흑거리는 울음소리가 들려왔다. 조카였다.

"얼른 이리 못 와!"

자동차를 몸으로 가로 막고 있었기 때문에 뛰어가 붙들어 올 수도 없는 연이는 소리를 있는 대로 질러댔다. 그때서야 조카는 두 손으로 얼굴을 반쯤 가리고 자동차 문을 열고 올라탔다.

조카의 뒤를 따라 번개처럼 자동차에 올라탄 연이는 남편을 향해 소리를 질러대기 시작했다.

"야! 이 인간아, 도대체 양심이 있는 거야, 없는 거야? 그렇게 사람을 고생시켰으면 적어도 양심은 있어야 사람이지, 이 짓 하라고 내가 그 고생을 다 하고 살아온 줄 알아? 엉?!"

얼마나 크게 소리를 질러댔던지 남편은 운전을 제대로 하지 못했다. 하지만 다행히도 아직 이른 새벽이어서 그런대로 사고 없이 집 앞에 도착할 수 있었다.

남편은 마치 도살장에 끌려 들어가는 황소처럼 무거운 표정으로 현관문을 열고 들어갔다. 그때 시어머니는 식당에서 덜그럭거리는 그릇 소리를 내고 있다가 마치 물에 빠진 생쥐 모양으로 며느리에게 붙잡혀 온 아들의 모습에 그 어떤 사태를 직감하고 어느 사이에 모습을 감추어 버렸다.

시어머니에게 그동안 신경과민 환자로 취급을 당해 왔던 연이였다. 어디에선가 시어머니가 들을 수 있도록 남편의 등 뒤에다 대고 일부러 더 큰 소리로 떠들어댔다.

"뭐, 그 여자가 누님이라고? 그래서 십년을 넘게 나를 속여 왔어? 이 양심 없는 인간아, 그래서 마누라 정신병자 만들어 놓고 남의 서방 있는 여자하고 그렇게 놀아나? 미친 정신병자 인간아."

시어른들을 모시고 있는 집안에서 며느리가 그렇게 떠들어댄다는 것은 며느리가 할 도리가 아니란 것을 모르는 연이가 아니었다. 하지만 그 불효를 저지르게 한 것은 바로 당신의 아들이며, 그 아들의 방종된 생활을 옆에서 지켜 보면서도 바르게 훈계하지 못한 부모에게도 어느 정도는 그 책임이 있다는 것을 느끼게 해 주고 싶었다.

연이가 시어머니에 대해서 서운함을 느낀 것은 그것이었다. 며느리의 가슴앓이 고통쯤은 마치 남의 일처럼 보아 넘기는 시어머니였다. 아들의 방종 생활을 한 집안에서 보아 오면서도 훈계 한 마디가 없었다. 오히려 며느리를 신경과민 환자로 주위 사람들에게 말해 오고 있었던 시어머니였다.

참으로 그 시어머니에 그 아들이라는 미움에 더 크게 떠들었다.

흥분된 며느리의 목소리를 듣고 방에서 얼굴을 내민 시아버지가 이미 그 어떤 분위기를 느끼시고 어두운 표정으로 물어왔다.

"느그들 아침 일찍 어디를 갔다 온거?"

"저 사람한테 물어 보세요."

남편은 방으로 들어가 버린 뒤였다. 평소에 말이 없으신 시아버지였다. 그 앞에서는 기분 내킨 그대로 퍼붓고 시비를 할 수도 없었다. 그러나 그대로는 도저히 견딜 수가 없었다. 마음을 진정시키면서 되도록 침착하게 시아버지를 보고 말했다.

"아버지 저 있잖아요. 저 사람 어제 밤에 외박했거든요. 그 여자가 누님이라던 그 여자였어요. 오늘 새벽 그 집에서 자고 나온 걸 붙들어 왔어요. 이젠 더 분해서 못 살 것 같아요. 이혼을 해야지. 그러니까 아버지도 그렇게 아시고 이해해 주세요."

연이는 그동안 누님과의 있었던 이야기를 대충 털어놓았다. 그러자 시아버지는 표정이 굳어지면서 무슨 생각을 하셨던지 안방을 향해 소리를 질렀다.

"애비야! 너 나 좀 보자."

그러자 남편은 떨떠름한 표정에 조금은 민망한 기색을 하고 얼굴을 내밀었다. 그리고 풀이 죽은 목소리로 말했다.

"부르셨어요."

"그래, 거기 앉거라. 내가 아들을 잘못 키워서 며느리한테 부끄럽구나. 에

미한테 대충 들었다. 이혼을 하겠다고 하는데 너 생각은 어떠냐?”

“아부지 전…….”

“난 너 같은 자식 둔 적 없으니까, 대답만 혀.”

뜻밖에도 그처럼 단호하게 나오는 아버지의 힐책에 남편은 고개를 떨군 채로 아무 대답을 못했다. 그러자 시아버지는 무슨 생각을 하셨던지 벌떡 일어나 안으로 들어가시더니 종이와 볼펜을 들고 나오셨다. 그리고 아들 앞으로 내밀면서 말씀했다.

“여기에 써라. 앞으로 한 번만 더 이런 일이 있으면 여러 말 없이 에미 말대로 법원에 가겠다고, 어서 써!”

어떤 변명도 할 수 없게 된 남편은 시아비지의 말씀대로 마지 못해 종이에다가 반성문 비슷하게 쓰고 있었다. 그것이 잘못된 아들의 버릇을 고쳐 보시려는 시아버지 훈계의 지혜라는 것이 보여지면서 그 앞에 고개를 숙일 수밖에 없었다. 시아버지의 그 깊은 마음이 알아지는 연이였다. 마치 친정 아버지에게 부탁하듯이 말했다.

“아버지, 그 여자 이름도 거기 쓰게 하세요. 그리고 십이 년 전부터 맺어온 그 여자와의 관계를 이제 청산하겠다는 것도 분명히 명시하라고 하세요. 그래야 법적으로 참고가 될 테니까요.”

“에미 말대로 해라. 그래야 집안이 조용해질 테니까…….”

시아버지는 어떻든지 며느리의 상한 기분을 달래주기 위해서 그처럼 지혜를 쏟고 계셨다. 그리고 남편이 쓴 내용을 받아 확인시켜 주려는 듯이 소리를 내어 읽어 주신 시아버지는 이윽고 며느리를 돌아보시면서 말했다.

“이만 하면 됐냐? 이건 내가 보관할 테니 그리 알아라.”

그렇게 지혜로우신 시아버지의 마음 쓰심은 거기에서 끝나지 않았다.

“애비야, 부탁이 있다. 돌아오는 일요일 날 나랑 에미가 다니는 교회에 가보자꾸나. 그게 애비 니가 에미한테 진정으로 사과하는 것이여. 알았냐?”

반은 강압적인 시아버지의 말씀이었다. 시아버지의 그와 같은 사랑의 지혜 앞에서 연이는 눈물이 핑 돌았다. 그 일요일 날 새벽이었다. 시아버지는 말씀하신 대로 먼저 챙기고 일어나셨다. 그것이 자식 사랑하는 부모의 마음이란 것이 새삼 느껴지면서 연이는 더없이 시아버지가 존경스러웠다. 강남터미널에서 첫 버스를 타고 교회 본부가 있는 김제로 향했다. 일요일 날은 전국 신도들이 그곳에 모여서 예배를 보았기 때문이다.

그곳 믿음의 형제들은 뜻밖에 그 어떤 예고도 없이 시어른을 모시고 남편과 함께 나타나는 연이를 보고 모두들 부러워하며 입칭찬을 해 왔다.

"예수께서 너희는 세상에 빛과 소금이 되라고 하셨는데 그 녹아지는 소금 역할을 잘 하셨나 부죠? 안 믿는 식구들을 이렇게 전도하신 걸 보니까……."

특히 연이를 그 교회로 인도했던 황 소장 부인과 이민영 장군 부인이 더없이 반가워하면서 하는 말이었다. 거기에 어떤 대답을 할 수 없는 연이는 그냥 빙그레 웃기만 했다. 그것이 며느리 사랑하는 시아버지의 지혜였기 때문이다.

그로부터 연이는 교인들로부터 '빙그레 집사'로 불리었다. 그렇게 시아버지의 지혜에 의해 남편은 그 얼마 동안 교회에 함께 나가주면서 그 해 연말, 크리스마스 행사에 미8군에서 나온 산타클로스 할아버지 옷을 가지고 나왔다. 그리고 본인이 그 산타클로스 할아버지 역할을 재미있게 보여줌으로써 연이의 아이들에게 아름다운 추억을 심어주기도 했다.

뿐만 아니라 그렇게 이전과는 다르게 뒤로 빠져 나가는 돈이 막아진 상태에서 남편은 뒷거래 수입으로 들어온 뭉칫돈을 가끔씩 안겨 주곤 했다. 연이는 그 돈을 모아가는 재미 또한 여간 즐겁지가 않았다.

참으로 잃어버린 가정의 평화를 되찾은 것 같은 더 없이 기쁘고 보람된 한 해였다. 아이들 역시도 학교생활에서 두각을 나타내는 모범생으로 더 없이 맑고 착하다는 칭찬을 담임선생님들로부터 받았다.

그 칭찬은 연이 역시도 이웃 아주머니들로부터 모범이 된다는 칭찬을 받았다. 그때 그처럼 심술이 사납던 시어머니는 노인대학을 다니면서 노래 가락을 배웠고, 또 북장구를 배워 노인 경로잔치에서 메달을 따오기도 했었

다. 그런 시어머니가 어느 날 빙판에 넘어져 허벅지를 다치고 집안에 드러
눕게 되었을 때였다. 대소변을 받아내고 온갖 시중을 들면서도 연이는 얼굴
한 번 찡그려 본 일이 없었다. 오히려 그런 시어머니 옆에 붙어 앉아서 찬송
을 불러주고 예수님 사랑의 말씀이 담아져 있는 성경을 읽어주곤 했다.

　그와 같은 병간호생활에 교인들도 자주 찾아와 시어머니와 연이에게 위
로와 평안을 안겨주고 가곤 했다. 거기에 그 심술 시어머니 역시도 감동을
받았던 것인지 겨우 지팡이를 짚고 보행을 하기 시작하면서부터 교회를 따
라가겠다고 나섰다. 그동안의 수고가 보람을 느끼게 해 주었다.

　그렇게 되기까지는 시아버지의 지혜와 도움이 큰 역할을 해 준 것이 사실
이었다. 그래서 연이는 시아버지가 여의도 노인 마라톤 경주시합에 나가신
다는 날 도시락을 싸들고 나갔다. 그리고 시합에 나가 뛰고 계시는 시아버
지 옆에서 함께 뛰면서 말했다.

　"아버지! 힘내세요. 조금만 더요!"

　그날 시아버지는 노인 마라톤 우승 메달을 획득하고 만면에 미소를 지으
셨다.

　그리고 그 가슴에 사랑처럼 메달을 며느리의 손에 쥐어주면서 말씀했다.

　"아가 이 메달은 네가 건사해라."

　그처럼 속내 깊으신 시아버지의 가슴 속 사랑을 건네받은 연이는 먼 훗날
아들에게 할아버지의 진실하신 사랑의 가슴을 그대로 보여주면서 그 이야
기를 들려주고 싶었다. 그래서 메달을 들여다보고 또 만져보면서 집으로 돌
아왔다. 그러나 그렇게 행복한 시간은 끝내 오래 지속되지 않았다. 마치 동
전의 양면처럼 뒤바뀌었다. 다시 남편을 향해 애증의 불꽃 튀기는 생활로
가슴을 태우기 시작했다.

　하지만 옛 속담에 콩을 볶는 데 콩깍지를 태운다는 말이 있듯이 그랬다.
좋은 날 서로 살을 섞어 분신을 만들어 내기도 했던 부부관계가 그렇게 등
을 돌리고 눈에 불을 켜대 봐야 자기 자신이기 때문이다.

십자가를 바라보며

시아버지의 지혜로 교회를 따라다니게 된 남편이었다. 하지만 타고난 본성本性이 그런 탓인지 끝내 예수님의 말씀으로 탈바꿈되지를 않았다. 교회를 따라다니던 것도 잠시뿐, 여러 가지 핑계 이유를 대고 점점 교회와는 발걸음을 멀리했다.

그러나 새벽이면 예배 시간에 늦지 않도록 그 전과는 달리 깨워 주곤 했다. 그리고 교회 예배에 참석은 하지 않았지만 가끔 그 성의를 보여 감사헌금을 내놓기도 했다.

하지만 꽃바람으로 출렁거리는 남편의 생활은 통금시간 이전에는 들어와 본 적이 없었다. 그러나 그때처럼 외박하고 들어오지 않은 것만으로도 고맙게 생각했다. 상인들과 외래물품 흥정이 많았었던 관계로 그러려니 했었다.

그런데 그게 아니었다. 어느 날 밤 통금이 거의 임박했을 시간이었다. 전화벨이 울렸다.

"누구세요?"

"접니다. 그 친구 안 들어 왔지요?"

남편 부대에서 물건을 받아가는 그 동창이라는 친구였다. 술이 얼큰하게 한 잔 들어간 목소리였다.

"곧 들어오겠죠, 뭐."

그러자 다음 그의 대답이 정신을 아찔하게 했다.

"그 친구 부대 출근 도장만 찍고 낮에는 그 여자 집에서 사는 거 모르시죠, 흐흥!"

그가 하는 이야기로 보아 그 여자 쪽으로 물건이 더 많이 흘러 들어가고 있기 때문에 술이 한 잔 들어가면서 발동한 시샘의 고자질인 것 같았다.

"이것들이 아직도!"

눈이 꼿꼿해졌다. 듣지 않았으면 몰라도 그 이야기를 들은 이상 도저히 묵과할 수가 없었다. 그런 남녀 이성 관계에서 그 쪽으로 흘러 들어간 물품 수입이 정상적으로 남편의 손에 들어올 수 없다는 생각 때문이었다.

머릿속이 어지러웠다. 그때 그 대책 없는 남편이 들어왔다. 따져 볼까 하다가 꾹 눌러 참았다. 그 정보를 일러준 친구의 입장이 난처해질 것 같아서였다.

다음 날이었다. 연이는 머릿속을 정리하고 시아버지에게 말했다.

"아버지, 지난번 애비한테서 써 받은 종이 좀 줘 보세요."

"뭐하게?"

시아버지는 알 수 없다는 표정으로 물어왔다.

"애비가 아직도 그 여자와 관계를 끊지 않고 있나 봐요. 남편이 있는 여자니까 들고 가서 관계를 끊지 않으면 법적으로 해 보겠다고 으름장을 치고 오려구요."

그 말에 시아버지는 남편이 썼던 그 반성문을 내놓았다. 그 길로 연이는 2년 선배 정아 언니를 찾아갔다. 그 언니는 학교 규율부장으로 빈틈이 없고 똑똑해서 후배들에게는 그 별명이 싸납쟁이를 거꾸로 '이쟁납싸' 라고 했던 언니였다.

연이가 그 언니를 찾아간 목적을 말했을 때였다.

"야, 시앗을 보면 돌부처도 돌아앉는다는데 너 그 마음 충분이 이해한다,

가자꾸나."

정아 언니는 고맙게도 흔쾌히 따라나서 주었다. 동대문을 달려가 그 현관 대문 안으로 들어서면서부터 연이는 소리를 질렀다.

"주인 좀 봅시다!"

그러자 마주 보이는 안방 문이 열리면서 그 인물 화상이 삐쭉 얼굴을 내밀고 쳐다봤다. 연이는 무조건 그 안방으로 들어서면서 말했다.

"당신은 내가 찾아온 이유를 알 텐데……."

"……이유라니?"

얼마만에 떨떠름하게 말했다.

"당신이 그 이유를 몰라서? 자! 오늘 우리 결판을 내자구요. 이제 보니 내 서방이 아니라 당신 서방이드구만, 내가 당신들 잘 먹고 잘 살라고 그렇게 수십 번을 대책 없이 사고 친 사람 이뻐서 살려 놓은 지 알아? 내 새끼들 땜에 살려 놓은 건데 그 덕은 당신이 다 보고 살았더구만. 그러니 이제 내게 그 보상을 해 주던지, 아니면 다시는 만나지 않겠다는 각서를 쓰던지 둘 중에 하나를 하라구요."

"그 참, 누가 어쨌다고 생사람을 잡는가 모르겠네. 누나 동생으로 지내 온 사람을 보고……."

"누나 동생 좋아하시네."

"그럼 그 본인한테 전화해서 나하고 어떤 사인지 확인해 볼까?"

"정말 그렇게 거짓말하고 살거유? 전화할 것도 없이 당신하고 관계를 본인이 직접 자백한 진술서 여기 가지고 왔으니까 똑똑히 읽어보고 말해요."

그 사이를 정아 언니가 끼어들었다.

"이 여자 보통 다뤄서는 눈도 꿈쩍도 안 하겠다, 간통으로 고소해 버려라."

누나라고 하던 여자는 남편의 자필서를 받아 읽다가 표정이 달라졌다. 벌어진 사태가 오리발을 내밀 그런 상황이 아님을 느낀 모양이었다. 벌떡 일어나더니 밖으로 나가 버렸다.

"흥! 그래도 양심은 있어서 할 말이 없는 모양이지?"

정아 언니가 그 뒤에다 대고 쏘아붙이는 말이었다. 코웃음이 나왔다. 본인이 직접 쓴 자백 진술서를 가지고 왔기 때문에 당황해서 그러려니 했었다.

그런데 그게 아니었다. 다시 들어온 그녀 뒤로 웬 남자가 큰 소리를 치면서 따라 들어왔다.

"이 사람들 죄다 무고죄로 고소를 해야겠구만, 뭐 우리 마누라가 간통을 했다고? 어디 그 종이 쪽지 내놔봐욧!"

남편이라니? 갑자기 멍해졌다. 가지고 온 본인 자백 진술서를 그 앞에 내놨다가는 당장 불리해질 입장은 직장이 있는 남편이었고, 또 연이였다. 그 여자 남편이 그것을 핑계로 삼아서 무슨 공갈 협박을 해 올지 모르는 일이었기 때문이다.

"아니믄 됐네요, 하지만 잘 알아 두세요. 우리 남편 그 직장은 내 손에 달렸다는 거."

무시해 버리는 투로 잘라 말하고 벌떡 일어났다. 그리고 뒤도 돌아보지 않고 나와 버렸다. 뜻밖의 상황에 엉거주춤하고 뒤따라 나온 정아 언니가 뭔가 느낌이 이상하다는 듯이 말했다.

"야, 좀 이상하지 않니? 아무리 그래도 그렇지, 그런 일에 신랑을 데리고 들어온다는 것도 그렇고……."

"맞아, 그 신랑은 애들 데리고 따로 산다고 했어. 금방 나가서 그렇게 데리고 온다는 건 아무래도 이상해 그지?"

"상황이 불리하니까 모면하려고 급하게 만들어 짜가지고 들어온 신랑 같거든. 그렇지 않고는 당장 너한테 곤욕을 치르게 생겼으니까 말이야."

듣고 생각해 보니 언니의 말이 맞는 것 같았다. 하지만 어떻든 남편의 자백 진술서를 보여주고 왔다는 그것만으로도 연이는 가슴이 다 후련했다.

그러나 문제는 그날 밤이었다. 술이 만취해 들어온 남편은 그럴 수 있느냐는 듯이 소리를 질러댔다.

"당신 정말 그렇게 할 거야? 미쳐도 유분수지. 그래 간통으로 집어넣겠다고? 집어넣어 봐, 집어넣어 보라고! 이 미친 여편네야!"

금방 손찌검이라도 할 것 같은 몸짓에 얼른 몸을 피했다.

그때였다. 시아버지의 목소리가 등 뒤에서 들려왔다.

"이게 뭐하는 짓들이야?! 어른 있는 집에서! 안 되겠다. 에미 너 내일부터 애비를 네가 출퇴근을 시켜라. 그래야 집안이 편안하겠다. 알았냐?"

말로는 되지 않는 아들의 버릇을 그렇게라도 해서 고쳐 보시겠다는 시아버지의 단호한 지혜의 말씀이셨다. 듣고 생각해 보니 그래야 될 것 같았다.

다음 날부터 시아버지의 말씀대로 연이가 남편을 출퇴근시켰다. 그러나 그 또한 할 짓이 아니었다. 퇴근 시간 전에 부대내의 식당에 들어가 앉아 기다린다는 것도 모양새가 아니었다.

그래서 부대 안에 있는 테니스장에서 벽치기를 하면서 기다렸다. 그런 3일째 되던 날이었다. 남편이 연이를 보고 웃으면서 말했다.

"우리 왜식집에 가서 밥 먹고 들어가자고, 어때?"

"그렇게 해요."

조금은 기분을 맞춰주어야 할 것 같았다. 왜식집으로 들어가 식사를 마쳤을 때였다.

"우리 분위기 한 번 잡으러 갈까?"

"어디로?"

"따라만 와."

남편을 따라 들어간 곳은 이태원에 있는 하이야트호텔 나이트클럽이었다. 연이는 느슨하게 남편의 기분을 맞춰주고 있었다. 남녀가 쌍쌍이 붙들고 춤을 추는 속에 남편의 손을 잡고 따라 들어갔다. 음악은 부르스 곡이었기 때문에 몸을 맡긴 채 더듬거리며 따라갈 수가 있었다. 그러나 연이를 곤혹스럽게 만든 것은 빠른 템포의 트위스트 곡이었다. 남녀가 손을 놓고 떨어져서 몸을 비틀어대는 몸짓은 민망해서 도저히 따라할 수가 없었다.

그러나 남편은 그동안 거기에 수업료를 많이 바쳐 온 사람답게 헤벌쭉하

게 웃어가면서 허리와 아랫도리를 비틀어댔다. 그리고 그렇게 즐거워할 수가 없었다,

그 몸짓을 마주보며 흉내를 내야 하는 연이는 무안해서 도저히 견딜 수가 없었다. 그야말로 더 없이 민망스러운 고역이었다. 이 짓을 왜 하는가 싶었다.

그런 다음 날이었다. 저녁밥을 부대 안에서 먹고 난 후였다. 남편은 또 카바레를 가자고 했다. 머리를 흔들면서 무안을 주듯이 한 마디 했다.

"그동안 카바레만 다닌 거유?"

그러자 남편은 멋쩍은 웃음을 풀어내면서 말했다.

"그럼 당신 오늘 좋은 데 구경시켜 줄까?"

"…… 거기가 어딘데?"

구경시켜 준다는 곳이 어딘가 궁금했다. 연이는 그동안 남편이 퇴근을 하고 난 후의 행적을 알기 위해서 고개를 끄덕이고 따라갔다. 그 얼마 전에 신축된 리츠컬튼 호텔이었다.

남편은 걸음도 익숙하게 그 호텔 지하실로 내려갔다. 그 입구에서였다. 지배인으로 보이는 한 남자가 남편을 보자 반갑게 웃으며 오른손을 들어 V자를 만들어 보이면서 안에다 대고 소리쳤다.

"얘들아! 최 사장님 오셨다, 모셔라!"

남편이 자주 출입해 온 단골술집인 것 같았다. 테이블을 정하고 앉았을 때였다. 예쁘장하게 생긴 아가씨 둘이 달려와서 남편을 향해 반갑게 아는 체를 하고 연이를 돌아보면서 말했다.

"친구 분이신가 보죠?"

아가씨들은 테스니복 차림의 연이가 연인 사이로 보여진 모양이었다. 그 말에 남편은 부정도 긍정도 아닌 묘한 웃음을 짓고 있었다. 그때였다. 거기서 약속이나 한 듯 남편의 동창인 그 친구가 불쑥 들어왔다. 그리고 눈이 마주치자 뛰어와 함께 자리를 하면서 묘한 웃음을 짓고 말했다.

"아주머니가 귀한 걸음을 하셨군요. 허허허……."

거침없이 자연스럽게 그 장소로 들어와서 말하는 그 몸짓 행동으로 보아 남편과 그 친구가 자주 만나 모종의 흥정을 해 왔던 단골 술집인 듯했다.

날라온 안주와 술에 아가씨들의 애교 있는 웃음소리가 흐드러지면서 한 아가씨가 연이를 보고 말했다.

"저는 친구 분인 줄 알았지 뭐예요. 사모님이 미인이시네요."

얼큰하게 한잔 술이 들어간 남편은 아가씨의 그 말에 기분이 좋아졌던지 연이의 귀에다 대고 소곤거리듯이 말했다.

"오늘 우리 이 호텔에서 자고 갈까?"

오래 간만에 기분 전환을 해 보자는 말인 것 같았다. 고개를 흔들어 버렸다. 그렇게 밖에서 자기 기분만 찾고 생활하는 남편이 참으로 대책이 서지 않는 구제불능처럼 느껴져 왔다.

이건 도저히 할 짓이 아니라는 생각이 들었다. 그래서 남편의 생활습관을 고쳐주기 위해 출퇴근시키던 일을 그만 두기로 했다. 더없이 피곤했기 때문이다.

그렇게 불협화음하고 있는 부부 관계를 알고 있는 그 친구가 어느 날 다시 전화를 걸어왔다. 역시 술이 한 잔 들어간 목소리였다.

"아주머니, 아직도 그 친구 누님이란 그 여자 달고 다닙디다. 알고나 계시라구요."

그럴 것이라고 짐작은 하고 있었지만, 그러나 그 말을 들었을 때 기분은 여간 답답하지가 않았다. 도무지 대책이 서지 않는 남편이었다. 밤늦게 술을 마시고 들어온 그 얼굴을 쳐다보고 몇 마디만 하고 말았다.

"나, 당신 아직도 그 여자 만나고 다니는 거 알고 있거든. 당신 그렇게 재미나 보고 다니라고 사고 뒤처리하고 다닌 줄 알아? 사람이 양심이 있어야지. 다시 또 그 짓해 봐라. 우린 끝장이야."

그 뒤로 퇴근을 하고 저녁 늦게 들어온 남편은 연이가 눈만 크게 뜨면 마음을 다독이기 위해서였던지 지갑에서 수표를 꺼내 분위기를 무마시켜 오곤 했었다. 그래서 연이는 늙어 퇴직한 다음에 보자는 식으로 비밀하게 부동산에 눈을 돌렸다.

강남맨션으로 이사를 하고 3년이 되었을 때쯤이었다. 작은 오빠에게 부탁해서 고려원양 승무원으로 취직시켜 태평양 조업을 나갔었던 셋째 시동생이 3년 계약 근무를 마치고 귀국했다.

그 시동생은 그동안의 월급을 착실하게 저축하고 있었기 때문에 형님 형수에게 의탁하지 않고 자립적으로 결혼을 하게 되었다. 막내 시누이의 친구로 더없이 맑고 착한 신부감으로 결혼식을 올리고 사당동에 신접살림을 차렸다.

그때쯤 연이도 반포로 다시 이사할 것을 준비했다. 그곳 분위기가 아이들 교육을 시키는 데도 편리했고, 또 아들 연식이의 학군 관계도 있었기 때문이다.

그래서 반포단지 42평을 매입하고 새로운 분위기를 창출하기 위해 기존의 내부 구조를 완전히 뜯어내고 새롭게 구조변경을 했다.

현관 입구에서부터 검은 벽돌을 아치 모양으로 둥글게 기둥을 세웠고, 안방 역시도 두 방을 하나로 터서 중간에 아치 모양으로 벽돌을 쌓아 기둥을 세웠다.

응접실 역시도 마찬가지로 꾸몄다. 벽돌로 벽난로까지를 만들어 굴뚝을 세웠고, 거기에 제주도에서 밀반출된 화산 석회암석 한 차를 실어다가 인공폭포를 만들어 바위 틈으로 물이 흘러 나오도록 장치를 해 놓았다. 그리고 두 트럭분이 넘는 꽃나무와 분재들을 바위 틈 사이에 끼워 넣어 마치 자연 속에 들어와 앉아 있는 그런 이색적인 분위기를 꾸며 장식했다.

그와 같은 실내 공사 단장에 가정집이 아닌 비밀 룸싸롱을 만드는 줄 알았다는 것이 이웃의 말이었다. 하지만 남편은 그 사실을 전혀 모르고 있었다.

그것이 남편으로 구멍 뚫린 가슴을 채우는 연이의 대리만족이기도 했다. 그렇게 아파트 실내 장식을 다 꾸며 놓고 마음 속에 계획한 대로 시아버지와 시어머니가 따로 분가하실 수 있도록 양재동에 전셋집을 마련해 드렸다.

그때쯤 원양어선을 타고 3년 조업의 임기를 마친 넷째 시동생 역시도 하선을 했기 때문이다.

그렇게 생활 분위기를 바꾼 연이는 그때부터 오직 아이들의 교육에만 마음을 쏟고 시간과 돈을 투자했다. 세 아이들을 그때 한참 세계적으로 그 이름을 날리고 있던 정명훈의 형제들처럼 만들고 싶었기 때문이다.

그래서 기초적으로 피아노를 배우게 했고, 아들에게 피아노와 바이올린을 배우게 했었다. 하지만 거기에 도무지 취미가 없는 아들이었다. 매월 레슨비만 지출할 뿐 도무지 능률이 오르지 않았다. 생각 끝에 기타학원으로 돌렸다. 그것은 다음에 어른이 되었을 때 밖에서 말초적인 본능의 즐거움만을 찾아 헤매는 그런 아버지처럼 만들고 싶지 않았기 때문이다.

남편의 생활 자세에 너무나 실망을 느낀 연이는 자기가 추구하는 세계 속에서 자기만이 가질 수 있는 대화의 세계를 아이들에게 갖게 해 주어야겠다고 생각했었다.

하지만 사람은 저마다 운명적으로 타고난 소질의 에너지 기운이 각기 다르다고 한 것을 실감하게 했다. 그때 막내 역시도 오빠와 마찬가지였다. 유치원을 들어가기 전부터 열심히 피아노를 가르쳤지만 초등학교 3학년이 되도록 체르니 40번을 떼지 못했다.

어느 날 밖에서 잠깐 교회 일을 보고 들어갔을 때였다. 집안에서 피아노가 금방 부서질 것 같은 굉음소리가 들려 다급하게 현관문을 열고 들어갔을 때였다. 막내가 피아노를 부숴 버리면 하기 싫은 피아노 공부를 엄마가 시키지 않을 것이라고 생각했던지 주먹으로 내려치고 있었다.

참으로 어처구니가 없었다. 안 되겠구나 싶었다. 그래서 생각을 미술 쪽으로 돌렸다. 그 분야에서 성공시켜 인생 삶의 보람을 느끼게 해 주고 싶었기 때문이다.

그것은 여자이기 때문에 자신처럼 한 남자의 아내로서 가정이라는 둥지 속에만 갇혀 불행한 삶을 살아가게 만들고 싶지를 않았다. 솔직히 말해서 딸들에게 만큼은 절대로 결혼은 하지 말고 자신만의 대화를 가질 수 있는 세계를 갖도록 하라고 말해 주고 싶었다.

영국의 시인이며 극작가인 J. 드라이든은 결혼이 일곱 성사聖事의 하나인지, 일곱 대죄大罪의 하나인지 아직 확실치 않다고 말했으며, 토스토예프스키 역시도 '결혼은 모든 자랑스러운 혼과 독립적인 모든 것의 정신적인 죽음이다' 라고까지 강경하게 말했었다. 그리고 아라비아 속담에도 '결혼은 아흔아홉 마리의 뱀과 한 마리의 뱀장어가 들어 있는 주머니와 같다' 고 했을 정도였다.

그와 같은 이야기는 인생 동반자와의 만남은 그만큼 신중히 해야 한다는 말이다. 톨스토이는 결혼에 대하여 스무 번이고 백 번이고 깊이 생각해 보아야 하는 것이라고 했고, 또 돈만을 위하여 결혼하는 것보다 더 나쁜 것이 없다고 했으며, 사랑만을 위하여 결혼하는 것보다 더 어리석은 일은 없다고 했다.

그와 같은 말에 비추어 보았을 때, 남편과의 결혼은 후자에 속하는 것으로 더 없이 어리석은 짓이었음에는 틀림이 없었다. 마음을 수행으로 닦지 못한 인간 마음이란 수시로 변하기 때문에 옛말 속담에도 '머리 검은 짐승은 믿지를 말라' 고 했으며, 그러한 인간세상의 이치를 이미 알고 오신 예수께서는 '원수가 네 집안에 있느니라' 하신 것이고 보면 그처럼 원수를 만나 한평생을 고통 속에서 눈물을 흘리면서 살아야 하는 결혼만큼은 딸들에게 절대로 만류하고 싶었다. 그 정도로 연이는 남편과의 결혼을 후회하고 또 후회하고 있었다.

그래서 연이는 사랑하는 딸들만큼은 자신이 노력한 대가만큼 실망하지 않는 자기만의 세계를 구축해 나가도록 그 기초를 다듬어 주어야겠다고 생각하고 거기에 시간과 돈을 아낌없이 투자했었다.

그런 어느 날이었다. 막내가 학교에서 미술시간에 그렸다는 그림을 내보이면서 말했다.

"엄마! 선생님이 엄마 아빠 그려 보라고 해서 그린 거야. 선생님이 보고 막 웃어."

“어디 보자.”

막내가 그렸다는 그림을 들여다보던 연이는 그만 웃음이 터져 나오고 말았다. 막내가 그려 놓은 엄마의 모습은 성경책을 손에 들고 십자가를 세워 놓은 교회를 향해 가는 모습이었고, 그 밑으로 아빠가 술이 취해 비틀하게 누워 있는 모습이었다.

막내는 미술 쪽으로 그 감각이 발달되어 있음을 그렇게 나타내주고 있었다. 진로를 바꾸어 주길 잘했다는 생각이 들었다.

그렇게 극성을 부리는 중에 그래도 엄마에게 실망을 주지 않고 그런 대로 따라와 주는 아이가 큰 딸아이였다. 유치원을 들어가기 전부터 피아노를 가르쳐 세계적인 피아니스트로 만들고 싶어했다. 그것이 오직 엄마로서의 바라는 꿈이었다.

그래서 전문적인 예술인을 키워내는 예원예술중학교 입학을 목적하고 서울대 음대생을 보조 선생으로 지도 레슨을 받게 했었다.

그러던 어느 날이었다. 그 보조 선생이 입을 짬짬하면서 말했다.

“저…, 이런 말을 드려도 될지 모르겠지만 아이가 피아노 치는 터치가 잘못 길이 들여져서 고쳐지질 않네요. 그 터치로는 예원 시험에 합격하기가 좀 힘들 것 같은데 어쩌지요?”

난감했다. 목적했던 꿈이 사라져 버리는 것만 같았다.

“어쩌지?”

생각 끝에 피아노를 그만두고 첼로 레슨을 받게 했다. 딸이 나가야 할 진로의 방향을 그렇게 바꾼 연이는 바쁘게 서둘렀다. 딸이 초등학교 5학년이었던 만큼 그 악기를 익혀 시험을 봐야 할 시간이 2년 밖에 남지 않았다. 그래서 레슨비 부담은 됐었지만 숙명여대 첼로 교수에게 직접 레슨을 받게 하고 역시 서울대 음대생을 그 보조 선생으로 붙였다.

그처럼 열띤 연이의 극성은 단지 안에 있는 반포국민학교에서 스쿨버스를 타고 다녀야 하는 중앙대학교 사립부속국민학교로 두 딸을 전학시켰다. 그리고 첼로 연습 시간을 벌기 위해 담임선생에게 사정 이야기를 말하고 국어 수학시간을 제외하고 교실 문 밖에서 지켜 서 있다가 집으로 데리고 왔다. 예원예술중학교 시험은 국어, 수학 그리고 그 전공악기 실기시험이 전부였기 때문이다.

그처럼 그 목적을 위해 시간을 아끼는 극성은 밥 먹는 시간조차도 아까워서 채근을 해대면서 때로는 옆에 붙어 앉아 김밥을 말아서 입에 넣어주어 가면서까지 첼로 연습을 강행군시켰었다.

그런 극성이 있었기 때문이었던지 딸아이는 마침내 그 문턱이 높다는 예원예술중학교를 합격했다. 대개가 집안 환경이 좋은 부유층 학생들이었다. 그때의 기분은 더 말할 수 없이 뿌듯했다. 그래서 그동안 딸아이의 첼로 레슨을 맡아 수고해 주신 박 교수님과 보조 선생을 비롯해서 가까운 사람들을 모아 놓고 집에서 조촐한 입학기념 파티를 열었을 때였다. 막내 딸아이가 이제는 말할 수 있다는 듯이 장난스럽게 말했다.

"엄마가 텔레비전도 못 보게 야단을 쳐서 언니랑 우리 첼로 녹음해서 방에 틀어 놓고 텔레비전 봤거든."

막내의 이실직고에 모두 웃음을 터트렸다. 다행히도 딸아이가 합격을 해주었기에 마음 놓고 그렇게 웃을 수가 있었던 것이다.

아이들 교육에 그렇게 심혈을 기울였던 연이는 정부에서 가정교사를 단속하던 그 시절에 비밀리에 하숙생이라는 명분을 붙여 가정교사를 두고 아이들 영어 교육을 시켰다.

그러한 극성에 큰 딸아이는 중학교 2학년 때부터 국제 펜팔을 주고받을 정도였고, 영동고등학교에 입학했던 아들 녀석은 반에서 1,2등을 다툼할 만큼 컴퓨터 그래픽처럼 기계적으로 공부를 시켰었다.

그러던 어느 날이었다. 미8군부대는 토요일이면 휴무였고, 또 그 날이 현충일이었다. 그래서 남편과 함께 수산시장을 나가 생선을 사가지고 집으로 들어가던 길이었다.

"여보, 신반포 배 선생님 댁에 잠깐 들러서 이 생선 몇 마리 내려 드리고 갑시다."

그러자 남편은 다른 때 같지 않고 핑계를 댔다.

"오늘 박 형하고 테니스를 치기로 약속했는데 아마 지금쯤 와서 기다리고 있을 거야. 어쩌지? 시장 본 것은 내가 집에다가 내려놓을 테니 그 형수하고 놀다가 집에 가라구."

남편이 말한 박 형은 지난날 남편의 직장에 구멍이 났을 그때 공금 일부를 막아준 고마운 분이었다. 그 후로 우리는 각별하게 가족처럼 다정하게 지내오고 있었다. 그 박 형과 테니스를 치기로 약속이 되어 있다는 남편의 말이었다.

그러나 다른 때 같지 않고 그 느낌이 달랐다. 그것이 어쩌면 다른 사람에 비해 감각의 지느러미가 하나쯤 더 달려 있는 것 같은 촉각이 연이의 병이라면 병이었다. 그 지느러미가 바이얼린의 E선처럼 갑자기 가늘게 떨려 왔다. 그래서 말을 돌렸다.

"그럼 배 선생 댁은 다음에 갈래요, 시장 본 물건 무거우니까 당신이 좀 올려다 주고 가요."

"알았어."

남편이 시장에서 사온 물건을 들고 집으로 올라간 사이 연이는 택시를 잡아 대기시켜 놓았다. 그 즈음 남편은 출근 시간 이전에 사우나를 한다면서 나가곤 했었다. 그런데 그날 그 예감이 이상했기 때문에 남편의 뒤를 밟아 추적해 볼 생각이었다.

물건을 집에 두고 나온 남편은 자동차를 몰고 남서울호텔 쪽으로 향했다. 그리고 대로 옆의 골목길로 접어들어 어떤 이층 양옥집 앞 공터에 세웠다.

남편의 뒤를 미행하던 연이는 저만치 떨어져서 차를 세우고 그 동태를 살폈다. 남편은 자동차 트렁크에서 뭔가를 꺼내들고 그 집 대문 초인종을 눌렀다. 잠시 후 대문이 열리면서 남편은 안으로 성큼 들어갔고, 이내 곧 문이 닫혔다. 그 쪽에 친구 집이 있다는 소리를 들어 본 적이 없었기 때문에 느낌이 이상했다. 하지만 따라 들어가 확인할 수도 없는 일이어서 그대로 걸음을 돌려세웠다.

그날 저녁 무렵이 다 되어가도록 남편은 들어오지 않았다. 뭔가 그 느낌이 이상했던 연이는 시누이를 불러 그 이야기를 하고 함께 택시를 타고 그 집 앞에서 내렸다. 그리고 두리번거리다가 마침 그 집 맞은편에 있는 조그만 구멍가게로 들어가 필요치도 않은 물건을 몇 개 주워 담으며 주인을 보고 참으로 엉뚱한 질문을 했다. 그 집에 대한 정보를 알기 위해서였다.

"저 이층집 주인을 잘 아세요? 혹시 세 내놓으셨다는 말 못 들어보셨어요?"

"한 발 늦으셨군요. 얼마 전에 나갔습니다. 아래층은 주인 내외가 살고 이층은 전세를 내주었는데 주말에 이사를 간다고 들었습니다."

"어떤 사람들이 살았는데요?"

"아들 하나 데리고 사는 여잔데 술집 여자 같기도 하고……, 자기 말로는 방송 연예인이라고 하지만 이름 없는 엑스트라지 싶습디다."

순간 남편이 그 여자를 만나고 다닌다는 생각이 퍼뜩 들었다. 그리고 그 여자가 주말에 이사를 하게 된다면 틀림없이 남편이 거기에 나타날 것이라는 생각이 들었다. 그때 뒤를 밟아 보리라고 생각하고 그날은 집으로 돌아왔다.

그 날이 마침 막내가 한국일보 합창단에 뽑혀 방송에 나간다는 날이었다. 그래서 남편의 의중을 넌지시 한 번 떠보았다.

"여보, 오늘 막내가 자랑스럽게 한국일보 어린이 합창단에 뽑혀서 방송에 나간대요. 우리도 방청객으로 나가 봅시다."

"어?! 나 오늘 중요한 약속이 있는데 어쩌지?"

그러면 그렇지, 하고 태연스럽게 말했다.

"그렇다면 할 수 없지 뭐, 나 혼자라도 갔다 와야지."

말은 그렇게 했지만 두고 보자는 마음이었다. 남편이 나가고 난 뒤 연이는 바로 밑에 동서와 셋째 동서를 집으로 불러들였다. 그처럼 얼굴 가죽 두터운 남편의 모습을 가족들 앞에서 그 실상을 분명히 드러내 보여주리라고 마음을 굳힌 것이다.

그동안 시어머니로부터 매도당한 것은 얌전하고 더 없이 성실한 당신의 아들을 며느리가 지나친 신경성 과민으로 마치 의부증 환자인 것처럼 그렇게 가족들과 주위에 말해 왔었기 때문이다.

그 억울함을 풀기 위해 동서들에게 보여줄 것이 있다며 아이들과 함께 그 집으로 향했다. 그런데 웬일인지 대문이 잠긴 채로 조용했다. 그렇다고 그 집 대문 앞에서 서성일 수도 없었다. 그래서 그날 정보를 얻게 해 준 구멍가게로 들어갔다. 그리고 주인에게 솔직하게 털어놓고 모종의 흥정을 했다.

"죄송하지만 한나절만 문을 내려 주시면 그 보상을 해 드리겠습니다."

그렇게 이야기가 되면서 연이는 문을 닫은 구멍가게 안에서 문틈 사이로 그 집 동태를 살폈다. 틀림없이 남편이 나타날 것이라는 확신이 들었기 때문이다.

그렇게 두어 시간 남짓을 기다리고 있었을 때였다. 남편의 자가용이 그 공터 앞에 세워졌다. 그런데 자동차문을 닫고 내린 남편은 어디론가 바쁘게 걸음을 옮겼다. 자동차를 세워 놓고 갔기 때문에 곧 나타날 것을 믿고 기다리고 있었을 때였다.

잠시 후 다시 모습을 나타낸 남편의 손에는 먹을 것으로 보이는 것들이 한 아름이 안겨져 있었고, 뒤따라 심부름하는 가게 집 아이인 듯한 아이가 맥주를 한 아름 안고 따라오고 있었다.

"집에 내놓을 돈은 없다는 사람이 잘 하는 짓이다. 쿵!"

어느새 연이의 입에서는 남편을 향한 조소의 말이 튕겨져 나가면서 가슴이 할랑거리기 시작했다.

이윽고 남편은 초인종을 익숙하게 눌렀고, 잠시 후 안에서 누군가 나와서 문을 열어 주면서 남편은 안으로 사라졌다. 맥주를 사들고 가는 것으로 보아 입잔치를 하려는 것 같았다.

그 장소에서 행동 습격을 어떻게 할 것인가를 생각하면서 한 시간쯤이 지났을 때였다. 초조하게 동태를 살피던 연이는 마침내 아들 녀석에게 엄마 등을 밟고 담을 넘어가 대문을 열라고 했다. 다행히 정원이 내려다보이는 돌담이었기에 그런 생각을 할 수 있었다.

그래서 조용히 대문을 열고 소리 없이 이층으로 올라갔을 때였다. 저만치 한쪽 식탁에서 걸판지게 벌린 맥주 파티가 무르익고 있었다. 숨소리를 죽이고 두리번거리던 연이는 현관 옆에 붙어 있는 입구 방문을 슬며시 열어보았다. 짐들이 잔뜩 꾸려져 있었다. 집을 옮기려는 것이 틀림없었다.

모두 숨을 죽이고 슬며시 그 방으로 들어가 문을 닫고 그 쪽으로 귀를 기울이고 동태를 살폈다. 식탁에서는 그 분위기가 더 없이 즐겁다는 듯이 행복한 웃음들이 희희낙락했다. 지껄이는 이야기로 보아 아래층 집주인 아주머니까지 합세한 모양이었다.

"이봐. 우리 고스톱이나 한판 치자구."

"좋지요. 나 여기 십 만원 수표 내놨으니까 당신이 바꿔주라구."

보란 듯이 수표를 내놓고 화투판을 벌려 보자는 남편의 호탕한 목소리였다.

"흥! 잘들 놀고 있네."

눈에서 불꽃이 이글거리는 연이는 남편을 향해 조소의 웃음을 날렸다. 그런 연이의 여유와는 달리 동서들은 처음 당해 보는 일에 몸이 떨려오는지 잔뜩 겁먹은 토끼 눈을 하고 울상을 지었다.

그런 문간방의 분위기와는 달리 웃음이 너부러지는 식탁에서는 '여보!' '당신' 해 가며 코맹맹이 소리가 너부러지고 있었다.

"나는 두 번 고했어, 당신 차례야."

주고받으며 놀고 있는 작태로 보아 그날 이사를 할 그런 분위기가 전혀 보이지 않았다.

"어떻게 된 거지?"

이상해서 중얼거리고 있을 때였다. 남편의 당당한 목소리가 다시 들려 왔다.

"잔돈이 떨어졌어. 여기 수표 내놨으니까 당신이 바꿔서 주라고, 흐흐……."

그때였다. 현관문 쪽에서 인기척이 소리가 나는가 싶더니 안쪽을 향해 말했다.

"아주머니! 아저씨가 점심 잡숫고 나가신다고 얼른 오시래요."

"응, 알았어."

주인 여자가 대답을 하고 다시 그 쪽을 향해 말했다.

"영감 밥 차려 주고 와서 보자고."

그리고 바쁘게 현관문 소리를 내면서 나갔다. 그 사이에 숨소리를 죽이고 앉아 있던 동서가 몸을 떨면서 말했다.

"형님, 저 무서워요."

"조금만 참아……."

그때였다. 갑자기 남편의 둔탁한 발걸음 소리가 문간방 앞에 와서 멎는 것 같았다. 가슴이 갑자기 두방망이로 때리는 것 같았다. 그런데 잠시 후 남편의 발자국 소리는 문간방 맞은켠에 화장실이 있었던 모양으로 그 문을 열고 들어가 소변 쏟아내는 소리를 한참 내고 연이가 있는 방문 앞을 지나갔다.

그리고 잠시 후, 응접실에서 엉성하게 두들기는 피아노 소리와 함께 남편의 제멋대로의 음정, 그 목소리가 흥겨웁게 들려 왔다.

"~바위 고개 언덕을 혼자 넘자니~ 옛님이 그리워~ 눈물 납니다~"

남편이 곧잘 부르는 십팔번이 '바위고개' 였다. 남편은 미8군에 입사하기 전에 잠시 교편을 잡고 있었기 때문에 기초적인 악보는 칠 줄 알았다. 하지만 집에서는 그런 분위기가 없었던 사람이었다. 당장 뛰어나가 뒤집어 놓고 싶었지만 다음 행동 몸짓을 보려고 꾹 눌러 참고 있었을 때였다.

그 여자가 코맹맹이 소리를 해 가며 합창을 했다. 그러니까 그 여자는 제법 피아노까지 갖추어 놓고 사는 고급 꽃뱀이라는 생각이었다.

그때 현관 쪽에서 인기척 소리가 들리는가 싶더니 웬 아가씨 목소리가 들려 왔다.

"형부 오셨나 보죠?"

　형부라니, 기가 딱 막혔다. 이것들을 어떻게 하지? 저절로 눈에 힘줄이 세워졌다. 그때였다. 피아노 소리가 멎음과 동시에 예쁘장하게 생긴 아가씨가 벌컥 방문을 열다가 옹기종기 앉아 있는 식구들을 보고 어리둥절해 하며 뜨악하게 물어왔다.

　"누구시죠? 이삿짐 싸주러 오신 아줌마들이세요?"

　그 아가씨는 아마도 이삿짐을 싸주기 위해서 온 동네 사람들이라고 생각한 모양이었다.

　"가서 언니한테 물어봐요. 누군지."

　연이의 대답이었다. 그러자 아가씨가 몸을 돌려 그 쪽으로 가면서 말을 흘렸다.

　"짐 싸 줄 아줌마들인가?"

　"그 방에 누가 있다고?"

　그 말과 동시에 식탁 의자를 밀어내고 일어나는 소리가 들려왔다. 그리고 이쪽으로 온 여자는 방안에 웅크리고 앉아있는 식구들을 보고 그만 자지러지는 소리를 질렀다.

　"어머머! 댁들은 누구세요?"

　"누구냐고? 저 남자한테 물어봐. 우리가 누군지 말해 줄 테니까."

　그때서야 그녀는 사태를 직감하는지 당황해 했다. 뜻밖에 눈앞에 벌어진 상황에 남편은 그만 넋이 나간 사람 모양으로 아무 말도 못했다. 엉거주춤 목을 움츠리고 서 있기만 했다.

　그때 엄마를 뒤따라 나온 큰 딸아이가 당돌하게 쏘아붙였다.

　"아빠! 여기가 아빠 집이야?"

　그 뒤로 두 동서가 참으로 민망하다는 듯한 표정으로 어물쩡하게 남편과 그 여자를 번갈아 쳐다보고만 있었다. 두 사람은 차마 시선을 마주할 수 없었던지 갑자기 바보가 된 것처럼 입을 다물고 있었다. 그런 남편을 향해 연이가 내쏘아붙였다.

　"당신 이 짓거리하고 다니라고 내가 오만 애간장을 태워가면서 그 직장모가지 붙여 줄려고 뛰어다닌 줄 알아요? 당장 그 자동차 키 이리 내놔요! 그리고 조금 전에 수표장 내놓고 자랑하드구만, 그 지갑도 이리 내놓고 어서요!"

연이가 그렇게 쏟아놓는 말은 다분히 의도적이었다. 한껏 그 여자 앞에서 잘난 척해 보이려고 수표를 내놓고 거드름을 피우는 남편의 자존심을 가차 없이 뭉개주려는 것이었다.

그 말을 쏟아붓고 난 연이는 이번에는 두 손으로 얼굴을 가리고 앉아 있는 그녀를 향해 한껏 무시하듯이 내쏘아붙였다.

"댁이야 어차피 이 짓으로 먹고 사는 여자니까 시비할 가치도 없겠지만 이 남자가 흥청망청하게 쓰고 다닌 그 돈 누가 벌게 해 주었는가 본인한테 직접 물어보라구. 그럼 답이 나올 테니까."

그리고 몸을 돌려 다시 남편을 향해 쏘아댔다.

"어서 내놔요! 자동차 키랑 지갑."

상황이 조용히 수습이 될 것 같지 않았던지 남편은 자동차 키와 지갑을 순순히 내놓았다. 그러나 열이 오를 대로 올라있는 연이였다. 남편을 향해 비아냥거리듯이 말했다.

"그래, 어디 근사한 집을 사서 옮기기로 작정을 한 모양 같은데 잘 사는지 두고 볼 테니까 들어와서 당장 이혼장에 도장 찍고 옷 보따리 싸가지고 나가라구요!"

연이는 남편을 향해 그렇게 쏘아붙이고 뒤도 돌아보지 않고 식구들을 데리고 나와 버렸다.

그 집을 나온 동서들은 마치 못 볼 것을 구경한 것처럼 땡감을 깨문 얼굴 표정으로 돌아갔고, 연이는 아이들을 자동차에 태우고 집으로 돌아왔다. 그런 잠시 후 남편이 뒤따라 들어왔다. 그 화상의 얼굴을 마주 보는 것조차 도 싫었다. 멍하니 식탁에 앉아 먼 산을 쳐다보고 있다가 딸을 보고 겨우 입을 열었다.

"아빠 옷 네가 좀 싸서 줘라."

그러자 그 상황을 눈으로 보고 온 딸아이는 엄마의 마음이 알아지는지 방으로 뛰어 들어갔다가 곧 뒤돌아 나왔다. 그런데 그 손에 들린 것은 아빠의 옷 보따리가 아니라 성경 찬송이었다.

딸아이는 그 성경 찬송을 식탁 위에 올려놓고 반 울음으로 엄마에게 사정하듯이 말했다.

"엄마, 언제 우리가 아빠 믿고 살았어? 흐흑!"

연이의 입에서도 어느새 엷은 흐느낌이 딸의 울음에 실려 새어나가고 있었다. 집안 분위기가 그렇게 흐르자 남편은 얼굴을 들고 차마 식구들을 대할 면목이 없었던지 어느 사이에 슬그머니 방으로 들어가 버렸다.

딸아이가 성경 찬송으로 엄마의 마음을 달래 보려고 했지만, 끝내 울음이 터져 나가면서 연이는 벌떡 일어났다. 그리고 방으로 뛰어들어 갔을 때였다.

남편은 수화기를 손에 들고 어딘가에 전화 통화를 하고 있었다. 순간 연이는 남편이 그 여자에게 전화를 걸고 있다는 생각에 냅다 소리를 질렀다.

"그렇게 잠시를 못 잊는 모양인데 자! 옷 보따리 싸 줄 테니까 어서 들고 나가욧! 다시는 보고 싶지 않으니까!"

그리고 양복장 문을 열고 남편 옷가지를 대충 주섬주섬 꺼낼 때였다. 남편의 겨울 속옷 속에서 몇 뭉치의 현찰과 수표장이 쏟아져 나왔다.

"세상에나! 저 인간이 사람이야? 사람이냐구?!"

연이는 그 돈을 주워 들고 남편의 눈앞에 갖다가 흔들어대며 악을 쓰기 시작했다. 어떤 말도 할 수 없게 된 남편은 눈만 끔벅거렸다.

그때는 편리한 은행카드가 없었던 시절이었다. 그래서 남편은 언제나 편리하게 자기만을 위해서 꺼내 쓸 수 있도록 그렇게 돈을 숨겨 놓고 즐기며 살고 있었던 것이다.

그리고 외박을 하고 들어오는 날은 마치 돈을 벌기 위해서 외박을 한 것처럼 한 움큼씩 돈을 쥐어주곤 했었다. 그때마다 잔소리를 면할 수 있었던 남편이었고, 연이의 입장에서는 어차피 그 취미의 버릇 고쳐질 사람도 아닌 바에야 돈이나 벌어들이는 기계로 알자 하고 체념했었다.

그런 생활환경 속에서 텅 빈 가슴을 달래고 위로 받기 위해 연이가 달려 간 곳은 언제나 교회였다. 그래서 그런대로 가정에 평온을 유지해 올 수가 있었다.

그러나 그날 그 현장 분위기를 눈으로 직접 보고 온 연이는 도저히 억울 해서 참을 수가 없었다. 남편의 옷을 보따리에 싸서 그 앞으로 내던지며 그 동안 가슴에 맺혀 왔던 소리를 풀어냈다.

"내가 미친년이지. 저런 인간을 사람이라고 차마 못할 불효를 저질러 가 면서 따라 나왔으니 천벌을 받은 거지. 하지만 나도 이제 더 이상은 용서 못 해! 참는 것도 한도가 있지 그래, 막내가 모처럼 그렇게 방송에 나간다는데 도 그 년한테 미쳐 환장을 해서 쫓아가는 저런 인간을 사람이라고? 난 이제 더 이상 용서 못해! 그러니 이혼장에 도장 찍고 헤어지자구요. 알았어요?!"

그러자 남편은 잘못했다며 빌어대기 시작했다.

"나 당신이 해달라는 것이면 뭐든지 다해 줄게, 제발 이번 일만은 없던 것 으로 하자구. 부탁이야, 이제 다시는 안 그럴 테니까."

그러나 연이의 감정은 도저히 더 용서할 수가 없었다. 그동안 크고 작게 덜미가 잡혀 몇 번을 용서하고 또 거기에 속아 왔던가 말이다. 맺은 누님이 라고 속이면서 집에까지 터놓고 다닌 여자와 13년을 살아온 그였다. 그동안 에 쌓였던 가슴 맺힘이 마구 풀어져 나갔다.

"세상에 생활비 달라니까 꿈질해다 주는 것처럼 연극하던 사람이 기집질 을 하는 데는 돈 아까운 줄 모르고 수표장 내놔! 그리고 여보 당신이야?!"

거기에 그 어떤 변명도 할 수 없게 덜미가 잡힌 남편은 고개를 어깨에 묻 고 꿀먹은 벙어리가 된 것 같았다. 그때였다. 현관 초인종 소리가 들리는가 싶더니 딸아이가 문을 열어 준 것 같았다. 귀에 익은 여자의 목소리가 안으 로 들어서면서 말했다.

"엄마랑 아빠는?"

연이를 교회로 인도했었던 황 소장 부인이 뜻밖에 연락도 없이 불쑥 모습을 나타냈다. 그 옆으로 교회 전도사 이 장군 부인도 같이 들어왔다. 분을 채 풀지 못해 씩씩거리고 있던 연이였었다.

눈이 마주치자 황 소장 부인은 짐짓 그런 분위기를 다 알고 왔다는 듯이 웃으면서 말했다.

"이 집에 어둠이 또 역사를 한 모양이지요? 그 마귀 사탄시험에 넘어가지 말고 우리 같이 갑시다, 내일 주일도 되고 했으니까."

상황이 다급하게 된 남편이 그 쪽으로 전화를 걸어 도움을 청했었던 것 같았다.

그래서 살벌한 이쪽 분위기와는 상관도 없다는 듯이 마치 천사처럼 미소를 짓고 있는 황 소장 부인 앞에서 더는 어떤 말을 하지 못했다. 그리고 그대로 그 뒤를 따라 김제 교회본부로 내려갔을 때였다. 교회 주동 장로님과 목사님 가족들은 이미 전화로 남편과 불협화음을 하고 있는 이쪽 분위기를 다 들어 알고 있다는 듯이 위로의 말을 했다.

"얼마나 불쌍한 사람입니까, 그 영혼을 하나님 말씀으로 성숙시켜야 천국을 갈 것인데. 다시 세상으로 돌아가서 그 짓을 하고 계신다니 그 분을 위해서 기도 많이 하셔야겠습니다."

남편으로 인해 너무도 실망이 컸던 연이는 어느새 자신도 모르게 말이 나갔다.

"개꼬리 삼년 묻었다가 파내면 그대로 개꼬리라더니 그렇네요. 언제 교회 따라 왔드냐 하고 일요일이면 핑계가 더 많아요, 그러더니 결국……."

"이 세상에 내 것이 어디 있겠습니까, 남편을 내 것이라고 생각하지 마십시오. 예수께서 그러셨잖습니까, 원수가 네 집안에 있다고 말입니다. 그 원수 사랑하는 모습을 십자가 위에서 비웃음과 찔림을 당하시어 성체에 물과 피를 몽땅 흘리시면서도 아버지여 저들이 몰라서 그런 것이니 용서하시옵소서, 하시지 않았습니까. 그 사랑을 우리가 이룰 때 비로소 예수님과 형제로 하나님을 아버지라고 부를 수 있는 자격을 얻게 된다는 것이지요. 그러니 어쩌겠습니까. 쉽지는 않은 일이지만 어쨌든지 용서하시고 그리스도의 사랑을 나타내 보이셔야 되지 않겠습니까. 그것이 하나님께서 우리 믿음의 형제들에게 주신 숙제니까요."

그 장로님은 마치 그의 아들 목사님이 설교하듯이 그랬다. 그 말에 방종의 남편을 향해 쏘아 올리던 애증의 불꽃이 잠잠해지면서 어느새 연이의 마음은 봄눈 녹듯이 그렇게 녹아지고 있었다.

'그래. 항차 내 목숨도 내 것이 아닌데……'

펄펄 끓어오르던 마음이 그렇게 바뀌진 연이는 남편에게서 뺏어 온 지갑 속에 두툼하게 들어있는 수표 일부를 교회 감사 헌금으로 내어놓았다. 그날 그 분위기의 상황으로 미루어 짐작해 보건대 그 여자가 집을 옮기는 데 쓰려고 준비를 해 두지 않았나 싶었다.

주일 예배를 마치고 집으로 돌아왔을 때였다. 남편은 지갑 속에 부대 출입증과 운전면허증이 들어 있었기 때문에 꼼짝없이 앉아 아이들과 함께 텔레비전을 보고 있었다.

그때쯤은 아이들이 아버지를 대하는 표정도 한결 부드러워져 있었고 연이 역시도 남편을 바라보는 눈빛이 달라져 있을 수밖에 없었다.

"당신 다시는 그런 일 없을 것이라고 각서 써요. 그리고 우리 저녁은 밖에 나가 먹읍시다. 어제 당신 주머니에서 낭창하게 수입도 들어왔으니까."

그 수표는 다시 되돌려 찾을 생각하지 말라는 은근한 선포였다. 사실 1년 이면 넉넉하게 큰 집 한 채를 장만하고도 남을 만큼 상인들과의 모개흥정 뒷거래로 수입이 많았던 남편의 직책 자리였다.

그 자리에 올라앉게 해준 것은 어쨌거나 남편의 뒤에서 내조를 해 온 연이가 아니었다면 도저히 있을 수 없는 일이었다.

지갑 속의 수표를 그렇게 당당하게 압수한 연이였다. 그래서 아이들과 함께 미8군 영내로 들어가 멋있고, 맛있게 저녁식사를 하고 집으로 돌아왔다. 분위기는 그런대로 다시 평정이 되었다.

그것은 분명히 원수를 사랑하라는 은혜로우신 하나님 사랑의 말씀이 연이의 가슴을 다독여 주고 있었기 때문이다.

그런 일이 있고 남편은 그 얼마 동안 주일이면 가족과 함께 교회를 따라와 주곤 했다. 하지만 남편의 그러한 배려는 끝내 지속되지 못했다. 예수께서 '물질은 일만의 악의 뿌리니라' 하신 그 말씀을 참으로 실감나게 했다.

화사한 한국 속의 미국, 거기에 자루로 들어오는 돈주머니를 만지작거리는 남편을 노리고 다가오는 것은 음귀신陰鬼神들이 들린 여자들이 출구마다 남편을 기다리고 있었기 때문이다.

심지어는 외국인 현지 처妻들까지도 뒤로 만나고 다녔다. 그 만남의 장소는 주로 미팔군 영내의 골프장에서였다. 그런 분위기를 느낀 연이가 남편을 향해 한 마디 쏘아붙였다.

"그런 음귀신들하고 손을 잡고 놀아나면 더러운 그 탁기가 당신 몸에 붙어 병이 되는 거야, 하나님한테 얼마나 더 혼이 날려고 그러고 다녀요?"

"어어, 생사람 잡네, 오버 센스 하지 말라구."

"그으래요? 그럼 내가 들어가 확인해 볼까? 나는 그 음귀신들 웃음소리만 들어도 알거든."

"웃기고 앉아 있네 흥!"

"웃기다니, 내가 당신 진짜 웃겨 줄까? 나도 그년들처럼 헤벌쭉거리고 골프 치러 다녀야겠어. 당신 같은 남자 있으면 꼬시게. 내일 당장 골프채 안 사 가지고 오면 부대로 쳐들어 갈 테니까 알아서 해요."

남편이 어떻게 나오는가를 보기 위해 한 번 해 본 소리였다. 그런데 남편은 '오, 주여!' 만 찾던 마누라가 웬일인가 싶었던지 그 며칠 후 골프채를 사들고 와서 내려놓으면서 말했다.

"우리 여왕님 분부대로 여기 골프채 대령했습니다. 핫, 핫 하……."

최고급 외제 골프채였다. 웃으면서 농조로 한 마디 했다.

"서방님 복 받으실겨."

그리고 연이는 그 골프채를 뚜껑도 열어보지 않고 그대로 들고 교회로 가지고 갔다. 그렇게 교회에 바친 물건은 그것뿐만이 아니었다. 부대에서 나온 고급 로렉스 시계 역시도 몇 개나 그 식구들 손목에 갖다 채워 주기도 했

었다. 하나님의 일을 하는 주의 종이 자신보다 더 좋은 것을 먹고 입고 걸쳐
야 한다고 생각했었기 때문이다. 그것이 또한 위로와 기쁨이 되어주기도 했
었다.

그러나 그토록 충만했던 위로의 기쁨은 연이의 영혼을 더욱 성숙시키기
위한 하나님의 계획이었던 것인지 남편의 구박으로 인해 통곡의 눈물을 곱
씹어야 하는 생활로 완전히 뒤바뀌고 말았다.

그것이 노후대책으로 남편 모르게 은밀하게 계획했던 제주도사업이 부
도를 맞고 물거품이 되면서부터였다. 그동안 아내에게 큰 소리 한 번 쳐보
지 못한 남편은 마치 마누라의 그 어떤 실수를 기다리기나 했던 사람처럼
그것을 핑계 이유로 비아냥거렸다. 그리고 그때부터 노골적으로 거리낌없
이 당당하게 펴놓고 그 짓을 하기 시작했다.

그로부터 밤낮이 없이 팔랑이는 남편의 꽃밭 잔치는 휘파람 소리까지 자
유롭게 불어대고 있었다. 그러면서 생활비라고는 달랑 월급봉투만 겨우 내
놓을 뿐, 거금으로 들어오는 뒷 수입은 그렇게 감추고 혼자 즐기며 쓰고 다
녔다.

그래서 옛 어른들이 팔자 도망은 못 간다고 하던 말이 새삼 실감나기도
했다. 지난날 관상쟁이도 그랬지만 육영수 여사님 지관을 봤다는 동양철학
회장님 역시도 그 당시는 남편이 숨겨 놓고 그 짓을 하지만, 다음에는 펴놓
고 하게 될 것이라는 말 그대로 맞아 떨어졌기 때문이다.

그렇게 적반하장賊反荷杖이 되어 버린 부부 생활에서 고통을 받아야 하는
것은 그동안 부유층 아이들과 어깨를 나란히 하고 학교생활을 해 오던 아이
들 역시도 그 서러움을 같이 겪어야 했다.

어느 날 첼로를 연습하던 딸이 더 없이 자존심이 상해 온다는 듯이 투덜
거렸다.

"친구들은 독주회 준비한다고 야단인데 난 이게 뭐야? 학교 레슨비도 제
대로 안 주고……. 차라리 그 학교 보내지를 말던지 자존심 상해 죽겠어,
흥!"

딸의 그 말에 울컥 가슴이 치밀어 올랐다. 남편의 지갑을 강제로 털어야 되겠다는 생각에서 화장실에 간 사이에 수표를 꺼냈던 것이다.

그 사실을 알게 된 남편은 그 뒤부터 술이 만취해도 돈 지갑을 바깥 화장실 입구 문갑 위에 있는 도자기 속에 넣고 다녔고, 그 사실을 뒤늦게 알게 된 연이였다.

어느 날 새벽이었다. 남편은 무슨 약속이 있었던지 아직 술이 덜 깬 상태에서 나갔다가 들어와 다시 잠이 들었다. 그리고 일어나 출근을 한다고 옷을 입고 나가던 남편이 갑자기 방으로 뛰어 들어와 손을 내밀면서 말했다.

"내 지갑 어딨어? 어서 이리 내놔!"

"뭐요? 나 당신 지갑 만져 보지도 않았어."

"정말 이렇게 할 거야? 거기 부대 출입증이랑 면허증이 다 들어 있는데 나 어쩌라고 이러는 거야. 어서 빨리 내놔!"

기가 딱 막혔다. 온 집안을 다 털고 뒤져봐도 지갑은 보이지 않았다. 그때서야 남편은 목욕탕 문갑 위에 있는 도자기 속에 넣어 둔 지갑이 그 자리에 없다고 실토를 했다.

"그렇다면?"

순간 연이는 그날 아침 목욕탕 계량기 검침을 하기 위해 다녀간 검침원이 지나다가 그 지갑을 보고 슬쩍해 버린 소행이 아닐까? 그런 생각이 문득 들었다. 그래서 아파트 관리실에 전화를 걸어서 그 검침원을 보자고 했다.

무슨 일인가? 하고 달려 온 검침원이었다. 도자기 속에 넣어 둔 지갑을 못 보았느냐고 묻자 참으로 어이없다는 듯이 말했다.

"아무리 이런 직업을 가지고 있지만 저 그런 사람 아닙니다. 잘 생각해 보고 사람을 오라 가라고 하셔야지 이게 뭡니까?"

그 말을 등 뒤에서 듣고 있던 남편이 벌컥 화를 내면서 말했다.

"그럼 우리가 할 일 없어서 당신하고 시비하려고 불렀단 말이요? 잘 생각해 보라니, 안 되겠구만. 우리 파출소로 가서 따져 봅시다."

앞뒤 생각해 볼 것이 없다는 듯이 남편은 급탕 검침원을 앞세우고 단지

내의 파출소로 들어갔다.

"사장님이 아침 일찍 웬일이십니까?"

내막을 모르는 파출소 소장이 남편을 보자 반갑게 일어나 맞으면서 하는 말이었다. 그 당시 남편은 단지 내에서 구성된 조기회 회장 감투를 쓰고 있었다. 대부분 생활이 안정권에 들어가 있는 남자들이었다. 그 남자들에게 남편은 회장으로서 한국 속의 미국을 가끔씩 구경시키며 곧잘 그 안에서 회식을 시키기도 하여 단지 내에서는 선망의 대상이기도 했다.

그런 데다가 파출소 소장으로부터 남편이 각별하게 대우를 받는 데에는 또 다른 이유가 있었다. 어느 날 남편이 술이 취해 동작동 입구에서 한강을 넘어와 신호대기 중이던 자동차를 눈 깜짝하는 사이 운전 실수로 약간의 충돌사고를 빚었던 것 같았다.

그러나 술이 취한 남편은 사과는커녕 오히려 적반하장 격으로 운전 똑똑히 하라는 힐책을 하고 그대로 반포로 들어와 버렸었던 모양이었다. 그 뒤를 따라오면서 자동차 넘버를 봐둔 운전수는 그 길로 파출소에 신고를 한 것이다.

그래서 파출소 순경이 집으로 찾아왔을 때였다. 남편은 술이 취해 골아떨어져 있었다. 찾아온 경위를 말하고 남편을 깨우라는 순경의 말에 대충 상황이 짐작이 가는 연이였다.

"어쩌지요? 오늘 밤 내무부 국장실에서 회의가 끝나고 회식에서 술이 좀 과한 모양인데 내일 새벽에 가면 안 될까요?"

순간적으로 생각한 것이 있어서 둘러댄 말이었다. 그러자 순경은 이색적인 집안 분위기 하며 보통 대할 수 없는 신분의 사람이라고 생각했던지 정중하게 그렇게 하라고 인사를 하고 돌아갔다.

통금이 가까워 오는 시간이었다. 상황이 급했던 만큼 연이는 염치를 불구하고 큰 딸아이가 유치원을 다닐 때 함께 어울려 다니던 내무국장 마누라에게 전화를 걸어 상황을 말하고 그 남편에게 말해서 선처를 바란다고 부탁했었다.

그로하여 그날 밤 사건이 무사하게 넘어가면서 파출소에서는 남편을 대단한 사람으로 알고 있었고, 그래서 그 날도 반갑게 맞이하는 파출소 소장이었다. 검침원을 데리고 들어온 사유를 듣고 난 소장은 검침원 지문조회를 하게 했다.

마치 죄인처럼 그 지문 조회까지를 당해야 했던 검침원은 그야말로 땡감을 깨문 사람처럼 표정이 떨떠름했다. 하지만 파출소 소장이 남편을 정중하게 대하고 있었기 때문에 어이없다는 표정으로 순순히 따르다가 문뜩 생각난다는 듯이 말했다.

"참, 그때 저 말고도 남자가 있었잖습니까? 누군지 모르겠지만 혹시 그 사람이……."

검침원이 말끝을 흐렸다. 그러자 소장이 물어왔다.

"저 사람 말고도 다녀간 사람이 또 있습니까?"

아침 일찍 큰오빠가 송어양식장 서류를 건네주고 갔었다.

"저의 오빠데요."

"그럼 그 분도 죄송하지만 부르셔야 할 것 같습니다."

어쩔 수 없이 큰오빠에게 전화를 걸었다. 그리고 사정이야기를 말하고 파출소로 오게 했다.

"이게 도대체 무슨 일이야?"

오빠가 파출소를 들어오면서 볼묵은 소리를 했다. 그렇게 해서 큰오빠 역시도 지문 조회를 받았다. 하지만 신원조회 결과는 너무나 뻔한 일이었다. 전과는 고사하고 그 전직 경력이 우리나라 초대 루트 사령관 경호원이었고, 자유당 시절 국회의사당 경호원이었으며, 또 시청근무를 했던 너무나 화려한 전력을 가지고 있었기 때문이다.

신원조회를 마친 소장이 남편을 보고 웃으면서 물었다.

"사장님은 왜 그 지갑을 방으로 들어가지 않고 도자기 속에 넣으셨습니까?"

당연히 그런 질문이 나올 수밖에 없었다. 그러자 남편은 언뜻 고개를 옆

으로 돌려 연이를 쳐다봤다. 그것으로 그 지갑이 없어진 답은 나왔다는 소
장의 표정이었다. 웃으면서 말했다.

　"일어나서 돌아들 가시지요."

　파출소 문턱을 넘어오는 연이의 걸음은 그대로 주저앉아 버릴 듯이 휘청
거렸다. 그때 저만치 외투깃 자락을 펄럭이며 행길을 건너는 큰오빠의 모습
이 그렇게 슬퍼 보일 수가 없었다.

　파출소 앞에 세워둔 자동차에 올라탄 연이는 현기증이 일어났다. 자존심
이 상해 눈앞에 아무것도 보이지 않았다. 하지만 집으로 돌아온 남편은 부
대 출입증과 자동차 면허증을 잃어버렸기 때문에 부대도 들어가지 못하고
응접실에 그대로 앉아 있었다.

　그렇게 부대를 들어가지 못하고 앉아 있으면 지갑을 숨긴 마누라가 혹시
나 변심을 하고 내놓지 않을까? 하는 그런 눈치도 보였다. 오후가 되었을 때
였다. 학교에서 돌아온 아들 녀석이 제 방으로 들어갔다가 나오면서 놀란
듯이 큰 소리를 지르며 나왔다. 손에 남편의 지갑이 들려 있었다.

　"엄마! 왜 이 지갑이 내 장롱 서랍 위에 있지?"

　"장롱 위에서?"

　"응, 키타를 내리려고 하는데 지갑이 떨어지잖아."

　너무나 기가 막혔다. 그러니까 남편은 그 날 새벽 항아리 속에 넣었던 지
갑을 들고 나갔다가 다시 들어와 학교 가고 없는 아들 녀석 방으로 들어가
지갑을 거기에 올려놓고 나온 것을 깜빡했었던 것 같았다.

　억울하고 분한 연이는 아들이 손에 들고 있는 돈 지갑을 무조건 뺏었다.
그 지갑 속에는 액수가 낭창한 백만원 권의 수표가 십만원권 수표와 함께
몇 장이 들어있었다. 그 수표 때문에 지갑을 감추고 소란을 피웠던 남편은
그래도 쥐꼬리만한 양심은 남아 있었던지 수표를 몽땅 빼내고 건네준 지갑
을 아무 소리도 못하고 받아들고 일어나 밖으로 나가 버렸다.

　연이는 남편의 그 소행이 너무나 분하고 억울해서 밥은커녕 미음도 넘어
가지 않았다. 잠도 오지 않아 수면제를 사다가 복용을 했다. 그런 와중에 그

처럼 이색적으로 호화스럽게 꾸며 놓았던 42평 아파트가 부도를 막지 못했던 관계로 은행으로 넘어가 비워주어야 하는 상황에 이르게 되었다.

거기에 심술이 난 남편은 아내가 아침 저녁으로 물을 주며 눈맞춤을 하던 꽃나무와 화분들을 끌어내다가 마치 거기에 분풀이라도 하듯이 발로 차고 내던지면서 소리를 질렀다.

그처럼 매몰찬 남편의 행악에 연이는 그와의 만남을 다시 또 후회하면서 말했다.

"내가 언제 당신 유산 받은 재산 있어서 망해 먹었던 거요? 그리고 일 년이면 집 한 채가 생기는 지금 그 자리 누구 땜에 명맥을 이어왔는데 그 빽줄이 떨어졌다고 이렇게 함부로 해도 되는 거유?"

"망해 처먹었으면 얌전히 입이나 다물고 앉아 있어. 큰 소리 나가기 전에, 쯧 쯧……."

도무지 말로는 해 볼 수 없는 남편이었다. 그 소행을 생각할수록 이가 갈리는 원수 같은 남편이었다. 그러나 용서하고 사랑하라니, 차라리 눈을 감고 그대로 잠들 듯이 죽어 버리고 싶었다. 세상이 고통이고 슬픔이었기 때문이다.

그처럼 노후대책으로 마련했던 기획사업이 부도를 맞고부터 연이는 액맥이의 울음조차도 잃어버린 고장난 악기처럼 고음高音도 저음低音도 낼 줄 모르는 벙어리가 되고 말았다.

삶의 무게가 그처럼 무겁게 느껴질 수가 없었다. 심한 신경쇠약으로 식음을 전폐하고 헐떡이고 있는 머리맡에 약봉지만 수북하게 쌓여가고 세상 모르는 아이들의 보챔만 늘어갔다.

어떻게 하든지 자리를 털고 일어나야 했다. 그래서 억지로 몇 수저 밥알을 넘기고 나면 어김없이 병원행을 해야 했다. 그때마다 의사는 환경을 바꾸어 보라는 말이었다.

사실 남편의 생각을 바꾸어주지 못한다면 거기에서 벗어나는 길만이 그 고통에서 벗어나는 길일 것이다.

하지만 아직 세상 모르는 어린 아이들을 두고 그렇게 할 수도 없는 일이었다. 그렇게 이어지는 생활에서 고통스러운 것은 전과는 달리 당당해진 남편이었다. 지출되어야 하는 생활비에 손을 내밀면 무참하게 싹둑 잘라 말했다.

"그 망해 먹은 오빠한테 가서 말해!"

그 말을 매정하게 던지고 휑하니 나가 버렸다. 기가 막혔다. 당좌수표 부도로 하와이에서 귀국조차 하지 못하고 있는 오빠에게 생활비를 타서 쓰라니, 고정적으로 지출해야 할 것이 줄을 잇는 생활패턴에서 억장이 무너지는 정도가 아니었다.

그야말로 눈뜬 산송장과 다름없는 처지가 되고 말았다. 참으로 대책이 서지 않아 멀건 흰죽만 홀짝거리고 있을 그 때였다. 뜻밖에도 남편이 이혼을 제의해 왔다.

그래서 연이는 아무 조건 없이 따라가 합의 이혼장에 도장을 찍어주고 말았다. 그리고 돌아서 나올 때였다. 먼저 나온 남편이 공중전화에서 전화를 걸고 있었다.

"응. 나 지금 막 이혼장에 도장 찍었어, 곧 들어갈게."

마치 다정한 연인에게 소근거리듯이 말했다. 그 분위기로 보아 남편이 사무실에서 비서처럼 데리고 있던 아가씨에게 우리 부부관계 청산을 그렇게 보고까지 해야 할 관계로 발전되어 있었음을 다시 느낄 수 있게 해 주었다.

아이들의 장래를 생각하지 않고 그의 배신만을 생각했다면 그동안 받아온 정신적인 고통의 대가로 당장이라도 직장의 목을 떼고 파멸의 구렁텅이로 몰아넣고 싶었다. 하지만 아이들을 위해서 참을 수밖에 없었다. 아니 아이들을 챙길 그런 경제적인 능력만 있었어도 그 배신의 분에 그렇게 했을지도 모른다.

이제 더는 미워할 것도 없고, 미련조차도 갖지 말아야 한다고 생각했다. 그처럼 아무 의논 없이 사업을 벌렸다는 것을 핑계 이유로 아이들 밑으로 들어가는 학원비조차도 내놓지 않던 남편이었다. 연이는 아이들에게 그와 같은 불편을 주지 않기 위해서라도 능력 없는 엄마는 집을 떠나 주는 것이 도움이 될 것 같았다. 간단하게 보따리를 싸들고 나왔다. 시어른들이 계시기 때문에 당연히 아이들을 보살펴 주실 것이기 때문이다.

그때 오빠 회사 부도로 연이 명의로 된 부동산 일체가 경매에 들어간다는 통보를 받았었을 때였다. 그래서 일단 넘어간 것은 어쩔 수 없는 일이지만 설계를 했었던 그 호텔 부지만큼은 경매입찰을 붙어 볼 생각이었다. 경매를 받아 되팔아도 남는 액수가 크기 때문에 거기에 가느다란 희망을 걸 수밖에 없었다.

장자莊子가 말했다. '슬픔은 마음이 죽는 것보다 크지 않고, 그러나 몸이 죽는 그것에 버금간다' 고. 참으로 사랑과 미움의 차이는 동전의 앞면과 뒷면의 차이와 같은 것이라고 하더니 그런 것 같았다. 친정아버지의 반대를 무릅쓰고도 그렇게 사랑한다며 제비쪽지 눈웃음에 새끼손가락을 걸며 백 년을 함께 살자고 약속했던 사람, 그러나 이제는 거대한 마魔의 세력처럼 변해 있는 그를 어쩌지도 못하고, 마치 손가락으로 하늘 찌르기 같은 별 볼 일 없는 나약한 존재로 떨어져 그 분노를 삭이지 못해 허위거리다가 튕겨져 나온 걸음이 되고 말았다.

간단하게 보따리를 싸들고 집을 나온 연이는 함께 교회를 다니던 신도 집에 그 짐을 맡겨 놓고 만나볼 사람이 있어서 회현동에 있는 국영기업 섬유협회 빌딩을 찾아서 올라갔다. 그러나 막상 그 회장 문패가 붙어 있는 앞에 이르렀을 때는 가슴이 뛰면서 도저히 들어갈 용기가 나지 않았다. 잠시 머뭇거리고 있을 때였다.

회장 비서인 듯한 아가씨가 안에서 문을 열고 나오다가 얼굴이 마주치자 뜨악하게 물어왔다.

"누구 찾아 오셨어요?"

"저 회장님 좀 만나뵈러 왔는데요."

그때였다. 그 아가씨의 등 뒤로 눈을 크게 뜨고 얼굴을 내미는 사람, 그는 이제 그 이름만 떠올려도 가슴이 젖는 그 첫사랑의 남자였다.

“어? 이게 누구야. 어쩐 일이요? 예고도 없이…… 어서 들어와요.”

얼마나 그리워했었던 목소리던가?

왈칵 눈물이 쏟아질 것 같았다. 아무 말도 하지 못한 채로 그의 사무실 안으로 들어가면서 입술만 깨물고 있었다.

“그래, 내가 여기 있는 걸 어찌 알았누?”

대뜸 그가 묻는 말이었다. 차마 그 눈빛을 마주 대할 수조차 없었다. 고개를 숙이고 앉아서 말했다.

“어둠 속에 깜박이는 등대는 멀리서도 바라볼 수 있으니까요.”

사실 그는 연이의 삶에 있어서는 어둔 밤을 비춰주는 등대와 같은 존재이기도 했다. 그야말로 연이의 일이라면 그렇게 전적으로 나서서 돌봐주던 사람이었기 때문이다.

그처럼 연이를 위해서라면 발을 벗고 나서서 도와주곤 했었던 그가 재수 없이 고급 공무원 숙청시류에 휘말렸을 때 연이는 어떻게 위로의 말을 해야 할지 몰라 가슴만 아파했을 뿐, 그 이후 안부조차 묻지 못한 채 그 어떤 부채를 안고 있는 그런 기분으로 지내온 것이 사실이었다.

그러나 그 이후 그는 그대로 침몰하지 않은 채, 국영기업 회장직에 올라 있었고, 그래서 우뚝 서 있는 그의 근황을 마치 멀리서 그림자 바라보듯이 하며 지내온 연이였다. 그럴 수밖에 없었던 것은 그가 그처럼 애써 도와준 보람도 없이 늘 그처럼 불안하게 뒤뚱거려 왔던 생활이었기 때문이다.

그야말로 도와준 보람도 없이 태풍전야처럼 늘 안정을 얻지 못했던 관계로 염치도 없었고, 또 그 기대에 미치지 못함이 부끄럽고 미안해서 전화로 안부조차도 묻지 못하고 숨죽은 듯이 소식을 끊고 지내왔었던 것이다.

그런데 이제 그 영향력을 행사할 수 없게 되었다고 생각하는 별 볼 일 없는 마누라이기에 동서남북으로 출렁이던 남편의 바람끼는 마침내 마이동풍馬耳東風 격으로 이혼장에 도장을 찍게 했고, 그렇게 부부관계를 청산하고 집을 나온 연이는 삶이 텅 비어 버린 것 같은 허탈감에 갑자기 그 얼굴이 보고 싶어진 것이다.

그러니까 서로의 안부 소식이 단절된 그 동안의 세월이 십여 년이 넘었
다. 그동안 일체의 소식을 전하지 못했던 사연을 구차한 변명처럼 늘어놓으
면서도 연이는 이혼한 사실만큼은 끝내 밝히지 않고 쓸쓸하게 웃었다.

그러자 그는 그가 미팔군사령관까지 동원해서 앉혀준 그 자리에 남편이
별 사고 없이 그대로 있는 것만으로도 대단하다고 추켜세우면서 오히려 칭
찬을 했다.

"어쩌다 잘 알지도 모르는 사업에 손을 대가지고 그런 곤혹을 치루었구
만, 그래도 그만하면 능력이 있는 친구야. 그 자리 지금까지 잘 견뎌내는 것
을 보게 되면 대단해."

연이는 속으로 코웃음이 나왔다. 그 이후로도 거듭 크고 작은 사건이 있
을 때마다 연이가 그 뒤 사고처리를 도맡아 해 왔었기 때문이다.

그러나 그 사실을 다 알지 못한 그는 지난날 남편에게 있었던 그 불미스
러운 여성관계를 떠올린 듯 덧붙여 말했다.

"사람이 살아가는 삶의 지혜란, 지난 경험을 토대로 탄탄해지는 것이거
든. 그 친구도 이제 그런 여자 문제로 속 썩이지는 않을 게고……. 오히려
교훈이 돼서 말이야."

어쩌면 같은 남자이면서도 그렇게 생각하는 사고思考가 다른 차이를 보이
는 것인지 마치 진주와 돼지로 그 인격이 비교가 되기도 했다. 그렇기 때문
에 그는 오늘 이 사회가 필요한 사람으로 그처럼 한때의 회오리바람을 맞고
서도 우뚝 서서 빛을 내며 보람된 인생의 삶을 창출하고 있는 것이라고 생
각하게 했다.

그처럼 곱고 맑은 그의 심성에 이야기를 하는 그 입속의 하얀 이가 유난
히 반짝반짝 빛을 내면서 그는 갑자기 생각난다는 듯이 물어왔다.

"지금 쯤 그때 배불러 있던 그 아이도 많이 컸겠네."

"벌써 6학년인 걸요."

"세월 참 빠르구만……. 십년이면 강산도 변한다는데 우리 얼굴 못 본 지
도 한참 됐구만. 잘 살고 있으려니 했지, 핫, 핫하……."

"그래요, 그때 그 고마움을 어찌 잊겠어요. 산 넘고 바다 건널 때마다 도와주셨는데……."

가슴이 뭉클해지면서 더는 말을 잇지 못했다. 아니 그렇게 도와준 보람도 없이 초라한 모습을 그 앞에 나타내고 있는 자신이 더 없이 싫었다. 가슴에 눈물이 차올라서 더는 마주보고 앉아 있을 수가 없었다. 그냥 한 번 문득 보고 싶어서 찾아왔다는 말을 인사로 흘리고 일어나려고 할 때였다.

그는 연이의 텅 비어 있는 가슴 속 허전함을 훔쳐본 사람처럼 가만하게 착 가라앉은 목소리로 말했다.

"이 세상에 완전한 소유란 그 어디에도 없지, 나도 지금 소유하고 있는 것에 만족하고 살아가려고 애쓰는 것뿐이야. 그래서 인간은 누구나 고독한 존재거든, 때로는 비틀거리기도 하면서 말이야. 그런 경험을 남자라면 누구나 한두어 번쯤은 해 보는 것 아니겠어?"

지난날의 일들을 떠올리며 하는 말 같았다. 그리고 얼핏 연이의 표정을 살피며 다시 입을 열었다.

"무척 피곤해 보이는데, 인간 삶에 있어서 예상이란 항상 빗나가기 마련이지. 그래서 내일 아침의 일을 오늘 저녁에도 알 수 없는 것이 인생살이 아니겠어? 하지만 도전하는 삶 속에 그 뜻이 있기 때문에 행, 불행의 계산 따위는 필요 없는 것 아닐까? 자! 우리 이렇게 오래 간만에 만났는데 어디 가서 저녁 식사나 함께 하자구. 아직 조금 이른 시간이긴 하지만 나는 괜찮거든, 유는 어때?"

그 말에 연이는 가만하게 도리질을 했다. 더 마주하고 앉았다가는 왈칵 눈물이 쏟아질 것 같았기 때문이다.

시선을 피하면서 말했다.

"갑자기 얼굴이 보고 싶지 뭐예요, 잠깐 얼굴만 보고 가려고……."

"아니, 모처럼 왔는데 저녁이라도 먹고 가지 않고……."

그는 의외라는 듯이 말끝을 흐리다가 다시 입에 힘을 주어 말했다.

"우리 이제 가끔씩 늙어가는 그 얼굴이라도 보고 살자고, 그래야 되는 것 아닐까?"

　연이는 고개만 까닥해 보였다. 그리고 안녕이라는 말을 눈인사로 대신하고 돌아섰다. 그러자 그는 그 앞 행길까지 따라 나오면서 자주 연락하라는 말을 잊지 않았다. 그리고 서운한 듯이 손을 흔들어 보였다.

　그날 말없이 건네주던 그의 따스한 손 흔듦의 눈빛이 연이의 가슴에 오래도록 남아돌면서 눈시울을 적시고 또 젖게 했다. 남편과 살아온 지난날 마치 표류하는 난파선을 지켜주는 등대와 같은 존재로 늘 그처럼 사랑의 눈빛으로 달려와 지켜주던 사람이었기 때문이다.

표류도

탁류 속에서 몸부림을 치다가 끝내는 남편과 헤어져 집을 나온 연이는 또 다른 시네마를 엮어가기 시작했다.

그것은 어쩌면 또 다른 불행의 시작으로 피할 수 없는 운명 같은 것이었는지도 모른다. 그즈음 송어양식장 특허를 받았다는 큰오빠였다. 그 사업은 수산청의 도움도 받을 수 있다는 오빠의 말이었다. 그래서 사업계획서 안을 수협 직원을 동원해서 작성했다.

그 사업시설경비는 경매 입찰을 받은 호텔부지를 되팔아서 남은 돈을 거기에 투자할 생각이었다. 그래서 12인승 봉고차부터 먼저 매입했다. 그리고 그 차를 몰고 광양으로 내려가 배에 싣고 제주도 경매 입찰에 들어갔다.

그러나 하늘은 연이가 계획했던 일에 그마저도 고개를 돌려 외면해 버렸다. 설마하고 기대했던 경매 입찰에 떨어지고 말았다. 그야말로 벼랑 끝에서 사력을 다해 기어오르기 위해 안간힘을 쓰던 연이는 그대로 낭떠러지로 굴러 떨어진 기분이었다.

이제 남아 있는 것이라곤 아무것도 없었다. 가느다란 희망의 불빛마저 사라져 버린 상태에서 더는 살고 싶지 않았다. 그처럼 절박했던 심정은 무슨 죄가 그리도 많기에 하는 일마다 그렇게 비틀어지는지 하늘에 가서 하나님께 따져 묻고 싶었다. 어려서부터 기독신앙 속에서 자라왔기 때문에 잠재적으로 내재된 신심信心은 자신의 이익을 위해서 거짓된 세상 사람들처럼 권모술수를 부려본 적도 없었고, 오히려 어려운 사람을 보면 주머니까지 털어가면서 도와주고 살아왔다고 자부할 수 있었다.

그렇게 계산 없는 심성이었기 때문에 친정아버지가 가진 재산도 없는 팔남매 장남과의 결혼을 그렇게 반대했었지만 눈물까지 찔끔거리는 그 화상이 너무나 불쌍하고 측은해서 손을 잡아 주었던 결혼이었다.

그것이 연이가 믿어온 기독신앙관이었기 때문에 하나님 일이라면 누구보다 앞서 봉사 활동을 해 왔다고 자부할 수 있었다. 그런데 그 호텔부지 매입과 동시에 설계를 마치고 교회 목사님을 비롯해서 주동 장로님과 전도사, 권사, 집사들을 초빙해서 제주도 고급 호텔에 투숙까지 시켜가면서 그 호텔부지 터에서 축복의 예배까지도 드렸었다.

어려서부터 교회에서 들어온 설교가 하나님 앞에 되로 바치면 말로 축복해 주신다는 설교를 들어왔었기에 낭창하게 헌금을 바쳐왔고, 또 그처럼 봉사활동에도 앞장서 왔던 연이였다.

그런데 어찌된 일인지 연이가 계획한 일마다 그처럼 뒤틀리고 빗나가고 있는 것이고 보면, 차라리 죽어서 '이것이 하나님께서 약속한 축복입니까?' 하고 담판이라도 짓고 싶었다. 그 만큼 절박한 심정이었다.

맑은 정신으로는 도저히 자살을 시도할 수가 없었다. 정신이 가물가물해져 올 때까지 술을 퍼마셨다. 그리고 자동차를 몰고 어느 순간 그대로 제주도 바다로 뛰어들었다. '와지끈 쿵쾅!' 소리가 그 마지막이었다. 희미하게 의식이 돌아와 눈을 떴을 때는 병원이었다.

"이만하기 다행입니다. 큰일 날 뻔하셨습니다."

외상을 입지 않은 것이 그래도 천만다행이라는 의사의 말이었다. 눈이 감긴 상태에서 바다로 뛰어들었을 때, 길가 가로수 턱을 받고 튕겨져 나가면서 전봇대를 받았기 때문에 다행히 벼랑 밑으로 굴러 떨어지는 사고를 막을 수 있었다는 이야기다.

하지만 그 대신에 전봇대가 부러져 나갔고, 봉고차는 완전히 박살이 나서 폐차장으로 실려가 버린 상태였다. 병원치료를 받고 나온 연이는 음주운전 벌금에 전봇대까지 보상을 해 주어야 하는 상황에 그야말로 눈앞이 캄캄하고 그대로 하늘이 빙글빙글 도는 것만 같았다.

주머니 속에 그나마 몇 푼 남아 있는 돈마저도 그렇게 날려 버린 연이는 갈 곳조차도 막연했다. 어쩔 수 없이 빈 주머니로 찾아들어간 곳은 광주에 살고 있는 언니 집이었다. 탈진한 상태로 고달픈 몸은 그대로 드러누워 버렸다. 그날 있었던 자동차 충돌에 의해 조금씩 자궁 출혈이 비쳤었기 때문이다.

그런 동생의 건강상태에 화급을 하고 놀랜 언니였다. 어서 일어나 병원에 가서 치료를 받자고 보챘지만 머리를 흔들어 버렸다. 더는 살고 싶지 않은 세상, 죽으려고 해도 그조차도 마음대로 되지 않는 세상에 무슨 애착이 남아 있다고 병원치료를 받으러 가겠느냐고 반응조차도 보이지 않았다.

연이의 그 같은 고집을 더는 어떻게 해 볼 수가 없었던지 언니는 일요일 날 예배를 마치고 그 교회 전도사를 데리고 집으로 들어왔다. 신유神癒의 은사를 받아 기도로써 환자의 병을 치료한다는 전도사였다. 하지만 이제 연이는 신神이라는 말만 들어도 짜증이 나면서 머리가 아파왔다. 그 유명한 철인哲人 니체가 '신은 죽었다' 고 했다는 말을 떠올리면서 죽음이 두렵지 않다는 듯이 히쭉거렸다.

"지옥이 있다면 어디 이보다 더하려고? 난 지금 이 불지옥을 어서 빠져 나가고 싶거든, 그러니……."

사실 그때 연이의 심정은 그랬다. 그래서 신유의 은사를 받았다는 전도사거나 말거나 인사조차도 하지 않고 상대방이 무안할 정도로 누워서 멀끔하게 쳐다보고만 있었다.

그러나 전도사는 언니의 간절한 부탁을 받고 온 듯 가만하게 연이의 머리 위에 손을 얹고 기도를 하기 시작했다. 그런데 이게 웬 말인가?

전도사의 입에서는 생각지도 않은 말이 마치 하나님이 직접 연이에게 말하듯이 흘러 나왔다.

"사랑하는 딸아! 이제 네 글이 세계로 나가게 될 것이다. 내 사랑하는 딸아!"

'이게 무슨 소리?'

연이는 참으로 어이가 없었다. 환자에게 어느 정도 비슷하게 어울리는 기도가 아니고, 뜻밖에도 너무나 엉뚱한 말을 하고 있었기 때문이다.

단지 그 말뿐인 전도사의 기도에 연이는 감응조차도 없었다. 그러나 전도사는 자신의 신유은사를 의심 없이 믿는다는 표정으로, 뜨악하게 쳐다보는 이쪽의 표정에는 상관없다는 듯이 미소를 머금고 쳐다봤다.

그와 같은 전도사 예언의 기도에 뜨악해진 것은 언니 역시도 마찬가진 듯했다. 더는 묻지도 못하고 '이게 웬 소리?' 하는 표정으로 눈만 꿈뻑거렸다.

"이거야 원……, 돌팔매 하나 가지고 양을 치던 목동 다윗이 십년 후에 왕이 된다고 예언을 해서 웃긴다고 했다더니, 이건 더 웃기네. 살까 말까 유서 쓰고 앉아 있는 사람보고 뭐, 내 글이 세계로 나간다고? 그러니까 내 유서가 세계로 나간단 말이야 뭐야?"

전도사가 가고 난 다음에 연이가 언니를 보고 참으로 어이없다는 듯이 한 말이었다. 그러나 신유은사를 받은 것으로 널리 인정을 받고 있는 전도사가 기도 중에 한 말이었기 때문에 언니는 부정도 할 수 없고, 그렇다고 동생을 너무나 잘 알고 있는 언니로서 긍정도 할 수 없는 그런 표정이었다. 거기에 대해서 더는 아무 말도 하지 않았고, 이전처럼 그렇게 어서 병원에 가자고 보채지도 않았다.

얼마 동안을 그렇게 광주 언니 집에서 지극한 간호를 받으면서 안정을 취하고 있었던 연이였다. 그 시간 동안 많은 생각을 했다. 그대로는 너무나 억울해서 견딜 수가 없었다. 남편이 물려받은 유산을 날려 버린 것도 아닌 터에 그처럼 잔인하게 나온다는 것은 아무리 생각해도 용서가 되지 않았다.

지난 날 남편이 그처럼 굽이굽이 절망의 늪 속에 빠져 좌절하고 있을 때마다 자존심 따윈 팽개치고 이리저리 구원을 요청하고 뛰어다니면서 그의 손을 붙잡아 끌어 올렸던 연이였다.

그처럼 허위거린 아내의 눈물이 있었기에 그는 오늘 그 자리를 지켜 나올 수 있었고, 다시 또 집도 장만할 수 있었으며, 연이가 그와 같이 제주도에 호텔부지와 농장을 매입하여 노후대책을 준비할 수 있었던 것이다.

그런데 마누라 그 한 번의 시행착오마저도 남편으로서 이해는커녕 그것을 핑계 삼아 가슴을 찔러댔고, 마침내 이혼을 요구하고 나온 남편의 소행을 생각하면 당장이라도 그 어떤 영향력을 행사해서 그 직장에서 쫓겨나는 꼴을 보고 싶었다. 하지만 아이들을 맡을 능력이 없는 연이의 처지에서는 그럴 수조차도 없는 일이었다.

그래서 아이들에게 남기는 유서 비슷한 이야기는 그야말로 남편과의 결혼생활에서 있어 왔던 그 곤두박질의 아픔을 백지 위에 눈물로 쏟아 담고 있었다.

그때 눈을 반짝하게 하는 방송 뉴스가 있었다. MBC 방송국에서 6.25특집 전쟁 멜로물을 공모한다는 뉴스였다. 특선작에 2000만원이었다. 눈이 반짝 했다. 그때 무슨 용기였던지 거기에 도전해 보고 싶었다.

모든 고통, 그 모든 역경만이 인간에게 있어 가장 위대한 교사라고 하던 가. 그래서 '궁窮하면 통通한다'는 말이 있는 것인지도 모른다. 아무튼 정식으로 소설기법도 배우지 못한 주제에 '하면 된다' 오직 그 신념 하나로 눈에 심지를 세우기 시작했다.

그때 용기를 갖게 한 것이 지난 날 어느 책에서 읽은 한 토막의 이야기였다. 미국의 작가 루이스가 어느 대학의 강의실에서 학생들에게 던져준 질문은 '너희들은 글쓰기를 원하는가?' 그 질문을 받은 학생들은 물론 '그렇습니다'라고 대답했다.

그러자 루이스는 대뜸, 그럼 집으로 가서 글을 쓰라고 일언지하에 기답을 한 것이다.

작가 루이스가 하고자 한 말은 소설기술론의 단적인 특성을 말하고자 한 것으로, 소설에 기술이 불필요한 것이 아니라 단순한 지식의 전달에서 성취되는 것이 아니며, 직접 글을 써 봄으로써 그 요체를 터득하게 된다는 것을 단도직입적으로 표현한 것이었다. 그 이야기는 이제 남은 날을 새롭게 출발하고자 하는 연이에게 있어서는 더 없는 교훈으로 '시작이 반이다' 하는 파란 신호등으로 불이 켜진 것이다.

참으로 고통과 인내를 요구하는 질곡의 시간 속에서 마치 썩은 두엄 속에서 끈질긴 생명력으로 날아오르려는 개똥벌레, 그 몸짓 같은 손놀림으로 가슴을 풀어내기 시작했다.

소리 내지 못한 강물

날 저물어가는 어둠 속에
서서히 흐르고 있는 강물
그 강물 굽이굽이 흘러온 세월
문득 멈춰 서면
살아 마신 세월의 강물 위로
가만하게 흐르는 내 삶의 소금기

아직 살아 남은 것이
살아 있는 만큼 빛을 내리며
오열하는 주검의 반점 하나 둘
저물어가는 들녘
이제도 서서히 흐르고 있는
소리 내지 못한 먹빛 강물

그 시는 참으로 각혈 쏟아낼 것만 같은 우울 속에서 실존의 확인인 것이기도 했다. 물론 각 사람이 타고난 소질의 에너지가 다른 것만큼은 사실이다. 그래서 우리 옛 어른들은 자라나는 어린 아이들의 하는 짓을 보면 그 싹

수가 보인다고 말해 왔듯이, 셈본 숫자면 보면 골이 아파오는 연이였다.

그래서 수학시간이면 책갈피 속에 소설책을 끼워 넣고 읽다가 선생님으로부터 야단을 맞은 것이 한두 번이 아니었다. 그렇게 소설 속에 깊이 빠져 수학책을 거꾸로 들고 있기 예사였다. 그런 만큼 수학 시험은 연필 굴리기로 맞추는 OX가 기본 점수였다.

그런데 그와는 반대로 국어 시간만 되면 마치 고기가 제 물때를 만난 것처럼 신바람이 났고, 선생님으로부터 매번 칭찬을 들어왔으며, 학교 문예부장으로 두각을 나타내기도 했었다.

그런 것을 보면 그 쪽으로 감성적인 에너지 기운을 타고난 것은 분명한 것 같았다. 하지만 정식으로 소설기법도 배우지 않았던 연이가 그때 거기에 도전해 보려고 했었던 용기는 분명히 그 어떤 운명의 예시 같은 것이었는지도 모른다.

한 남자의 아내이기를 포기하고, 또한 어머니로서의 의무와 책임을 포기한 몸짓은 늦었지만, '하면 된다' 라는 생각으로 언니의 뒷방에 틀어 박혀 앉아서 손놀림을 하고 있을 때였다. 다 늦게 그 모양을 하고 앉아 있는 처제가 도무지 이해가 되지 않는다는 듯이 밖에서 들어온 형부가 언니를 보고 심드렁하게 말했다.

"처제는 얼굴도 안 내밀고 방에서 맨날 뭐하고 있단가?"

"모르겠소, 무슨 알을 낳는다요."

"쳇! 나이 먹어가지고 무슨 알을 낳는다고……."

형부로부터 그런 말을 들을 만도 했다. 그때의 연이 나이가 마흔 셋이었기 때문이기도 하지만, 정식으로 국문과도 나오지 않은 처제가 그것도 전쟁 멜로물 방송 응모작에 도전해 보려고 한다니, 사실 속으로 코웃음을 칠 수밖에 없는 일이다.

그런 선입견을 가지고 바라보는 형부와 어쩌다가 서로 얼굴을 마주한다는 것이 여간 불편스럽지가 않았다. 하지만 달리 방법이 없었다. 뒷방에 들어앉아 꿈도 야무지게 손놀림을 하고 있었다. 그 속에서 지난 세월의 아픔을 잊어버리고자 했다.

남편에 대한 존경과 사랑, 그 믿음이 무너져 버린 뒷자리에 오직 남아 있는 것은 활활 타오르는 애증愛憎뿐이었다. 그처럼 기대하던 삶의 보람이나 의미는 이미 검은 일월의 바람이 쓸고 지나가 버린 허허한 폐허 같았다. 지친 육신은 그야말로 소매 끝에 기어드는 바람마저도 무거웠다.

그러나 가슴 서늘하게 하는 바람은 계속 맴을 돌고 있었다. 좌절과 고독과 아픔을 통째로 잉태한 바람, 그런 바람에 육신을 맡기고 그토록 젖은 언어들을 건져 올리는 밤엔, 두고 온 죄 없는 달덩이들, 울 듯 울 듯 구름 속을 달려와 매달리고, 그 울음 실어 나르는 바람의 휘장은 출렁이는 달빛 쪼개 너훌너훌 엄마(!)를 찾는 그 눈빛 목소리를 길게 끌고 달려오곤 했다.

그래서 큰 딸아이에게 조금만 더 참고 기다려 달라는 사연을 담아 그 편지를 학교로 띄웠다. 그 며칠 후였다. 딸아이에게서 애타게 엄마를 기다리고 있다는 가슴 뭉클한 편지가 날아왔다.

엄마, 보고 싶은 우리 엄마

오늘도 엄마는 오신다는 소식도 없고, 나는 엄마가 보고 싶어서 학교에서 오는 길에 국화꽃 몇 송이를 샀어요. 엄마는 국화꽃을 무척 좋아하셨잖아요. 피지 않은 꽃송이를 더 사랑하셨던 우리 엄마.

엄마. 나는 엄마가 보고 싶어지면 내 책상 위에 꽂아 놓은 국화꽃을 쳐다봐요. 그리고 기도해요. 하느님 저 국화꽃이 시들기 전에 우리 엄마 꼭 돌아오게 해 주세요. 그렇게 기도해요. 그런데 국화꽃은 내 책상 꽃병에서 몇 번이나 피고 졌는데 엄마는 오시지도 않고…….

기다림의 깨알 같은 글씨가 그대로 가슴을 먹빛이게 했다. 참으로 어쩌란 말이냐? 그 울음을 훌쩍이던 밤, 떠다니는 눈망울들이 엄마를 힐책하는 차라리 그 형벌 같은 것이기도 했다.

그러나 돌아갈 수 없는 현실인 것을, 그것이 아이들을 오히려 위하는 엄마의 마음이란 것을 모르고 있는 것이기에 가슴은 아이들을 향해 무덤 속 하얀 소복녀의 손을 흔들고 있었다.

“엄마는 죽었어, 이미 그때 죽은 거야……”

그토록 아린 마음을 애써 밀어내는 밤이면 젖은 웃음으로 달려오는 얼굴들과 만나며, 또 그렇게 손을 흔들어 떠나보내며 눈시울을 적시고 있을 그때였다. 하와이에서 귀국하게 된다는 작은 오빠의 소식이었다.

물론 회사가 부도를 맞았기 때문에 태평양 조업을 하지 못하고 하와이에 정박 중인 4척의 원양어선 정박요금도 지불하지 못한 상태였다. 그렇게 두 손을 털고 들어온 오빠의 귀국이었다.

그러나 3개 국어를 자유롭게 구사할 수 있는 오빠의 실력이었던 만큼 외국수출 무역회사에서 비즈니스 바이어가 되어달라고 손짓을 해 왔다고 했다.

그와 같은 작은 오빠의 소식만 들어도 살 것만 같았다. 다시 서울로 올라온 연이는 하숙집을 정해 두고 오빠가 귀국하는 날 공항으로 마중을 나갔다.

오빠는 그 동안에 있어왔던 고통을 말해 주는 듯 몰라 볼 만큼 얼굴이 초췌해져 있었다. 그리고 서울 가족들로부터 이혼을 당하고 나온 연이의 소식을 들었던 모양으로 표정이 몹시 어두웠다. 공항에서 만나자마자 하던 말이었다.

“미안하구나, 너까지 침몰시켜서……”

“다 운명이지 뭐.”

그것이 피할 수 없는 운명이라고 이미 모든 것을 체념해 버린 연이였다. 모든 것을 잃고 빈손으로 귀국한 오빠였지만, 그러나 이 사회가 필요한 능력이 있었기에 연이는 그로부터 하숙방에 들어앉아 오직 작품 쓰는 일에만 몰두했다.

다행히 하숙집 주인이 큰오빠의 학창시절 여자 친구로 딸 하나를 데리고 동부이촌동에서 살고 있었다. 그 집 하숙생으로 들어가 글만 쓰고 앉아 있는 연이를 하숙집 언니는 마치 친동생처럼 보살펴 주었다.

그 언니가 어느 날 방문을 열고 들여다보면서 말했다.

"이봐 동생, 가끔 바깥바람도 좀 쐬고 그러지, 병이라도 나면 어쩔라고……. 나하고 오늘 야유회 구경이라도 가세, 글을 쓰는 사람은 듣고 보는 모든 것이 소재라고 하드구만."

"고마워 언니, 하지만 나는 그동안 그 잘난 신랑이 밤낮 없이 갖다 준 소재만 해도 몇 트럭이거든. 훌륭한 내 스승이야. 나를 이렇게 오늘 고통과 역경이 무엇인가, 그 공부를 하게 해준 사람이니까."

"허허……, 자네는 천상 그 팔자 타고 났네 그려."

그때였다. 응접실에서 전화벨이 울렸다.

"잠깐……, 누구지?"

그리고 뛰어가 전화를 받던 그 언니는 갑자기 목소리를 크게 하고 연이를 불렀다.

"어이 동생! 전화 받아보소, 자네 작은 오빠네."

수화기를 건네받았을 때였다. 더 없이 착 가라앉은 작은 오빠의 목소리가 왠지 느낌이 좋지 않았다.

"동생 방송 뉴스 봤는가?"

"내가 그런 거 볼 시간이 어디 있어, 마음이 바빠 죽겠구만……."

"놀래지 마, 상철이가 탄 외항선이 일본 근해상에서 침몰됐다는 거야."

"뭐야?! 그럼 선원들은?"

"모두 다 익사를 했다는구만. 사체 몇 구를 인양했는데 그 속에 동생 이름이 들어있어."

그만 멍해져 버렸다. 눈에서 눈물도 흐르지 않았다. 그 죽음을 대신 바꿀 수 없는 것만이 안타까웠다. 오형제 중에 막내로 지난날 폐병을 앓던 연이의 건강회복으로 인한 영향을 받고 어머니가 신앙촌으로 데리고 들어갔던 가슴 아픈 동생이었다.

그래서 연이가 황 소장에게 부탁해서 해군에 입대시켰고, 제대를 하고 나온 후, 또 재차 부탁해서 그 도움으로 외항선을 타게 했었다. 그리고 그 동생이 배를 타고 떠나기 전 결혼식 주례까지도 황 소장이 맡아주었을 정도로 그 보살핌의 은혜를 각별하게 입고 있었던 동생이었다.

뜻밖에 날벼락 같은 동생의 비보를 전해 듣게 된 연이는 그대로 멍하게 앉아 혼자 중얼거렸다.

"그래, 고통뿐인 이 세상 좀 더 늘이고 산다고 별 수 있겠니? 편히 쉴 수 있는 곳으로 너는 일찍 잘 갔구나……."

그야말로 고통뿐인 이 세상을 일찍 떠난 동생에게 오히려 축하라도 해 주고 싶은 그때의 심정이었다. 그처럼 누나를 따랐었던 동생을 잃어버린 상실감에 세상이 더욱 슬퍼지기만 했다.

광주 언니 역시도 그 비보를 듣고 울음 섞인 전화가 빗발치듯이 날아들었고, 유족 빈소가 부산에 마련되었다고 빨리 내려가자고 달려와 보채는 작은 오빠였다.

그러나 연이는 멍하게 앉아 도리질을 했다. 사랑하는 동생의 비참한 죽음을 눈으로 보고 싶지 않았다. 생전의 환한 모습 그대로 가슴에 담아두고 싶었다.

그런 연이의 고집을 더는 꺾지 못하고 바쁘게 내려간 오빠에게서 전화가 걸려왔다. 그 뉴스를 보게 된 남편이 유족 빈소를 찾아왔다며 빨리 내려오라는 전화였다.

남편은 거기에서 연이를 만날 수 있을 것이라고 생각한 것 같았다. 이혼을 했지만 아이들이 있기 때문에 그렇게 무심하게 소식을 끊어 버릴 것이라고는 생각지 못했던 남편인 것 같았다.

그래서 거기에 오면 연이를 만날 수 있을 것이라는 기대를 가지고 왔을 것이라는 생각이 들면서 오빠에게 강경하게 부탁했다.

"오빠야, 동생 하나 더 잃고 싶지 않거든 내 거처 일러주지 마. 만약 일러주면 난 한강물로 뛰어들어 버릴 테니까……."

그만큼 연이의 감정은 응어리져 있었다. 그야말로 눈을 감고 이 세상을 떠나는 날까지 두 번 다시는 그 얼굴을 보고 싶지 않았다.

부산에서 식구들이 동생의 장례를 치루는 동안 연이는 거의 날밤을 새웠다. 그러다가 어느 순간 깜박 잠이 들었던 모양이었다.

놀랍게도 죽은 동생이 생전처럼 불쑥 방문을 열고 들어서면서 '누나!' 하고 불렀다.

"어머?! 너 죽었다고 뉴스에 나왔다는데 살았구나!"

"내가 죽긴 왜 죽어?"

누나를 찾아온 동생은 이제까지 보지 못했던 장난스러운 표정을 지으며 웃어 보이고 있었다. 너무나 반가워 안아주려고 벌떡 일어났다. 꿈이었다. 눈물이 쏟아졌다. 그대로 젖은 가슴은 눈물이 범벅이 된 채로 펜대를 붙들고 그처럼 애달프게 세상을 떠난 동생의 이름을 부르고 또 불렀다.

상철아!
두고 떠난 너의 살점은
슬픔이다. 아픔이다.
피붙이를 부르는
살점들의 아우성이
무시로 쏟아내는
한 줌 눈물
너를 삼킨 밤바다에
돛배로 떠 있다.

맨발인 채 떠난 철아!
칠흑의 밤바다를
허우적이었을 순간
운명의 신이
보고만 있었다니,

두고 떠난 너의 살점
통곡의 울음이
밤바다의 별이 되어
그 바다에 반짝인다.

그대로 흐느껴 울었던 젖은 가슴은 동생이 타고 있던 배를 침몰시켰다는 먹빛 바다로 흐르면서 두고 떠난 정의 무게에 눈이 퉁퉁 부어올랐다.

그 동생은 부도를 맞고 표류하는 누나를 그토록 안타까워하며 입항을 할 그때까지 조금만 더 참고 기다려 달라고 위로해 주던 그처럼 속내 깊은 동생이었다.

젖은 가슴이 먹빛 바다로 흐르는 시간 속에 유선을 타고 들려오는 언니의 통곡소리를 몇 번은 들어야 했다. 그때마다 연이는 '아니야! 아니야' 하고 가슴 아픈 절규를 토하면서 멍하게 앉아 시계의 초침만을 바라보면서 과거로 내몰리고 있었다.

돌아보는 지난날들의 시간 속에서 세상의 모든 것들은 변화를 거듭하고 있음을 그처럼 실감하게 했다. 연이에게 그토록 애원하며 평생을 함께 살자고 화관을 씌워 주었던 남편도 그 모습이 언제이었던가 하고 변해 갔고, 조금만 더 참고 기다리라던 동생의 위로도 물거품처럼 허무하게 사라져 버리는 그것이 세상일이라는 것을 시계의 초침은 그것을 일깨워 주고 있었다.

언니와 오빠가 동생의 장례를 치루고 연이가 있는 동부이촌동 하숙방으로 몰려왔다. 동생의 마지막 떠나는 모습까지도 보지 않겠다고 고집을 부리고 앉아 있는 동생의 마음을 읽었기 때문이었을 것이다.

부성하게 하고 앉아 있는 연이의 모습을 본 언니는 기도 안 차오는 모양이었다. 눈에 눈물을 글썽이면서 말했다.

"최 서방이 거기까지 찾으러 왔드만. 자기도 이제 잘못한 것을 아는 갑드라. 애들을 봐서라도 들어가야지, 고집부리지 말고……."

"됐어. 그만해. 모든 것은 시간의 변화에 따라 자리바꿈할 뿐인데 뭘 그래. 변하지 않는 것은 이 우주 밖에 없다구. 모든 것은 운명의 궤도를 달리고 있을 뿐이야. 그것을 모르는 것이 인간 삶 아니겠어?”

거기에 덧붙여서 연이는 크리스토무스의 말을 빌어가며 마치 초탈한 도인처럼 담담하게 말했다.

“세상은 하나의 극장에 불과한 거라구. 사람의 사업은 연극의 각본이고, 현재가 지나가면 상철이 삶이 그렇게 막이 내려진 것처럼 무대의 막이 내려지고 그 배역이 끝나는 거 아니겠어? 그 배역을 길게 끌어 보겠다고 모양 버려가면서 안달할 필요가 있을까? 얼마나 훌륭한 배역을 받고 온 것도 아닌데 말야.”

그 말을 하고 연이는 일어나 책상 위에 수북하게 쌓아 놓은 원고지를 흔들어 보이면서 말했다.

“누가 알아? 하나님이 여기에 축복해 줄지.”

“그 몸을 해 가지고 꿈도 야무지다. 아직도 출혈을 조금씩 한다면서? 고집 부리지 말고 병원에 가서 치료나 받고 하던가 해야지. 식구들 걱정시키지 말고…….”

“병원 치료? 뭐 얼마나 팔자 좋은 배역이라고 병원을 가? 대충대충 살다가 부르면 눈감고 사라져 주는 거라구. 흐흥!”

언니는 도무지 말이 통하지 않는다는 듯이 안타깝게 건너다보다가 무슨 생각을 했던지 서둘러 자리를 털고 일어나면서 말했다.

“그래 죽을 때 죽더라도 몸보신이나 하고 죽어라. 그래야 내가 안 걸리지. 나 잠깐 나가서 소 뼈다귀 사올게.”

그 말을 뒤로 남기고 언니는 밖으로 사라졌다. 그리고 잠시 후 다시 들어온 언니는 소뼈다귀가 아닌 그 징그러운 남편을 달고 들어왔다. 멋쩍게 언니를 따라 들어오던 남편은 연이와 눈이 마주치자 덥석 손을 내밀어 붙잡고 말했다.

“미안해……, 내가 잘못했어. 돌아가자구, 애들이 얼마나 기다리는 줄 알아?”

이미 남편에 대해서 철저하게 실망해 버린 연이는 조금도 그 감정이 와해되지 않았다. 그의 손을 털어 밀어내고 방으로 들어와 이불을 뒤집어쓰고 누워 버렸다.

그러자 남편은 뒤따라 들어와 이불 속을 더듬어 손을 잡으면서 사정하듯이 말했다.

"미안해. 한 번만 더 용서해 줄 수 없어?"

"됐네요. 이미 끝난 우리 관계니까 새 마누라 얻어서 잘 살아요, 나 더 귀찮게 하지 말고."

연이는 냉정하게 그 말을 하고 남편의 손을 밀어내 버렸다. 그러자 남편은 더는 설복할 수 없다고 생각했던지 방법을 달리 했다. 다음 날 두 딸을 앞세우고 모습을 나타냈다.

그것이 남편이 머리를 굴려 다시 묶어 엮은 굴레의 끈이 되고 말았다. 잃어버렸던 엄마를 되찾은 아이들은 그때부터 집으로 돌아가려고 하지를 않았다. 특히 첼로를 하던 큰 딸아이는 첼로를 들고 와서 줄을 튕기면서 말했다.

"엄마! 나 그동안 얼마나 늘었는지 들어볼래요?"

참으로 그 얼마만에 다시 들어보는 딸아이의 첼로 소리던가.

어느 사이 눈안에 눈물이 고여 흐르면서 아이들을 외면했던 시간들을 자책하고 있었다.

"그래, 너희들이 무슨 죄가 있다고 못할 일을 많이 시켰구나."

그렇게 가슴 젖어오는 자책이 결국 남편과 다시 합치기로 타협을 보기에 이르렀다. 남편은 방배동에 맨션을 준비했고, 그동안 아이들을 돌봐주고 계시던 시어른들과도 다시 모여 합쳐 살게 되었다.

그러나 우리 옛 속담에 한 번 깨진 항아리는 테를 둘러놔도 위험하다고 하는 말이 있듯이 그랬다. 달라진 것이 없는 남편은 달랑 월급만 내놓고 알아서 하라는 식이었다. 조금도 변화가 없는 그대로의 남편 생활 태도에 지난날의 서운함과 아픔이 응고된 채로 풀리지를 않았다. 들어오거나 말거나 냉담했다.

그런 생활에 어느 날 밤 늦게 들어온 남편이 심드렁하게 말했다.

"우리는 영원한 평행선이구만."

사실 남편이 그렇게 말할 정도로 남편과 다시 합친 연이는 생활에 관계된 사무적인 말 이외는 건네지 않았다. 그리고 끝내지 못한 원고 작업에만 몰두했다. 마침내 원고를 탈고해서 방송국에 접수했다.

그러나 유일한 연이의 희망이던 그 꿈은 무참하게 사라지고 말았다. 입선에 들어가지도 못한 허탈감만을 안겨 주었다. 하지만 그 얼마 후였다. 방송작가로 활동하고 계시던 장석향 선생의 눈에 띠인 그 작품이 도서출판 『한멋사』에 소개되어 출간되기에 이르렀다. 그것이 연이를 작가의 길로 들어서게 해준 계기가 되면서 여기 저기 잡지사로부터 소설 연재 청탁이 들어오기 시작했다.

그로부터 자신을 갖게 된 연이는 날밤을 새우기 예사였다. 그것은 살아오면서 거듭 실망만을 안겨주었던 남편을 향한 기대를 더 이상 갖지 않으려는 마음의 결의 같은 것이기도 했다.

이제 스스로 노력한 만큼의 기쁨을 안겨주는 자기만의 세계를 구축해 나가야 한다고 다짐하고 또 다짐을 했다. 그렇게 변화를 가져온 생활 모습에 옛날처럼 그런 엄마를 기대했던 아이들은 조심스럽게 눈치 보기에 바빴다.

그러던 어느 날이었다. 큰 딸아이가 조심스럽게 입을 열었다.

"엄마, 우리 같이 교회 다니던 오빠들이 나를 보자고 하는데 어쩌지? 우리 함께 노래 부르고 하던 그 오빠도 미국에서 방학이 돼서 나왔다나 봐."

큰 딸아이가 말하는 그 미국 오빠는 황 소장 부인의 바로 위의 언니 큰아들이었다. 그래서 방학이면 나와서 우리 아이들과 함께 어울려 다녔던 추억이 있었던 만큼 보고 싶어한다는 이야기였다. 어떻게 할까 하고 망설여지는 연이였다.

그렇다고 이제 와서 아이들만 불쑥 보낸다는 것도 그 모양새가 우스워질 것 같았다. 생각 끝에 아이들의 마음에 평온을 주기 위해서 얼마동안 발걸음을 하지 않고 소식을 끊고 있던 교회를 아이들이 계기가 되면서 다시 나가기 시작했다.

모두들 반가워했다. 특히 여름성경학교 행사를 할 때나, 그리고 성탄절 행사 때에 모두들 연이의 이야기를 들먹이곤 한다고 말들을 했다. 교회 크고 작은 행사에 늘 앞장을 서왔던 연이였었기 때문이다.

그처럼 출렁거리는 남편으로 인해 아픔을 안고 있었던 가정생활에서 하나님의 말씀으로 위로 받기 위해 열심히 교회봉사생활에 충실했던 그 추억이 소롯이 살아 있는 교회였다. 하지만 이제 그 전처럼 그렇게 봉사활동을 할 수 있는 금전적인 능력도 없고, 시간도 없는 연이였다. 그래서 옛날처럼 그렇게 열심히 쫓아가지도 않았고, 적당히 교회생활을 하고 있었다.

그러던 어느 날이었다. 원고 청탁이 들어와 열심히 쓰고 있을 때였다. 밤늦게 밖에서 잔뜩 술이 취해 들어온 남편은 주정하듯이 쏘아붙였다.

"당신이란 여자는 도대체 뭐하는 사람이야?"

"보면 몰라요? 뒤늦게 나를 찾는 일에 열중하고 있죠. 왜?"

"웃기고 앉아 있네, 칫!"

"웃기다니, 노자가 한 말이 뭔지 알우? 남의 일을 잘 알고 있는 사람은 똑똑한 사람이고, 자기 자신을 잘 알고 있는 사람은 그 이상으로 총명한 사람이라고 해서 나도 이제 내 자신을 좀 찾아나서 볼까 하는데 뭐 불만 있수?"

"그래, 똑똑할라믄 제대로 똑똑하든가. 어중간하게 똑똑하니까 집안 망쳐 먹었지 쿵!"

남편이 뱉어낸 말은 비수처럼 연이의 가슴을 찔러 왔다. 눈에 힘줄을 잔뜩 세우고 맞대응을 했다.

"그런 당신은 바보 멍청이가 돼서 그렇게 재산을 송두리째 망쳐 먹었수? 나 같으면 입이 열 개라도 그런 말은 못하겠네. 나를 그렇게 만든 사람이 누군데? 자기 결점 실수는 반성하지도 않고 뭔 소리를 하고 있는가 모르겠네. 나 이러고 있는 꼴 보기 싫으면 또 갈라서면 될 거 아뉴?"

그 말을 던지고 연이는 돌아앉아 하던 원고 작업을 계속하는 척했다. 그런 남편의 시선쯤은 완전히 무시해 버렸다. 이전에 오직 그만을 믿고 의지하던 연이가 아니었다.

남편에게 그처럼 기이하게 길들여진 버릇이 그만의 세계를 만들고 즐기듯이 연이 또한 마찬가지였다. 남편의 신뢰를 잃어버린 비참한 정신의 황폐를 막기 위해서는 그렇게 해서라도 자신이 의지할 수 있는 세계를 만들어 구축해야 한다고 생각했다.

참으로 말이 좋아 부부일신동체夫婦一身同體라고 하지만, 사람의 마음이야말로 다양한 색깔로 수시로 변화한다는 것과, 또한 무한의 공간으로 뻗어져 나간다는 사실을 누구보다도 체험하고 겪어왔기 때문이다.

마음이란, 눈에 보이지도 않고 귀에 들리지도 않기 때문에 '열 길 물 속은 알아도 한 길 사람 속은 모른다' 고 한 말이 있듯이 참으로 알 수 없는 것이 살을 맞대고 살아온 남편의 마음이라는 생각이었다.

그런 남편의 마음을 영원한 내 소유처럼 믿어오다가 돌아오는 실망과 배반에 그처럼 분노했던 불길 속에 과거의 자신은 이미 활활 불태워 날려 보낸 연이였다.

하지만 다시 그 무대 위로 변신하여 돌아온 연이는 분명히 이전의 모습일 수가 없었다. 그야말로 그처럼 아득한 생生과 사死, 그 하늘과 땅을 한 바퀴 돌아온 듯한 느낌이었다.

그 옛날로 돌아가서 다시 사근거릴 수 없는 부부 사이는 마치 한 편의 드라마를 연출하는 비극 속의 주인공이나 다를 것이 없었다. 그때 흘려 쓴 가슴앓이의 낙서다.

팔랑개비 바람

둥, 둥, 둥－
북소리다 징소리다.
사내가 밤낮없이

꽃궁 훑는 장구소리다.
울림증이다. 현기증이다.
사내가 벌리는
꽃대궁 잔치소리
북치는 육성이다.
묵은 계집 하품만큼
나른한 눈자위
마음은 꽃밭에 있고
거기 백마도 있고
다만 여기 있는 것은
사내가 벗어내는
아침마다의 허물과
꽃배암 먹다 남은
이빨자국 손톱자국
오색잡기 문신뿐.

사내가 웃는다.
잎잎을 쪼아대던
넓죽한 웃음 웃는다.
밤새 에덴동산쯤 다녀온 웃음
이브가 벌려준
선악과쯤 깨문 웃음
아직도 그 숲에
사운대는 욕정
눈은 아직 그쯤에서 둥둥―
사내만의 소리
북소리다, 징소리다.

눈꺼풀에 묻은 어둠 둥둥—
안개비로 쏟아진다.
먹장비로 쏟아진다.
땅의 노함 같은 소리
무너지는 소리
그건 땅이 갈라지는
아픔이야 슬픔이야.

삼백예순 그 닷새
사내는 꽃바람 먹고
묵은 계집 구름비 싸고
장대비 주룩주룩
창살에 울고
깨진 틈새 기어드는
음습한 한기
우리들의 존재는
언제나 둥둥—
천둥은 소리를 삼켜
유들한 슬픔으로
가라앉는 내실
사내가 벌이는 꽃가루 잔치
환락으로 반짝이는 뱀의 비늘
그 전리품의 산실 그 속속
묵은 계집 참는 버릇
삼백예순 그 닷새
오오라! 박수무당 살풀이
북소리다, 징소리다 둥둥—

참으로 눈뜨기조차도 힘들어 했던 엄청난 탁류 속의 삶이었다. 동반자의 북소리도 연이의 가슴 속 징소리도 마치 썩은 부초처럼 탁류에 실려 지독한 악취를 풍기면서 흐르는 탁류였다.

그 징소리를 끌고 연이는 어쩌다가 길가에서 만나지는 미쳐 히죽거리는 여자를 오히려 부러워하기도 했었다. 그처럼 자신을 괴롭히는 생각들에서 벗어나 그렇게 웃을 수만 있다면 그것이 오히려 행복일 것만 같았다.

그런 집안 분위기를 견디지 못해 하는 것은 감수성이 예민한 큰 딸아이였다. 학교수업이 끝나고 집으로 돌아와 불만을 토해냈다.

"엄마, 나 자존심 상해 죽겠어. 우리 반 친구들은 독주회를 연다고 모두들 바쁘게 설치고 야단인데 나는 학교 레슨비나 제때에 줬어? 차라리 그 학교에 보내지를 말던가. 아니면 미국에 가서 고학이라도 해서 공부할 테니까 보내주든지. 그것도 저것도 아니면 나 집 나가 버릴 거야. 알아서 해."

그야말로 가슴이 더 없이 무겁고 답답했다. 남편은 평소에도 아이들 밑으로 들어가는 돈은 등록금 이외의 과외비에 대해서는 일체 신경을 쓰지도 않은 사람이었기 때문이다.

그러나 어쩔 수 없이 다음날 크게 기대하지는 않았지만 남편에게 그 이야기를 의논했다.

"부유층 학생들이 다니는 학교라서 가시나가 자존심이 많이 상한 모양인데 어쩌겠수. 이왕 들어간 아이 그 수발을 해 주지 못한다면 당신이 미국 사람들을 많이 아니까 비상수단을 써서라도 미국으로 보냅시다. 부모가 능력 없으면 입양도 시킨다는데 아예 수양딸을 삼게 해서 보내든가……."

"쳇! 그러니까 사람이 자기 분수를 알고 살아야지, 독주회 여는 데 한두 푼 들어가는지 알어? 당신이 좋아서 시킨 일이니까 당신이 알아서 하라구 흥!"

"그래서 당신은 그렇게 도처춘풍으로 당신이 좋아하는 꽃놀이에는 돈 아까운 줄 모르고 투자하고 다니는구랴. 그것이 당신 취미니까. 할 수 없네 뭐, 나는 능력이 없으니까 그 학교 그만두게 해야지."

그 이야기를 방에서 엿들었던 큰 딸아이는 그 다음 날부터 묵비권 행사로 일체 입을 열지 않았다. 집에서 뿐만이 아니라 학교에서도 그랬던 모양으로 학교 선생님으로부터 연락이 왔다.

학교를 찾아갔을 때였다. 담임선생이 걱정스럽다는 듯이 말했다.

"아이가 갑자기 실어증에 걸린 모양인데 알고 계십니까? 아무래도 병원에 데리고 가 보셔야 할 것 같습니다."

하늘이 그대로 무너지는 것만 같았다. 사실 아이 하나를 전문 음악가로 키워내기 위해서는 본인의 소질도 중요하지만 부모의 금전적인 능력과 열성, 그 삼박자가 맞아 따라 주어야만이 키워낼 수가 있다는 것은 누구나 익히 알고 있는 사실이다.

그런데 이제 더는 능력이 없는 엄마로서는 어떻게 해야 할지 그야말로 눈앞이 캄캄해 왔다. 그래서 학교를 나오자마자 담임선생에게서 들었던 이야기를 남편에게 전화를 걸어 은근하게 겁을 주듯이 말했다.

"나 지금 가시나 학교에서 오는데 실어증에 걸렸다고 병원에 가 보라고 합디다. 자존심이 상해서 그런 모양인데 이대로는 나도 가만두고 안 있을 거요. 미국으로 보내주든가 아니면 내가 당신 그 직장 어떤 영향력 행사를 해서라도 그만두게 할 테니까. 미국으로 데리고 들어가든지 둘 중에 하나 택해요. 알았어요?"

남편의 마음을 건드려 주려는 일종의 협박이나 마찬가지였다. 그렇게 최종적인 비상수단을 동원해서 큰 딸아이는 미국으로 가게 되었다.

그처럼 언손을 호호 불어대면서 그 가장 깊숙한 어둠 속을 작은 가슴 파닥이며 떠났던 그 딸아이로부터 편지가 날아왔다.

엄마, 보고 싶은 엄마. 화가 없는 우리들의 둥지는 드라이아이스보다 더 춥고 시렸어요. 그래서 오늘이 힘들어도 잘 견뎌내고 있어요. 꼭 성공해서 기쁨 안겨 드릴게요.

그토록 찬 물줄기를 뿜어내고 떠났던 딸아이가 먼 하늘 밑에서 실어 보낸 딸아이의 가슴의 소리를 안고 연이는 두 볼에 흐르는 눈물을 닦아내며 편지를 띄워 보냈다.

장하구나 내 딸아. 젊어서 고생은 돈 주고 사서도 한다고 하지 않더냐. 인내는 쓰나 그 열매는 달다고 했단다. 예술의 길은 10년이면 그 윤곽을 드러내고, 20년이면 꽃을 피운다고 했다. 너무 조급한 마음으로 서두르지 말거라. 너에게는 그 열정 쏟아낼 많은 시간들이 있지 않니, 이제 너는 너의 가고자 하는 길에서, 엄마는 엄마가 가고자 하는 길에서 그 꽃을 피우기 위해 게으르지 말자꾸나. 하늘은 스스로 돕는 자를 돕는다고 했단다. 우리에게 달려드는 구면의 가난들이 이제는 더 친해질 수는 없겠지. 단단하게 굳은 땅에 물이 고인다고 하지 않더냐. 언 발이 걸려 넘어질 때마다 아프고 고통스럽겠지만 정작 아픔이란 세월의 파도타기란다. 어차피 인생은 홀로 서기인 것, 가끔은 넘어지고 뒤뚱거리면서 사는 법을 배우며 더 견고해진다는 것 아니겠니? 넘어지더라도 그 아픔의 시간 오래 갖지 말고 열심히 하거라. 그래서 빛나거라. 사랑하는 내 딸아.

그 편지를 띄워 보낸 며칠 후였다. 국제전화를 걸어 울먹이는 딸아이의 목소리가 가슴을 젖고 또 젖게 했다.

"엄마, 고마워요. 첼로 하기 싫어서 엄마한테 많이도 투정부렸는데 선생님이 기초가 잘 돼 있다고 칭찬해 주셨어요. 이제야 엄마한테 감사를 느껴요."

그보다 더 감동적인 큰 선물이 없었다. 겨울이 오면 봄도 멀지 않다고 하더니 이제 겨울을 털어낸 봄의 꽃눈 트는 소리가 들리는 것만 같았다.

라일락 꽃피는 5월 어느 날이었다. 그 딸아이에게서 참으로 기쁜 소식이 날아와 연이를 다시 감동시켰다. 어린 가슴에 소롯하게 젖은 슬픔이 그토록 강인한 의지를 길러냈던 것인지 그곳 한인교회에서 피아노반주를 하게 되면서 아르바이트로 용돈을 벌어 쓰게 되었다고 했다.

그리고 또 연이어 날아온 소식은 그곳 학교에서 장래가 촉망되는 첼리스트로 인정을 받게 되면서 장학생이 되었다는 소식과 함께 오케스트라에 입단하여 방송국 초청 연주 녹음테이프를 함께 동봉해 왔다.

오래간만에 들어보는 딸의 첼로 소리에 두 볼 위로 뜨거운 눈물이 그칠 줄 모르고 흘러 내렸다. 참으로 '불은 금의 시금석이요, 역경은 강한 인간의 시금석이다' 라고 한 말을 절감하게 했다.

너무나도 고맙고 대견스러웠다. 그토록 모자란 부모 밑에서 자생초처럼 강인한 의지가 길러졌던 것인지 홀로서기를 하면서 계속 감동을 안겨주고 있는 딸아이였다.

멀리 이국땅에서 그처럼 그 잎새 반짝이고 있던 딸아이가 방학을 하고 나왔을 때였다. 그래도 꽃밭 일굴 손바닥만 화단이 그 맨션 입주자 각자의 몫으로 정해져 있어서 매일 아침 들여다보며 정성을 들이고 있었다. 딸아이가 그런 엄마의 모습을 3층에서 내려다보고 있었던 듯 현관문을 들어서자 꼬깃한 웃음을 흘리며 하얀 종이 한 장을 멋쩍게 내밀면서 말했다.

"엄마. 이거 그냥 한 번 써봤어."

"뭔데?"

딸아이가 건네준 쪽지를 아무 생각 없이 받아 펼치다가 그만 둥이 휘둥그레졌다.

"어?!"

깨알 같은 글씨는 놀랍게도 딸아이가 쓴 즉흥시였다.

엄마의 꽃밭

3층에서 내려다본
엄마의 꽃밭은
이름 모를 꽃으로
가득 차 있다.

딸을 기르시는
마음으로, 정성으로
엄만 그렇게
꽃들을 키우신다.

엄마의 사랑이, 정성이
그리고 꿈과 이상이
빨간 벽돌 안에 꼭꼭 숨어 있다.
소곤소곤 숨죽여 예쁘게 숨어 있다.

무성한 여름날
뜰을 꽃 피워서
내가 드리지 못한
기쁨마저 채워 드렸으면……

눈에 눈물이 핑그르르 돌았다. 눈물을 딸아이에게 보이지 않으려고 돌아서면서 말했다.

"누가 엄마 딸 아니랄까 봐서 그 청승마저도 닮았니? 다 닮아도 이 궁상은 닮지 마라."

그렇게 핀잔을 주듯이 말은 했지만 그처럼 즉흥시를 읊어내는 딸아이의 감성에 내심 놀라며 반가워하고 있었던 것인지도 모른다. 그래서 자식은 부모의 등을 보고 배운다는 말이 실감나기도 했다.

딸아이의 소롯한 가슴이 들어있는 즉흥시를 들여다보고 또 들여다보면서 그 딸아이가 예술 중학교를 자랑스럽게 입학하고 우쭐거리던 모습이 마치 어제의 일처럼 펼쳐졌다.

'두고 봐, 하늘의 별이라도 따올 테니까.'

그 몸짓과 눈빛으로 그토록 기쁨과 희망을 안겨주던 딸이었다. 그 몸짓과 눈빛이 즉흥시 속에 다시 되살아나면서 그처럼 고단하게 멀리 떨어져 오직 내일의 희망을 안고 견뎌내는 슬픈 현실에 가슴을 젖게 했다.

방학이 끝나고 딸이 떠나고 난 뒷자리에 그 즉흥시만 사랑하는 딸의 숨결처럼 남아 있었다. 그 시를 들여다보고 또 들여다보고 있을 때였다. 막내가 심드렁하게 말했다.

"엄마, 나도 언니 따라 미국 갈래. 보내줘."

"그래 졸업하면 아빠한테 말해서 보내줄게."

"싫어. 지금 보내줘."

안양예고를 다니고 있던 막내였다. 그래서 졸업하면 보내주겠다고 했지만 방학을 한 언니가 다녀간 후로 그렇게 막무가내로 보챘다. 그 막내 고집 또한 만만치가 않았다. 데모시위를 해야 보내주겠다고 싶었던지 그것도 시험 때를 맞춰서 데모를 했다.

아예 학교를 결석하고 집 주위에서 맴돌다가 들어왔다. 마음에 작정을 하고 그렇게 시위를 하는 데는 어쩔 수가 없었다. 큰 딸의 뒤를 따라 미국으로 떠나보냈다.

그때 아들은 군에 입대를 했기 때문에 집에는 이제 시아버지와 시어머니만 모시고 단출하게 생활하게 되었다.

그러던 어느날 그 시어른들까지도 분가를 해서 살 수밖에 없는 문제의 사건이 터지고 말았다.

그래서 옛 사람들의 말이 팔자 도망을 가면 그 팔자가 먼저 앞에 와서 있다는 말을 새삼 실감하게 된 연이였다.

팔자八字의 굴레

이 세상 모든 사람들이 각양각색으로 그 삶의 형태가 다른 것은 그 사람의 기질, 그 생각에 의해서 가고자 하는 길을 스스로 선택해 나간다는 것이 타고난 운명의 팔자八字라고 했다.

남편이 천성적으로 타고난 기질이 그랬다. 아이들이 모두 떠나게 되자 며칠만에 한 번씩 들어와 겨우 얼굴을 보일 정도였다.

어느 날이었다. 연이가 살고 있는 맨션 담장 하나를 사이에 두고 빌딩이 들어서면서 보상 문제로 반상회의를 하고 집으로 들어갈 때였다. 밖에서 들어오던 남편과 만났다. 그때 연이 옆에 서 있는 여자를 쳐다보는 남편의 눈이 반짝해지면서 말했다.

"어디 나갔다 오는 모양이네."

"보상 문제로 반상회의가 있어서……"

"그래? 저기 다방에 가서 얘기 좀 들어보자구."

그 이야기를 굳이 다방에 가서 들어보자고 하는 것은 연이 옆에 서 있는 여자와 자리를 갖고 싶어하는 그런 느낌의 눈치가 퍼뜩 보였다. 하지만 보상 문제가 거론되고 있는 상황이었기 때문에 그 말에 따라주었다.

다방으로 들어가서 자리에 앉아 남편과 옆집 준이 엄마와 처음으로 그 날 맞대면의 인사를 나누게 되었다. 고등학교를 다니는 두 아들을 데리고 시어머니를 모시고 사는 남편이 있는 여자로 평소 연이와는 언니 동생처럼 가까이 지내왔었다.

인사 소개가 끝나자 남편은 그 신랑을 불러내게 했다. 핑계는 보상 문제 때문이라고 했지만 연이의 느낌은 뭔가 달랐다. 그 당시 준이 엄마는 보험 회사를 다니고 있었다. 신랑이 직장을 그만 두고 나와 아직 일정한 직업을 갖지 못하고 있었기 때문이다.

기둥 하나를 사이에 두고 같은 층에 살고 있었으면서도 남편은 주로 밖으로 나돌고 있었기 때문에 이웃집과 그날 처음으로 그렇게 부부 맞대면을 하고 서로 인사를 나누게 된 자리였다. 서로가 통성명이 끝났을 때 옆집 준이 엄마 신랑은 어깨가 힘이 없어 보이는 상태였고, 남편은 오히려 그 반대로 어깨에 힘이 잔뜩 들어간 목소리로 말했다.

"우리 서울 근교에 주말농장이라도 해 봅시다. 주말이면 식구들이랑 즐길 수 있게……."

언제 그렇게 가족을 생각하고 살았던 것인지 뜻밖의 제안을 내놓고 싱글벙글 웃으며 대답을 기다렸다. 당연히 고개를 흔들어 버릴 수밖에 없는 그 집 신랑의 입장인 것이다.

그렇게 자기 과시를 해 보인 남편은 그날 밤 새벽 뜻밖에도 일찍 일어나 무슨 맘이었던지 새벽 수산시장을 가자고 설치면서 말했다.

"저 옆집도 같이 가자고 해 봐."

남편의 그 병이 또 발동 걸리는구나 싶었다. 어디까지 가는지를 두고 보려고 그 집 초인종을 눌렀을 때였다. 준이 엄마가 새벽에 무슨 일인가 싶어 뜨악하게 문을 열고 고개를 내밀었다.

"놀랐지? 수산시장 가자고 말해 보라고 해서 왔네. 갈랑가?"

당연히 고개를 흔들 줄은 알았다. 그러면서도 남편의 그 병이 어디까지 만성화 되어 있는지를 확인해 보고 싶었던 것이다.

참으로 오래간만에 남편과 수산시장을 보려고 나온 연이였다. 무엇을 사든지 남편의사에 맡기고 구경만 했다. 이윽고 남편은 횟감으로 전복과 살아 있는 생선 도미 참치까지를 거판지게 사서 들고 집으로 돌아왔다. 그리고 아침 밥상을 차려 놓았을 때였다. 남편은 그 집 내외를 다시 또 챙겼다.

"저 옆집 내외도 오라고 해, 같이 사시미나 먹자고."

다시 또 초인종을 눌렀다. 준이 엄마가 아직도 부성한 채로 얼굴을 내밀었다.

"어이, 맛있는 횟감을 떠왔네. 신랑이랑 같이 와서 먹자고 부르라고 해서 왔네, 얼른 오소."

남편의 말 그대로를 전하고 들어왔을 때였다. 시어머니는 며느리가 늘 가까이 지내오던 옆집 여자를 모처럼 맛있는 음식을 준비해 놓고 챙긴다고 생각했던지 못마땅하다는 표정으로 쏘아댔다.

"식구들 아침밥이나 묵고 나면 부르던가. 모처럼 식구들 밥 먹는디 불러 들이는 사람이 어디 있는고?"

"어무니, 그건 애비가……."

그때였다. 열어놓은 현관문 안으로 옆집 내외가 들어오면서 입인사를 했다.

"무슨 횟감을 떠 오셨다고 저희까지 이렇게 불러 주신데요……."

그러자 시어머니가 자리에서 벌떡 일어나면서 한 마디 던졌다.

"나는 이따가 먹을란다."

그 분위기가 사뭇 못마땅하다는 그런 몸짓이었다. 그러나 어머니의 그런 기분 같은 것은 신경도 쓰지 않는 남편이었다. 다행히도 그 전날 시아버지는 시골 친척집에 볼 일이 있어서 안 계셨을 때였다.

묘한 분위기의 아침 식사가 끝나고 남편이 나가고 난 다음이었다. 그 아침 분위기에 대해서 뭔가 오해를 하고 계시는 것 같은 시어머니였기에 말을 해 드려야 할 것 같아 입을 열었다.

"어머니, 오해하실까 봐 말씀드리는 건데요. 아침부터 옆집 여자를 내가 불렀다고 생각하신 것 같은데 그건 애비가 부르라고 해서 그런 거구만요."

그러나 시어머니의 표정은 여전히 굳어져 있었다. 그래서 연이는 자신이 느끼고 있는 마음을 내보였다.

"애비가 옆집 여자에 대해서 은근하게 뭔가 생각을 또 달리 하고 있는 것 같은데 어머니가 불러 앉혀놓고 말씀을 좀 하세요. 서울 시내 여자 다 건드려도 같은 아파트에서는 그러면 못 쓴다구요. 애들을 봐서라도……."

지금까지 그러한 아들의 방종생활을 한 집에서 직접 보기도 하고 들어왔던 시어머니였기에 며느리로서 감히 그렇게 말할 수 있었다. 그랬기에 시어머니는 거기에 대해서는 어떤 말을 하지를 못하고 입을 다물고 계셨다.

그 일이 있고 며칠 후였다. 생활비가 떨어져서 남편을 기다렸지만 며칠 채 얼굴 보기가 힘들었다. 마누라의 잔소리 바가지는 그래도 남편이 뉘우침의 가능성이 있어 보였을 때에 자극을 주기 위해서 긁는 소리다. 그래서 사무적인 이야기 이외는 일체 입을 열지 않고 있던 연이였다. 남편 직장으로 전화를 걸었다.

"어떻게 된 거유? 집에 생활비도 떨어졌는데……."

"알았어, 저녁에 갈게."

그러나 남편은 그 날도 들어오지 않았다. 다음 날 다시 또 직장으로 전화를 걸었다.

"뭐하는 거요? 집에 생활비 떨어졌다는데……."

"알았어, 당신 통장으로 부쳐 줄게."

그러나 남편은 흥겨운 꽃밭놀이에 그 약속마저도 잊어버렸던지 은행에 헛걸음질만 하게 했다. 다음 날 다시 또 직장으로 전화를 걸었다. 남편은 부재중이었고, 남자 직원이 전화를 받았다.

"나가고 안 계시는데요."

"그럼 집에서 전화 왔다고 그러세요. 그리고 분명히 전하세요, 직장을 붙이는 것보다도 떼는 것이 더 쉽다구요."

부대 직원들은 남편이 그 자리에 어떻게 오르게 되었는지 다 알고 있는 사실이어서 무뎌진 남편의 양심을 깨우쳐 주기 위한 일종의 협박 같은 것이

기도 했다.

얼마 후 남편으로부터 전화가 걸려 왔다. 직원으로부터 그 이야기를 들었던 것 같았다. 구차한 변명도 없이 간단하게 말했다.

"저녁에 들어갈게."

그러나 그 날 밤도 남편은 들어오지 않았다. 그 다음 날 아침이었다. 쓰레기를 버리기 위해 현관문을 열었을 때였다. 옆집 준이 엄마가 현관문 소리를 내며 밖으로 나왔다.

"출근하는 모양이지?"

그 때 남편이 계단을 올라오고 있었다. 서로가 눈이 마주치자 남편은 어떤 변명 한 마디도 없이 주머니에서 봉투 하나를 얼른 꺼내 건네주고 그대로 몸을 돌려 뛰어내려가 버렸다. 그 걸음의 몸짓에 퍼뜩 이상한 느낌이 들었다. 들어와 베란다의 창문을 열고 아래를 내려다봤다.

연이의 느낌은 적중했다. 남편은 옆집 준이 엄마에게 자기 자동차를 고갯짓하면서 뭐라고 말하고 있는 것으로 보아 태워다준다고 한 것 같았다.

그러나 준이 엄마는 바로 집 앞이어서 그랬던 것인지 고개를 연이고 터벅터벅 걷기만 했다. 그러자 남편은 준이 엄마의 걸음에 맞추어 천천히 자동차를 몰고 가면서 계속 타기를 권하는 것 같았다.

그러기를 얼마쯤 하다가 저만치 행길이 보이는 앞에서 남편의 자동차가 멈추는가 싶더니 준이 엄마가 올라탔다. 남편의 그동안 여자 편력이 또 다른 드라마 한 편을 엮어 나가겠구나 하는 것이 그때 연이의 직감이었다.

남편의 직장으로 전화를 걸었다. 남자 직원이 전화를 받아 아직 출근하지 않았다고 했다. 그럴 것이라고 이미 짐작하고 있었던 연이는 직원에게 부탁했다.

"들어오면 잊지 말고 집에서 전화 왔더라고 전하세요, 급한 일이 있다고……."

그러나 남편에게서는 2시가 넘어도 전화가 없었다. 그 길로 태우고 나가 드라마를 엮고도 남을 남편이라는 생각에 코웃음이 나왔다. 그때 전화가 걸려왔다. 남편이었다.

"난데 무슨 급한 일이 생겼다고?"

"그래요, 끝나는 대로 집에 와서 의논하자구요."

전화를 끊고 연이는 일어나 옆집으로 가서 초인종을 눌렀다. 아들이 얼굴을 내밀었다.

"엄마 들어오시는 대로 내가 보자고 한다고 전해 주렴."

그 말을 하고 돌아와 준이 엄마가 나타나기만을 기다리고 있었다. 저녁 식사가 끝났을 때 초인종 소리가 나면서 준이 엄마가 얼굴을 내밀었다.

"보자고 하셨어요?"

"그래, 이리 들어와 앉아."

그 표정이 다른 때와는 달리 조금은 계면쩍어 하고 있었다. 그 얼굴을 마주하고 있는 연이는 손에 들고 있던 콩깍지를 그대로 까면서 시선도 주지 않고 물었다.

"우리 집 그 양반이 뭐라고 하든가?"

대뜸 그렇게 묻는 말에 조금은 당황한 듯 대답을 못했다.

"같이 차를 타고 갔잖아?"

"아, 예…… 전철 타는 데까지만 데려다 준다고 해서……."

"그랬어? 그런데 그렇게 시간이 오래 걸렸어? 그 양반 보고 보험이라도 하나 들어 달라고 해 보지 그랬는가. 그래서 나는 자네랑 점심 같이 먹고 자네 사무실까지 데려다줬는지 알았지, 그 양반이 사무실에 늦게 들어가서……."

"어머, 그럼 우리가 뭐 호텔에라도 갔었다는 말인가요?"

"뭐, 우리라니? 거기에 또 무슨 호텔이란 말이 다 나와? 그리고 자넨 우리 집 돌아가는 형편을 대충 알잖아? 그래 그 양반 차를 타고 싶지 않으면 끝까지 타질 말던지, 저만치에 가서 타는 건 뭐야? 왜, 동네 사람들이 볼까 봐서?"

그 마음을 들여다보듯이 하는 연이의 말에 준이 엄마는 무안했던지 잠시 말을 잃고 있었다. 그래서 다시 가만하게 말했다.

"내가 자네를 탓하려고 그런 건 아니야, 우리 집 양반의 전력이 그런 양반이니까 알고나 있으란 이야기지."

"그 얘기하려고 보자고 하셨어요?"

시큰둥하게 그 말을 하고 준이 엄마는 벌떡 일어나 방을 나가고 말았다. 그리고 얼마 후 남편이 들어왔다. 눈이 마주치자 대뜸 물었다.

"급한 일이란 게 뭐야?"

"들어와서 얘기해요, 좋은 얘기도 아닌데……."

"약속이 있으니까 그렇지."

"오, 그래서 며칠만에 들어와 서서 생활비 던져 주고 나간 사람이 옆집 여자는 태우고 서울시내 드라이브하고 다녔수? 두 시가 넘게 사무실에 들어가게?"

"이 여편네가 미쳤구만, 내가 어쨌다고 생사람을 잡네. 쳇!"

"이봐요. 내 이 눈으로 봤어. 남의 집 마누라 일보러 나가는데 당신이 그렇게 신경을 쓰고 달려가 차 태워 주어야겠어? 뭐 생사람 잡는다고? 당신이 생각이 있는 사람이야? 내 것 남의 것 분별도 못하고 찝적대고 다니는 그게 개새끼지 사람 새끼냐구요?"

그때였다. 어느 사이 방에서 뛰어나온 시어머니의 찢어지는 듯한 목소리가 등 뒤에서 며느리를 힐책했다.

"뭐야? 그럼 내가 개새끼 에미란 말이냐?! 듣자, 듣자 하니까 이제 못할 소리가 없구나."

그 어머니에 그 아들이라는 생각이 들면서 그렇게 서운할 수가 없었다. 맞대응을 했다.

"제가 어머니한테 귀띔을 드렸잖아요. 애비가 전에 없이 아침부터 거판지게 시장을 봐가지고 와서 옆집 내외를 불러들이고 하는 것이 예사롭지 않다고요. 그게 바로 애비가 남의 여자 넘보는 수작 같으다구요."

연이의 그 말에 남편은 양심이 찔렸던지 두 눈을 부라리면서 말했다.

"큰 일 낼 소리 하고 자빠졌네, 동네 사람 다 듣게……."

그 여자 신랑을 의식한 것 같았다. 코웃음이 나왔다. 그래서 현관문을 아예 열어젖히고 들으라는 듯이 쏘아댔다.

"내가 큰 일 낼 사람인지 동네 사람 모아 놓고 반상회를 해야겠네. 누가 미쳤는가……."

연이가 그렇게 강력하게 나오자 남편은 뒤도 돌아보지 않고 그대로 현관을 나가 버렸다.

그런 다음 날 아침이었다. 아침 밥상에 시어머니와 마주 앉아 수저질을 하시던 시아버지가 굳어 있는 며느리의 표정을 살피면서 말했다.

"에미야, 국 한 그릇만 더 다오. 네가 끓인 국이 맛이 있구나."

그러자 시어머니의 표정이 갑자기 확 변했다. 그리고 시아버지를 향해 마치 심술이 난 사람처럼 한 번 쏘아보더니 자리에서 벌떡 일어나 방으로 들어가 손가방을 챙겨들고 그대로 집을 나가 버리셨다. 그런 시어머니를 어이없다는 듯이 쳐다만 보시던 시아버지는 수저를 놓고 일어나 며느리 쳐다보고 있기가 차마 민망하셨던지 뒤따라 집을 나가셨다.

그런데 그날 점심때였다. 다정한 친구처럼 지내오던 시누이가 문을 열고 들어오면서 어이없다는 듯이 말했다.

"언니야, 참말로 우리 엄마지만 왜 그러시는지 모르겠어. 우리 동네에 방을 얻어 놓고 왔다고 나보고 이삿짐을 날라다 주라고 하잖아? 무슨 일이 있었어?"

기가 딱 막혔다. 그래서 있었던 이야기를 그대로 풀어 놓으면서 말했다.

"어머니 고집을 누가 말리겠는가? 당신 편하신 대로 해 드려야지."

그 시누이는 곧고 정직하신 시아버지의 성품을 그대로 닮아 큰오빠의 방종 생활에 언제나 올케의 입장에서 말이라도 따뜻하게 위로해 주곤 했었다.

연이 역시도 그런 마음 씀씀이의 시누이와 마치 친형제처럼 의논하곤 했었기 때문에 그 처지의 어려운 생활을 반포에서부터 도와주면서 점포를 차려 맡겨 놓기도 했었고, 이후 그 점포를 정리하면서 지배인에게 부탁해서

야쿠르트 방배동지점에 취직하게 했었던 바로 그 둘째 시누이였다.

그 시누이의 직장이 연이가 살고 있는 방배동 맨션 부근 가까이에 있었기 때문에 점심은 언제나 집에 와서 함께 먹곤 했었다. 시누이는 친정어머니의 그와 같은 돌발적인 결정이 사뭇 못마땅하다는 듯이 걱정을 해 주고 이삿짐 센터를 불러 시어른들의 살림도구를 실어가게 했다.

그렇게 따로 분가를 하신 시어머니가 서운하지만 그래도 찾아가 그 인사는 드리고 와야 했다. 그래서 동서들에게 연락을 해서 식구들이 함께 찾아갔다. 그리고 저녁 식사를 하고 이제 막 일어서려고 할 그때였다.

시어머니는 갑자기 무슨 생각을 하셨던 것인지 아들을 향해 진지한 표정으로 입을 열으셨다.

"자식이 내 인생 살아 주는 것이 아녀, 그렇게……."

자식들 앞에서 참으로 어른으로서 할 소리가 아니었다. 시어머니의 그 같은 말씀에 옆에 계시던 시아버지가 그만하라는 듯이 갑자기 헛기침을 해댔다. 그러자 시어머니가 말끝을 흐렸다. 인사를 하고 골목길을 나오면서 시누이가 오히려 올케들 보기가 민망하다는 듯이 한 마디 했다.

"참말로 우리 엄니가 뭔 소리를 하고 계시는가 모르겠네. 자식들 앞에서……."

시어머니의 그 같은 말은 자식들을 생각해서 아들 부부가 다시 합친 것이 못마땅하다는 뜻이었다. 그것이 지금까지 보여온 시어머니의 기대할 수 없는 심술이란 것은 이미 알고 있었지만 너무나도 실망을 하게 했다.

그 마음은 동서들 역시도 같이 느끼고 있었던 듯 한 마디씩 주고받았다.

"참말로 별나신 분인 것 같아요, 우리 애 낳을 때였어요. 애비가 늦게 들어와서 내가 한 마디 잔소리를 했더니 이튿날 그냥 보따리를 싸가지고 나가버리시잖겠어요."

그러자 첫째 동서가 그 말을 받았다.

"당신 자식만 아는 분이셔. 이모님이랑 어머니가 집에 오셨을 때 내가 이모님한테 차비하시라고 몇 푼 인사로 드렸는데 얼굴색이 변하지 뭐야. 우리 같으면 그런 며느리가 오히려 고마울 텐데 당신 아들이 벌어온 돈 며느리가 함부로 생색을 내고 쓴다는 그런 표정이시지 뭐야.”

시어머니에 대해서 도무지 이해가 되지 않는다는 이야기였다. 평소에도 그와 같은 시어머니의 심술을 대책 없이 지켜보고만 계셨던 시아버지였다. 그러나 뜻밖에 그렇게 일방적으로 분가를 하고 나온 시어머니와 그 후로 잦은 말다툼이 있었던 모양이었다.

인사를 다녀오고 나서 그 며칠이 지난 어느 날 밤이었다. 화장실을 갔다가 나오시던 시아버지께서 쓰러지셨다는 시어머니의 전화를 받고 화급을 하고 달려갔다. 의식이 없는 인사불성 상태였다.

엠블런스를 불러 방배동 집 근처에 있는 가야병원 응급실로 모시고 들어갔다. 그러나 시아버지는 입원 3일이 지나도 차도를 보이지 않은 무의식 상태 그대로였다. 식구들에게 위급 전보를 쳐서 모두가 병원에 모였다. 그때가 점심때여서 식구 모두가 식사를 하러 나가고 연이 혼자 병실을 지키고 있었을 때였다. 그런데 이게 웬일인가?

시아버지는 희미하게 의식이 돌아온 듯 감았던 눈을 반쯤 뜨고 무슨 말인가 하고 싶으신 듯했다. 입을 달싹달싹해 보이셨다. 눈물이 나게 반가운 연이는 어느 사이 시아버지의 손목을 덥석 잡아 흔들면서 말했다.

“아버지 이제 정신이 드세요?”

그러자 시아버지는 잠시 눈맞춤으로 무슨 말인가를 할 듯하시다가 몇 번 숨을 크게 몰아쉬시더니 그대로 두 눈을 감아 버리셨다.

“안 돼요, 아버지! 흐흑……, 어쩌라고 이대로 가세요?”

연이는 아무 예고도 없이 그처럼 화장실을 갔다 나오다가 쓰러지셨다는 시아버지의 죽음이 마치 자신의 부족함 때문인 것 같았다. 싸늘하게 식어가는 시아버지를 붙들고 눈물을 펑펑 쏟았다.

영면永眠에 들어가신 시아버지의 임종을 팔남매의 장남 며느리인 연이 혼자 그렇게 지켜본 것 또한 보통 우연한 일은 아닌 것 같았다. 그만큼 며느리를 사랑해 주셨던 시아버지였기 때문이다.

병원에서 장례의식 절차로 시아버지의 입관식을 할 때였다. 그 자리에 분명히 계셔야 할 시어머니의 모습이 보이지 않았다. 그래서 시어머니를 찾아 여기저기를 두리번거리며 찾고 있을 때였다. 뜻밖에도 시어머니는 입관실 문밖 계단 위에 쭈그리고 앉아 턱을 두 손으로 바치고 있었다.

그런 시어머니의 모습은 그날 분명히 시아버지와 말다툼 끝에 그런 불상사가 일어났었다는 느낌을 더욱 들게 했다. 그렇기 때문에 세상 떠나시는 시아버지의 마지막 모습을 차마 양심상 바라보지 못하고 밖으로 나와 마치 죄지은 사람처럼 그렇게 많은 생각을 하고 앉아 있다는 생각이 들게 했다.

시아버지의 장지는 강원도 문막에다 정했었고, 시어머니의 묘지까지도 그 옆에 미리 준비를 해 두었다. 그런데 참으로 알 수 없는 일이었다. 시아버지의 시신을 장지로 운송할 때였다. 마치 고전 영화에서나 볼 수 있는 장면이 벌어졌다. 집 앞을 지나가야 했던 장례 운구차가 갑자기 집 앞에서 멈추어 섰다. 마치 누가 운전수에게 그렇게 시킨 것처럼 서 있었다.

하지만 운전수 역시도 갑자기 그렇게 자동차 시동이 꺼지면서 장례 운구차가 멈추어 서는 일은 처음 있는 일이라고 고개를 갸우뚱할 정도였다.

그렇게 시아버지 장례를 치루고 돌아온 연이는 그처럼 생전에 며느리를 아껴주시고 다독여 주시던 시아버지의 생전의 모습이 더욱 슬픔으로 다가왔다. 그래서 시아버지의 영정을 식탁 한쪽에 모셔 놓고 국화꽃 송이를 그 영정 앞에 갖다 놓아 드리고 시들면 바로 또 갖다 놓아드리는 것을 잊지 않았다.

그리고 아침 조반을 드시던 그 시간이 되면 살아생전에 그래 왔던 것처럼 시아버지 영정사진 앞에 밥을 담아 올려다 놓고 마음 속으로 '맛있게 많이 잡수세요' 하고 절해 올리기를 게을리 하지 않았다.

누구보다도 모태신앙으로 기독신앙 속에서 살아온 연이였다. 하지만 너무나 서운하게 세상을 떠나신 시아버지였기에 설령 어떤 교인이 들여다보고 쓸데없는 짓을 한다고 해도 그런 말에 신경을 쓰고 싶지 않았다. 그렇게 백일 동안만이라도 해 드려야 마음이 편할 것 같았다.

　그렇게 두 달쯤이 되었을 때였다. 그날 밤도 남편은 들어오지 않았다. 그런데 아침 일찍 병원에서 남편이 교통사고로 입원을 했다는 전화가 걸려 왔다. 보호자를 찾았다.

　병원으로 달려갔을 때는 남편은 다행히 외상은 입지 않은 상태여서 입원실에 옮겨져 있었고, 그날 새벽까지 함께 술을 마셨다는 친구 둘이 연락을 받고 먼저 와서 있었다. 고등학교 동창으로 자주 어울리는 친구들이었다.

　그 친구가 연락을 받고 뛰어간 연이를 보고 하는 말이었다.

　"놀래셨지요? 글쎄 같이 술을 먹다가 슬그머니 없어져서 처음에는 화장실에 갔는지 알았지요. 그랬는데 술이 취했던 것인지 집 방향하고는 정반대로 한강변 쪽으로 차를 몰고 가다가 새벽에 길가에 서 있는 청소차를 들이받았다지 뭡니까. 그래 차가 박살이 난 정도여서 폐차장으로 끌어갔는데 이 사람이 살았느냐고 묻드래잖아요. 그런데 저 친구가 저렇게 타박상 하나 입지 않았다는 사실에 의사도 놀랐다는 거 아닙니까."

　참으로 기적이 따로 없다는 친구의 말이었다. 그처럼 남편은 큰 사고를 냈지만 다행히도 외상 한 군데 없이 다만 가슴의 뼈가 핸들을 잡고 들이받았던 충격에 앞으로 불거져 나와 있었음을 손으로 느낄 정도였다. 친구들뿐 아니라 담당 의사까지도 참으로 기적 같은 일이라고 말했다.

　그때 연이는 돌아가신 시아버지가 그렇게 아들을 상처 하나 입지 않고 다만 혼줄을 내키셨구나, 하는 그런 생각까지도 언뜻 들었다. 남편이 한강변 쪽으로 차를 몰았었다면 그 영등포 쪽에 부대 사무실에 근무하는 미쓰 김이 살고 있다는 이야기를 들은 일이 있었기 때문이다.

　다행히도 그렇게 외상을 입지 않은 사고로 남편은 며칠 후 퇴원을 했다. 그리고 집에서 출퇴근을 하면서 병원 치료를 받고 다니게 되었다. 하지만 이미 그 체온의 숨결조차도 같은 방에서 호흡한다는 것이 싫어진 연이였다. 심지어는 그 체온이 묻은 세탁물조차도 손으로 만지는 것이 불결하게 느껴져서 집게로 집어서 세탁기에 넣을 정도로 싫었다. 그래서 밤이면 밀린 원고를 써야 한다는 핑계 이유로 곧잘 응접실에서 그대로 잠이 들곤 했었다.

사실 그때 무리하게 원고 작업을 했었던 관계로 펜대에 힘을 준 오른팔 엄지손가락이 시퍼렇게 혈관이 튀어나와 통증이 심했다. 그래서 주물러 가면서 원고 작업을 했다.

그러던 어느 날 밤이었다. 엄지손가락의 심한 통증에 주무르다가 그대로 깜빡 쓰러져 그대로 잠이 들었던 모양이었다.

그때 현관 초인종소리에 일어나 현관문을 열었다. 그런데 뜻밖에도 돌아가신 시아버지가 평소 아침 등산복 차림 그대로 선뜻 집안으로 들어오셨다. 놀란 연이가 아버지를 쳐다보면서 화급을 하고 말했다.

"어머! 아버지는 돌아가셨잖아요? 그런데 어떻게 오셨어요?"

그러자 시아버지는 연이의 아픈 팔을 덥석 두 손으로 잡고 주물러 주시면서 말했다.

"에미야, 니가 그동안 고생이 많았다. 이제 니가 광맥을 찾는다."

그 말씀을 하시고 시아버지는 연이를 지긋하게 바라보시며 이번에는 등을 토닥거려 주셨다. 연이는 울음을 참지 못하고 마침내 엉엉 울음을 터트리고 말았다. 그 울음소리가 얼마나 크게 소리를 냈던지 놀란 남편이 방에서 뛰어 나오면서 소리를 쳤다.

"왜 그래?! 무슨 일이야?"

그때쯤은 연이도 자신의 울음소리에 그만 깜짝 놀라서 눈을 떴다. 꿈속에서 시아버지 손을 붙들고 얼마나 크게 울었던지 눈물이 귀밑으로 흘러 베개가 흥건하게 젖어 있었다.

"아버지가 오셨어, 지금 막……."

연이는 그 말을 하고 얼른 베개를 들고 남편을 따라 방으로 들어갔다. 참으로 이상한 꿈도 다 꾸었다 싶었다. 그 꿈속에서 또한 이상한 것이 어렸을 때 약물을 잘못 복용하여 그 귀에 이상이 있어 평소에 말귀를 잘 알아듣지 못하게 되었다는 그 둘째 시동생을 연이가 서 있는 옆에다 앉혀 두신 것이었다.

너무나도 생생한 꿈에 그날 낮에 점심을 먹으러 들어온 시누이에게 그 꿈이야기를 했다.

"고모야, 오늘 새벽 꿈에 아버지가 오서가지고 이 아픈 팔을 주물러 주시면서 등을 두들겨 주시기에 얼마나 울었던지 내 울음에 내가 깼지 뭐야. 오빠도 놀래가지고 방에서 다 뛰어나오고 그랬는데 내 옆에다 장수 삼촌을 앉혀 두시지 않았겠어, 무슨 꿈인지 모르겠어."

"세상에……, 아버지는 생전에도 그렇게 며느리 밖에 모르시더니, 돌아가셔서도 찾아오셔서 그러시든 갑네. 그런데 장수는 왜 언니 옆에 앉혀 뒀지?"

"글쎄, 그게 의문이야. 그런데 내가 이제 광맥을 찾게 된다고 하시잖아. 그 광맥이 뭔지 모르겠지만 아무튼 그때 삼촌을 돌봐주라고 하신 것인지……, 정말 그렇게만 됐으면 얼마나 좋겠어, 그치?"

아무튼 꿈이었지만 너무나도 충격적인 꿈이어서 시간이 지나도 머릿속에 잊혀질 수가 없었다. 그 꿈을 꾸고 난 얼마 후였다. 생각지도 않게 시이모님이 찾아오셨다. 그 표정이 왠지 심기가 편안치 않아 보여서 물었다.

"이모님, 무슨 걱정거리라도 생기셨어요? 기분이 좋아 보이지를 않네요."

"걱정거리는 무슨……, 내 걱정 말고 자네 걱정이나 하소. 자네 결혼할 때 동생이 그러드구만, 자네 방에 너무나 예쁜 꽃들이 하나 가득 피어 있어서 복이 많은 며느리가 들어온 갑다고 좋아혔는디 이게 뭔가? 하긴 내가 할 말은 아니네 만은 승수가 꼭 즈그 외할아부지를 꼭 닮아가꼬 자네 애를 많이 먹이는 모양인디 웃음꽃이 피겠는가?"

그리고 덧붙여서 말했다.

"우리 아부지가 얼매나 난봉꾼이었던지 물론 딸만 셋이라 아들이 없어서 그랬다고는 하지만 동네 과부들은 죄다 우리 아부지 것이었다고 하데."

"외할머니가 가슴앓이를 많이 하고 살으셨겠네요."

"그때 시골에서 가게 점방을 봤는디 말이여, 엄니가 한 마디라도 잔소리를 하믄 생활비도 안 내놨어. 그러니 어쩌겠어, 엄니가 아부지 기분 좋으라고 동네 가난한 총각 머리를 예쁘게 빗질해서 아부지 점방에 집어넣어 주면

집에 몇 푼 내놓고 그랬다네.”

“어머, 세상에……, 그럼 동성연애까지를 하셨단 말인가요?”

“그뿐이 아니여. 어찌나 사나우셨던지 학질 걸린 동네 애들이 우리 아부지 이름만 들어도 학질이 다 떨어졌다는 거여. 그러니 딸만 셋 낳은 울 엄니가 못할 고생 많이 하고 가셨지. 그런디 딸 중에 자네 시어무니가 아부지를 제일 많이 닮아가꼬……, 이건 내가 할 소리가 아니네만은 자네 시아부지 돌아가시고 그래도 형제간이라 좀 의지해 살아볼까 하고 찾아갔다가 돈 없는 언니라 얼매나 괄시를 받을 줄 안가? 기가 막혀서 내가 다 말을 못하겠네.”

시이모님이 그날 연이를 찾아와서 그 마음을 털어 놓으신 것으로 보아 그래도 동생이라고 찾아가셨다가 마음을 많이 상하시고 나온 것 같았다.

지난 날 연이는 시이모님이 찾아오실 때면 언제나 용돈하시라고 얼마씩 드리는 것을 잊지 않았고, 또 형편이 어려웠을 때는 그런대로 마음을 다해 대접해 드렸기 때문에 거리감 없이 친조카처럼 찾아와 그렇게 마음을 풀어 놓으시는 시이모님이셨다. 하긴 그 시이모님에게 어머니가 보는 앞에서 차비 몇 잎을 드렸다가 혼이 났다는 동서의 말이었고 보면 시이모님의 그 마음을 충분히 이해할 만했다. 그처럼 오직 자기와 그리고 자식 밖에 모르는 시어머니에게 있어서 피와 살도 섞이지 않은 며느리는 완전히 남이었다.

그렇게 이기적으로 오직 당신 밖에 모르는 시어머니의 기질을 그대로 유전적으로 받고 태어난 남편과의 결혼은 그처럼 숫자 계산속 없이 오직 감성에만 충실한 연이의 기질이 선택한 팔자의 굴레인 것만은 틀림없었다.

그것이 연이가 사업에 실패하신 친정아버지의 고독과 슬픔을 그처럼 외면하고 튕겨져 나와 그 형벌을 받고 울어야 했던 불효에 대한 죗값으로, ‘콩 심은 데 콩이 나고 팥 심은 데 팥이 난다’ 는 그 자연법칙에 의한 인과응보因果應報임에는 틀림없는 것 같았다. 예수께서도 ‘너희가 심는 그대로 거두리라’ 고 말씀하셨기 때문이다.

기인과의 만남

세상 모르는 아이들을 위해서 다시 재결합을 할 수밖에 없었던 생활은 눈물 쏟아지게 하는 무덤이나 다를 것이 없었다.

이제는 아이들도 다 떠나고 아무도 없는 텅 빈 집에 살갑지도 않은 아내를 위해서 의무적으로 생활비를 내놓을 남편도 아니었다. 그래서 지난날 한두 번쯤 걸친 값비싼 외제 옷을 도깨비 시장으로 들고 나가 팔아서 용돈을 써야 했던 연이의 생활은 그야말로 숨이 칵칵 막혀왔다.

살아 숨만 쉬고 있을 뿐 더 없는 고통의 나날들이었다. 참으로 지난날의 은혜를 그처럼 모르는 파렴치한 남편의 배신은 생각할수록 치가 떨리면서 분하고 억울했다.

그 억울함은 예수께서 십자가 위에서 원수들의 손에 발가벗겨 비웃음을 당하고 창과 칼에 찔려 성체에 피를 흘리시고 그 하루만에 운명하셨다는 그와 같은 고통을 차라리 이틀 사흘을 당해 보라고 한다면 차라리 그 길을 택할 것 같았다. 그만큼 억울하고 분한 고통의 나날들이었다.

그와 같은 절망의 고통은 세월을 살아온 만큼 세상 물정을 섭렵하시고 보아온 친정아버지의 반대를 무릅쓰고 돌이킬 수 없는 불효를 저질러가면서 강행군했었던 죄과임에는 틀림이 없는 것 같았다. 그만큼 연이가 선택했던

결혼생활은 먹빛 바다를 출렁이는 눈물로 웃음을 잃어버린 지가 오래였다.

그 고통의 슬픔을 언제까지 겪어가면서 세상을 살아야 하는지 그야말로 고장이 난 수레바퀴처럼 힘겨운 삐그덕 소리를 내며 그 아픔을 원고지에 쏟아내다가 작가의 길로 들어선 연이였다.

그렇게 현실과 유리된 꿈의 세계로 운명의 회로는 바뀌고 있었다. 시작이 반이라던가, 마치 반쯤은 이루어낸 것 같은 손놀림이 '하면 된다' 는 심지에 불을 붙이게 했었다. 그리고 작품이 나오면서 그때 받은 박수가 또한 용기를 실어준 것도 사실이었다.

그녀가 문학에 있어서 하나의 장르에만 구애 받음이 없이 보다 활기차게 활동할 수 있는 구체적인 바탕은 그녀가 지니고 있는 문학적 체질, 그 어떤 감성내지는 기지에서 비롯되는 게 아닌가 싶다.

그렇게 호평을 해 주신 이규호 선생님은 한국문단의 후배들로부터 더 없이 존경을 받아오신 분으로, 한국문단의 '칼' 이라는 닉네임이 붙을 정도였다. 그만큼 어느 장르에 구애 받음이 없이 종횡무진하신 시인이며 작가로 영부인 육영수 여사님의 조시弔詩를 박목월 선생님을 도와 쓰셨던 분이기도 했다.

운명의 회로가 바꾸어진 삶의 무대에서 연이가 그처럼 한국문단의 대선배 선생님으로부터 호평을 받을 수 있었다는 것은 여간 큰 축복이 아니었다. 위로와 함께 큰 힘이 되어 주었기 때문이다.

그야말로 썩은 두엄 속에서 그토록 몸부림쳐 온 굼벵이의 울음이 어둠 속에서 만들어진다는 반딧불이처럼 그로부터 잡지에 이름이 반짝이면서 실려 나가기 시작했다.

그것이 또 다른 정신세계의 길로 들어서는 계기가 되었다. 연이가 그처럼 어려서부터 믿어왔던 맹신적인 기독신앙관의 틀에서 벗어나 과연 종교란 무엇인가? 그리고 동서東西로 오고간 세계 칠대 성현들의 가르침을 새롭게 공부하게 해 주었던 인연의 끈이 그로부터 비롯되어졌기 때문이다.

월간『한복』잡지에 소설을 처음 연재하기 시작할 때의 일이었다.

겨울 날씨치고는 을씨년스럽게도 눈은 오지 않는데 차가운 바람만 유난히 불어 마음을 움츠리게 하는 날씨였다.

연이는 목을 잔뜩 움츠린 채 빌딩 2층에 위치한 잡지사 발행인실 문을 열고 들어갔다. 잡지는 그 다음달 창간되기로 돼 있어서 미리 원고를 청탁했었기 때문이다.

발행인은 여기 저기 전화를 걸다가 문을 열고 들어서는 연이를 반갑게 맞아주면서 말했다.

"바깥 날씨가 차갑지요."

그리고 발행인은 구석 소파에 앉아 이쪽을 주시하고 있는 사내에게 손짓하며 말했다.

"인사들 하시지요, 이 분은 이번 호부터 우리 잡지에 연재소설을 맡아 주실 작가 분이시고, 저 친구는……."

발행인은 그 친구라는 사람을 소개하려다가 얼른 어떻게 소개할지 생각이 나지 않는지 웃음부터 날렸다.

이런 데서 만나는 사람들이란 대개가 작가나 삽화가, 만화가, 도안사 등 흔히 먹물을 직업으로 하는 사람들이 대부분인데 아마도 그런 데서 제외되는 사람 같은데 얼른 직업을 헤아릴 수가 없었다.

발행인의 친구라는 그 사내가 멋쩍다는 듯이 싱긋 한 번 웃어 보이다가 입을 열었다. 어눌한 말투였다.

"명함이 없어서 죄송합니다. 그냥 이 집 저 집 돌아다니면서 소식이나 전해 주는 우편배달부라고나 할까요? 남들은 제게 대감이라고 부르죠, 과분한 칭호라서 사양합니다만서도……."

"대감님?"

"예 지나가는 과객이죠. 여기 저기 기웃거리다가 얻어먹고 가기도 하는……."

웃음이 나오게 하는 별난 자기 소개였다. 인사를 그렇게 끝내고 그의 맞은편 자리에 앉았을 때였다. 자신이 우편배달부라고 하던 이 대감은 탁자 위의 재떨이를 만지작거리다가 시선도 주지 않은 채 혼잣말처럼 중얼거렸다.

"허허허……, 세월을 태우고 계시는 시인님이라."

시인이라니, 도대체 누구를 보고 하는 소린가 싶어 어리둥절했다. 다소 해학적으로 세상을 초월한 듯한 그의 말투에 평범한 보통 사람은 아닌 것 같은 느낌이 들면서 맹하게 발행인과 그 사내를 번갈아 쳐다보고 있었다.

발행인실에는 세 사람뿐이고, 발행인은 분명히 연이를 창간호 잡지에 소설을 연재해 줄 작가라고 소개했다. 그렇다면 누구를 보고 하는 소린가 싶어 뜨악하게 그를 쳐다봤다.

하긴 소설가나 시나리오 작가나 시인이나 글을 쓰는 사람은 매한가지였기에 그리 말이 안 되는 소리 같지는 않았지만 그래도 엄연히 장르 분야가 다른데 무슨 소린가 싶었다.

발행인이 손놀림을 하다가 그 특유의 웃음을 키득거리며 말했다.

"이 친구 또 시작이군!"

그 말에 이 대감이라는 사내는 입가에 묘한 웃음을 만들어 내며 연이의 표정을 힐끔 한 번 살피면서 말했다.

"풍류라! 그렇죠, 본시 하늘은 풍류니까요. 기파가 여간 강한 분이 아니십니다 그려. 허허허……."

"저 보고 하시는 말씀입니까?"

"이 자리에 누가 또 있습니까?"

풍류니, 기파니 하는 단어를 끄집어내 쓰는 걸 보면 풍수쪽으로 관심이 있거나, 아니면 그 방면에서 밥벌이를 하는 사람 같기도 했다. 그때 발행인이 그 사이를 끼어들며 한 마디 던졌다.

"그런 흰소리 그만하고 광고나 좀 끌어다 주시게, 친구 좋다는 게 뭔가!"

발행인이 광고를 끌어다 달라는 것으로 보면 그가 발이 꽤나 넓은 것 같았다. 발이 넓어야 광고를 끌어다 줄 수 있다는 것은 상식적이기 때문이다.

두 사람의 얼굴을 멀끔하게 번갈아 쳐다보고 있을 때였다. 그때 이 대감이라는 사내는 뭐가 그리 바쁜 일이 있는지 갑자기 자리에서 벌떡 일어나면서 말했다.

"자, 그럼 나는 바빠서 먼저 실례하겠습니다."

그 말을 하고 바쁘게 일어나던 그는 얼핏 뒤돌아 눈길을 한 번 보내면서 말했다.

"만날 도수가 되면 또 만나지겠지요."

'만날 도수?'

한글 사전을 찾아봐야 알 것 같았다. 연이는 그 대감이란 남자가 나간 문쪽을 멀거니 쳐다보다가 발행인에게 물었다.

"저분이 뭘 하시는 분이세요? 말씀하시는 것으로 보아 예사분은 아닌 것 같고, 기파니, 도수니 하는 걸로 보아 도사나 기인류에 드는 분 같은데……."

"그래서 남들이 대감이라고 한답니다. 골치 아픈 친구죠. 자유자재로 유체 이탈을 해서 가끔 죽은 조상도 만나고 온다고 하질 않나, 아무튼 평범한 친구는 아니죠. 그런데 나는 저 친구 말이 도무지 황당해서 취미도 없고 아무튼 그 하느님이 어쩌고 물질계, 영계 하는 말부터가 딱 질색인 데다가 천지도수 운운하면서 조물주 신관이 이러쿵 저러쿵 하는 저 친구가 사차원 세계에서만 사는 것 같아서 안 됐다 싶거든요. 그런데 저 친구는 나보고 안 됐다고 하지 뭡니까. 핫, 핫, 하……."

오늘날 세상에는 대수로운 뜻이나 철학도 없으면서 행색을 기이하게 하고 예의범절을 파하면서 세상사를 조소하며 그야말로 자신이 인간 만사에 초연한 것처럼 기인을 자처하고 돌아다니는 자들이 있다.

그런 부류들은 대체적으로 종교계나 예술계에서 가끔씩 볼 수 있는 모습이다.

그러한 그들의 모습에서는 진정한 도사나 기인의 멋과 기개는 찾아볼 수 없는 채, 우쭐거리는 그 모습이 눈살을 찌푸리게 하기도 했다. 그런 대부분이 빈 주머니에 돈을 채워 넣기 위한 트릿한 짓들을 하는 자들이 많아서 정작 기인이라고 해도 한 번쯤은 다시 생각해 보게 하는 것이 사실이다.

그런데 그가 기인이라니, 그 이 대감이란 사람의 정체가 여간 궁금해지는 게 아니었다. 아무튼 좀 더 이야기를 해 볼 걸 하는 아쉬움도 있었으나 하도 자칭 도사며 기인이라는 사람들이 많은 세상이라서 그런 류의 사람이거니 하고 발행인에게 물었다.

"저 친구라는 분이 여기 자주 오세요?"

"마당발이라 광고 좀 부탁했지요. 왜? 어떤 소재감이라도 얻을 것 같습니까?"

"그게 아니라, 저 분이 내가 시를 쓰고 있다는 걸 어떻게 아셨죠?"

연이는 그것이 궁금했다. 물론 어려서부터도 시를 써 왔고, 또 가끔 잡지에 투고를 해서 실리기도 했었다. 그래서 두어 차례 시집을 발간하기도 했었다. 소설에 비해 짧은 글인 시詩 쓰기가 쉽다고 생각해서가 아니라 지나온 날에 대한 연민과 회한 같은 것이라고나 할까?

아무튼 그렇게 틈틈이 생활 속에서 가슴 아픔을 늘어놓은 자궤의 실타래 같은 이야기들을 모아 발간한 시집이었던 만큼 내놓고 시인이라고 자부해 본 적도 없었고, 또 그렇게 생각해 본 일도 없었다.

어쩌다가 그 시집을 펼쳐 읽게 되면, 이것도 시라고 썼을까? 하고 자신이 부끄러워질 때도 있었다.

그것은 특히 이것도 시라고 썼느냐고 이죽거리는 남편의 비아냥거림을 들을 때면 더욱 그랬다. 정녕 동반자와 가슴 맞닿을 수 없어 절름거리던 그 긴 세월의 다리, 결코 내 생애 단 한 번도 의지의 우산이 될 수 없었던 바람 같은 사람, 그 사철 바람 팔랑개비 북소리에 가슴을 조이면서 늘어놓는 자궤의 실타래에 시詩라는 비단 옷을 입혀 보았을 뿐이었다.

그런데 그가 대뜸 연이에게 시인이라는 호칭을 하는 것이 여간 궁금한 일이 아니었다.

그래서 기분이 그렇게 썩 좋지만은 않았다. 마치 남의 속사정을 한눈에 들여다보는 듯한 그런 느낌이 들었기 때문이다.

발행인이 잠시 사이를 두고 말했다.

"친구라도 저 친구는 하늘에서 놀고, 나는 땅에서 논다는 거 아닙니까. 그러니까 어떨 때는 말도 안 되는 소리를 하는 것 같은데 그 말도 안 되는 소리가 말이 될 때가 있다니까요."

"염력하는 분들이 보통 그렇다는 소리는 들어봤는데, 그럼 저 분도 염력하시는 분인가요?"

"학교 다닐 때 머리가 참 좋은 친구였는데 너무 좋다 보니 눈에 보이지 않는 세상이나 왔다 갔다 하면서 산답니다. 팔자가 저 친구 같았으면 얼마나 좋겠습니까 흐흥!"

웬만해선 허튼 소리를 하지 않는 발행인이 하는 말로 미루어보아 그 친구 분은 보통 사람과는 조금 특이한 철학을 갖고 살고 있는 사람이라는 생각이 들었다.

아무튼 그 기인을 처음 그렇게 잡지사에서 만났었다. 그리고 며칠이 지나서였다. 잡지사로부터 원고 교정이 나왔으니 검토해 달라는 전화를 받고 잡지사를 찾았을 때는 직원들이 발행인을 중심으로 회의를 하고 있는 중이었다.

그래서 바깥 사무실 긴 의자에 앉아 회의가 끝나기를 기다리고 있을 때 문을 열고 들어오는 사람이 바로 그 우편배달부라고 하던 이 대감이었다.

그가 먼저 아는 체를 했다.

"또 뵙게 되었군요, 시인님."

반가웠다. 손에 펼쳐 들고 읽던 신문을 접으며 응수를 했다.

"말씀하시던 만날 도수가 된 건가요?"

전날 그가 흘리고 간 만날 도수라는 말이 생각나서 그렇게 인사를 했다. 그러자 그는 한쪽 의자로 가서 앉으면서 말했다.

"그 도수라는 것이 도술이라! 핫, 핫, 핫……."

역시 기인 같은 말이 그의 입에서 너부러져 나왔다. 연이는 그가 하는 말을 싱겁게 따라 웃다가 지난번 하던 말이 문득 궁금해지면서 말붙임을 했다.

"지난번에 저더러 기파가 강하다고 하셨는데 도대체 그게 무슨 말씀이시죠? 그리고 저더러 시인이라고 하셨는데 제가……"

"제가 시인님의 전생을 한 번 알아맞춰 볼까요?"

그 사람의 전생을 알아보고 말하는 사람들이 있다는 것은 들어서 알고는 있었지만 가 보지 못한 전생의 이야기를 듣는다고 그것이 얼마나 과연 신빙성이 있는 것이며, 믿을 만한 이야기든가 말이다.

그것은 또 접어두고라도 전생 운운하는 사람들에 대해서는 그동안 믿어 온 기독교적인 사고 때문인지 그 선입견부터가 별로 좋지 않게 느껴진 것이 사실이었다.

그것은 어쩌면 우리가 일상에서 늘 가까이 대하는 음식과 그렇지 않은 별식의 음식을 대하듯이 그런 것 같았다. 전생이라는 말이 어쩐지 낯설고 이질감마저 느껴지면서 헤실거렸다.

"그것 재미있을 것 같네요."

그러자 그는 잠시 뭔가 생각에 잠긴 듯하다가 담배를 꺼내 물었다. 그런 다음 느슨하게 말을 꺼냈다.

"옥황상제님 다섯째 따님께서 어쩌다가 세상에 오셔 가지고 그래 세상 살맛이 어떻습니까? 허허허……"

이 사람이 제 정신을 갖고 하는 소린가 싶었다. 옥황상제라면 무당들 계통에서 하는 소리가 아닌가?

그 말을 듣자 그 어떤 이야기를 듣고 싶어 했던 기대가 순간적으로 와르르 무너져 버렸다. 그러나 그는 상대방의 기분 같은 것은 아랑곳없이 무슨 주문 같은 소리를 한쪽 벽을 쳐다보고 지껄였다.

"그렇지 소하고 말이라. 두 큰 짐승이 한 우리에 들었으니 서로 눈을 흘겨, 소가 말을 보고 뭐라고 눈을 흘기는지 아슈? 저건 잠을 잘 때도 서서 잔다고 흉을 봐, 그러니까 말이 소더러 똥파리는 죄다 끌어들여 놓고 퍼질러 잔다고 눈을 있는 대로 흘겨대니 서로가 못할 일이라. 그래서 소외양간하고 말구유간하고는 멀리 떨어지게 두는 거요. 서로 상극이라 마주보면 영 마음이 안 편하거든.”

그가 말하는 의도를 얼른 느낄 수 있었다. 그는 분명히 우리 부부의 띠 궁합을 보고 하는 말이 틀림이 없었다.

사실 그랬다. 어쩌다가 재미로 휩쓸려 역학관이나 점쟁이 집을 찾았을 때 그 비슷한 말을 들어오곤 했었다. 그러나 그때는 부부의 사주四柱를 알려 주었을 때였다.

그런데 운도 떼지 않은 상태에서 그 같은 이야기를 꺼낸다는 것은 여간 신기한 일이 아니었다. 누구에게서 들어서 알지 않은 이상 그렇게 상대방의 태어난 띠를 얼굴만 보고 알아맞춘다는 것은 쉽지 않은 일이기에 한편으로는 섬뜩한 느낌마저 들기도 했다.

그의 얼굴을 찬찬히 훔쳐 보았다. 광대뼈가 조금 튀어나온 평범한 얼굴로 관상학적으로 그리 특이한 건 없었으나 그 눈빛만은 마주 대하기가 꺾이는 듯한 그런 강한 눈빛을 갖고 있었다.

그가 다시 말했다.

“그러나 어쩌겠습니까? 닭아라 하고 천연으로 그렇게 만나진 것을. 그러자니 좀 마음 고생을 했겠느냐 이 말입니다. 허허허……. 아, 하나님의 아들이라고 하는 예수가 괜히 누울 자리도 변변찮은 마구간에서 태어나게 했겠수? 뭔가 보여주라고 그런 거요. 석가 부처님도 마찬가지요, 황태자로 태어났지만 뭔가 보여줄 것이 있었으니까 바리때 하나 달랑 들고 출가를 해서 그 고행을 다 겪고 보여준 게 뭐유? 중생들아 보아라! 내가 황태자로 태어났지만 이렇게 세상에 와서 오만가지를 다 겪고 난 후에 얻는 깨달음이란 것이 바로 이런 것이다. 이랬단 말씀이야, 그것이 바로 영혼 성숙을 위한 닦음이란 것을 보여주려고 그랬단 말씀이거든. 이게 무슨 말씀이냐 하면 성자라도 물질 육신에 오욕칠정 마음 보따리가 있으니 이것을 그렇게 닦고 비워냄으로 깨달음의 경지에 들어갈 수 있다는 것을 보여주려고 그런 거요. 성자들이라고 해서 편하게 세상에 왔다 갔다는 말 들어 보셨수? 그야말로 세상에 와서 오만가지 다 보고 섭렵했지. 하물며 본불자리 성자들도 그랬는데 사명이 있어서 보내진 보좌 신명들이 편안하게 고통 없이 세상에 갔다 오라고 했겠수? 아, 그 인간 오욕칠정이라는 인두겁이 가만히 앉아서 벗겨져 신선 몸으로 해탈이 된답디까. 그러니까 세상살이가 눈물이라, 그래 공자께서도 말씀하기를 하늘이 큰 사람을 만들려면 뼈를 깎는 고통을 준다고 했소이다. 그래 그 고통을 통해서 거듭나라, 해탈 탈겁해라 한 거요. 그래야 신선 몸이 된다는 것이지요."

기인인 줄만 알았는데 동서의 종교에 관해서도 아는 게 많은 것 같아 내심 놀라고 있었다. 하지만 해탈 운운하는 그의 말에는 기독교적인 사고 때문인지 그 선입견이 별로 좋지 않았다. 그래서 듣고 있기가 민망하다는 듯이 말했다.

"그러니까 저더러 해탈을 하라 뭐 그런 말씀 같은데 어렵네요."

"해탈이 뭐 별 건지 알지만 세상 이치를 다 섭렵하고 보면 내가 없어지는 거. 그 없는 것이 무고 해탈인 거요. 그렇다면 저 눈에 보이는 하늘이 텅 비었다고 정말 텅 빈 거냐? 아니야, 그 텅 빈 속에만 생명을 숨 쉬게 하는 생명의 원소가 꽉 차 있듯이 그런 거요. 그래서 하늘은 충만하다 이런 말인데 말하자면 이 하늘 같은 마음이 바로 해탈이라, 부처가 바로 그런 마음이라는 거요. 예배당에서 거룩하다고 말하는 예수 성령이나, 불가에서 성불하신 석가 부처님이라고 하는 것이나 같은 이치인 거요. 어휘만 다를 뿐이지."

그의 입에서 나오는 말이 참으로 종횡무진이었다. 전생이 어쩌고 저쩌고 하는 것이 신들린 무당 같기도 하고, 그 해박한 지식과 인품을 보면 아닌 것도 같고, 발행인이 골치 아픈 친구라고 하던 말이 생각나서 물었다.

"실례지만 어떤 종교를?"

"종교라? 나는 하늘 아래 종교라고 이름 붙은 건 다 믿는 사람이요. 거기에 쓰지 못할 말 있습디까? 그런데 문제는 사람들이 죄다 그 종교를 믿는다고 하면서 자기 기준으로 우상을 만들어 놓고 믿는 게 문제라는 거요. 하지만 그 종교 스승들 가르침은 그런 우상을 만들지 말라고 했단 말씀이야. 석가나 예수나 그 가르침은 그랬던 거요. 그런데 중생들이 그 이름을 얻고 추구하는 것이 기복신앙이라 불상을 만들어 놓고 빌지를 않나, 예수 성현은 분명히 천국이 여기 있다 저기 있다 하지 말라 했고, 또 네 마음을 성전 삼고 늘 깨어서 기도하라고 했지 않소. 하나님은 손에 지은 성전에 계시지 아니 한다고 하셨단 말씀이야. 그런데 그 성전을 열심히 크게 짓고 그 위에 십자가를 세워놓고 빌어대는 게 뭐겠소? 그렇게 현세 복락이나 빌어대는 신도들이지만 성경이나 불경, 도덕경 할 것 없이 죄다 물질 세상을 지향하는 그 마음에 상을 만들지 말고 버리라고 한 거요. 그런데 뭘 알아야지. 그러니 진짜 우상이 뭔지도 모르고 앉아서 우리나라 개국조이신 단군왕검 동상을 건립한다고 하니까 그게 우상이고 미신이라고 곰탈까지 쓰고 나와서 반기를 들고 나온 사람들이 그 기독교인들이었소. 아담과 이브가 인류의 조상인데 얼어 죽을 놈의 한민족 조상 찾느냐는 말인데 그처럼 한심한 일이 어디 있겠소. 하다 못해 유관순 동상도 세워지는 판인데, 소위 이 나라를 세웠다는 개국조이신 단군 동상 하나가 없어. 그게 서양에서 들어온 외래 종교를 잘못 이해 해석하고 있는 바로 그 기독신학이 문제점이란 거요. 그래, 예수 기독교 도맥을 타고 오신 선녀님이니까 물어 봅시다, 그게 우상이요?”

갑작스러운 질문에 연이는 눈만 꿈벅거렸다. 그는 자신의 부부 띠 궁합까지도 말하고 있었고, 거기다가 믿고 있는 종교까지도 척척 알고 말하는 신통술을 가지고 질문을 해 오는 데는 대답이 궁색해질 수밖에 없었다.

사실 그의 말을 듣고 보니 우상이라고도 할 수도 없고, 그렇다고 그 단군 동상 건립에 반기를 들고 나왔다는 기독교 추종신도들이 잘못된 것이라고 말할 수도 없는 처지였다.

그에 대한 대답을 기피하면서 싱겁게 웃기만 했다. 그러자 잠시 사이를 두고 볼묵은 듯이 다시 말했다.

“거 서양 지식으로 일찍 개화됐다는 지식인들이 더 그 모양들이니 말해 뭐하겠소. 그래 글을 쓰는 작가니까 어디 물어 봅시다. 우리 그 시월 삼일 개천절의 의미가 뭐요?"

갑작스러운 질문에 난감했다. 그래서 멋적은 웃음을 흘리면서 말했다.

"사실 국가 경축일 행사라는 것만 알지 들어 배운 것이 없어서 죄송하네요."

개천절의 의미를 모를 수밖에 없었다. 좀 더 솔직하게 말하면 모태 기독교 신앙으로 거기에 대해서 별 관심도 없었고, 그렇다고 학교에서 거기에 대해 구체적으로 배운 바도 없었다.

아는 것이라곤 다만 국가의 경축일이라는 정도였고, 그래서 그 날 10월 3일이면 집집마다 태극기를 내다걸고, 학교에서는 개천절 행사로 부르게 했던 노래가 있었을 뿐이다.

우리가 나무라면 뿌리가 있고/ 우리가 물이라면 새암이 있다.
이 나라 한아버님은 단군이시니/ 이 나라 한아버님은 단군이시니.

그렇게 그 노래의 뜻도 모르면서 불렀던 기억 밖에 없었다. 그래서 이 나라를 세우신 국조가 막연하게 단군왕검이라는 것 이외는 그 개천절의 의미에 대해서 구체적으로 듣고 배운 바가 없었기 때문에 그 질문에 대답을 할 수가 없었다.

특히 기독교 집안에서 자란 관계로 우리의 뿌리는 아담과 이브라고 배워왔다. 그렇기 때문에 더 알려고도 하지 않았다. 그런데 작가로서 우리 민족의 뿌리 개천절의 의미를 아느냐는 물음에는 난감할 수밖에 없었다. 눈을 짬짬 굴리다가 한자 풀이 그대로 겨우 입을 열었다.

"개천하게 되면 하늘이 열렸다는 거 아닙니까?"

"그것은 글자 풀이고 그래, 하늘이 열린 게 어째 경축일이요, 그걸 죄다 몰라. 아, 학생들 보고 하늘이 열린 날이다 하게 되면 뭐라고 할 것 같소. 그럼 하늘이 새파랗게 열려 있는 거 아니냐고 물으면 뭐라고 대답할 거유?"

듣고 보니 사실 그랬다. 멋쩍게 웃고 앉아 있을 수밖에 없었다. 그러자 그는 진지한 얼굴을 하고 다시 말했다.

"소위 지성인들이라고 하는 사람들이 죄다 저 모양들이니 우리 한민족 뿌리 그 교육용 영화 하나 언놈이 만들어 놓지를 못해. 말해서 뭐하겠소. 국조 동상 하나 세울 수가 없는 나란데 쿵!"

듣고 보니 맞는 말인 것도 같았다. 그의 말대로 유관순 동상도 세워지는데 국조 단군왕검 동상 하나 세워 놓지 못한 우리 대한민국이기 때문이다.

그처럼 우리 민족의 뿌리 정신을 소홀히 하고 있는 오늘 우리의 교육 정책에는 분명히 문제가 있다는 그의 논리적인 말에 어느 정도 수긍이 가기도 했다.

학교에서 국가 경축일이라는 개천절開天節 행사를 막연하게 해 왔고, 또 그 의미를 자라나는 새싹들에게 제대로 가르쳐 주지 못하고 있는 것이 오늘 우리나라 교육정책이기 때문이다.

그것은 과거 조선시대 중국으로부터 받아들인 공자님의 가르침 그 유교를 지배자들의 방편의 도구로 반상제도를 만들었듯이 서양에서 도입된 기독교 역시도 마찬가지라는 그의 말이었다.

사실 조선을 침략했던 일본이 식민정책의 일환으로 조선총독부 국사편찬위원회에서 그것도 의도적으로 조선의 지식인들을 동원해서 한민족 뿌리 자르기를 하고 만든 것이 '곰의 자손' 이라는 뿌리 역사 왜곡이었다.

그처럼 일제가 노리고 한민족 뿌리 역사에 토테미즘을 삽입했던 것은 저질의 문화민족으로 우리 국민 전체의 생활을 그들에게 맡기고 굽실거리게 하려는 노예정책의 일환이었다.

나와 더불어 있는 국가와 민족은 어디까지나 나와 동떨어진 개체가 될 수 없다는 것이 국민정신이기 때문에 내가 나의 주인공이라는 주체성 말살을 위한 것이었다.

그처럼 한민족 뿌리가 왜곡된 채 잘리고 표류된 데 뒤이어 고등종교 스승의 가르침 기독교를 업고 들어와 뿌리를 내린 것이 아담과 이브가 인류의 조상이라는 그 논리였다.

하지만 그들이 들어와 설파하는 그 종교 논리 또한 일제가 노렸던 그 식민정책의 일환으로 꾸몄던 것이나 마찬가지로 성자 예수로 세워진 근본적인 기독교 정신이 아니라는 이 대감의 말이었다.

"생각해 보시오. 기독교 스승 예수는 분명히 지구촌 각 족속의 뿌리를 심은 창조신이 다르기 때문에 제자들에게 원수까지 사랑하라는 기독교 정신을 제자들에게 분명히 족속을 초월해서 전파하라고 당부했던 것 아니겠소. 그런데 그처럼 족속을 초월하라는 기독교 정신 위에 유대민족 조상뿌리를 업고 들어와 예수님이 말씀한 태초의 빛으로 우주와 만물을 창조하셨다는 하나님이 여호와라니, 구약을 읽어 보셨으니까 아시겠지만 이웃 민족과 그처럼 경계를 짓고 맞수대결로 전쟁을 앞서 진두지휘하곤 했던 여호와가 예수 아버지라니, 예수는 분명히 나는 아버지 일을 행하러 왔다고 했단 말씀이야. 그렇다면 민족과 민족 사이에 전쟁이나 붙이고 승전고를 울려야 되는 것 아니겠소. 거기에 무슨 족속을 초월해서 원수까지 사랑하라는 말이 어울리느냐는 거요. 그러니까 구약은 그 유대민족의 뿌리 역사 기록물이다 이겁니다."

그 이야기를 듣고 보니 지금까지 연이 역시도 그렇게 믿어온 것이 사실이었다. 물론 신학교를 나온 목회자들의 설교에는 논리적으로 맞지 않은 의문점이 많았다. 그래서 거기에 질문을 던지면 그때마다 하는 말이 '의심은 죄가 됩니다' 하고 그 질문을 막아왔다.

연이는 잠시 머리를 정리하고 입을 열었다.

"그러니까 구약과 신약은 그 세계관이 다르다는 말씀이네요?"

"바로 그거요. 구약은 그 유대 족속 조상 뿌리를 이 땅에 심은 물질인간 창조신 여호와가 그 씨종자를 심은 책임과 의무에 충실했던 뿌리 역사 기록이고, 신약은 태초의 본불자리 하나님의 아들 성자 예수가 그처럼 전쟁을 일삼아 가르치는 유대 텃밭에 출현해서 원수까지도 사랑해야 한다는 하늘나라 천법, 그 새 계명을 배워야만이 너희가 영생을 얻으리라고 했단 말씀이야. 그래서 이단으로 내몰려 십자가에 매달려 참수형을 당했던 거요. 그때 하신 말씀이 저들이 몰라서 그런 것이니 아버지여 용서하시옵소서, 이 말씀 아니었겠소. 그런데 아직까지도 하늘 그 천기 운행의 섭리를 모르고 성경 신구약을 하나의 세계관으로 묶어 섞어서 잡탕 쑥물을 만들어 들고 와서는 그게 영생을 얻게 하는 하늘나라 복된 말씀으로 생명수라니, 흠 흠……."

그때야 비로소 연이는 구약과 신약이 정리가 되면서 예수께서 '내가 너희를 위해 수고한 것이 헛될까 하노라' 하셨던 그 말씀의 뜻이 이해가 됨과 동시에 그처럼 억지스러운 종교 논리가 타민족 정신문화를 말살하려는 정복무기라는 생각까지를 하게 했다.

그로 인해서 일제가 노렸던 식민정책에 의해 무참하게 잘려 나갔던 우리 한민족 뿌리 역사를 아직도 회복시켜 놓지 못하고 있는 것이 그 후손들이기 때문이다.

그러한 오늘 우리의 국민정신은 민족의 뿌리를 그처럼 왜곡시키고 있는 그와 같은 종교 논리를 떠나서라도 대한민국 국민으로서 부끄러운 일이 아닐 수 없다는 그 이 대감의 말에 비로소 공감이 가기 시작했다.

그가 사이를 두고 다시 입을 열었다.

"그래도 아바이 동무 어쩌고 하지만 그래도 이북은 우리 민족정신만은 똑바로 알아야 한다고 우리 역사관을 세우려고 부단한 노력을 하고 있어. 그래서 단군동상을 세워 놓았단 말씀이야. 아, 족보 없는 백성이 상것일 수밖에 더 있겠소? 그러니 강대국에 빌붙어 먹을 생각이나 하고 그게 거지 근성이라는 거요. 사람이 조상의 근본 뿌리를 모르다 보면 자존심이 없으니까 막 살게 돼 있는 거요. 흠흠……. 그래 삼공 때 이야기지만서도 저 위에서 이래서는 안 되겠다. 말하자면 민족정신을 고취시켜야겠다고 생각하고선 방송국 사장한테 그것을 지시했어, 그랬더니 언놈의 작가가 민족 뿌리를 제대로 알아야지, 그래 고작 뿌리는 잘라 버리고 몸통만 그려 놓았어. 그게 개국드라마였던 거요, 그게 개국이지 개천이요?"

마치 강물 흘러가듯이 하는 그의 말이었지만 이치에 어긋난 말은 하나도 없었다. 그의 투철한 민족정신 앞에서는 저절로 고개가 숙여지면서 앉음새를 고쳐 앉고 있었다.

연이는 그야말로 현실감 없는 흰소리나 늘어놓는 그런 기인으로만 생각했던 자신이 부끄러워지면서 그의 얼굴을 마주 대하기조차 민망스러웠다. 그러자 그는 갑자기 생각난다는 듯이 화제를 바꾸었다.

"참 기파를 물으셨든가? 허허허……. 저 높은 데서 오신 선녀님이라 기파가 강할 수밖에 더 있소? 그러니 세상이 다 시답잖고 떫어. 그래 고독하라고 한 거요. 말하자면 남들처럼 세상살이 재미 붙여 헤실거리지 못하게 아예 밑둥을 싹뚝 잘라 버린 것이 타고난 팔자라, 그러자니 세상살이 눈물이고, 그 몸살 앓는 소리 시나 읊고 세월이나 태울 수밖에 더 있었겠소?"

그는 연이가 살아온 세월을 마치 옆에서 지켜본 사람처럼 말했다. 웬지 모르게 서글퍼지면서 시큰둥하게 말했다.

"그런 세상 오래 살아서 뭘 한대요, 어서 빨리 죽는 게 차라리 편하지요."

어느새 입에서 저절로 한숨이 새어나왔다. 그러자 그가 웃으면서 말했다.

"그렇게 흘리게 했던 눈물이 진주가 되게 하는 보석이라, 선녀님한테 하늘이 준 사명이 있어서 그런 거요."

"눈물로 시나 읊고 앉아 있는 것이 보석이고 그게 내가 해야 할 사명으로 일이란 말입니까?"

"고독이 영혼을 성숙시킨다 했소이다. 불에 달궈진 쇠가 명검으로 빛을 내듯이 이제 그 타고 난 사명을 펼쳐야지요."

"해야 할 사명이 있다구요? 그게 뭔데요?"

"인간 구제를 많이 하고 오라는 사명을 받고 온 겁니다. 이제 그 본자리를 찾으셔야지요."

본자리를 찾으라니, 기도 안 차 오는 말이었다. 하지만 어쨌거나 높은 데서 온 선녀라고 하는 말에는 헛소리라고 하더라도 기분은 나쁘지 않았다. 아니 재미가 있어지면서 싱겁게 웃으면서 말했다.

"옥황상제 다섯째 딸이라면 세상 고생은 했어도 죽어서 본자리는 가겠네요. 제발 이제 좀 그만 오라는 기별이나 왔으면 좋겠네요, 청승맞게 살아 보았자 별 볼일도 없는 것 같은데……."

"아니 선녀가 이 세상에 할 일 없이 왔다 그냥 갔다는 말 들어 보셨수? 다 할 일이 있어서 보낸 건데 선녀님은 지금까지 세월 밖에 더 태우셨수?"

이건 완전히 동화 같은 이야기였다. 하지만 사실 그의 말대로 세상에 와서 해 놓은 것이라곤 씨앗 세 톨 떨쳐 놓은 것 밖에 해 놓은 일이 없었다.

그것도 그랬다. 옛말에 남편 복이 있어야 자식복도 있다는 것인데 하늘과 땅이 삐딱하게 눈을 흘겨대며 썰렁하게 살아온 텃밭에 자식 농사라고 푸짐하게 웃음 안겨 줄 리도 없는 것은 당연한 일이 아니겠는가 싶어지면서 반 농짓으로 응수를 했다.

"그 목욕하러 내려왔다가 날개옷 잃어버리고 나무꾼과 살았다는 선녀 이야기 말인가요?"

대답이 그쯤 되자 그도 어이가 없는지 따라 웃으면서 잠시 사이를 두었다가 다시 입을 열었다.

"그게 문제라, 아! 성경을 보셨으니까 알겠지만 그 선지자라고 하는 예언가들이나 천사들이 하늘나라 신과에 속해 있던 신관들이었고 선녀들이었소. 사람 인두겁을 쓰고 지상에 내려왔을 때 선지자다 뭐다 하지만, 아니 성경에 하나님 아들이라고 하는 예수가 인간 모양하고 다른 게 있었수? 거 사람들이 신이라고 하면 나하고는 별개로 생각하는 게 문제란 말씀이야. 쯧쯧……."

그가 하는 말이 틀린 말은 아니었다. 읽어 온 성서 속에서 하늘의 신들이 내려와 인간 모양을 하고 함께 어우러지면서 식탁에서 밥도 함께 나누어 먹었고, 성교도 하여 태어난 아이가 고대용사라고 했다. 또 천사와 야곱이 씨름을 해서 갈비뼈가 부러졌다는 것이 성서 기록으로 마치 신화 같은 이야기였다.

그 뿐만 아니라 과거 지구촌에 동서東西로 출현했던 본불本佛자리 성현들의 삶 역시도 우리 인간과 조금도 다를 것이 없었다.

그렇기 때문에 예수께서 내 아버지는 하나님이라고 했을 때 그 백성들이 믿어 주지 않았고, 오히려 부정적으로 참람하다고 했던 것이고 보면, 지금 그의 말이 전혀 이상할 것이 없는데도 과거 그들이나 마찬가지로 얼른 받아 들여지질 않았다.

실없다는 듯이 실실 웃음이 나오면서 반 농짓거리로 응수를 했다.

"그 선녀 사명이 인간 구제를 많이 하고 오랬다면서 이렇게 다 털린 빈손 이게 하면 무엇으로 그 인간구제 사업을 한다지요?"

"그 인간구제 사업이라는 것이 꼭 밥 주고 잠재워 주고 하는 것만이 구제 사업인 줄 아십니까? 그보다 더 중한 인간 영혼구제 사업을 해야 한다 이겁 니다."

"아구야! 인간 영혼을요?!"

그 말을 듣는 순간 갑자기 가슴이 뜨끔했다. 어려서부터 어머니에게 늘상 들어오던 말이 생각났기 때문이다.

"너는 하나님 사업을 위해 살아야 하는디 어째 그리도 세상만 쫓는거!"

그것은 연이가 이 세상에 태어날 때 그 어떤 이상한 조짐을 본 때문으로, 평범하게 살아갈 운명이 아니라는 것이 어머니가 늘상 하시던 그 걱정이었 다.

그러니까 섣달 그믐날 명절 떡 준비를 하시던 어머니였다고 한다. 그런데 갑자기 해산의 진통을 느끼기 시작하면서 그 진통이 사흘이나 계속되는 바 람에 어머니는 혼절을 하고 말았다고 했다.

상황이 그쯤에 이르자 동네 사람들이 모여 초상 준비를 하고 있을 그때, 난데없이 방문 앞으로 무지개가 뻗으면서 만고에 울음을 터뜨리고 태어난 그 애물단지가 연이였다고 했다.

그렇게 온 동네 소란을 피우고 태어난 연이는 어찌된 일인지 어려서부터 몸이 비실거렸던 관계로 어머니는 근처에 부흥회나 집회가 있으면 어김없 이 연이를 앞세우고 들어가서 살려달라고 마룻바닥이 흥건하게 젖도록 기도하며 울었다.

그래서 시골 동네 사람들의 입질이 '선녀가 죄를 짓고 쫓겨온겨!' 하고 수군거렸다지만, 그러나 기독교인이었던 어머니는 무지개가 하나님의 약속을 상징한다는 것으로, 동네 사람들의 입질과는 달리 '너는 하나님 일을 해야 하는겨!' 하시곤 했었다.

그러나 연이는 끝내 어머니가 바라시던 그 길을 가지 못했다. 그리고 그 길과는 멀리 살아온 행로行路가 그야말로 개가 노루가 되고 노루가 개가 되는 세상 너절한 이야기나 긁적거리고 앉아 있는 모습을 그처럼 만들어 내고 말았다.

그러한 모습을 가끔 올라와서 보게 된 열성 기독교인 언니 역시도 한심스럽고 못마땅하다는 듯이 눈흘김을 해 가며 말했다.

"그 쓸데없는 짓 좀 그만해라. 예수님 오실 때도 다 됐는데 하나님 일을 해야 할 일꾼이 얼마나 더 혼이 날라고 저런가 모르겠네. 그것도 뒤늦게 무슨 황금 알을 낳아 볼 거라고 차암말로, 쯔쯔……."

그 말에 함께 자리를 했던 작은 오빠가 히쭉 웃으면서 말했다.

"동생 태어날 때 방문 앞으로 달고 왔다는 무지개가 환상이거든, 그러니까 꿈을 좇는 작가가 된 거지. 그 팔자를 타고난 건데 뭘 그래, 허허허……."

사실 언젠가부터 연이는 오빠의 말대로 어쩌면 그 쪽이 자신이 가야 할 운명의 길이라고 스스로 자위를 하기도 했다.

그런데 가슴 뜨끔하게도 또 그 같은 인간 영혼 구제 사업을 해야 하는 것이라니, 아니 그 사명을 받고 내려온 선녀라니, 많은 생각들이 언제 헤실거렸는가 싶어질 정도로 가슴을 무겁게 했다.

사실 교회를 다니고 있다고는 하지만 언젠가부터 회의를 느끼기 시작하면서 세상을 향해 고개를 돌려 기웃거리기 일쑤였고, 그래서 가끔씩 문우들과 어울려 한 잔 술에 코맹맹이 소리를 해 가며 '이 강산 낙화유수 흐르는 물에…' 하는 노래나 질척하게 불러가며 흐느적거리고 있었다.

그때의 가슴을 읊었던 시詩 한 수다.

순례자의 세레나데

교회 문을 들어서면
어느새 나는
천사의 날개로 옷 입혀지고
교회 문을 나서면
어느새 나는
날개 잃은 천사가 된다.
그리고 달빛 풀어내리는
어둠 속에서
세속의 낭만
그 세레나데를 부른다.
떠도는 순례자의 눈빛 그리움으로

그것이 당시 문학 동네의 먹물 묻은 문우들과 함께 어울리던 연이의 생활 모습이었다.

그런데 그 우편배달부라는 대감을 통해 듣는 소리가 인간 영혼 구제사업을 해야 하는 것이 타고난 운명의 팔자라니, 어두운 생각들이 마치 집을 떠난 탕자처럼 우울해지고 있었다. 그렇게 웃음기 없이 멀뚱하게 앉아 있을 때였다. 그가 덧붙이듯이 말했다.

"시인님이 세상에 온 사명이 뭔지 아십니까? 인간 영혼을 구제할 신선비서를 정리해라 한 겁니다."

"예? 신선비서라뇨? 그림 속에 그 긴 수염 늘이고 앉아 있는 신선들 말입니까?"

너무나 황당한 말에 그만 웃음이 터져 나오면서 쿡쿡거렸다.

독실한 기독교 집안에서 자란 때문에 그러한 말들이 도무지 이해가 되지 않았던 것이다.

그가 정색을 하고 신선비서神仙秘書를 써야 한다니, 그게 시나리오를 쓰는 것도 아니겠고 웃음이 나올 수밖에 없었다.

그러자 그는 조금은 답답하다는 듯이 정색을 해 가며 말했다.

"아, 그 유불선 기독교에서 말하는 것이 뭡니까? 결론은 이 땅에서 영원히 죽지 않고 사는 신선 몸으로 탈겁해라, 바로 이 말씀인 거유. 그 간단한 말을 하기 위해서 불경이 팔만대장경에서 성경 또한 마찬가지라. 하늘의 뜻, 그 섭리가 땅에서 이루어진다는 거, 그 성현들 가르침의 이치가 다 똑같은 거요. 그 신선문서를 말법시대에 다시 정리해라 한 거유, 선녀님께서."

"아구야! 전 예수님 밖에 모르는데 무슨 말씀인지……."

너무나 황당해서 더 말이 나오질 않았다. 연이는 그를 멀끔하게 쳐다보며 속으로 가늠하기 시작했다.

'이 양반 겉보기는 멀쩡한데 잘 나가다가 삼천포로 빠지네.'

그런 눈빛으로 그를 뚫어져라 하고 쳐다보고만 있었다. 그러나 그는 그런 눈빛쯤은 개의치 않는다는 듯이 목소리에 힘을 주고 다시 말했다.

"그 사명을 받고 세상에 오셨으니 세상살이가 변변찮고 그러니 눈물일 수밖에요. 두고 보십시오, 그 글을 쓰지 않고서는 신벌을 받게 되지요."

"예?! 신, 신벌을 받게 된다고요?"

기분이 엉망이 되어 버렸다. 아무튼 세상 살아가는 계산 머리가 보통 사람보다 한껏 모자라게 태어난 것은 사실이고, 그것이 죄업인 양 먹빛 가슴앓이의 삶이 어떤 때는 신벌 같게도 느껴지면서 그때마다 태어날 때 동네 사람들 입질이 '천상에서 죄짓고 쫓겨온 선녀인겨' 했다던 그 말을 다시 떠올려 볼 때도 있었다.

그런데 이건 연이가 알지도 못하는 일을 해야 한다니, 그것도 무엇을 알아야 신선神仙 문서를 정리하든가 말든가 할 것이 아닌가.

기독교 집안에서 자랐기 때문에 타종교는 무조건 삿된 것으로 달리 평가해 볼 마음조차도 가져보지 않았다. 그야말로 갑갑해져 오는 머릿속이 그가 하는 말이 헛소리에 지나지 않더라도 기분이 별로 좋지 않았다. 부질없는 소리라는 듯이 샐쭉하게 말했다.

"알아야 면장을 한다고 겨우 일곱 성현들 이름이나 아는 것이 고작인데……, 지나가는 개가 다 웃겠네요."

그 말에 그가 정색을 하고 말했다.

"하늘에서 사명을 받고 온 신과들은 세상 지식이 필요한 것이 아니란 것을 모델로 보여 준 성현이 바로 예수였소. 학교 문전에도 가본 일이 없었으니까, 선녀님은 그 천공혈 문이 열리게 돼 있는 분입니다. 그 기파를 가지고 왔다고 해도 지금은 믿어지지 않겠지만, 아, 그 박식한 원효가 뭐라고 했느냐? 그 신선문서는 말법시대 용화 기운을 타고 온 선녀가 쓰게 된다고 했단 말씀이야. 이건 자기가 쓸 일이 아니다, 이 말씀이었거든……."

"세상에, 그런데 허구 많은 사람 중에 그 글을 써야 할 사람이 저란 말입니까?"

그야말로 어처구니가 없다는 듯이 실소를 터뜨리고 말았다. 그러자 그의 다음 말이 말문마저 막히게 해 버렸다.

"그 용화 기운을 받고 오셨으니 좀 높은 기파겠소? 그러니 세상에 둘 맘 없고 세월이나 태우고 앉아계시지만 할 일이 있어서 온 선녀님이라 그 일을 끝내야 삶이 평탄해지던지, 아니면 그동안 수고했으니 이제 세상살이 그만 하고 와서 좀 쉬라고 기별을 보내던지 할 것 아니겠소? 카핫, 핫……."

그야말로 완전히 전설의 고향 같은 이야기였다. 맹하게 건너다보다가 갑자기 장난기가 발동했다.

"그러니까 제가 그 사명으로 온 선녀라면 대감님께서는 천상에서 어떤 일을 하러 세상에 오셨어요?"

"저는 선녀님보다 신관이 낮은 선관이라, 그래서 우편배달부라고 하지 않았습니까."

"우편배달부라면? 예언자라는 말씀입니까?"

"믿어지지 않겠지만 각이 열리면 아시게 될 겁니다. 그러면 전생뿐 아니라 내 미래 모습까지도 보게 되지요."

그야말로 각覺이니, 전생前生 운운하는 그의 말들이 발행인 말대로 현실감 없는 흰소리로 밖에 들리지 않았다. 그런데 듣다 보니 재미는 있었지만, 현실에서는 조금은 정상에서 벗어난 사람 같게도 느껴져 왔다.

그러나 그런 색깔의 사람이 기인이거니 하고 그 말에 응수를 해 주면서 헤실거리고 있을 때였다. 발행인실 문이 열리면서 회의가 끝났는지 직원들이 밖으로 나왔다.

그렇게 해서 그날 그 기인과의 이야기는 거기에서 끝났었다. 그리고 그 후 그 이 대감이라는 사람은 만나지 못했다.

그런데 그 해 겨울도 지나고 다음 해 초여름 어느 날이었다. 우연하게도 그를 인사동 거리에서 만나게 되었다.

"허허, 만날 도수가 됐군요."

그가 대뜸 하는 말이었다. 그는 다방으로 들어가 차나 한잔 하자고 말했다. 별로 바쁜 약속도 없는 터였다. 또 어차피 글을 쓰는 입장이고 보면 듣는 것, 보는 것 세상 살아가는 모든 사람들의 이야기가 소설 소재가 되는 것이고, 더구나 별난 철학을 가지고 살아가는 기인의 호의를 사양할 이유가 없었다.

그를 따라서 이층 다방으로 올라갔다. 창문 한쪽으로 자리를 잡고 앉아 의례적인 인사부터 건넸다.

"어떻게 지내셨어요, 그간?"

그 인사에 그는 전혀 동문서답이었다.

"사람들이 죄다 요 코앞 밖에 모른단 말씀이야. 그 참……."

어리둥절해졌다. 잠시 멀뚱하게 쳐다보다가 그런 분이거니, 하고 싱겁게 웃으며 그 말에 응수를 했다.

"사람들이 멀리 보지 못한다는 말씀 같은데, 다 먹고 살자고 하는 짓 아네요."

그 말에 그는 표정을 바꾸어 그 말이 무슨 뜻인지 알고나 하느냐는 듯한 어투로 말했다.

"진심으로 하는 말입니까?"

"그렇잖아요. 코 밑이 목구멍이고, 목구멍이 포도청이니까. 그렇다고 당장 신선이 돼서 이슬만 먹고 사는 것도 아니고 말예요."

이전에 그가 신선 운운하던 말이 생각나면서 그 말을 얹고 헤실거렸다. 그러자 그가 정색을 하면서 말했다.

"그래서 오감이 짜르르하게 충동적인 이야기나 써서 모두 정신병자 만드는 데 일조를 하시겠다 이 말씀이요? 그러니까 인간이 이성에 앞서 본능이라? 그게 리얼리티한 문학이요? 쯧 쯧……."

그때서야 그가 사람들이 코앞 밖에 모른다고 한 말이 연이를 보고 던진 것임을 알았다. 그의 표정하며 하는 말로 미루어 보아 잡지에 연재되고 있는 작품을 보고 하는 말임을 짐작하게 했다. 조금은 마주 보기가 민망스러웠다.

그래서 변명 비슷하게 너스레를 떨었다.

"그래도 발행인은 좀 더 진하게 쓸 수 없느냐고 하시던 걸요, 얼마 전에 화제를 일으킨 야한 여자가 좋아, 그 마광수 씨 작품처럼 말예요."

"그 친구 이제 제 정신이 아니구먼. 그럴 줄 알았으면 괜히 허가를 내주게 했구먼, 그 참……."

그제서야 연이는 바로 그 이 대감이 잡지의 허가를 내주고 광고를 끌어다 주고 있었던 후원자이었음을 짐작할 수 있었다. 민망스러워지면서 변명처럼 말했다.

"변명 같지만 사람들이 형이하를 알아야 형이상을 알게 되는 거고, 그게 다 세상 물정 섭렵하는 거 아녜요? 사실 이 대감님 취향에 맞을 이야기를 써서 잡지가 인기를 끌겠어요?"

"허허……, 그러니까 그 이야기가 세상 돌아가는 풍경이라, 세상 물정 섭렵하게 하자는 거요?"

"그렇지요, 일종에 성고발 문학이라고나 할까요? 아무튼 읽고서 각성하고 그 문단속을 철저하게 하는 사람도 있지 않겠어요? 간접 경험을 통해서 말예요."

사실 그 잡지사 발행인의 요구는 독자들이 가볍게 읽고 즐길 수 있는 스토리를 원했다. 그래서 연재소설의 제목까지도 아예 〈여자의 문〉으로 정해놓고 그 제목에 맞추어 스토리를 전개해 달라는 요구였다.

거기에 맞추어 글을 써야 하는 작가의 입장에서는 고역일 수밖에 없었다. 하지만 월간지에 소설 연재를 할 수 있다는 것이 자주 있을 수 있는 일도 아니고, 어쨌거나 그 욕심에 남녀의 그럴듯한 사건을 많이 다루는 주간지까지 사서 훑어가며 긁적이는 일은 말 그대로 여간 고역이 아니었다.

그래서 오늘 이 사회를 어지럽게 하는 성문란의 풍조를 적당하게 고발형식을 취하고 있었다. 그런 스토리 전개에 발행인은 오히려 아쉬워하는 눈치를 보였고, 좀 더 리얼하게 쓸 수 없느냐고 채근하기도 했었다.

그런데 그조차도 못마땅해 하는 이 대감이고 보면, 각 사람마다 생각하는 사고思考의 방향에 따라 삶의 색깔이 그처럼 각기 다름을 느끼게 해 주었다.

아무튼 그 이 대감이라는 분의 삶의 철학을 분명하게 엿볼 수 있게 되면서 영혼이 맑은 분이라는 것만은 확신할 수가 있었다.

그 이 대감은 발행인이 좀 더 진하게 써달라고 요구했다는 이야기에 못마땅하다는 듯이 몇 번 입을 쩝쩝하다가 사이를 두고 심드렁하게 말했다.

"하긴 소위 도를 한다는 것들도 죄다 그 모양들이라, 오늘 신문 보셨수? 정신들이 모두 썩었어, 요 코앞 밖에 몰라. 서로 이권 다툼에 똥물에 몽둥이까지 동원되지를 않나, 아 그것들이 스승의 법을 제대로 알았다면 그 모양들을 하겠소? 세상이 온통 구린내가 나서 숨을 쉴 수가 있어야지, 쿵!"

그 이 대감이 내뱉듯이 하는 말이 무슨 뜻인지 대충은 짐작이 갔다. 웃으면서 한 마디 했다.

"그래서 예수님이 늘 깨어있으라고 하셨는데 저부터도 이 모양을 하고 있지 뭡니까. 먹고 사는 것이 뭔지, 그렇다고 이슬만 먹고 살 수도 없고……."

그 말에 그는 대꾸도 없는 채로 쳐다만 보다가 얼마만에 입을 열었다.

“천공혈이 아직 안 열렸다 이 말씀인데, 흠……”

그리고 그는 실눈을 가늘게 뜨고 무언가를 깊이 생각하는 듯하다가 불쑥 물어왔다.

“사람이 어디다 뿌리를 두고 사는지 아십니까?”

“뿌리요?”

대답이 궁색해졌다. 눈만 꿈벅거리다가 말 머리를 돌렸다.

“말씀하신 각이 아직 열리지 않았나 보죠. 참 제가 옥황상제 다섯째 딸이라면 그게 제 뿌리란 것 아녜요?”

모를 때는 그렇게 웃음으로 얼버무리는 수밖에 없었다. 그러자 그는 정색을 하며 말했다.

“천상에는 상제 위에 또 상제가 계시고, 그 맨 윗전 자리가 본불상제님 자리요. 그 본불자리에서 세상에 왔다 간 아들들이 일곱 성현들이요, 그 본불자리 아들들이 인간 모습이나 다름없이 탯줄을 타고 왔다 갔는데 그 밑에 사명을 맡고 온 신관들이 세상에 왔다고 해서 인간 모양새하고 뭐 다른 게 있겠소? 아, 그 성경에 선지자다 예언자다 하는 사람들이 죄다 그 신과에서 온 거요. 이것을 사람들이 몰라가지고 사람 알기는 우습게 알고 아무것도 아닌 허깨비 죽은 귀신들한테는 허리 조아리고 있단 말씀이야. 허허허……”

연이는 종횡무진하는 그의 말에 역시 기인이구나 하는 것을 실감하게 됐다. 그의 해박한 지식을 엿보게 되면서 많은 것을 귀동냥할 수 있는 영양가 있는 만남의 시간이라고 생각에 그의 다음 말을 채근하듯이 주시했다.

이윽고 그가 다시 그 특유의 어투로 말했다.

“그 성경 불경 죄다 훑어봐도 콧김 빠진 허깨비 귀신을 섬겨라 하는 구절한 군데도 없어, 이쪽이고 저쪽이고 사람을 중시해라 했지. 그럼 신과에서 왔다고 외모가 근사했냐? 아니야, 본불자리에서 세상에 온 예수가 볼품이 없다고 했지 않소. 그래서 사람을 외모로 판단하지 말라고 하셨단 말씀이야, 흠흠……”

그 말을 하고 잠시 사이를 두고 있던 그가 연이를 보고 물어왔다.

"그래, 예수 도맥을 타고 온 선녀니까 물어봅시다. 기독교 스승 예수는 분명히 하나님은 무엇이 부족한 것처럼 물질제사를 원하지 않는다고 했지요? 그런데 구약을 읽어 보셨으니까 아시겠지만 그 유대민족 뿌리 조상신 여호와는 거창하게 성전을 짓게 하고 그 안에서 물질제사를 올리게 했고, 또 보여준 행사가 뭐였소? 그렇게 이방민족하고 맞수대결을 하게 하는 전쟁 기술을 가르쳐 왔다는 사실을 어떻게 생각하시오? 그 행사가 전지전능하시고 사랑이 많으시다는 하나님 인상이요?"

너무나 갑작스런 물음에 당혹스러워 눈만 꿈벅거렸다. 그러자 그는 당연히 그럴 줄 알았다는 듯이 목소리에 힘을 주면서 말했다.

"생각해 보시오. 지구촌 오색 인종이 아담과 이브 후예고, 또 그 창조신이 여호와라고 한다면 그 유대민족하고 이웃하고 있었다는 이방민족하고 왜 싸움을 붙여 떼죽음을 시켰겠소? 그 여호와 행사가 기독교 스승 예수가 말해 온 내 아버지는 사랑이시라는 그 하나님 인상에 어울린다고 생각하시오?"

뜻밖에 논리적으로 따져 묻는 그의 질문에 정신이 퍼뜩 들었다. 그것이 성경을 읽어오면서 이해되지 않던 의문이었기 때문이다.

대답을 하지 못하고 뜨악하게 눈을 깜짝이고 있는 연이의 표정에서 그는 마음을 벌써 읽어낸 듯이 다시 말했다.

"그것이 서양에서 우리나라에 들어온 기독신학의 문제점이라는 거요. 오늘 기독교에서 예수 아버지로 설정하고 들어와 설파하는 성부 하나님이 여호와인데 그 논리가 맞다고 보시오? 그렇다면 물어봅시다. 예수가 왜 그 여호와의 기름 부음을 입고 세워졌다는 제사장들로부터 이단의 괴수로 내몰려 십자가에서 그 참상을 당해야 했다고 생각하시오?"

참으로 대답이 점점 더 궁색해졌다. 그의 다음 말을 기다릴 수밖에 없었다. 그러자 사이를 두고 다시 입을 열었다.

"그럼 물어 봅시다, 구약시대 그 유대 땅에 오고 간 선지자 예언이 뭐였소?”

“때가 이르면 하나님의 아들 만왕의 왕 구세주가 출현해서 그 백성들을 구원해 줄 것이라고 했었지요.”

“맞소. 그런데 그 백성들이 왜 예수를 선지자들이 예언한 하나님 아들로 인정하지 않고 배타를 했다고 생각하시오?”

“그야 그들이 믿어온 신앙관으로서는 여호와 하나님의 아들은 외모도 근사할 뿐만 아니라 왕궁이 아니면 적어도 훌륭한 제사장 가문에서 태어날 것이라고 믿고 있었는데 그 상상을 완전히 뒤엎고 볼품 없이 비천한 사생아로 출현했기 때문이지요. 외모를 중시하던 시대였으니까요.”

“물론 그렇기도 하지만 그보다는 자칭 하나님 아들이라고 하는 예수가 그 백성들을 보고 그동안 너희들이 믿어온 여호와는 본질상 하나님이 아니라고 했기 때문인 거요.”

“어머나 세상에……, 그럼 여호와 하나님이 예수께서 말씀하신 전능하신 사랑의 하나님이 아니란 말입니까?”

“그 질문 잘 하셨소. 여호와는 그 유대민족의 조상뿌리 아담과 이브를 창조한 물질인간 창조신에 국한된 신명계니까 본질상 하나님이 아니란 말이 맞는 거요. 그 여호와가 태초에 우주와 만물을 창조하신 전지전능한 하나님이라면, 그래 아담과 이브를 만들어 놓고 그 인간 만드심을 한탄했다는 그 성구 앞뒤가 이치적으로 맞는다고 보시오? 또 그렇게 사랑이 많으시다는 하나님이 이방 민족과 맞수대결을 붙여 떼죽음을 시키는 전쟁을 앞서 진두지휘한단 말이요? 그게 바로 오늘 기독교 신학이 오류시키고 있는 문제점이란 거요. 구약의 기록이 밝히고 있듯이 각 족속마다 그 창조신이 엄연히 그 성호를 붙이고 달리 존재해 왔고, 또 그 창조신들의 씨종자가 바로 지구촌 오색인종으로 그 색소를 달리 하고 있기 때문에 예수가 그 제자들에게 하늘나라 새 계명이라는 사랑의 도를 족속을 초월해서 전파하라고 했던 거요.”

그때야 비로소 성서 기록의 의문이 풀리기 시작했다. 예수께서 그 이스라엘 백성들을 향해 주인이 농사짓는 비유로 하신 말씀이 바로 그것이었다.

먼저는 주인이 이른 봄에 밭에 종을 내보내어 씨를 뿌리게 하고, 어느 정도 그 싹이 돋아나는 무성한 여름에 이르게 되면, 주인이 그 아들에게 그 종자씨를 익히게 하는 물을 들려서 그 밭에 나가 뿌리게 한다는 것이었다.

그리고 그 밭에 추수기가 이르게 되면 주인이 직접 그 밭에 출현하여 알곡과 쭉정이를 골라낸다는 것이 처음과 끝이라는 하나님의 '불심판'이라고 비유를 들어 말씀하셨기 때문이다.

그것이 태초의 하나님 그 우주 섭리에 의한 이치로 세상이라는 지구촌에 그처럼 여호와나 마찬가지로 각기 그 성호聖號를 붙이고 출현하여 물질 인간 종자씨를 뿌려 가꾸어 나오면서 그 의무와 책임을 다해 왔던 시대 역사를 구약이 기록하고 있었구나, 하는 것을 새삼 깨닫게 해 주었다.

그랬기 때문에 여호와는 분명히 '나는 이스라엘의 하나님 여호와로라' 하는 선포와 함께 '너희는 이방민족의 풍속을 좇지 말라' 는 경고를 그처럼 하고 있었을 뿐만 아니라, 또 그 이웃하고 있었던 이방민족과의 사이에 그 신의 이름을 내걸고 맞수대결의 전쟁을 수없이 일으켜 나왔던 구약의 기록을 읽으면서 혼돈스러웠던 그 의문이 비로소 풀리는 것 같았다.

처음 만날 때와는 달리 사뭇 진지한 표정으로 듣고 있는 연이의 표정에 그는 말에 열을 올리기 시작했다.

"우리나라가 지금 종교 백화점이요. 왜 그런지 아쇼? 우리 한민족 조상들의 정신문화는 서양과는 달리 민족뿌리가 세워짐과 동시에 하늘 대도의 조화사상을 배워 온 민족이기 때문에 이웃 민족과 조화의 협동정신을 펴나왔던 거요. 그래서 고조선시대 우리 조상들은 이방민족으로부터 예의를 아는 군자국이라는 칭송을 받아왔다는 거 아니겠소. 그 조화사상이 개국조이신 단군왕검의 건국이념으로 너와 나를 이롭게 한다는 홍익인간 이화세계라는 건데 그 사상이 바로 성자 예수가 이 땅에 하늘나라 뜻이 이루어질 것이라고 해서 그 나라와 그 의를 구하기에 힘쓰라고 했던 그 지상낙원 세계 그 이념이나 같은 거였소. 그래서 우리 조상들은 일찍부터 서로에게 유익이 되게 하는 그 조화사상을 구가해 왔던 것인데 그 이념이 석가 불교에서 말하는 미륵용화세계라. 때가 이르면 그 하늘나라 세계가 이 땅에서 펼쳐진다는 것이기 때문에 공자 성현이 만법이 귀일한다고 한 뜻이 바로 그거였소, 그러니까 크고 작은 부분 지체 도맥에서 한결같이 말해 온 그 하늘의 뜻이 이 땅에 이루어지는 그때가 이르게 되면 일찍이 하늘 천법을 배워 왔던 우리 조상 뿌리 원통맥의 본가 집으로 들어온다고 한 거요. 그러니 종교 백화점일 수밖에 더 있겠소? 결국 동서로 갈라져 나간 성현들 그 가르침의 뜻은 하나를 지향하고 목적한 것인데 제멋대로 중구난방으로 해석을 하고 우리나라에 들어왔으니 이 뜻을 하나로 모아서 펼치라는 것이 바로 그 신선비서라는 거요."

"세상에……, 그렇게 엄청난 글을 제가 써야 하는 사명이라니 가슴이 다 멍멍해지네요. 저는 지금까지 예수님 밖에 모르는데……."

"바로 그거요. 기독교 집안으로 탯줄을 끊고 내려보낸 것이 바로 그 일을 하라고 한 섭리라. 그 종교통합 문서를 쓰는데 가장 문제가 되는 것이 엄연히 그 세계관이 다른 구약과 신약을 하나로 묶어 설파하고 있는 논리가 오늘 기독교 문제이기 때문에 각 민족 뿌리 역사 왜곡은 둘째치고라도 예수님이 설파한 우주관이 엉망이 되어 버린 거란 말씀이야. 그것을 바로 정리하자면 오늘 그 섞어 쑥물을 먹이면서 영생하는 생명수라고 설파하는 그 종교판 돌아가는 것을 눈으로 직접 보고 쓰라고 기독교 집안으로 내려보낸 것 아니었겠소이까."

"그 참……. 죄송하지만 내가 그 일을 해야 한다니 도무지 믿어지질 않네요."

"물론 그러실 겁니다. 아직 천공혈이 안 열렸으니……, 아, 그 본불자리에서 오고 갔던 성현들이 태어나면서부터 하늘 섭리가 이러쿵 저러쿵 그 도를 말했답디까? 여기 저기 깨달음을 얻기 위해서 고생을 좀 했느냐 말이요. 각기 사명으로 가지고 온 정보, 그 천공혈을 열기 위해서 그만큼 부단한 노력을 했다는 거요. 그럼 이 천공혈이란 것이 뭐냐? 인간은 누구나 어머니 뱃속에서 육질이라는 두터운 망막을 뒤집어쓰게 되면서 쉽게 말하자면 그 정보가계란 모양으로 껍질에 싸여 버린 거라. 이 껍질을 망막이라고 한 거요. 알 듯 모를 듯 몸살 앓게 하는 거, 그래서 성자들이 그 고행을 하고 그 알을 깨고 나와서 한다는 말씀이 불교의 스승 석가는 깨닫고 보니 내가 본불자리 진리체구나, 그 유명한 말이 천상천하 유아독존이라 한 그것이고, 기독교 스승 예수가 했다는 말씀인 즉, 내가 아버지 안에, 아버지가 내 안에 있어서 나로 말미암지 않고는 천국에 들어갈 수 없느니라, 바로 내가 진리체로 하나님 그 아들이다. 믿어라, 믿는 자는 영혼 구원을 얻으리라, 이랬단 말씀이야. 성자들이 그렇듯이 신과에서 각 분야에 그 정보를 가르쳐 주기 위해 세상에 왔던 천재들이 다 그랬다 이겁니다. 이제 내 말 뜻을 좀 알아들으시겠소? 노력하시라 이 말을 하자는 거요. 노력 없이 가만히 앉아서 가지고 온 그 정보통 천공혈이 열리겠소? 내게 그 정보가 주어졌다면 내가 이러고 다니겠소? 그 천기 돌아가는 윷판 도수나 알려 주라는 것이 내가 맡고 온 사명이니까 이렇게 우편배달부 노릇을 하고 다니지요, 허허……."

　장황하게 늘어놓는 그의 이야기에 연이는 그만 멍해져 버렸다. 사리에 어긋난 말은 하나도 없는데도 도무지 실감이 나지 않았기 때문이다.

　눈만 꿈먹꿈먹하다가 어떤 도사라고 하던 사람이 하던 말이 얼핏 생각이 나서 말했다.

　"어떤 도사라는 사람이 저보고 전생에 갑부로 어지간히 풍류를 즐기다가 그것도 시들해서 절을 짓고 들어가 입산수도를 했던 스님이라고 하던데 선녀였어요?"

　"허허허……, 그것도 맞는 말이요. 아, 그 말구유간에서 태어나면서부터 삼십 삼년 동안 고생만 하고 간 성자 예수도 새 이름으로 다시 온다고 했지 않소. 몰라서 그렇지 그 인두겁을 쓰고 몇 번을 세상을 왔다 갔다 한 거요. 막판에는 조물주도 인두겁을 쓰고 와서 세상 오만가지 고생을 다 겪고서 보인다고 했소이다. 이게 불교에서 말하는 미륵불이 출세한다는 용화시대라 한 거요. 그럼 그 조물주가 왜 그렇게 세상에 와서 오만가지를 다 겪고서 보이겠다고 한지를 아시요? 세상이 물질인간 영혼을 닦는 도장이라서 고생스럽다 보니까 인간들이 그 투정이라. 왜 조물주는 이런 세상을 만들어 놓고 편안하게 있으면서 우리들을 이렇게 고생시키느냐고 좀 투정들을 해야지, 허허허……. 그러니까 조물주 하신다는 말씀 왈, 성자들이 내 친자식이지만 너희들보다 더 고생을 했고, 나 역시도 너희 인간들보다 더 많은 고생을 하고 서 보이겠다고 한 거요. 그 조물주가 불가에서 말하는 구주미륵으로 그 본불 자체도 인간 세상에 인두겁을 쓰고 온다는 것이 충만한 법의 왕, 그 미륵불이 출세한다고 한 것인데 그때까지 사람이 덜 된 인간 종자들은 쓸어 버리는 심판불이라고 한 거요."

"어머! 그 심판불은 예수 재림인데……."

어느 사이에 불쑥 튕겨져 나간 말이었다. 그러자 그는 짬짬하게 쳐다보다가 착 가라앉은 목소리로 말했다.

"그게 문제라, 그 기독교에서 재림 예수가 구름 타고 천사장과 함께 비까 뻔쩍 구름 타고 온다고 하니까 천둥 번개만 쳐도 하늘 쳐다보고 행여나 하겠지만, 구름이란 표현은 상징적인 것으로 음적 물질세계 그 인간 형상으로 온다는 거요. 그건 과거 유대 땅에 오고간 선지자들 예언이나 마찬가지요. 만왕이 온다, 구세주가 온다 하니까 어마 무시하게 나타날 줄 알고 있었는데, 핫, 핫, 하……. 그 만왕의 왕이 눕힐 자리가 없어서 마구간 걸레 보따리 속에 본 모습을 감추고 나타날 줄 누가 상상이나 했겠수? 마찬가지로 그 이변이 또 일어나는데 그게 바로 조물주가 인간으로 와서 천지를 바르게 세운다는 것이 천지개벽으로 정법시대가 온다고 한 거요. 그 때는 조물주만 그렇게 오는 게 아니라 이 세상에 왔다 간 성현들 모두가 새 이름으로 오는 시대라서 하늘의 뜻이 땅에서 이루어진다는 거요. 그러면 하늘이 어떻게 되겠소? 그래서 하나님이 인간으로 오는 말법시대는 하늘이 노천으로 텅 빈다 한 거요. 과거에 왔다 간 조화신단 모두가 몽땅 내려와 천지가 개벽한다는 것이 그 뜻이라. 그 때에 알곡과 쭉정이를 골라 불로 태운다는 것이 성경에서 재림 예수 불심판이라 한 거요."

"어머 잠깐……. 아, 그래서 요한 계시록에 백보좌 하나님이 하늘에서 내려와 인간 장막 속에 함께 거하실 때에 하늘에서 백마를 탄 군대가 그 뒤를 따른다고 했군요. 이제야 이해가 되네요. 그런데 교회에서는 지금까지 그 백보좌 하나님에 대해서는 전혀 들어보질 못했거든요. 달랑 재림 예수만 구름을 타고 와서 불심판을 한다고 했는데 이제 알 것 같네요, 하늘의 뜻이 땅에서 이루어진다는 그 뜻이 무엇인지를……."

"아, 예수가 뭐라고 했소? 본질상 하나님이 아니라고 지칭한 유대민족 조상신 여호와를 성부 하나님 자리에 올려놓고 설파하고 있는 곳이 그 종교판인데 백보좌 하나님을 어떻게 설명하겠소? 그러니 교회 앉아서 말이 예배지 실은 공염불을 하게 있는 거란 말씀이지. 쿵!"

"아, 그래서 계시록에 자칭 유대인이라고 하나 실은 사단의 회라 하고 마지막 때에 그 사단의 회부터 먼저 심판을 한다고 했군요. 그리고 거기서 나온 자들 몇이 하나님의 그 일을 한다고 해서 그게 무슨 뜻인가 했더니 이제 거기에 대해서 이해가 좀 가네요."

"이제 이해가 가시요? 그 뜻을 묶어서 펼치라고 한 것인데 그게 바로 신선문서라는 거요. 인간 영혼 구제 아니겠수? 그것을 다시 묶어 쓰라고 보내진 선녀님인데 세상에서 뿌리내려 잘 먹고 잘 살다가 오라고 했겠느냔 말이지. 그래 골육이 있어도 사고무친이라. 세상에 마음 두지 못하게 뿌리를 잘라 놓은 거요. 그래 그 알을 깨고 나오자니 그 몸살 앓는 소리 좀 했겠느냐 말이지. 그래 이제 그 고통으로 천공혈이 열리게 되면서 그 신선문서를 쓰게 된다고 한 것인데 아직 망막에 갇혀 그 감기 몸살 앓는 소리나 하고 있으니 그 참……."

"그럼 아직 고생을 덜 했다는 얘긴가요?"

듣고 있기가 민망해서 연이는 그렇게 한 마디 했다.

"하긴 만사는 다 때가 있다고 했으니까 기다려 볼 수밖에요. 그때가 되면 천공혈이 열려서 자신의 전생까지도 보게 될 테니까요."

"그럼 대감님께서도 세상을 몇 번 윤회를 하셨단 말씀 같은데, 그 전생도 아시겠네요?”

그러자 그는 입가에 묘한 웃음을 만들어내면서 말했다.

“내 전생을 말해 달란 말씀인데, 그 말을 하니까 다들 돌아버린 사람을 취급을 합디다. 요 앞 전에 전생은 몇 백년 되었지요. 비운의 왕자로 태어나 강원도 영월에서 살해 당했었지요, 흐흥……”

“어머, 그럼 그 단종?”

그야말로 할 말을 잃어버린 사람 모양으로 멀뚱하게 그를 쳐다봤다. 남들이 그렇게 이상한 사람으로 취급했다는 것도 무리는 아닐 성 싶었다.

단종이었다니, 그 옛날 수양 숙부에게 왕좌를 빼앗기고도 모자라서 살해 당한 그 비운의 왕자였다니, 이제까지 아무렇지 않게 보이던 그의 깡마른 체구에 눈빛이 그렇게 보여서 그런지 묘한 신기 같은 섬광이 번들거리는 것 같았다.

갑자기 마주앉아 있고 싶지가 않았다. 그래서 괜스리 깜빡 잊고 있었다는 듯이 손목시계를 한 번 쳐다보고 일어날 뜻을 비쳤다.

“벌써 시간이 이렇게 됐네요, 정말 재미있는 말씀 많이 들었네요. 그럼 언제 또 만날 도수가 될는지 그때쯤이면 제 천공혈도 열렸으면 좋겠네요.”

그러자 그는 연락할 수 있는 전화번호를 물어서 말해 주고 일어났다. 그것이 그와의 세 번째의 만남이었다.

그 다음 날이었다. 연이는 잡지사를 들렀다가 그 분에 대해서 좀 더 자세히 알고 싶어서 발행인에게 물었다.

“그 대감이라는 친구분 말예요. 보통 분은 아니신 것 같은데 혹시 심령과학한다는 분 아니세요? 그 가수 누군가 하고 결혼했다는 사람 말예요.”

“그 친구 그래 보여도 삼공 때 저 위에 있는 청기와 집만 들락거렸던 사람이요. 그 대쪽 같은 성미가 타협을 몰라가지고 바른 소리를 해대다가 차지철이한테 한 방 맞았다는 거 아닙니까. 부마사건 때지요. 그 차씨가 누구요? 그때 대한민국을 손에 쥐고 흔들던 사람인데 서로 입씨름이 붙어가지고 열을 받은 이 친구가 안주머니에서 담배를 꺼내려고 한 것인데 그 눈썹이 빳

빳한 차씨가 오해를 하구선 먼저 총을 꺼내 꽝! 했다지 뭡니까. 다행히 목숨
은 부지했지만 하루를 죽었다가 깨어나고서는 그 청기와 집을 다시는 발걸
음을 안 했다는 거 아닙니까.”

“어머! 그런 분이셨어요? 그럼 국사나 마찬가지 신분이셨네요?”

“그런 셈이지요, 우리 조상들 고문서 규장각을 관리했었으니까요. 그 친
구 결혼식 때 한사상을 주창했던 안호상 박사님께서 주례를 서 주셨는데 결
혼식장에서도 웃겼던 친구라니까요, 정상적인 사람이 볼 때는 얼핏 이해가
안 가지만 아무튼 재미있는 친구지요.”

“그럼 지금은 무얼 하세요?”

“죽었다가 깨어나고부터는 저렇게 자기 말대로 소식이나 전해 주러 다니
는 우편배달부라고 하지만 내막인즉 종교판을 돌아다니는 암행어사라고
누가 그럽디다.”

그 말을 듣고 보니 발행인이 그가 마당발이라고 하던 것과, 광고를 좀 물
고 와 달라고 하던 이유가 짐작이 가면서 그가 어떤 위치에서 활동하고 있
는 사람인가를 대충 짐작할 수 있었다.

그래서 그가 했던 말들을 다시 떠올리면서 되씹어 보곤 했다. 많은 생각
을 다시 하게 해 주었기 때문이다.

천당과 지옥

뜻 밖에 이 대감이라는 기인을 만나 폭넓은 정신세계에 새롭게 눈이 떠지기 시작한 연이였다.

그리고 며칠이 지나서였다. 반갑게도 그에게서 전화가 걸려 왔다. 전해 줄 것이 있으니 만나자고 했다. 그래서 시간과 장소를 정하고 막 나가려던 참이었다. 그때 평소 언니 동생처럼 다정하게 지내오던 강 사장이 불쑥 찾아왔다.

그녀는 그때 인테리어 사업에 손을 댔다가 사람을 잘못 만나 곤혹을 치루고 있었다. 그래서 지금 만나러 가는 사람이 어떤 사람인가를 짧게 귀띔해 주었다.

그녀 역시 대충 말만 듣고서도 여간 흥미 있어 하지를 않았다. 그래서 함께 동행을 했다. 약속 장소로 들어갔을 때는 그가 먼저 와서 기다리고 있었다. 그녀를 막 소개하려 할 때였다.

그가 혼자 말하듯이 중얼거렸다.

"거 이상하게 기독교에 선녀 군단이 많단 말씀이야. 흠……."

그가 선녀 운운하는 말에 연이가 처음 그랬듯이 그녀 역시도 어리둥절해 했다. 큰 눈을 꿈벅거리며 이 대감과 연이를 번갈아 쳐다봤다. 그런 그녀를 이해시켜 주려고 먼저 말을 꺼냈다.

"가톨릭 신자가 돼서 그런 말은 낯설거든요. 선녀가 어디 또 있어요?"

"내가 지금 만나고 오는데 집사라던가?"

그러자 그녀는 별난 말을 다 들어 본다는 듯이 까르르하고 웃음을 터뜨렸다. 그러나 그는 개의치 않는다는 듯이 들고 온 몇 권의 책을 연이 앞으로 밀어 놓으면서 말했다.

"자, 우선 이 책들을 먼저 읽어 보십시오. 민족의 뿌리, 아니 자기 조상 족보도 모르고서야 보이지 않는 영혼 뿌리 본자리를 찾으시겠소? 조금은 도움이 되실 게요. 그리고 슬슬 쓰셔야 할 것 아닙니까? 지금이 어느 때인지 아십니까? 구천 십방의 세계, 말하자면 원천 하늘이 땅으로 내려오는 도수요, 불로불사의 시대가 땅에서 준비되는 바쁜 때에 민기적거리고 앉아서 그 헛소리나 쓰고 앉아 있을 때가 아니라니까요."

그가 하는 말에 그녀는 '이게 무슨 소리?' 그런 눈빛의 표정이었다. 하지만 몇 번 만나 그보다 더 놀라운 소리를 들어왔던 연이로서는 별로 이상하게 들리지 않아 웃으면서 말했다.

"뭘 어떻게 쓰라는지 도무지 생각이 캄캄한데 볼펜만 들고 있으면 각이 열리겠어요?"

그러자 그는 잠시 사이를 두고 무슨 생각을 하는 것 같다가 이윽고 말했다.

"바쁘신 일 없으면 며칠 시간을 좀 내셨으면 좋겠는데……."

"그야 어렵지 않지만 며칠씩이나 뭘 하게요?"

"조용하게 집을 떠나 명상을 하는 시간을 좀 가져 보면 도움이 되실 것 같은데, 물론 여자로서 쉬운 일은 아니지만서도, 선녀님 기파라면 가능할 테니까 내가 기도하던 장소에 한 번 다녀오실 생각 없겠소?"

연이는 그가 말하는 명상이라던가 하는 말들이 얼른 또 이해되질 않았다. 지금까지 가져온 기도 시간을 명상 시간이라고 생각해 왔기 때문이다. 그래서 그 생각을 말했다.

"명상하는 시간을 갖는데 꼭 그렇게 집을 떠나서 해야 되나요? 일종의 자기 성찰을 하는 기도 시간 같은 거 아닙니까?"

"하긴 기독교관에서 나온 선녀님이니까 그렇게 생각하는 것이겠지만 그 공부를 하다 보면 담력도 커지는 거요. 귀신들 세계를 보게 되니까……."

"어머나! 귀신을요?!"

옆에 앉아있던 그녀와 동시에 내뱉는 소리였다.

"왜들 그리 놀래슈? 귀신이 뭐 별 건지 알지만 사람이 금세 앉았다가 요 콧김 빠지면 그 영가를 귀신이라 하는 거요. 그 영가가 이 육신 안에 함께 붙어 있을 때 정신이 있는 사람이다 하고, 그 넋 혼이 빠진 육신은 쓸모가 없는 시신이다 해서 불에 태우기도 하는 거요. 그래서 예수가 육은 무익하니라, 하지 않았소이까. 육신에서 요 반짝거리는 정신이 빠져 나간 거 그걸 영가다, 귀신이다 하는 거요. 그런데 사람들이 귀신이 별 것인지 알지만 귀신도 살았을 때 그 사람 정신이 나타내는 인격 그대로여서 천차만별인 거요. 그래서 우리 조상들이 구천 하늘이다 한 것인데 그 말이 무슨 뜻인지 아슈? 그게 현대 물리학에서 말하는 에너지 기운이 맑고 밝으면 높이 뜨고 탁하면 가라앉듯이 인간 영혼 에너지 기운도 그런 거요. 그래서 하늘의 이치를 깨닫고 영혼이 맑은 사람은 기독교에서 말하는 구천 하늘 위에 천당을 가는 것이지만, 세상의 물질 향락만을 추구하고 쫓던 탁한 영가는 자기 영혼 에너지 기운 그대로 가서 머무는 계단 층수가 각기 다른 거요. 그래서 하늘도 그 층수를 각기 맡아 주관하는 신장들이 있다고 믿었던 우리 조상들이 인격을 이룬 고급 영을 점지해 달라고 빌었던 것이 바로 그 백일치성 기도였소. 그게 바로 생명의 본불자리 칠성님께 비나이다, 했던 거요."

"아, 그래서……."

연이는 그 순간 머리를 스치는 의문의 성구가 풀어지고 있었다. 예수님이 제자들과 함께 무덤을 지날 때 그 앞에 있던 귀신이 예수님을 하나님의 아들로 알아보고 저만치 강가에서 얼쩡거리고 있는 돼지 속으로 들어가게 해 달라고 부탁하는 장면이었다. 그때 귀신의 소원에 따라 예수께서 '그리 하라’ 고 했었다.

그 성구 장면에 지금 이 대감이 하고 있는 말을 비춰 본다면 그 귀신은 생전에 무질서한 돼지 같은 욕심 그대로 탁한 영가 귀신이었기 때문에 그 파장이 맞는 돼지 속으로 들어가게 해달라고 했었구나, 하고 머리를 끄덕거렸다.

그러자 그 이 대감이 이제 이해가 되느냐는 듯이 다시 말했다.

“기독교에서 예수 영을 뭐라고 말합디까? 성령이라고 하지요? 성령이란, 짐승이나 다를 것이 없는 인간 오욕칠정을 도리를 알고 다스리는 사람의 격을 뛰어 넘어 우주 삼라만상의 이치를 알고 다스릴 줄 아는 고급 영가를 성령이라고 한 거요. 그래서 불가에서 석가 부처님처럼 성불하라는 것이 그 뜻인 거고…….”

“아, 그래서 조물주 하나님이 신들을 내려보내서 인간 종자씨를 뿌리게 했군요. 성불된 고급 성령체를 만들어 내기 위해서란 말씀이지요?”

“맞소, 그 성령이 바로 만물을 다스릴 줄 아는 영장이라 한 거요. 그런데 아직 그 하늘의 뜻도 모르고 인간육신 오욕칠정 본능 그대로 출렁거리다가 콧김 빠진 탁한 귀신들이 구천 하늘을 떠돌 수밖에 더 있겠소? 그래서 조물주 하나님이 불쌍한 인간들에게 그래도 영혼 닦을 기회를 준 것이 불가에서 말하는 윤회인 거요. 그래 부모와 자식 그 인연의 탯줄 끈이란 것이 같은 에너지 기운이라 자신의 얼굴 거울 보듯이 보라는 거요. 그것이 윤회의 자연 법칙이라. 그래서 자식은 전생에 빚쟁이를 만나는 것이고 부부는 서로 그 맺힌 가슴의 한을 풀어야 하는 원수가 만나는 것이라고 했소이다.”

“이제 이해가 되네요. 그래서 예수께서 원수가 네 집안에 있느니라, 하신 거군요. 그리고 너희가 심는 그대로 거두리라고 하시고 사랑의 빚 이외는 지지 말라, 하신 말씀의 뜻이 바로…….”

“그게 바로 불가의 스승 석가 부처가 말한 윤회의 이치라는 거요. 그래 그 이치를 조상 뿌리에서부터 배워 왔던 우리 조상들이 한 말이 뭔지 아쇼? 저 인간이 사람이야? 짐승이지, 이랬단 말씀이야. 적어도 사람이라면 인간 세상 살아가는 도리와 질서쯤은 아는 것이 사람이다, 그 말이었던 거요. 그래 정감록 비결서에도 말세에 십리를 가다가 사람 하나 구경한다고 한 것이 그 거요. 그런데 사람도 아직 못된 짐승 성정 그대로의 인간들이 언제 깨닫고 신성을 이루어서 만물을 다스리는 고급 영가로 성령이 되겠소. 그 이치를 깨닫지 못하면 그야말로 나무아미타불도 공염불이고, 할렐루야 아멘도 공 염불이지, 훗훗후……"

"그래서 예수께서 말세에 참으로 믿는 자를 보겠느냐고 하셨군요. 실컷 제멋대로 놀아나면서도 어제 일도 과거로 보시지 않는다는 말만 믿고 죄인 이 제물 바치니 용서해 주시옵소서, 그리고 눈감을 때 믿습니다, 하면 천당 을 간다고 믿고 있으니 말입니다."

"그렇게 믿는다면 천당 못갈 사람이 어디 있겠소? 인간 출렁이는 본능적 인 그 성정을 성현들의 가르침으로 다스려 그 영혼을 거울처럼 맑게 닦으라 고 한 것인데, 뭐, '아멘 믿습니다' 그 말은 좋지, 하지만 오욕칠정으로 출 렁이는 인간 육신의 성정을 닦고 다스려야만이 고급 영가로 진화를 해서 천 당을 간다는 것인데, 세상에서 추구하는 그 일들 만사형통하게 해달라는 기도만 해대고 앉아 있으니 저 위에서 뭐라고 하겠소? 야! 이것들아 귀가 시 끄럽다, 그만들 해라! 하지 않겠소? 훗후후……"

그 웃음에 함께 따라 웃었다. 그러자 다시 입을 열었다.

"무지한 중생들이 그 이치를 모르니 그러고들 앉아 있지만 세상은 인간 영혼 닦음으로 보내진다는 거요. 그러니 고통이라, 그래서 이 고통스러운 세상을 석가 부처 왈, 고통의 사바세계라고 했던 거요. 그런데 영혼 닦을 생 각은 하질 않고 염불보다는 잿밥에만 마음을 쏟던 그 무지한 인간 귀신들이 어디를 가겠소? 그렇게 저급한 영가들이 사람 속으로 들어가는 것도 그 파 장 에너지 기운에 따라 들어가는 거요."

순간 연이는 가끔 길거리에서 보아왔었던 미친 사람들을 생각하고 물었 다.

"그럼 길가에서 히죽히죽 웃는 그 미친 사람들은 어떤 귀신이 들어가서 그런 거예요?"

"귀신도 천태만상이라. 보게 되면 겉보기는 멀쩡한데 숨어서 그 이상한 짓거리들을 밥 먹듯이 하고 다니는 사람들, 그게 제정신이면 그러고 다니겠소? 귀신도 그 사람 살았을 때나 마찬가지로 여러 질인 거요. 아주 드러내 놓고 심지어는 즈그 아베보고도 헐레헐레 달라붙어 해달라는 미친년도 있어. 그게 귀신이 씌워서 그런 건데, 그것이 다 그 사람 조상 파장 기운에 따라서 귀신도 달라붙는 거요. 그렇게 귀신도 같은 파장끼리 붙듯이 사람도 같은 파장끼리 몰려다니고 그러는 거요. 하지만 그 파장이 다르면 그 속에서도 끄달리지를 않아. 그래서 넋 놓고 있지 말고 정신 차려 깨어 있으라고 한 거요. 그래 넋 놓고 세상일에 열심히 쫓다 보면 언제 그 헛 귀신들이 들어와 가지고 지가 주인처럼 마음대로 끌고 댕긴단 말씀이야. 그러다 보면 저 사람이 왜 저렇게 변했지? 하지만 그 마음 보따리 안에 귀신이 들어와 주인 노릇을 하기 때문에 그런 거란 말씀이야. 그러니 그 사람 행동 몸짓이 전과는 달라질 수밖에 없고, 그 얼굴 기색도 달라진 거요. 그래 관상보다 심상이다 하는 것이 그 기색이 달라지기 때문인 거요. 그러니까 그 사람 기색을 보면 그 사람 생활을 가만히 앉아서도 보게 된다는 거요."

"그러니까 말씀대로 하자면 귀신 속에서 우리가 살고 있네요?"

옆에 앉아 듣고 있던 그녀가 불쑥 그렇게 물었다.

"사람들이 몰라서 그렇지 귀신 천지요. 겉만 사람이지, 화냥질도 그런 귀신들이 들어가서 그러는 거요. 밤이나 낮이나 그 생각만 하는 게 그래서 그러는 거요. 그걸 좋다고 붙어 히히덕거리면 그게 같은 파장기운이라, 허깨비로 떠도는 귀신은 내몰기도 쉽지만 그렇게 사람 속에 들어가 주인 노릇을 하고 있는 귀신은 더 고약스러운 거요. 그런데 사람들이 허깨비 귀신은 무섭다고 도망가면서 더 고약한 귀신은 몰라보고 좋다고 마주 앉아서 히히덕 거린단 말씀이야. 그래서 사람같이 무서운 게 없다고 한 거요. 사람이면 다 사람인 줄 아슈? 그래 그 사람 하는 언행을 보게 되면 어떤 귀신이 들어가 앉았는가 알게 되는 거요. 이것을 몰라가지고 저 사람이 왜 그러지? 하고 끝탕들이지만 사람 제정신이 그런 게 아니라 귀신이 씌워서 그런 거라, 그래서 그런 귀신들을 근접 못하게 하는 것이 도력이라, 그 도력이 어디서 나오느냐? 그게 고등 종교 스승들 가르침에서 나오는 것이기 때문에 석가 부처가 자나 깨나 경전을 가까이 하라고 한 거요. 그 안에 귀신들이 근접을 못하게 하는 도력이 들어있다는 말씀이지. 그래 보게 되믄 불경이나 성경을 가까이 한 사람은 그 인품이 달리 보이는 게 그래서 그러는 거요. 귀신들이 근접을 못해, 그 사람 인품이라는 것이 육신이라는 그릇 안에 담겨 있는 알맹이 냄새라, 오물을 담고 있으면 구린내가 나고, 향을 담고 있으면 향내가 나는 거, 그것을 품격이다 뭐다 하지만 그게 다 마음을 닦는 공부 그 도력에서 나온 거라, 그래서 마음이 닦아진 만큼 그 영혼 기운이 각기 다 달라. 그래서 귀신도 양질이 있고 음질이 있는 거요. 양질 귀신은 그 사람이 살았을 때나 마찬가지로 남을 괴롭히지를 않아. 그런데 이 음질 귀신은 살았을 때나 마찬가지로 그 짓거리를 즐기는 거요. 이것을 모르고 기독교에서 지옥이 어디 따로 있는 것처럼 말하지만 실은 귀신들이 우글거리는 이 세상이 지옥인 거요."

순간 연이의 머리를 번개처럼 스치는 성구가 이해가 되면서 불쑥 한 마디 했다.

"아, 그래서 예수께서 천국이 여기 있다 저기 있다 하지 말라, 너희 마음 속에 있느니라, 하셨던 거군요."

그 말에 이 대감은 수긍이 가느냐는 듯이 웃었다. 그리고 다시 말을 이었다.

"살아서 마음 속에 이루지 못한 천국을 죽은 귀신이 어찌 가겠소. 맑은 영혼은 밝은 것을 좋아해서 음습한 물질 세상에 집착이 없는 마음이라 죽어서 가볍게 밝은 곳으로 오르지만, 음습한 세상 쾌락이나 좋아하던 탁한 영가는 그 미련 애착고가 많아서 그냥 땅에서 떠나지를 못하고 떠도는 거요. 그래서 성현들이 세상에 와서 가르친 말씀이 그런 거요. 인간 오욕칠정의 마음을 닦고 비우지 않고서는 극락 천국에 들어갈 수 없으니 고통스럽더라도 살아서 마음을 닦고 비워라. 그러면 활달자재하게 육신을 가지고도 높이 오를 수 있다. 그 모델이 되어 보인 예수이었던 거요. 이 물질이라는 인간 육신이 그 색이거든, 그래서 오욕칠정이라는 감정이 있는 것인데 이게 색계의 본질이라, 그래서 물질의 본질이 색계를 다스려 거기에 흔들리지 않는 영가를 만들려고 빙글빙글 돌리는 본불 조물주의 자연법칙 섭리가 윤회라는 거요. 그래, 거듭 탈겁시켜서 영생하는 종자씨를 만들려고 목적한 그것이 노자 성현이 말한 시종지도 체성복귀라, 본자연하신 조물주와 피조물 인간이 종내는 일체를 이루게 된다는 것이지요.”

“어머, 그럼 우리 기독교에서 말하는 처음과 끝이라는 알파와 오메가의 하나님이 바라시는 그 뜻과 동일한 것이네요? 예수께서 하나님의 성품을 이룬 의인들을 형제라고 부르기를 부끄러워하지 않으시겠다고 하셨으니까요.”

“역시 기독교 도맥을 타고 온 선녀님이라 척척 알아들으시는구만, 허허허……. 그래 조물주 하나님이 보좌신들을 시켜 세상이라는 밭에 인간 종자씨를 뿌리게 하구선 그것이 네가 태어난 텃밭에서 닦아 성숙해야 할 운명이니 감사하게 알고 닦고 성숙해서 내 종자씨가 되거라, 한 것인데 그것이 바로 인간 숙명이라는 거요.”

“그래서 예수께서 각자에게 감당할 만한 고통의 십자가 이외는 주지 않는다고 범사에 감사하라고 하셨군요. 그것이 숙명이니까…….”

“맞소, 석가 부처가 한 말이 그 사람 영혼이 성숙한 에너지에 따라서 방편법을 쓴다고 했소이다. 일학년짜리가 단번에 육학년 교과서를 어찌 읽고 공부하겠소? 그래서 거듭 윤회를 시켜 세상공부를 하게 한 것이니 고통스럽더라도 감사하라고 한 것이지요. 그래서 서양 사람들하고는 달리 우리 조상들은 하늘의 그 이치를 배웠기 때문에 사람이 늙어 죽게 되면 그 칠성판에다가 아무개 현고학생 졸자를 썼던 거요. 이만큼 세상을 배우고 간다는 뜻이라, 허허허……. 그런데 그러한 천지부모 뜻을 모르는 인간들이 투정이라. 이놈의 귀찮은 세상 아프기만 하고, 에라 모르겠다 하고 제 목숨을 끊어

버리게 되면 어떻게 되겠소? 조물주 왈, 천명을 거슬렀으니 더 뜨겁게 닦아라! 그래서 자살하게 되면 불지옥에 간다고 한 거요. 그래 그 천지부모의 뜻이 무엇인지 전해 주러 이 세상에 오고간 성현들을 무지한 인간들이 뭐라고 편애를 하느냐? 저건 참말 진리고, 저건 진리가 아닌 삿된 것이라고 한단 말씀이야. 그래 성경, 불경, 도덕경 할 것 없이 죄다 그 이치를 담아 놓은 것인데 그 가르침의 뜻이 무엇인지를 모르니까 내가 믿는 스승 따로, 네가 믿는 스승 따로 놓고 서로 싸움질이라. 그들이 그 스승의 법을 하나라도 제대로 배웠으면 그 소갈머리 좁은 소리를 하겠소? 근본은 그 하나가 목적인데, 그러니까 허상뿐인 육신을 다스리지 못하고 거기에 갇혀 놀아나는 거, 그 성숙되지 못한 씨알을 쭉정이라 한 거요. 그래 조물주가 심판하실 때에 이 쭉정이 귀신 씌운 것들부터 싹 쓸어 불에 처넣어 버린다고 한 거란 말씀이야. 그래 귀신하니까 아구야! 하지만 사실은 그 허깨비 귀신은 아무것도 아닌 거요. 기파가 높은 사람을 보게 되면 달라붙지는 못하지만 돌아서 제멋대로 음해를 한단 말씀이야. 하지만 기파가 높으면 그 몸신이 그것들을 가만 두겠소? 따끔하게 혼쭐을 내는 거요. 성궁에도 양신이 있고, 음신이 있고, 땅에도 양신이 있고 음신이 있는 거요. 그래서 선을 사용하는 양신을 성신이라 하고, 악을 사용하는 신을 악신 귀기라고 하는 거요. 그래 일반적으로 성신하게 되면, 황극세계 삼신을 비롯해서 진여와 불보살 등을 말하는 것인데 지금 선녀님께서는 각이 열리지 않은 상태에서는 이해하기가 좀 곤란하실 게요."

사실 그랬다. 그가 말하는 황극세계라던가, 진여 불보살하는 낯선 용어들이 기독교적인 사고의 틀에서 자꾸만 걸려 맴을 돌았다. 연이가 그렇게 느껴질 때 함께 왔던 강 사장은 더 말할 것도 없다. 맹해진 얼굴이 웃음기 없이 연이의 표정만 살피고 있다가 불쑥 말했다.

"그럼 귀신들하고 얘기해 보셨어요?"

그러자 그는 다시 이야기의 원점으로 돌아갔다.

"내가 아까 말한 공부가 바로 그거요. 그것들과 만나서 대화도 해 보고 하게 되면 담력도 커지지만 이 인간 영혼 세계가 과연 무엇인가? 빠르게 접해 들어 갈 수가 있지요. 내가 처음 그 공부를 하게 될 때였는데 밤중에 요것들이 문으로 들어오지 않겠소. 그 귀신이 육신이 없다고 생각하니까 그 선입견에 무서운 거지. 거 아무것도 아닌 거요. 그래 어디 사는 누구냐고 물으니까 요것들이 요 위에 산대, 아니 동네라고는 없는 산속인데 내가 믿겠소? 그래 어디서 와서 수작을 부리느냐고 호통을 치고 천수경을 외웠지요. 그리고 다음 날 그 근처를 훑어보니까 오래된 무덤 몇 구가 있는데 오래된 것들이라. 귀신은 시간대가 없으니까 즈네들이 죽은 지 오래된 것도 모른단 말씀이야. 그 귀신들 달랜다고 물밥이라도 떠놓게 되면 산 사람이나 마찬가지로 주는 놈한테 더 달라 붙어가지고 질척이는 거요. 그래 주다가 안 주면 심술을 부리는 거라, 이 귀신들은 법력으로 다스려야 하는 거요.”

“세상에나……. 그런데 저더러 거기 가서 공부를 하라고 하신 거예요?”

“삶과 죽음의 차이를 실제적으로 체험해 보시라는 겁니다. 사람들이 귀신 하게 되면 섬뜩하게 생각하지만 그것들은 실상 아무것도 아닌 거요. 산 사람이 더 무서운 거라니까요. 죽은 귀신들이야 내가 정신만 차리고 있으면 홀리지 않지만, 그 사람 속에 들어가 있는 귀신한테 홀리는 거, 멀쩡하게 있는데 코만 베어가는 게 아니야, 심장까지 깨무니까 눈 희꺼덕 까뒤집고 어디 게거품뿐이겠소? 죽거나 병신이 되는 거, 예사지 쿵!”

들고 보니 틀린 말은 아니었다. 얼마 전에 몽땅 사기를 당한 그녀의 처지가 또한 그런 것이었기 때문이다. 그 궁금증에 사실은 언뜻 따라나선 그녀이기도 했다. 눈치를 살피더니 슬며시 그 말머리를 꺼냈다.

“저……, 사실은 저도 생사람 잡는 그 악귀들을 몰라봤지 뭐예요. 언제쯤이나 풀리겠어요?”

“허허허……, 쉽게 말해서 물질이 목숨이고, 목숨이 물질인데 죽을 지경이다 이 말씀인데, 그 물질이라는 돈? 절이나 예배당에 가게 되면 많지요. 카핫……, 농담이고 기다려 보슈. 굴러 돌아다닌다는 것이 돈이라. 들어올 때가 되면 들어올 거유, 흠흠…….”

"그게 언제쯤……."

오직 돈 들어오기만을 기다리는 강 사장은 마음이 초조했던지 채근하듯이 물었다.

"아, 그것은 저 미아리 점쟁이들도 잘 알아 말해 줍디다, 허허허……. 거 사람의 운명이라고 하는 것이 승강기폭이 있게 마련이라 이 소리가 있으면 저 소리가 있듯이, 그래 세상을 산다는 것이 도라고 하는 거요. 그러니 그 때를 참고 기다릴 줄도 알아야지 바쁘다고 비 쏟아지는데 뛰어나가게 되면 사람 모양새 밖에 더 버리겠소? 우습게 되는 거지. 그 때가 되면 다 조짐이라는 게 보이게 왜 있소. 그걸 보고 조짐의 상이라고 한 거요. 얼굴 기색이 틀려진단 말씀이야. 그래 그 기색이 보이지 않을 때는 마음을 느긋하게 가지고 기다리라고 한 거요. 강태공이 낚싯대 늘이고 그 때를 기다리듯이 말이요. 만사는 다 때가 있으니 기다려라. 이것이 말하자는 것이고 사람이란 것이 만족할 줄 모르는 동물이라. 하늘이 칠보를 비처럼 내려도 배불릴 줄 모르고 동양 자루만 잔뜩 움켜쥐고 있단 말씀이야. 허허허……."

그의 말에 연이와 강 사장은 그냥 맹한 얼굴이 되고 말았다. 그러자 그는 할 말을 다 했다는 듯이 자리에서 벌떡 일어서면서 말했다.

"자, 이만 가보겠습니다. 시간이 되면 또 연락을 드리지요. 참 저분한테 하는 말인데 무엇을 넘치도록 채우려고 애쓰시는 것 같은데 두 손 가득히 다른 먹을 것을 채우려고 애쓴다면 그만 두시는 게 좋소. 천하의 알렉산더 대왕도 다 놓고 빈손으로 가질 않았소이까. 넘치는 것은 낭비고 소멸인 거요. 조금은 빈 자리가 있어야 진리가 들락거리면서 대자유를 누린다는 거, 그 말을 명심하면 삶이 평탄해질 게요."

그 말을 남기고 그는 뒤도 돌아보지 않고 휑하니 사라졌다. 그가 사라진 문쪽을 쳐다보며 그녀가 말했다.

"신기가 있는 사람 같네요. 좀 그렇잖아요, 제 생각으로는 만나지 않으셨으면 하네요. 그 구천 십방은 뭐고, 황극세계는 다 뭐래요? 그 말은 무당들이 쓰는 말이잖아요?"

그녀가 그렇게 말하는 것도 무리는 아니었다. 그 용어들은 무당들이 곧잘 쓰는 용어이기 때문이었다. 그 마음이 읽어지면서 웃음이 나왔다.

"그래도 물어 볼 것은 다 물어 보드구만……."

"신들린 사람 같아서 그랬죠, 뭐. 시원하게 말해 줄까 하구요."

"왜 귀신 이야기를 해서? 틀린 말도 아니드구만. 내가 듣기에는 오히려 더 논리적인 것 같던데 뭘."

사실 가톨릭 신자인 그녀가 거부 반응을 보이는 것은 당연하다고 생각했다. 기독교적인 사고에서는 납득하기가 어려운 말들이기 때문이다. 하지만 연이는 이제 그와의 몇 번의 만남에서 그 용어들이 그렇게 생소하게 느껴지지를 않았다.

그래서 가만하게 말해 주었다.

"사실 불교적인 용어를 점쟁이들이 많이 쓰기 때문에 거기에서 오는 거부 반응이야. 하지만 사실 이해하고 보면 이상할 것 없이 이치적인 말이더라구. 기독교적인 고정관념 때문에 그런 거지."

연이가 이해된 그 용어들을 한꺼번에 그녀에게 다 설명해 주기에는 아무래도 당장은 무리였다. 그쯤에서 헤어져 집으로 돌아왔다. 그리고 그 이 대감이 건네주고 간 두툼한 봉투 속의 책들을 꺼내 보았다. 단재 신채호 선생님이 쓰신 《조선 상고사》, 그리고 임승국 선생님께서 쓰신 《한단고기》, 선사 일연이 쓴 《삼국유사》 세 권이 들어 있었다.

기독교인이던 연이는 솔직히 그런 책들에 대해서는 관심도 없었기 때문에 처음 대하는 책들이었다. 그렇기 때문에 우리 민족의 뿌리 역사에는 전혀 아는 바가 없었던 것이 사실이다. 그리고 허구의 신화로만 생각했었다. 그래서 그런 책이 있다는 것쯤으로 알고 있는 것이 전부였다.

그렇게 그 부분에 관심이 없었던 연이는 그때 역시도 마찬가지였다. 마치 시대에 빛바랜 고문서쯤으로 심드렁하게 펼쳐 들었다. 솔직히 말해서 별로 흥미가 없었다. 그러나 아무튼 대충이라도 그 성의를 보아서 읽는 시늉이라도 해야 했다.

처음 읽어나갈 때는 그야말로 그리스 로마 신화를 읽는 그런 기분이었다. 하늘에서 삼천의 신장들을 데불고 이 땅에 내려오셨다는 환웅께서 신장들을 시켜 처음 물질 인간 남자와 여자를 만들게 했다고 했다. 그 남자를 아반이라고 했고, 여자를 아만이라고 했다는 기록이었다. 어쩐지 허구의 신화 같은 느낌이 들어 몇 장을 읽다가 덮어버렸다.

그런데 이상한 일이었다. 머릿속에서 자꾸만 그 이야기들이 멤돌면서 성경 '창세기 2장' 과 연결이 지어졌다. 여호와가 땅에 내려와 에덴동산을 창설했다는 것이나, 처음 지은 남자를 아담이라고 했다는 것이나 그와 크게 다르지 않다는 느낌이 들었다. 다시 펼쳐 들었다. 그리고 다시 읽어나가기 시작했다. 어느 만큼을 읽어 나갔을 때였다. 구약성서와 별로 다를 것이 없다는 느낌을 받았다. 사실 구약성서 창세기를 현대 지성인들이 읽어 본다면 마치 실재성이 없는 허구의 신화처럼 느껴지게 마련이다.

그래서 무신론자나 타 종교인들이 허구라고 매도하고 있다는 생각이 들었다. 그런데 우리 한민족의 뿌리 역사 기록 역시도 허구의 신화로 매도할 만큼 그 기록의 전개가 다르지 않다는 사실에 흥미를 가지고 읽어나가기 시작했다.

그러면서 점점 지구촌 실증적 뿌리 역사 기록은 동서양이 동일하게 현대인들이 실제로 전제하고 받아들여서 믿기에 어려운 신화적인 요소가 많다는 사실에 눈이 떠지기 시작했다.

서양의 아담 창조가 처음 흙으로 빚어졌고, 여자 이브는 그 아담을 잠들게 해서 그 갈비뼈 하나를 취해서 만들고 난 다음 여호와의 호흡을 불어 넣음으로써 비로소 생령이 되었다는 기록이다.

그와 다르지 않은 것이 우리 배달 한민족 뿌리 역사 기록으로, 크게 다를 것이 없었다. 동일하게 그 신화적인 요소를 바탕으로 전개되고 있었다.

어쨌거나 어려서부터 주입된 기독교적인 뿌리사상의 고정관념 때문에 처음에는 혼란을 가져 온 것이 사실이었다. 하지만 읽어나갈수록 신화 같은 구약의 기록과 별 다른 차이가 없다는 생각으로 모아지면서 그 어떤 정보를 얻어내기 위해 바쁘게 읽어나가기 시작했다. 그러다가 어느 날 드디어 놀라운 신의 섭리를 새롭게 깨닫게 되었다.

조화의 섭리였구나. 바로 그것이었다. 그것은 조물주 섭리에 의한 동서東西의 뿌리가 음양陰陽으로 조화였다는 그 눈뜸으로 대발견이었다.

그로부터 새롭게 눈이 떠지고 정리된 의식은 그에 대한 손놀림으로 바빠지기 시작했다. 그리고 마침내 출간되어져 나온 책이 《개천 그리고 개국》이었다. 물론 최선을 다했다고는 하지만 아직은 미진할 수밖에 없었다.

그러나 그 몸짓만이라도 어여쁘게 보셨던지 그 책머리에 서문을 초대 문교부 장관이셨던 안호상 박사님께서 기꺼이 맡아 써주셨다. 그 추천의 글을 참고해 보면 다음과 같았다.

한나라의 민족혼은 문화와 역사를 바탕으로 한다. 우리는 세계 최고의 문화민족으로서 찬란한 금자탑을 이룩한 배달민족임을 자랑한다. 혼탁한 세기에 세계를 주도해 나갈 민족으로서 우리의 역사를 올바로 알고 자신의 위치를 찾아야 할 때다. 그래야만 주인 정신이 투철하며 주체적인 선구자로서 후손들에게 영광된 조국을 물려줄 수 있게 될 것이다.

과거 해바라기성 몰지각한 사리사욕으로 인하여 멍들고 파괴된 민족 문화의 족보를 바로 세우는데 힘써 온 본인으로서 한승연 작가의 《개천 그리고 개국》이라는 이 작품의 제목만으로도 본인을 감동시켰다. 중국 해독害毒인 중독과 왜정해독, 서양 해독인 양독 등 3독에 정복된 자칭 지식인이라는 자들의 망국적 사관과는 달리 힘차게 흐르는 한민족의 맥을 한 소설가에 의해 많은 청소년들에게 뿐만이 아니라, 우리 배달 국민에게 조상의 성스러움을 깨우치게 되었음을 참으로 다행스럽게 생각하는 바이다.

한민족의 뿌리가 굳건하게 섰을 때, 그 후손들은 그것을 바탕으로 하여 일어선다. 그 뿌리야말로 그 민족의 힘이며 지혜이며 이어 받은 민족의식의 발로일 것이다. 나는 이 작가의 《개천 그리고 개국》을 읽으면서 우리의 빼어난 역사의식을 바로 볼 수 있었으며, 이 작품이 개진하고 있는 작가의 의도에 대해 놀라움을 금할 수 없다. 우리는 모두 한 몸으로서 곧 한 뿌리에서 비롯된 한 몸인 것이다.

그것은 세계 어느 민족에게서도 찾아 볼 수 없는 유일한 한얼님의 사상 그 실체인 것을 우리는 이 작품에서 충분히 밝혀낼 수 있다.

모든 문화와 역사는 궁극적으로 민족주의를 바탕으로 하고 있다. 민족을 떠나서는 그 어떤 문화도 그 빛을 잃어버리게 마련이다. 나는 이《개천 그리고 개국》을 읽는 이로 하여금 조국의 진실을 깨닫는 일에 큰 힘이 되어 줄 것을 믿어 의심치 않는다.

개천 5885년, 단기 4321(1988)년 7월 안호상 씀

그 책이 출간되어 나오고 다시 이 대감을 만났을 때였다. 정중하게 고맙다는 인사를 했다. 생각지도 않았던 공부를 그처럼 뜻밖에 하게 해 주었고, 또 안호상 박사님의 추천의 글을 받을 수 있도록 그 중계 역할을 주저없이 해 주었기 때문이다.

그런데 그 날 그는 뜻밖에도 서운한 인사를 해왔다.

"한 동안 못 뵙게 될 것 같습니다. 그동안 기도가 됐던 명상이 됐던 부지런히 닦아 그 신선비서를 쓰셔야 합니다. 그것이 선녀님이 세상에 오신 사명이라는 것을 명심 하십시오."

그리고 헤어진 이후 그의 말대로 연락이 없었다. 그 뒤에 발행인의 말에 의하면, 그는 그때 미국에서 일어난 이변의 살인 벌떼를 염력으로 퇴치하러 갔다고 했다.

그는 참으로 연이에게 새로운 정신세계를 공부할 수 있게 그 정보를 제공해 준 사람이라고나 할까, 그의 말대로 신선비서神仙秘書를 쓰게 하기 위해서 천상에서 내려보낸 무보수 우편배달부 사명을 받고 온 사람이 아니었겠는가, 하는 생각을 가끔 해보게 했다. 그로부터 생각하는 사고의 손놀림을 달리하게 해 주었기 때문이다.

　그 후 연이는 곰곰이 삶의 진리라고나 할까? 이 세상에 태어난 사람의 본분이란 과연 무엇인가? 생리학적으로 동물의 한 종류이고, 동물과 다르다는 것은 이상과 자아를 소유했다는 점이다. 그러나 사람도 사람 나름으로 생리적인 본능대로 삶을 살아가는 사람은 동물과 다를 것이 없다고 했다.

　그래서 세상을 살다 보면 모습은 사람인데, 생각하는 사고가 사람은커녕 짐승만도 못한 사람들이 그의 말대로 너무나 많음을 보게 된다. 하지만 이 시대에 태어난 사람들 모두가 한 세기가 지나거나 세기를 걸쳐 두 세기를 산다 해도 1백년 내외의 인생에 불과하다.

　인류 역사 이래 수많은 목숨이 생리적인 삶을 마감하고 흙 속에 묻혀 버렸다. 그들이 갖고 있던 이상의 추구는 과연 무엇이던가?

　인생의 오고감을 다시 생각해 보는 연이는 텅 빈 무대 위에 홀로 남은 고독을 씹고 있을지라도 그것은 어차피 자신이 운명적으로 살아갈 삶의 몫인 것이기에, 누에가 그 허물을 벗고 하얀 나방이 되어 훨훨 날아가듯이 깨어나야 한다고 생각했다.

　새롭게 태어날 그 아침, 그 시간을 위해 밤이슬 적셔가며 마음을 비워내는 연습으로 그 손놀림을 했다.

하얀 꿈

번데기 기는 아픔
허물 벗는 꿈을 꾼다.
하―얀 나방으로
날아오르는 꿈을

허물 벗는 그 아픔
눈물이지만
그 눈물 끝나면

새로운 아침

그 아침에 있을
하─얀 나방이
훨훨 허물 벗는
하얀 꿈을 꾼다.

그 흥얼거림은 지금까지 정신적인 의지로 믿어왔던 예수님께서 천국과 지옥도 너희 마음에 있다고 하시었기 때문이다.

그 말씀을 다시 떠올리며 눈물로 질척거리고 있던 지옥 같은 생활 속에서 세계 칠대 성현들의 삶의 족적을 더듬어 보기 시작했다.

성현들 역시 이 땅의 보통 사람들과 마찬가지로 고통이라는 인간의 굴레에서 벗어나지 못했다. 그럼에도 그들을 믿고 따르는 수없이 많은 억조창생들이 있어오지 않았는가,

연이는 성현들의 생애 속에서 남기고 간 이야기의 생각들을 알기 위해서 잠을 밀어내며 밤을 불사르기 시작했다. 인간의 생生과 사死, 그리고 생명의 본질은 어디에서 비롯되어졌으며, 인간 사후死後에 간다는 천국과 지옥에 관한 문제를 심도 있게 가르쳐 주신 성현들의 말씀이 이 세상에서 오직 변하지 않는 그 진리라고 했기 때문이다.

두 금촛대의 비밀

불가佛家에서 옷깃만 스쳐도 전생의 인연이라는 말이 있다. 단일적인 종교관에서 벗어나 새롭게 폭넓은 대우주적인 정신세계로 몰두해 들어가기 시작한 연이었다.

소포클레스는 스스로 돕지 않는 자는 기회도 힘을 빌려주지 않는다고 역설했지 않은가.

혁명정부 시절 청와대를 출입했었다는 그 이 대감이 흘린 말대로 배운다는 것은 가르침을 받는다는 것이고, 자신이 모르고 있던 사물에 대해서 남이 하는 것을 그대로 본받을 수도 있고, 또 남이 하는 것을 자기 마음에 담아 나름대로 깨달을 수도 있기 때문이다.

'먹거리가 육체에 대하여 없어서는 안 될 요소이듯이, 배움은 정신에 대하여 없어서는 안 될 요소이다.'

이 말은 키케로가 한 말이다. 그 말을 상기시켜 보는 연이는 자신이 믿어 온 신앙관과 다른 사람들의 믿음 사이에 무엇이 공통점으로 있는가를 더듬어가기 시작했다.

그러던 어느 날 밤, 반짝하는 불빛이 점점 크게 확대되어 왔다. 그 불빛은 하나에서 둘로, 그리고 셋으로 나누어졌고, 마침내 일곱 색 무지개로 그 휘광을 두른 일곱 금촛대로 세워졌다.

그 빛은 놀랍게도 성경 '창세기 1장'에서 태초에 우주 만물을 형상화시킨 조물주 하나님께서 '빛이 있으라!' 함으로 튕겨져 나왔다는 분자적分子的인 성령의 '얼'로서 우리 조상들이 '한얼님' 하던 그 본불자리가 칠성님 존재계의 모습이었다는 대발견이었다.

그와 같은 존재계의 원리를 오직 여호와 유일신론唯一神論만을 주장해 오고 있는 서구 신학이 아직도 '창세기 1장'을 논리적으로 언급하지 못하고 있는 것이 그 문제점이라고 느껴졌다.

하지만 '창세기 1장' 기록에서 무궁한 천지부모 우주 영혼의 에너지체가 빛으로 충만해져 있는 영대로 성부聖父와 성모聖母 그리고 성자聖子들이 어제하시는 영靈의 세계임을 분명히 밝혀두고 있다는 사실이다.

그처럼 태초의 하나님 그 본불本佛자리에서 세상에 출현하셨던 성자 예수께서는 분명히 하나님은 영靈이시라고 말씀하시었다. 그 영대의 하나님이 스스로 존재하신다는 천지부모 있음의 근원자리로 만물을 빛의 말씀(LOGOS)으로 창조하셨다고 했다.

그 기록에서 태초는 혼몽한 암흑이었으며, 이름 없는 하나님의 신이 등장하면서 뒤이어 '수면水面을 운행하시더라'는 행사력을 묘사해 두고 있다.

그 원리가 바로 태초에 건곤乾坤 천지부모 이성이라는 존재 있음의 모습으로 우주신도宇宙神道이기 때문에 그로 비롯된 대자연과 고리를 잇고 있는 자연계 역시도 음양陰陽의 법칙을 이루고 있으면서, 여자와 남자가 성숙하면 그 상대를 자연발생적으로 그리워하게 된다는 사실이다.

이렇게 '창세기 1장'은 태초 천지부모 그 음양陰陽 이성의 첫 만남을 기록하고 있는 장章으로, 건곤乾坤 천지부모가 조화를 이루는 그 첫 만남의 성교에서 토하는 황홀한 기쁨의 소리가 바로 형태 없는 하나님의 힘 '이데아'라는 것이며, 곧 '빛이 있으라!' 했다는 하나님 말씀의 로고스이면서, 천악성天樂聲임을 기록해 두고 있는 것이다.

그처럼 '창세기 1장'은 태초의 천지부모 그 행사력을 보이는 성교에 의

해 천지부모 '얼' 이라는, 곧 빛의 아들 성령체의 근원에 대해서 기록해 두고 있는 것이었다.

그때 만들어진 조화주 하나님의 아들은 기독신학에서 말하고 있는 것처럼 독생자로 예수 한 분이 아니라, 다수多數의 성령체로 그 빛의 성자가 '우리' 라는 복수형으로 그 존재를 드러내고 있다는 사실이다.

바로 그것이었다. 태초 하나님의 빛이라는 중성자 속에는 생명의 원소인 에너지가 빨, 주, 노, 초, 파, 남, 보라 그 칠색의 자성분이 전체의 '빛' 속에 부분집합으로 들어있기 때문에 우주와 만물이라는 조화의 세계를 그처럼 단계적으로 이루고 마침내 그 여섯째 되는 날에 그 대자연을 관리하고 다스릴 '사람' 을 우리의 형상을 따라 만들자고 했음이다.

이때에 하나님 말씀에 의해서 만들어진 사람은 여호와가 에덴동산을 창설하고 흙으로 만들었다는 그런 물질 인간이 아니라 분명히 하나님 빛의 말씀으로 창조했다고 했다.

그렇게 하나님 능력의 말씀으로 만들었다는 이때의 사람이 바로 창조와 동시에 우주의 지성을 부여받은 천상의 신계족으로, 그들에게 준 권세가 '번성하여 땅을 정복하라!' 는 그것이었고, 또 '바다의 고기와 공중의 새와 땅에 움직이는 모든 생물을 다스리라!' 고 한 그 말씀이었다.

그처럼 엄청난 축복의 공중권세를 창조되어짐과 동시에 부여받은 그들이었기 때문에 하늘과 땅과 바다 밑의 수중까지 모든 만물 세계를 각기 그 직분에 따라 맡아 다스리게 되었던 하늘 사람으로 신계다. 그들이 바로 영계의 우주 에너지, 곧 태초 빛의 말씀으로 만들어졌기 때문에 '우리' 라는 성령체 그 빛의 색소에 따라 불겅이, 누렁이, 푸렁이, 흰둥이, 검둥이 등으로 창조되어졌음을 미루어 짐작해 볼 수 있게 해 준다.

그 신들에 의해 지음을 입은 지구촌의 각 족속마다 그 창조신의 호흡이라는 유전색소와 특색에 따라 오색인종으로 창조되어진 것으로, 그래서 세상은 바로 하늘나라 그림자 형상이라고 했음이다.

그 천상의 사람 신들은 '번성하여 충만하라!' 는 영계의 하나님 그 축복을 받았었기 때문에 하늘나라에 그들 색계의 정부를 각기 이루고 있으면서 지구에 내려와 그들 색소의 호흡을 불어넣어 물질인간을 만들 수 있었으며, 그들이 창조한 족속으로부터 그처럼 조상신 하나님으로 영광을 받아오던 시대 행사를 구약에 담아두고 있다는 사실이다.

그 신들이 대자연을 다스리라는 공중권세자로 각기 그 직분을 맡고 있는 하나님의 종복從僕들이기 때문에 그처럼 성호를 붙이고 보편적인 사람의 모습으로 지구를 오르내렸던 것임을 구약은 그 유대민족 뿌리 역사에서 그처럼 진솔하게 기록해 두고 있었음이다.

그 천상의 사람 신들에게 축복으로 주어진 임무가 번성하여 우주와 만물을 다스리라는 공중권세였었기 때문에 지구라는 행성의 별뿐만이 아니라, 헤아릴 수 없는 은하계 그 뭇별들을 그들이 관리 운행하게 된 것임을 나타내 주고 있다.

그리고 그들의 창조성을 발휘하여 지구에 내려와 그의 영광이 된다는 물질 인간을 만들고 다스리면서 그 의무와 책임에 충실하고 있었던 창조신들로 그들이 지구에 내려와 그 능력행사를 펴는 기록이 '창세기 2장'에서부터 시작되는 유대민족의 뿌리 역사라는 사실이다.

그 유대민족의 조상신 창조 행사는 처음 남자 아담을 흙으로 만들어 그 코에 호흡을 불어 넣어 생령이 되게 했다고 했다. 그리고 난 다음 동방에 에덴동산을 창설하고 각종 짐승과 나무 그리고 식물과 채소 등을 나게 한 다음 '사람이 독처하는 것이 좋지 않으니' 하고 아담을 잠들게 한 후, 그의 갈비뼈 하나를 취해서 아담의 배필 여자 이브를 창조했다는 기록이다.

그처럼 '창세기 2장'에서부터 비롯되는 여호와의 물질인간 창조는 '창세기 1장'의 창조와는 그 능력의 행사뿐 아니라 그 수순 또한 엄연히 다른 차원의 세계관임을 나타내 주고 있는 것이다.

'창세기 1장'의 기록은 그처럼 우주와 만물을 창조하신 태초 빛의 하나님이 우주와 만물을 단계적으로 만들고 그것들을 다스릴 하늘 '사람', 그 신계神界까지를 만들어 나가는 수순을 단계적으로 기록해 두고 있는 태초 우주 만물의 근원根源자리다.

그러한 태초 빛의 하나님이 우주 영혼靈魂으로 조화주 하나님이며, 태초의 이성異性이라는 성부聖父와 성모聖母로서 그 건곤음양乾坤陰陽 이성교합異性交合에 의해서 그 '얼'이라는 분자적인 성령체가 태초의 빛으로 하나님과 함께 그 능력행사를 했다는 하나님의 아들로서 성자의 신위神位임을 나타내 주고 있다.

그렇기 때문에 성자 예수께서는 '아버지가 내 안에, 내가 아버지 안에 있다'고 하셨던 것이며, '나는 영이니' 하시었고, 만물이 그로 말미암아 이루어졌다고 말씀하신 것이었다.

그 본체신 하나님의 아들 성령이 각기 그 독자적인 색의 목소리로 세상에 출현했던 하나님 약속의 아들임을 성경 '요한 계시록 5장 6~7절'에 다음과 같이 그 상징성을 나타내 주고 있다.

일곱 뿔과 일곱 눈이 있으니, 이 눈은 온 땅에 보내심을 입은 하나님의 일곱 영이더라.

이처럼 성경은 하나님 진리의 아들이 성자 예수에 국한된 것이 아니라, 다수의 일곱 성령체로 인간 세상에 출현하여 진리의 불을 밝혀주고 간 성자들임을 확실하게 나타내 주고 있다.

그 성자들이 일곱 교회의 사자로 일곱 금촛대의 비밀이라고 다음과 같이 성서는 기록하고 있다.(요한 계시록 19장 20절~)

그러므로 네 본 것과, 이제 있는 일과 장차 될 일을 기록하라, 네 본 것은 내 오른손에 일곱별의 비밀과 일곱 금촛대라.

그와 같이 하나님 일곱별의 비밀이라는 그 성구를 서양 신학은 지금까지도 일체 언급조차 하지 못하고 있다. 그리고 그 책임을 신에게 돌려 회피하면서 하나님의 아들은 오직 예수뿐인 것으로 설파하고 있다.

하지만 그때 요한이 보았다는 보좌위에 일곱 색 무지개가 둘러 있었다는 것과 하나님의 그 '일곱 영' 이 각기 독자 인격신으로 이 세상에 출현했던 일곱 성현들의 상징성을 요한 계시록에서 그렇게 나타내 주고 있는 것이다.

그와 같은 분자적인 하나님의 아들 일곱 성령체가 태초에 우주와 만물을 창조하신 조화주 하나님의 능력행사를 할 수 있었던 태초의 빛으로, 창세기 기록에서 그처럼 의문이었던 '우리' 라는 복수형이다.

그런데 놀랍게도 태초 그 창세기록의 이치와 합일되고 있는 것이 배달 한민족 81자로 된 단독경전 천부경 속에 담아두고 있는 일시무시일一始無始一 석삼극무진본析三極無盡本이었다.

그것이 동양철학에서 말하는 삼태극三太極의 원리로, 우리 조상들이 말해 온 조화주 하느님은 성부聖父 '한알님' 과 성모聖母 '한울님' 이며, 그 분자적인 성자聖子들을 '한얼님' 이라고 했음이다.

그 원리가 우리 한민족 조상들의 삼신사상三神思想을 낳게 했었던 것으로 삼신각三神閣을 세웠으며, 또 칠성각七星閣을 세우고 치성발원 기도를 드렸던 민간신앙이었다.

그러한 삼신존체의 실존 논리를 성경은 '창세기 1장' 에 그 수순을 밝혀 두고 있지만 유감스럽게도 서구 신학이 오늘까지도 논리적으로 합리성을 주지 못하고 숙제로 안고 있다는 사실이다.

그런데 그 성삼위聖三位의 존체를 담아두고 있는 '창세기 1장' 의 기록과 성현들 가르침의 말씀 모두가 그렇게 놀랍게도 일치하고 있다는 점이었다.

그 논리가 또한 현대과학 쌍립적 양자역학에서 물질을 만들어 내는 원소는 분열 팽창되는 양전자파와, 안으로 응고 수축되는 음전자파가 맞부딪쳐 마찰을 일으켰을 때에 물질을 형상화시키는 중성자中性子, 그 일곱 색 빛이 튕겨져 나오게 된다는 그 빅뱅론이다.

그 원리가 '창세기 1장' 에 담아두고 있는 태초의 빛 그 본불本佛자리로 성삼위聖三位의 논리지만 서양에서 도입된 기독신학에서 언급을 하지 못하고 있는 이유가 연이로서는 그처럼 불투명하기만 했었다.

그런데 뒤늦게 그 우주 영혼 음양대별적인 원리를 종합하여 가늠해 보게 되면서 서구 신학의 문제점이 무엇이란 것을 비로소 알게 되었다.

그것은 어쩌면 유대민족 혈류를 타고 그 텃밭에 출현한 성자 예수를 업고 유대민족 조상신 여호와를 세계화시키기 위함이라는 생각까지도 들었다. 이 세상에서 가장 강하고 무서운 무기가 인간 정신 속에 내재된 사상이라는 문제이기 때문이다.

하지만 이 땅에 시대와 나라를 달리하고 독자 인격신으로 출현했던 성현들의 가르침에서는 그 성삼위의 존체를 그처럼 분명히 가르쳐 주고 있다는 사실이었다. 그것이 불경에 담아두고 있는 삼존불三尊佛의 존재 원리며 '칠보배합' 의 의미가 그것이었다.

뿐만 아니라 노자, 공자 성현들의 도道에서 말하는 것이 삼생만물三生萬物이며, 체성복귀體性復歸, 시종지도始終之道이다. 이처럼 성현들의 가르침은 근본의 이치로 서구기독신학에서 아직 정리되지 않고 있지만, 그러나 그 성삼위聖三位가 바로 만물의 근원자리로 삼신일체三神一體라는 논리였다.

이렇게 그 성삼위가 삼극三極을 이루어 각기 그 기능을 행사하다가 다시 근본체로 귀의 일체화 한다는 이것을 삼진귀일三眞歸一 혹은 회삼귀일會三歸一이라고 했다.

이것은 본불자리가 음양陰陽 조화주 하나님으로 둘이며, 셋은 그 분자적인 성자들을 나타내고 있음을 뜻한다. 그렇기 때문에 하나님의 '일곱 영' 이라는 성자들은 근본의 성삼위聖三位에 속하는 존체로 크고 작은 도의 기능을 행사하다가 성자 태초의 본불本佛자리로 회삼귀일會三歸一한다는 것으로, 예수께서 생체부활을 하시고 하나님 우편에 앉으리라, 하셨던 그 말씀의 뜻이 비로소 이해가 되고 있는 연이였다.

그러한 본불자리 성삼위에 의해서 인간 심신心身을 구성하는 이理와 기氣, 성性이 삼진三振으로 이루어져 있으면서, 그 본불자리 영계靈界와 대자연을 다스리는 신계神界와 고리를 잇고 있는 자연이라는 인계人界가 삼천대세계

三天大世界로 동일귀체를 이룬다는 것이다.

그 논리가 기독교 성경에서 처음과 끝이라는 알파와 오메가 창조주 하나님의 성공시대가 도래到來한다는 그것과 동일하다는 것이 연이의 새로운 눈뜸이었다.

성경 '창세기 1장' 은 그처럼 태초의 천지부모가 음양陰陽 이기異氣의 조화에 의해서 만물을 조물해낼 수 있는 성性, 곧 생명력의 빛이 만들어졌음을 기록하고 있었기 때문이다.

그 원리가 삼신일체三神一體로 도력을 행사하고 있음을 그 기록에서 '우리' 라는 다수의 존체로 드러내 주고 있었음을 그처럼 확인할 수 있게 했다. 그렇기 때문에 그 분자적인 성령체가 '창세기 1장' 에서 빛의 말씀으로 지으신 대자연을 다스리게 하기 위해 하나님의 형상을 따라 빛의 말씀으로 사람을 만들었다고 했음이다. 그들이 하늘나라에서 문명된 지성체로 공중권세를 부여 받은 하나님 종복從僕의 신분으로 신계神界였으며, 그 신들이 저마다 성호를 붙이고 지구에 내려와 뿌려 놓은 물질인간 종자씨를 진화 성숙시키기 위해서 시대와 나라를 달리하고 출현했던 성자들이었고, 그렇기 때문에 그 가르침의 말씀마다 진리 아닌 것이 없다는 사실이다.

그와 같은 이치에서 예수께서는 '요한복음 10장 16절' 에 다음과 같이 말씀해 두고 있었다.

또 우리에 들지 아니 한 다른 양들이 내게 있어 내가 인도해야 할 터이니, 저희도 내 음성을 듣고 한 무리가 되어 한 목자에게 있으리라.

바로 그 뜻이었다. 예수보다 먼저 세상에 출현했던 부분지체 도맥을 가르쳐 온 성자들이 있었고, 그러므로 도道에 대해서 가르침을 받아온 양의 무리가 있다는 것이며, 그들이 종국에 가서는 대법계의 대도大道 안에 통합된다는 의미를 그처럼 내포하고 있는 것이었다.

그래서 성자 예수는 '내가 문이니 누구든지 나로 말미암아 들어가면 구원을 얻고, 또 들어가며 나오며 꼴을 얻으리라' 했는데, 이 말씀은 성부 하나님의 우주정신 사랑의 도맥道脈을 인간 세상에 사랑의 선물로 심어주기 위해 출현했던 성자 예수를 성서는 하나님의 '머리'라고 기록하고 있다.

그렇기 때문에 예수께서는 하늘나라 '새 계명'이라는 사랑의 도道, 그 대법大法의 실상을 십자가 위에서 모델로 나타내 보이시고 제자들에게 그 증인이 되어 족속을 초월하여 땅 끝까지 전파하라고 부탁하신 것임을 새롭게 깨닫게 해 주고 있었다.

하지만 유감스럽게도 새 술은 새 부대에 담아야 둘 다가 보존된다는 그리스도 구원의 말씀이 오늘까지도 제대로 구현되지 못하고 있다는 사실이다.

그것은 2천년 전에 성자 예수 출현으로 사실상 마감된 구약시대 그 유대 이스라엘 민족의 조상신 여호와를 대우주적인 창조주 성부 하나님의 신위에 올려놓고 극대화시키고 있기 때문이다.

그러한 기독신학 논리의 성서 해석에 그 빛을 제대로 발휘하지 못하고 있는 것은 두 말할 것도 없이 원수까지도 사랑하라는 그리스도의 성자 예수의 신약복음이다.

예수께서는 분명히 너희가 시대 구별을 하라고 당부하셨다. 바로 그것이었다. 엄격히 분석하면 구약시대는 하나님의 종복從僕, 그 신계神界가 각기 성호를 달고 지구에 내려와 구획적인 동산을 창설하고 거기에 그 호흡으로 씨종자를 뿌리고 그 책임과 의무에 충실하던 시대로 구약은 유대 이스라엘 민족 뿌리 역사 기록이다.

그 기록을 현대 문명 속 지성인의 눈으로 볼 때는 마치 허구의 신화처럼 느껴지게 마련이다. 신과 인간이 밥도 같이 나누어 먹고 성교도 했다는 기록이기 때문이다.

그러나 그것은 동서양의 뿌리 역사가 그와 같이 동일한 것으로 진실한 그대로의 기록이다. 사실적으로 성경 '창세기 1장'에서 그처럼 본체신으로부터 빛의 말씀으로 창조했다는 이때의 '사람'은 창조와 동시에 그들에게 지으신 그 모든 것을 다스리라는 공중 권세를 부여해 주신 것을 분명히 밝혀

두고 있다.

그들이 바로 그 능력을 부여 받고 하늘을 오르내렸던 신계神界로서 하나님 종복從僕의 신분이다. 그렇기 때문에 그 신과神科에 속한 여호와 신이 지구에 내려와 유대민족의 씨종자를 그 정기精氣의 호흡으로 뿌리고 가꾸어 나오던 구약시대가 마침내 본체신 하나님의 아들 성자 예수 출현으로 마감된 것이다.

그것이 여호와 신이 에덴동산을 창설하고 그 종자씨를 뿌리고 가꾸던 4천년 만에 이루어진 것으로, 그동안 그 백성들에게 오고간 선지자들의 예언이 있어 왔다.

그 예언은 어느 때가 이르게 되면 그 땅에 그들을 구원해 줄 구세주 메시아 만왕의 왕을 하나님이 보내 줄 것이라는 것이 하나님 사랑의 선물이라는 약속의 아들이었다.

그처럼 선지자들이 예언했던 하나님 약속의 선물이 성자 예수로 영혼 생명이 없는 그 씨종자들에게 영생하는 하늘나라 생명을 불씨를 불어 넣어 주겠다는 그 말씀이 '나는 길이요 진리요, 생명이라' 하시고 듣고 믿는 자는 영생하는 영혼 구원을 받으리라고 하신 그것이었다.

그리고 그 말씀을 듣고 깨어나서 거듭남을 입었을 때 예수가 하나님의 아들인 것같이 영혼 생명의 부활로 본체신 하나님의 아들의 자격을 얻게 됨으로 형제라고 부르기를 부끄러워하지 않겠다고 하신 것이다.

그 말씀이 오직 변하지 않는다는 하나님 진리의 말씀으로 영혼靈魂 생명이 없는 인간 씨종자 밭에 그 '영생수' 를 뿌리러 왔다는 성자 예수가 구세주로 하나님 약속의 선물이라는 그 사랑의 도맥道脈이었다.

그러한 하나님의 선물이 하늘나라 영혼 구원의 천국복음으로 그리스도 성자 예수로 인하여 본체신의 종복從僕 여호와가 그 종자씨를 가꾸어 나오면서 행사行事하던 구약시대가 마감되고 신약복음시대가 그 문이 활짝 열린 것이다.

그렇기 때문에 신약복음서 '갈라디아서 5장 1절' 에 '그리스도께서 우리를 자유케 하려고 자유를 주셨으니 굳세게 서서 다시는 무거운 종의 멍에를 짊어지지 말라' 하시고 '육은 무익하니라' 그 말씀의 뜻이 바로 거기에 있었음이다.

말하자면 너희에게 육신의 생명 그 호흡을 불어넣어 준 여호와는 본질상 하나님이 아니며, 그로부터 육신의 도리만을 배워 온 십계명율법+誡命律法은 초등학문임으로 폐하고 이제는 하늘나라 '새 계명'을 배우라고 하신 것으로, '나는 율법의 완성이니라' 고 하신 말씀이 바로 그 뜻이었다.

그런데 아직까지도 그 뜻을 바로 헤아리지 못하고 예수께서 본질상 하나님이 아니라고 말씀하셨던 그 유대민족의 조상신 여호와를 예수 그리스도께서 내 아버지라고 지칭하신 성부 하나님의 신위에 올려놓고 극대화시키고 있는 것이 오늘 기독신학의 문제점이라는 사실에 연이는 눈이 크게 떠지기 시작했다.

성자 예수께서 이 땅에 성체에 물과 피를 쏟으며 심어 놓으신 사랑의 말씀은 어떤 경우라도 자기의 근본을 아는 사람만이 자기의 주인이 될 수 있다고 했다.

그 깨달음의 지혜를 얻게 하기 위해서는 구약과 신약, 그 시대구별을 했을 때 비로소 대우주를 창조하신 성부 하나님의 분자적인 아들로서의 그 자격을 얻게 된다는 것이며, 그 자격이 바로 성인의 반열에 오르게 된다는 것이다.

그와 같은 가르침은 그 일곱 성현들 모두가 동일했다. 성현들처럼 그 본불本佛자리로 동일귀체同一歸體하게 된다는 것으로, 예수께도 신약복음에 그처럼 거듭 당부해 두고 있었다는 사실에 새삼 눈이 떠지고 있었다.

그로부터 연이는 새삼 감사하는 마음으로 잠을 밀어내며 하느님이 비밀하게 감추어 두었다는 그 일곱 금촛대로 세워진 일곱 교회의 사자들, 그림자 행적을 더듬어 따라가기 시작했다.

눈앞에 칠성각이 들어왔다. 그 칠성각은 눈부신 칠보로 단장이 되어 있는 하느님의 칠보궁전이었다.

'아, 이것이 그 감추라는 비밀이었구나.'

놀라운 발견이었다. 장의 문을 열었을 때, 그 안에는 일곱 금촛대가 눈부시게 빛을 발하고 있는 속에 먼저 한 손에 연꽃을 들어 보이며 안광이 빛나는 얼굴이 기웃하면서 은은한 반짝임, 그 활자의 목소리가 마치 물소리처럼 들려왔다.

"나는 모든 것을 이긴 자요, 일체를 아는 사람, 나는 모든 번뇌로부터 자유롭고, 모든 굴레에서 벗어났노라. 스스로 욕망을 파괴하여 자유를 얻었고, 위없는 자유를 성취하였거늘 누구를 스승으로 삼으랴. 나에게는 스승이 없고, 천상에서나 지상에서나 견줄 자가 없다. 나는 이 세상의 성자요, 가장 높은 스승이며, 진리를 깨달은 붓다이니라. 모든 감정으로부터 고요함을 얻었고, 홀로 열반을 증득하였다. 이제 법을 설하러 카시로 가거니 어둠의 세상에 불사의 북을 울리리라."

붓다의 이 말씀은 정각을 이루신 뒤 설법을 위해 베나레스카시 지방으로 가시다가 이교도인 우바카를 만났을 때 하신 말씀이다.

그 삶의 궤적 그림자를 가만하게 따라가 보기 시작했다.

불교의 시조 석가모니 붓다는 지금으로부터 약 2500년 전 이티스웨루 시대, 히말라야 연봉 구름 높이 바라보이는 네팔 국경 가까이에 하나의 작은 왕국, 카스트레아의 태양계족인 슛도데라 왕과 어머니 마하마야 사이에서 음력 4월 초파일 날 태어났다. 이름을 싯달타라고 했다.

태어난 그날 슛도데라 왕과 친분이 있던 선인仙人 칼라데윌라가 궁으로 찾아와 태어난 왕자를 보자 미소를 짓다가 말고 눈물을 보이면서 한 말이다.

"이 왕자님은 앞으로 전능하신 붓다가 되실 분입니다. 수천만 수억만 인간들을 죄악에서 구제하여 제도하실 것입니다. 그러나 결코 이 땅에 오래 머물지 않으실 것입니다."

그 말을 들은 슛도데라 왕은 다음날로 운명을 점쳐 보는데 이름 있다는 사람을 궁전으로 불러 초대하고 그 아이의 장래를 예언해 보라고 했다.

그런데 그들의 예언 역시도 선인과 같았다.

"왕자님이 대를 이으시면 전 세계의 군주가 되실 분이나, 반대로 출가를 하시면 중생을 구제하는 붓다가 되실 분입니다."

그들의 말을 가슴에 담아두게 된 슛도데라 왕은 왕자를 궁궐 바깥 출입을 일체 삼가시켰다. 그리하여 29세까지 궁궐 안에서만 갇혀 지냈다. 왕의 철저한 통제 때문이었다.

그런데 왕자가 첫 아들을 갖게 되면서 겨우 궁궐 밖의 출입이 허락되었다. 비로소 안심을 한 왕의 배려였다. 그런데 그날 싯달타 왕자는 바깥 출입에서 놀라운 광경을 목도한 것이다.

그야말로 죽지 못해 살아가는 듯한 병약한 노인의 모습과, 죽음을 눈 앞에 두고 구걸을 하고 있는 일그러진 흉한 모습, 그리고 그들의 입에서 흘러나오는 신음 소리와, 금방 쓰러져 죽어가는 시체, 그리고 노란색의 승의를 걸친 빅쿠스님(고행자)들, 그런 모습을 보게 된 왕자는 새로운 사실에 눈떠지면서 그의 마부에게 물었다.

"나도 저렇게 죽어가나요?"

"그럼은요. 그것이 인간의 당연한 운명인 걸요."

마부의 말을 들은 왕자는 무엇인가 깊이 생각하는 듯하다가 말했다.

"저렇게 시들어버리는 것이 인간의 삶이라면 즐거움이 무슨 소용이 있겠느냐."

그야말로 총명하고 감상적인 싯달타 왕자는 비로소 삶의 무상함과 허무를 느끼기 시작한 것이다. 비참한 인간의 종말을 보고 돌아온 왕자는 그때부터 고뇌를 하게 되었다. 인간 모두가 태어나서 그처럼 늙고 병들어 마침내 죽어 썩어가는 존재라면 무엇 때문에 태어나야만 한단 말인가?

끝없는 고뇌가 꼬리에 꼬리를 물면서 고뇌로 허공을 바라보고 있는 왕자의 눈에 그때 하늘을 자유롭게 날갯짓하는 새들의 평화스런 모습을 보게 된 것이다. 그 새들은 왕자에게 많은 생각을 안겨 주게 되었다. 그러한 고뇌에서 벗어나 속박 없는 자유를 얻고자 드디어 마음에 그 어떤 결심을 하기에 이르렀다.

왕자가 분연히 자리에서 일어나려고 할 때였다. 슛도데라 왕이 보낸 심부름꾼이 달려왔다. 아내인 야소다라 공주가 왕자 ‘나훌라’ 를 탄생했다는 전갈이었다.

“방해꾼이 생겼군!”

왕자의 입에서는 자신도 모르게 그러한 말이 튕겨져 나갔다. 그 말을 하고 왕자가 아이를 보기 위해 걸음을 옮기려 할 때였다. 달려온 또 한 사람의 심부름꾼이 있었다. 이번에는 친척의 비보였다. 그야말로 생生과 사死의 소식을 동시에 접하게 된 싯달타 왕자였다. 생과 사의 문제, 그것이 왕자에게 있어서 커다란 계기가 된 것이다.

다시 삶과 죽음의 문제를 깊이 생각하게 되면서 마침내 그 밤으로 출가를 결심하기에 이르렀다. 그리고 먼저 인간의 삶과 죽음의 문제에 대한 깨달음을 얻고 아들에게로 돌아오겠다는 생각이었다.

그날 밤, 궁전 안은 새롭게 태어난 왕자의 탄생을 축복하는 축하연이 열리고 있었다. 그러나 싯달타 왕자는 마차를 타고 궁궐 밖을 빠져 나가 그 길로 카빌라바스에서부터 아노마 강변까지 계속 마차를 달리게 하여 마침내 강을 건넜다. 그 날이 아들 나훌라가 태어난 6월 보름날 밤이었다.

왕자는 보석으로 꾸며진 화려한 그의 옷을 벗어 마부 찬나에게 주어 궁으로 가져가게 했다. 그리고 왕자는 그의 긴 머리카락을 잘라 공중으로 날려 버렸다. 마음을 새롭게 다짐하기 위해서였다. 아니 깨달음을 얻기까지 돌아오지 않겠다는 굳은 결의 같은 것이었다.

그리고 왕자는 그의 신분을 감추기 위해서 그의 모든 것을 사냥꾼의 것과 바꾸어 버렸다. 사냥꾼이 들고 다니던 때 묻은 밥그릇 바리때를 하나를 들고 빔비시라의 수도인 미가다라자가의 마을까지 걸어가며 구걸로 허기를 메웠다. 그러한 그의 모습은 아무리 왕자의 본 모습을 감추려 했지만 왕실 생활에서 풍겨져 나오는 그의 귀풍은 속일 수가 없는 것이었다. 마을 사람들은 그러한 왕자의 모습에 하늘에서 신이 걸인으로 분장하여 내려온 것이라고 수근 거렸다.

사실상 동서東西를 막론하고 성자 출현 이전까지는 구약의 기록이 그 실상을 보여주고 있듯이 하늘의 지성체 신과들이 지구에 오르내리며 인간과 실제적으로 함께 어우러지던 신인합발神人合發시대였다.

성자 석가 출현 이전 고대인도 사람들의 기존의 사상은 이주해 온 유목민 알루야족 바라몬들과는 그 숭배신이 다른 만큼 그 문화를 형성해 온 사상 또한 달랐음을 알 수 있다.

그 당시에 그들 바라몬교의 성전 리그베다는 유목민이던 이란 알루야족이 서북방에서 인더스강 유역으로 침입하여 '다샤 다슈' 라 부르는 검은 색 낮은 코의 원주민을 정복하고 그 지방 지배자가 되면서 원주민과의 혼혈은 처음 그 신관의 세계관에 있어서 차이를 보이다가 점차 원주민 사상으로 연합되었다.

인도의 원주민 사상은 자연의 은혜를 상징하는 태양신 비슈누와, 재해를 상징하는 태풍의 신 '시바' 와는 모두 부라후마나의 일원으로 통일된 사상이다. 고대인들의 사상은 동서를 막론하고 그들에게 영향을 줄 수 있는 신들만이 의롭고, 재앙을 가져다주는 이방의 신은 악마로 표현되고 있는 것은 유대민족의 뿌리 역사 구약의 기록에서 보여주는 것이나 마찬가지였다.

사실상 고등종교 성자들 출현 이전의 시대에 있어서는 다신 숭배의 시대로 인도에 있어서도 부귀, 장수, 건강, 번영, 승리를 이끌어 주는 각층 능력의 신이 구분되어 있으면서 그들을 권청하여 소원을 빌 때는 예를 올리고 바라몬이 제사장으로 그 집행을 맡았었다.

그것은 구약의 기록에서 여호와의 행사行事 모습이나 다르지 않은 것이었다. 전쟁을 승리로 이끄는 신의 이름이 '인도라' 잘못의 죄 사함을 면하게 해 주는 법의 신 '봐르나' 또 질병을 몰아내 주는 불의 신 '아그니' 그리고 가축을 무병하게 지켜주는 '푸샹' 등 많은 자연신들을 섬기던 말하자면 샤머니즘 시대로 자연신들은 그들 필요시에 권청한 제물을 열랍하고 유대민족의 숭배대상이던 유일신 여호와처럼 찬사와 영광을 받아왔다. 이것을

'막스뮬러' 는 교체신교交替神教라고 불렀다.

이 시대가 사실상 본체신 하나님의 종복從僕, 그 자연신들이 인간의 생사화복을 주관하고 있었던 시대로 인간은 그들을 섬기는 노예와 마찬가지였다. 그렇기 때문에 유대 땅에 출현하셨던 성자 예수께서 하신 말씀이, '무겁게 짐을 진 자들아 다 내게로 오라, 내가 너희를 자유하게 하리라' 하시고 이어서 다시는 '무거운 종의 멍에를 짊어지지 말라' 고 하신 말씀의 뜻이 바로 그것이었다.

하지만 그들이 믿어온 기존 사상의 틀에서 벗어나지 못한 이스라엘 백성들은 그들의 숭배대상이던 여호와를 불경스럽게 모독하고 폄하한다는 시대의 이단자로 내몰았다. 그로 인하여 마침내 십자가에 매달아 참수형을 당해야 했던 예수였고, 그것이 만세전에 이미 예정되어 있었던 성자 예수의 운명이었다고 신약은 기록하고 있다.

그와 마찬가지로 성자 석가 출현 이전 인도 원주민 역시도 마찬가지였다. 유대민족과는 또 다른 차원이었지만 태양을 숭배했던 민간 신앙에서 신에게 제사를 드리는 정도로 만족해 버리는 자는 사후에 달나라를 거쳐 이 세상으로 다시 돌아오고, 고행으로 범행에 전념하여 아트만을 탐구하는 자가 되면 태양을 거쳐 제일 높은 범계로 들어가는 것이라고 믿었다.

그러한 '업' 사상은 불교가 인도 땅에 심어지기 그 이전부터 다만 그 논리가 정립되지 않았을 뿐 원주민들에게 이어지고 있었던 민간 신앙이었다. 왕자가 처음 만난 스승은 '알라라칼마', 그리고 '웃다라카라마풋다' 두 사람이었다.

왕자는 얼마동안 그들 밑에서 수업을 했다. 그러나 그들의 가르침에서 만족할 만한 깨달음을 얻어 낼 수가 없음을 알고 다시 고행의 길로 떠났다. 그리고 당시 유명하다고 이름난 스승들은 모조리 찾아다니며 그들의 가르침에 귀를 기울였다.

그러나 그들 역시도 왕자에게 만족할 만한 깨달음을 주지 못했다. 큰 스승을 만나지 못했다고 생각한 왕자는 철학가에서부터 당시의 사상가들은 모조리 찾아다녔다. 그러나 그들 모두가 어둠 속에서 회색의 회의론적인 그와 같은 가르침이었다.

그렇게 한동안을 구도의 수행으로 떠돌던 왕자는 마침내 네에란자라강 가까이에 있는 수목 우거진 숲속의 한 장소를 정하고 그 보리수(뱅골) 밑에서 6년 동안이나 엄격한 금욕주의자적 고행생활에 들어갔다. 그에게는 이제 스승이 따로 없다는 생각이 스스로 깨달음을 증득하게 한 것이었다.

그처럼 주어진 세상적인 부귀와 영화까지도 버리고 스스로 고행의 길을 자초해서 걸어온 불교의 스승 석가 부처였다. 그리고 하신 말씀이 생사 윤회하는 사바세계의 괴로움에서 벗어나 열반의 정토세계에 들어가기 위해서는 중생은 다함 없는 정진의 수행으로 공덕을 쌓으라고 하신 것이었다.

그것이 인간 본분이기 때문에 눈에 보이는 허상이라는 세상에 마음을 빼앗기지 말라 하시고, 거기에 집착하는 마음을 비우라고 하시었다. 그러한 붓다의 말씀은 결국 만물이 형체를 드러내고 화육, 변화하고 있는 이 현상계가 실상이 아니라 버리고 떠날 허상에 불과하다는 가르침이 공즉시색空卽是色이요, 색즉시공色卽是空이다.

공이란 본래 우주 공간의 신묘한 구조적 실상 그 자체를 뜻하는 것이라고 했다.

공에는 허공과 진공으로 나누어져 있어서 허공이란 빈 공간 자체를 말하는 것이며, 모든 사물이 생멸취사하는 현상계의 공간이고, 진공이란 현상계와는 다른 헛되지 않은 참된 공간을 의미한다는 것으로, 현상계 중에 잠적하고 있는 실재의 또 다른 공간, 이것을 신묘한 공간이라고 하여 진공이라고 한다는 것이다.

그래서 이 우주 공간이 무실체한 현상계의 공간이 전부인 것처럼 보이지만 실상은 신묘하게 존재하는 참 공간이 있다는 것으로 속세에서는 진공의 세계가 눈에 감추어져 있는 세계라고 하여 유계幽界, 명명지처 또는 비장처라고 말하는데, 공이란 바로 이러한 천지자연의 모든 공간세계를 통틀어 일컫는다고 했다.

그렇기 때문에 공이란 것은 육안으로 볼 때에 텅 비어 있으면서도 한편으로 비어 있지 않은 이중적 의미를 내포하고 있다는 공의 의미를 깨닫게 되면, 우주 공간의 본질을 깨우쳐 알게 된다는 것으로, 이 공의 실상을 진공묘유眞空妙有라고 했다.

그래서 진공은 묘하게 실재의 공간이 존재한다는 의미로, 세상은 하늘나라 그림자 형상이라고 한 것이며, 진공眞空은 만유萬有와 만사萬事의 근원지로서의 공간을 의미한다고 했다. 이 근원지의 진공은 현상계에 조화의 씨를 뿌리게 하신 천지의 주재자가 계시는 곳으로 영대靈臺 혹은 영지라고도 하는데 그곳은 천지의 주재자가 조화의 도술을 부리는 충만한 곳이기 때문에 만유萬有의 근본체로서 그 본체계를 이법계라고 했다.

그리고 불가에서 말하는 사법계는 현상세계의 사물이 근본체가 베푸는 이법계의 작용을 이루어내는 일을 하는 세계로, 신들로 하여금 그 종자씨를 뿌리게 했던 그 본체계의 업장이라는 것이다.

그렇기 때문에 인간으로 태어난 숙명적인 본분은 자성불自性佛이라는 본성을 깨달아 신의 경지에 도달해야 된다는 것이며, 그러므로 마침내 '업장'이라는 윤회에 얽매이지 않게 된다는 가르침이다.

그래서 붓다의 하신 말씀이 '너의 눈동자를 기만의 세계로부터 돌리라, 그리하여 자기의 감정에 믿음을 두지 말라, 그들은 거짓말쟁이다. 네 자신 속에, 개인을 떠난 너 자신의 내부에서 영원한 사랑을 찾으라!' 한 그것이 불교의 진면목으로 깨달음을 증득한 석가 부처께서 말씀하신 진여의 반야지혜般若智慧란, 인간 육신의 속성 일체를 초월한다는 것이다.

그 상태에서는 만법萬法과 만사萬事, 만유萬有의 이기理氣라는 속성이 소멸되고, 삼진三眞을 이룬 진여眞如 그 자체의 심성만 남은 상태로 유심唯心 유식唯識이라 하여 곧 텅 빈 것 같으나 충만되어 있어서 조금도 부족함을 모르는 '참 마음' 이것을 불성佛性이라고 했다.

그래서 불성을 이루게 되면 선하고, 악하고, 아름답고, 추하고, 높고 낮음의 차별적 속성이 사라진 무심無心한 상태지만 상대적 차별들을 관조해 중생을 교화하는 것이 반야지혜로 이것이 부처님의 법력이라는 것이었다.

그렇기 때문에 중생들의 근기根氣에 따라서 방편의 법으로 깨달음을 얻게 하라고 하신 대법계의 스승 붓다께서 그의 말씀대로 대열반에 드시는 날이 가까워졌다. 제자들을 모아 놓은 붓다께서는 한 마디 말씀도 하지 않으시고 손가락으로 연꽃을 집어 여러 사람 앞에 보였다. 일동은 그 의미를 몰라 스승의 손가락 끝에 있는 꽃을 바라볼 뿐이었다. 그런데 오로지 가섭존자만이 스승의 그러한 마음과 이심전심以心傳心으로 통하고 빙긋이 웃었다.

그것이었다. 의연하게 파란 하늘을 우러르며 피어 있는 연못 속의 연꽃이 그처럼 지고한 아름다움으로 피워내기까지는 그야말로 온갖 벌레들이 서식하는 진흙 밭의 웅덩이 속에서 그 뿌리가 얼마만큼 몸살을 앓고 고통을 당했어야 하는가를 생각해 보게 하는 것이었다.

말하자면 오탁 세상에 던져진 인간 씨알들이 진리의 말씀으로 그렇게 거듭 탈겁되어 마침내 조물주가 원하시는 천지화天地花로 피어나야 하는 것이 인간의 본분이기 때문에 그 진리의 꽃을 피어내기 위해서 영혼 생명의 말씀 그 '감로수'를 세상이라는 밭에 뿌려 주려고 동방에 출현한 성자 석가였다.

그래서 여러 가지 방편과 비유법으로 제자들을 가르치신 붓다께서는 생전에 말씀을 담아두신 경전을 스승으로 삼아 정진에 게으르지 말 것을 당부하시었다. 그리고 때가 이르면 세상을 진리의 불국토 용화세계를 이루실 미륵불시대가 도래할 것이라는 것을 예언적인 말씀으로 〈화엄경〉, 〈미륵상생경〉, 〈미륵하생경〉을 후세에 전하게 하시고 마침내 대열반에 드시어 본불本佛 성자의 정기를 눈부신 빛의 사리私利로써 나타내 보이시고 그의 사명을 마감하신 것이었다.

이러한 대붓다의 진리 불교의 교리 기록은 붓다께서 입멸 후, 대략 백년 후인 미우루야 왕조의 3세 아쇼카왕 치세의 시대까지 기다리지 않으면 안되었다. 그리고 불교사적佛敎史籍에 의한 교단 분열의 기록을 뒷받침해 주는 부라후마 문자의 각문이 사르나트나 룸비니의 암벽 석주 등에 오늘날까지 남아 있는 것으로, 이것은 왕의 조칙에 의해서 교단 분열을 경고한 것을 말해 주는 것이라고 했다.

그 분열은 보수파로 간주되는 상좌부上座部와 진보파로 알려진 대중부大衆部로 나뉘어졌다. 그러한 분열이 신념의 차이에 기인한 것인지, 아니면 어느 시대나 있는 교단 내부의 권력다툼인 것인지는 묵과하고, 어쨌거나 양파 사이에 대립이 있었던 만큼 훗날 상좌부는 소승불교小乘佛敎라 하고, 대중부는 대승불교大乘佛敎라고 했다.

그토록 지고한 붓다의 가르침은 그 예언의 말씀대로 세대가 멀어지면서 그 진면목과는 달리 점점 세속화되어진 것만큼은 사실이다. 사원은 기도 축원의 저급한 미신적 신앙으로 흐르는 신도들이 차차 늘어나면서 그 본래의 모습을 달리하고 있기 때문이다.

그러나 불교의 진면목은 현재의 복덕을 기원하거나, 재앙이나 물리쳐 주고 또 내세의 극락이나 추구하는 그런 종교가 아니다. 근본이라는 우주와 나와의 관계 속에서 자신을 깨닫고, 남도 깨치며 동시에 깨달음을 행하는 자각의 종교다. 이때의 각은 사심이 전혀 없는 무아의 상태이며 모든 것을 받아들이고, 또 모든 것을 줄 수 있는 절대 자유, 절대 독립으로 이것이 '천상천하유아독존天上天下唯我獨尊' 하는 최고의 경지다.

이렇게 인도에서 꽃피운 불교가 우리나라에 들어와 고려조에 와서는 한때 국교와 비슷한 처우를 받은 때도 있었다. 그러나 정확하게는 고려 말기부터 사원이 자연신 부림을 받는 무당들과 결탁하고, 또는 풍수 등 여러 가지 작태의 모습을 빚어내면서 그 빛을 잃어가기 시작했다고 볼 수 있다.

물론 그것은 붓다께서 열반에 드시기 전에 불도가 차후 점차적으로 그렇게 타락되어 갈 것을 그 제자들에게 미리 예언해 둔 바 있었다.

그리고 붓다께서는 사원이 타락하면 그의 법조차도 바르게 전해 줄 스승이 귀해질 것을 알고 사람들에게 각자 자기를 등불로 하고 의지할 곳으로 삼으라고 하시었다.

그러한 붓다의 위대하고 원만한 모습을 마음 속에 그려 예배의 대상으로 삼아야 함은 두 말할 것이 없다. 그러한 모든 말씀을 고려해 볼 때 사원에 안치되어 있는 불상에서 부처님의 도력이 나오는 것이 아니고 또 얻는 것이 아니라, 불제자의 마음에 부처님께서 하신 경전의 말씀을 담아두고 되새김질할 때, 그 도력을 얻게 된다는 말씀이다.

그러나 그 가르침의 본질이 무엇인지를 제대로 인식하지 못하고 있는 신도들은 석가 부처 출현 이전의 샤머니즘적 제사 형식의 의식형태로 세상적인 부귀영화를 기원하는 불공을 드리고 있는 실태라고 해도 과언은 아니다.

그것은 기독교 신도들 역시 마찬가지로 예수께서 초등학문이라고 지적했던 구약시대 제사의식을 은연중에 심어주고 있다고 해도 지나친 말은 아닐 것이다.

성자 예수 출현 이전 그 유대민족이 숭배하던 기복신앙적인 믿음 그대로를 답습하고 있는 것이 바로 그 백성들이 믿어온 숭배대상의 여호와 하나님을 믿으면 들어가고 나가도 복을 준다는 믿음의 제사 의식을 은연중에 심어주고 있기 때문이다.

하지만 성자 예수 십자가의 고난을 상징으로 세워진 기독교 스승 가르침의 진면목은 석가 부처의 가르침과 조금도 다를 것이 없었다. 사실적으로 예수께서는 그 시대 그처럼 샤머니즘적 제사의식에 매어 있는 그 백성들을 향해 하나님은 무엇이 부족한 것처럼 물질 제사를 원하지 않는다고 하시었으며, 오직 그 나라와 그 의義를 구하라고 하시었다. 그리고 오로지 너희 마음을 성전 삼고 예배드리는 것이 하나님께서 기뻐하시는 산제사라고 말씀하신 것이고 보면 더욱 그렇다.

그러나 그 당시 이스라엘 백성들은 오랫동안 조상대대로 믿어왔던 그 여호와 유일신唯一神 숭배사상의 제사형식 틀에서 벗어나지 못하고 그대로를 답습했다. 그때 예수께서는 그들을 향해 '너희가 날과 달과 절기를 삼가 지키니 내가 너희를 위해서 수고한 것이 헛될까 염려하노라' 고 하시었다.

이렇게 고등종교 스승들의 근본 가르침의 말씀들은 결국 하나로 귀결되어지고 있었다는 사실에 새롭게 눈이 떠지기 시작한 연이였다. 그와 동시에 머릿속에 남아 있던 의문의 성구가 풀어지기 시작했다.

내가 나의 두 증인에게 권세를 주리니 저희가 굵은 베옷을 입고 일천이
백 육십일을 예언하리라. 이는 이 땅의 주 앞에 섰는 두 감람나무와 두 촛
대니 만일 누구든지 저희를 해하려고 한 즉 저희 입에서 불이 나서 그 원
수를 소멸할지니 누구든지 해하려 하면 반드시 죽임을 당하리라.

(요한 계시록 11장 3~5절)

감람나무는 많은 새들이 깃들여 쉼을 얻게 한다는 나무다. 그런데 하나님
의 일곱 금촛대 중에서 두 금촛대는 바로 조화주 하나님의 우주 영혼으로
양적陽的인 성부 하나님 사랑의 도맥이 성자 예수로 세워진 기독교이며, 음
적陰的인 성모 하나님 자비의 도맥이 성자 석가로 세워진 불교로 그 고등종
교 스승을 두 금촛대로 나타내고 있었구나, 하는 그것이었다.

그러한 우주 음양대별의 도맥을 나타내기 위해 영적靈的인 성부 하나님의
정신을 나타내 보이기 위한 모델이 성자 예수의 생체부활이었으며, 안으로
응고 수축되는 물질계 혼적魂的인 성모 하나님의 윤회의 이치를 나타내 보
이기 위한 상징을 석가 부처는 사리로써 나타내 주고 있었음이다.

그것이 건곤乾坤 천지부모 조화주 하나님의 우주 영혼靈魂의 음양陰陽 도
맥으로 두 금촛대의 비밀이었구나, 하는 그 확신을 얻게 된 연이는 성자 예
수의 13세부터 29세까지 성서에 기록되지 않은 그 행적을 찾아보기로 했다.

성자 예수 출현은 본체신 성부 하나님의 임재하심이나 마찬가지라는 뜻
으로 '아버지가 내 안에 내가 아버지 안에 있느니라' 고 분명히 말씀하시었
다.

그렇기 때문에 성자 예수는 성부 하나님 우주정신 '사랑' 의 도맥으로 2
천 년 전, 서방세계에 출현하신 대법계의 스승이었다. 그러한 성자 예수의
탄생은 그 오백년 전 성부 하나님의 대위代位가 되는 성모 하나님의 우주정
신 자비 도맥으로 동방세계에 출현하셨던 석가 성자와는 탄생의 분위기 자
체도 대조적이었다.

석가는 황태자로 왕궁에서 박수를 받고 태어났지만 예수는 그렇지가 않

았다. 유대 땅 조그만 고을 나사렛에서 목수 일을 하고 있는 의부인 요셉과 어머니 마리아 사이에서 그 출생부터가 비천하게 사생아라는 꼬리표를 달고 불명예스럽게 태어났다.

마리아와 정혼을 했던 요셉은 의로운 사람이었고 진실한 사람이었기에 뜻밖에 마리아의 임신을 알게 되었을 때, 세상에 드러내지 않고 조용히 파혼할 것을 생각하고 있었다고 했다. 그때 천사가 요셉의 꿈에 나타나 현몽해 주었다는 성구다.

"다윗의 자손 요셉아, 두려워하지 말고 마리아를 아내로 맞아들이어라. 그의 태중에 있는 아기는 성령으로 말미암았느니라. 마리아가 아들을 낳으리니 그 이름을 예수라 하라, 예수는 자기 백성을 죄에서 구원할 자니라."

꿈에서 깨어난 요셉은 파혼하려고 생각했던 마음을 바꾸어 마리아를 아내로 맞아들이기로 했다. 그것은 이미 그 땅에 왔다 간 많은 예언의 선지자들이 이스라엘 백성들에게 처녀가 잉태하여 아들을 낳을 것이라고 미리 예언해 둔 일이었기 때문이다.

바로 그것이었다. 구약시대 선지자들이 이스라엘 백성들에게 전해 주고 간 예언의 메시지는 때가 이르게 되면 그 백성들을 흑암의 사망에서 구원해 줄 하나님 약속의 아들로 구원의 메시아가 출현할 것이라는 것이었다.

인류구원이라는 그리스도는 이 땅에 성부 하나님의 숨결, 그 진리의 문을 열어주기 위해 오신 하늘나라 주인의 아들로 성자이기 때문에 예언자들이 만왕의 왕이 온다고 한 것이다.

그러나 그 당시 이스라엘 백성들은 그러한 천도의 변화를 도무지 깨닫지 못하고 있었다. 그러나 그처럼 큰 천지공사의 역사적인 순간을 선포한 것이 하늘로부터 있었던 그 이상한 징조였다. 그때 천체의 정세를 살피고 있던 동방박사들이 한 큰 별이 움직여지고 있는 기이한 현상을 보고 유대 이스라엘을 찾아온 사람들이 동방박사 세 사람이었다.

동방박사들이란, 하늘 천체의 천기운행의 정세를 살피는 것이 그들의 일로 예지력이 뛰어나게 발달되어 있는 천문학 박사들이었다. 고대 천문학 박사들은 성자 예수 탄생뿐 아니라, 그 앞서 인도 카빌라국에 출현했던 성자 석가 탄생까지도 예견한 바 있었다.

그들의 예지력은 우주 천체와 소우주라는 인간을 연결 파악함으로써 공간적 시간적 관찰을 통해서 과거 현재 미래까지도 유추해 보는 예지력을 갖추고 있었다. 그것이 태초에 정해진 본자연의 법칙임을 성서 ‘창세기 1장’에 기록하고 있다.

하느님이 하늘의 궁창에 광명이 있어 주야를 나뉘게 하시리라 하시고, 그 또한 광명으로 하여 징조와 사시와 연한이 이루리라.

바로 그것이었다. 그 광명으로 하여 징조와 사시와 연한이 이루어지면서 우주 천체가 그 자연법칙에 의해 한 치의 오차도 없이 해와 달, 그리고 별들이 제 궤도를 이탈함이 없이 운행하고 있다는 사실이다.

이렇게 본자연으로부터 비롯되어 운행되어지고 있는 사시와 연한이 우주력이라는 자연법칙이다. 그래서 고대 천문학 박사들은 우주와 만물이 이러한 본자연의 법칙 그 궤도를 벗어나 홀로 존재할 수 없다는 자연 섭리를 터득했던 것으로, 그것이 천도에 의한 천기운행으로 그 우주력을 바탕으로 하고 있는 것이 바로 동양철학이었다.

그러한 자연법칙 원리에 의해서 서양에서 발달된 것이 별점이며, 동양에서 그 사람의 생년월시를 보고 운명을 점쳐보는 사주학이 그로부터 발달된 것이다.

이러한 천기운행 우주력은 본자연과 대자연 그리고 자연이 고리를 잇고 있기 때문에 식물 또한 계절에 따라 변화를 가져오게 된다는 것을 그때 벌써 자연을 통해 터득했었던 고대 천문학 박사들이었다.

그래서 자연의 변화와 하늘의 징조를 보고 지구의 크고 작은 이변을 예견하기도 하고, 또 사람에게 있어서도 하늘의 징조를 보고 어떤 인물이 태어나게 될 것인가를 예견했던 것으로, 우주 천체의 변모나 별들의 운행궤도 그 출몰을 관찰하던 동방박사들이 하늘의 큰 별의 움직임을 따라 그 별이 머물러 있는 곳 예루살렘까지 찾아와서 묻는 말이 바로 그것이었다.

"유대인의 왕으로 태어나신 아기가 어디 계시뇨? 우리가 동방에서 그 별을 보고 그에게 경배를 드리러 왔노라."

그들이 물어온 이 말이 온 예루살렘에 퍼져 일대 소동이 일어났다고 했다. 그 소문을 전해들은 헤롯왕은 마음이 편할 리가 없었다. 유대인의 왕이라니, 걱정이 되어 긴급히 대제사장들과 서기관들을 소집하고 물었다.

"그리스도가 어디에서 태어날 것 같으냐?"

그 물음에 대제사장들과 서기관들이 선지자들의 예언의 말을 상기시키면서 말했다.

"선지자들 예언에 따르면 유대 땅 베들레헴이라고 했습니다."

그 말을 들은 헤롯왕은 조용히 동방박사들을 불러 별이 나타난 때를 묻고 그들을 베들레헴으로 보내면서 말했다.

"가서 아기에 대하여 알아보고 찾거든 내게 고하여 나도 가서 그에게 경배하게 하라."

헤롯왕은 장차 유대 임금이 될 것이라는 그 아기를 찾아 죽이고자 마음먹은 것이다. 그는 만왕의 왕이 태어날 것이라는 선지자들 예언의 말이 마음에 걸리면서 마음이 편치를 않았던 것은 세상 나라를 다스리는 한낱 그런 임금쯤으로 생각했기 때문이다.

헤롯왕의 그러한 심중을 헤아리지 못한 박사들이었다. 그 아이를 찾으면 왕에게 고하겠다는 인사를 하고 베들레헴으로 향했다. 이때 다시 동방에서 보았던 그 기이한 별이 그들 앞을 인도하다가 문득 멈추었다. 그곳은 마굿간이었다.

동방박사들은 마굿간 말구유통에 눕혀져 있는 아기 예수와 그리고 마리아와 요셉을 보고 기뻐하며 장차 이 아이가 유대의 큰 왕이 될 것이라는 말을 하고, 엎드려 경배를 드린 후 준비해 가지고 온 황금과 유황과 몰약을 예물로 올렸다.

그날 밤이었다. 동방박사들의 꿈에 천사가 나타나 헤롯왕에게 돌아가지 말 것을 당부했다. 그들은 천사의 지시대로 딴 길로 돌아 유대 땅을 떠났다. 또한 요셉에게도 천사가 나타나 헤롯왕이 아기를 찾아 죽이려고 하고 있으므로 아기와 마리아를 데리고 이집트로 피신하여 다시 일러 줄 그때까지 그곳에 머물러 있으라고 현몽을 해 준다.

요셉은 길을 떠나기에 앞서 아이에게 할례를 받게 해야 한다고 생각했다. 그것은 그 백성들이 조상대대로 절대자 하나님으로 믿어온 여호와가 이스라엘 백성들에게 엄히 정해 놓은 율법으로 그 계율이었기 때문이다.

그 당시 이스라엘 백성들은 무조건 첫 아들을 낳으면 여호와 하나님께 바친다는 율법적 봉헌 의식인 할례를 치루어야 했다. 그 봉헌 의식을 치루기 위해서 마리아와 요셉이 아기와 준비한 제물을 들고 예루살렘으로 올라갔을 때였다. 예루살렘에는 시므온이라는 선인仙人이 살고 있었다.

그는 선지자들을 통해 하나님이 보내주겠다고 약속한 구세주 메시아를 그의 생전에 한 번 보고 죽는 것이 소원이라고 한 사람이었다. 그런 그에게 그 전날 밤 천사가 나타나 하나님께서 보내주시겠다고 약속한 그리스도를 죽기 전에 보게 될 것이라고 현몽해 준다. 그래서 선인 시므온은 그날 성령의 감동을 받고 예루살렘 성전에 와서 전날 밤 꿈의 계시를 떠올리며 기다리고 있었다. 이때 마리아와 요셉이 아이를 안고 들어오는 것을 보고 그는 그 아이가 곧 구세주 메시아임을 즉시 알아본 것이다.

이때 마리아가 선인 시므온에게 아기를 안겨주었다. 그러자 시므온은 감격해 하며 말했다.

"이 아이는 수많은 이스라엘 백성을 넘어뜨리기도 하고 일으키기도 할 분입니다. 또한 이 아기는 많은 사람들의 반대를 받는 표적이 되어 당신의 마음을 예리한 칼에 찔린 듯 아플 것입니다. 그러나 그는 반대자들의 숨은 생각을 드러나게 할 것입니다."

요셉과 마리아는 시므온이 한 말을 마음에 속에 담고 그 길로 예루살렘을 떠나 헤롯왕을 피해 애굽(이집트) 땅으로 갔다. 그 후에 헤롯왕은 동방박사들이 왔다간 때를 전후해서 베들레헴과 그 일대에 사는 두 살 이하의 사내아이는 모조리 죽이라는 명령을 내렸다.

이렇게 당시의 이스라엘 백성들이나 헤롯왕 역시도 만왕의 왕이 태어나게 될 것이라는 선지자들의 예언을 마치 세상나라를 다스리게 될 큰 임금쯤으로 생각했다. 그래서 죄없는 어린 아이들만 무참하게 참변을 당하게 된 것이었다.

그처럼 성부 하나님 사랑의 도맥을 이 땅에 심기 위해 출현했던 성자 예수는 성모 하나님 자비의 음적陰的 도맥을 심기 위해 세상에 출현했던 석가 붓다의 출생과는 전혀 다른 분위기였다.

불교의 스승 석가는 세상에 부러울 것이 없는 황태자로 태어나 물질적인 풍요로움 속에서 자랐다. 그런데 기독교 스승 예수는 그와는 달리 출생부터가 그처럼 빈곤한 시련의 연속이었다.

그 얼마 후, 헤롯왕이 죽자 요셉의 꿈에 다시 그 천사가 나타나 아기의 목숨을 노리던 자가 죽었으니 일어나 아기와 어머니 마리아를 데리고 이스라엘 땅으로 돌아가라고 일러준다. 그래서 요셉은 천사가 일러준 지시에 따라 갈릴레아 지방의 작은 나사렛이라는 동네에 이르러 정착하게 된다.

그 아기 예수가 거기에서 살게 될 것까지 선지자들은 예언해 두고 있었던 것으로, '그를 나사렛 사람이라고 부르리라.' 그 예언의 성구가 그대로 이루어진 것이다.

그래서 예수는 나사렛 동네에서 목수 일을 하는 의부인 요셉의 문짝이나 날라주면서 세상의 학문 그 정규 수업은 받아보지도 못하고 자랐다. 그러나 성장하면서 그의 지혜는 보통의 아이들과 다른 면을 보여주고 있었다는 것이 성서 기록이다.

열두 살 나이에 학자들 틈에 끼어 앉아 그들이 주고받는 이야기를 듣기도 하고 묻기도 했는데, 어린 아이의 질문과 대답이 어른들의 생각을 능가하여 주위의 학자들이나 어른들로부터 주목을 받을 만큼 지혜가 남다르게 총명했었다고 했다.

그런 예수의 나이 13세가 되었을 때였다. 그 당시 이스라엘에서는 남자 나이 13세가 되면 이스라엘 관습에 따라 아내를 맞게 되어 있었다. 그 해 예수는 예루살렘에서 나사렛으로 돌아가는 가족들의 대열을 은밀하게 빠져 나와 상인들의 무리와 함께 인도로 향했다. 그것은 장차 아버지 성부께서 정하신 그 위대한 역사를 준비하기 위한 운명적인 걸음이었을 것이다.

그래서 성서에는 분명히 13세부터 29세까지의 예수 생애에 대한 기록이 빠져 있다. 그리고 예수가 다시 성경에 등장하게 된 것은 29세부터 33세에 십자가에 못 박히셨던 그때까지 그 3년간의 행적뿐이다.

성자 예수 삶의 기록에서 성서적으로 기록되어 있지 않은 13세 이후 행방이 연이는 여간 궁금하지 않았었다. 그런데 13세에서 29세까지 단절되어 있는 예수의 생애, 그 흔적의 기록이 인도 히미스 사원에서 양피지에 쓰여진 〈이사전〉으로 발견되었다는 것이고, 그뿐만 아니라 티벳 등 이스라엘 이방의 여러 나라 등지에서도 예수에 관한 행적의 자료가 보관되어 있다는 쇼킹한 뉴스에 눈이 반짝해졌다.

그러한 고문서 기록들이 책자로 만들어져 나와 기독교인들에게 크게 충격을 던져 주게 된 것인데,《예수의 잃어버린 세월》《예수의 동방여행기》 책자 등이 그것이었다.

그 책자 속에는 1,500년 전에 쓰여진 무명의 고문서로부터 로에리치 교수가 출간한《예수의 동방여행기》에 쓰여진 예수의 행적이 대체적으로 많은 부분이 노토비치의 이 사전 행적과 유사하다는 것이다.

물론 그 자료의 진실성 여부를 놓고 그 기록들이 어디에서 발견되었는가? 하는 의문을 제기하고 조작된 것이라고 말하는 사람들이 특히 기독교인들이었다.

하지만 문제는 이스라엘이 아닌 이방나라에서 발견된 예수 생애에 대한 기록들이 날조된 것이라고 보기에는 그 내용의 행적이 연이가 볼 때는 더 없이 진솔하다고 느껴졌다.

그 행적의 기록에서 기독교 스승인 예수가 청년시절 인도와 티벳 등에서 불교의 승려들과 함께 지내며 이사라는 법명까지 받았었다고 했다.

그 부분에서 특히 타종교는 우상이며 진리가 아닌 삿된 것이라고 매도하고 있는 기독교 측에서는 당연히 큰 충격일 수밖에 없다. 그래서 종교적인 우위를 앞세우기 위해서 조작된 것이라고 반박하면서 흥분들을 했다.

그것은 기독교 스승 예수가 석가 사문에서 승려들과 함께 어울려 지내며 이사라는 법명까지 받았다는 것이 기독교 스승에 대한 모독이라고 생각한 때문이다.

하지만 그 자료를 참고해 볼 때, 기독교인들의 반박은 오직 성자는 독생자 예수뿐이라고 가르쳐 온 기독신학의 논리가 그와 같은 반발을 불러일으키게 한 그 원인이었다는 것이 연이의 생각이었다. 그 자료를 참고해 보면 다음과 같았다.

이사가 은밀히 아버지 집을 떠나 예루살렘 상인들과 함께 인도로 갔으니 이는 하나님 안에서 완전함을 얻기 위해서요, 대붓다의 법을 연구하기 위해서라. (민희식 : 법화경과 신약성서 16~17절)

여기에서 나타내고 있는 '대붓다' 라는 말이 편협한 여호와 유일신관 사고에 묶여 있는 기독교인들에게 민감한 반응을 보이게 한 것으로, 기독교 스승에 대한 불명예라고 생각한 때문이다.

'붓다' 란 정각을 이룬 진리체라는 뜻이다. 그런데 그 말의 뜻을 모르기 때문에 예수가 대붓다를 꿈꾸었다는 고문서 자료의 기록에 기독교에서는 그처럼 조작된 것이라고 흥분하여 반박을 하는 한편, 타종교 인들로부터 흥미의 입질거리가 되고 있었다.

그 기록에서 예수가 한동안 석가 사문에 들어가 승려들과 함께 지내며 진리를 논하고 지냈음은 기독교 스승 자존심에 관한 문제라고 생각하는 기독교인들이다. 하지만 그것은 태초의 빛이라는 성령체聖靈體, 그 존재 원리에 대한 이해가 부족하기 때문인 것만은 사실이다.

사실적으로 동서東西를 오고간 성현들의 행적을 살펴보면 진리탐구를 위해 유명하다는 기존의 사상가들을 찾아다니며 그들이 알고 있는 것이 무엇인가를 공부했었다. 그것이 공통적인 행적이었고, 또 거기에서 만족하지 못했음도 마찬가지였다.

그래서 스스로 독자적인 깨달음을 얻어 그의 제자들에게 가르쳐 전하게 했다. 이것이 기존의 사상을 뒤엎은 성자들의 진리로 그 시대혁명의 불씨인 것이었다.

그러한 천도天道의 변화 원리에 대해서 성자 예수로 그 문이 열린 신약 성서에서 다음과 같이 기록하고 있다.

내가 또 말하노니 유업을 이을 자가 자기 모든 것의 주인이나, 어렸을 동안에는 종과 다름이 없어서 아버지의 정한 때까지 후견인과 청지기 아래 있나니 이와 같이 우리도 어렸을 때에 이 세상 초등학문 아래 있어서 종노릇 하였더니…   (갈라디아서 3장 1절)

바로 그 뜻이었다. 하늘나라의 주인 그 성부 하나님의 아들이 성자들이지만 이 땅에 출현하여 아버지가 정하신 그때까지 어렸을 동안에는 하나님 종從, 그 청지기 밑에서 세상의 초등학문을 배웠다는 것은 일곱 성현들 모두가 마찬가지였다. 그야말로 어느 날 갑자기 도통했다고 그 모습을 나타낸 성현들은 한 분도 없었다.

그러한 천도天道의 섭리 변화에 대한 뜻을 성서처럼 많이 담아 기록하고 있는 경전이 없다. 거기에 대한 기록의 성구다.

때가 차매 하나님이 그 아들을 보내사 여자에게 나게 하시고 율법 아래 나게 하신 것은 율법 아래 있는 자들을 속량하시고, 우리로 아들의 명분을 얻게 하려 하심이라.   (갈라디아서 4장 4~6절)

바로 그것이다. 이 땅에 출현한 성자들은 시대와 나라를 달리하고 그 때와 시기에 맞추어 인간 영혼 진화를 위해 크고 작은 도법을 나누어 가르치기 위해 보내진 스승들이었다. 그래서 그 일을 펴야 하는 정해진 시간까지 그처럼 세상의 초등학문과 기존의 사상을 공부했던 것은 영혼의 근본이치를 모르는 사망의 자식들을 구원하기 위함이라고 했다.

그 성구에 비추어 볼 때 청년 예수가 이스라엘을 떠나 티벳 등 여러 나라를 떠돌며 기존의 사상가들 밑에서 무엇을 배우고 공부했다손 치더라도 그것이 기독교인들의 자존심에 관한 문제도 아니며, 또한 그처럼 흥분할 일이 아니다. 오히려 지극하신 하나님의 아들 성자 예수의 모습을 성서가 아닌 이방나라에 보관되어 있는 자료에서 더듬어 볼 수 있게 해 준다.

이사께서 죄에 빠진 자이네 숭배자를 버리고 오릿사 나라에 있는 주거나웃에 가시니 그곳에는 비앗사크 리슈나의 시신이 안치된 곳이더라. 이사께서 그곳 백인 브라마 사제들에게 극진한 환대를 받으셨더라. 그들이 이사께서 베다를 읽고 이해하는 방법과 기도의 힘으로 병을 치유하는 방법, 경전을 사람에게 가르치시고 설명하는 방법과 사람의 몸에서 악령을 몰아내어 온전함을 되찾을 수 있는 방법을 가르치시니라. 이사께서 주거나웃 란자 그리하 베나레스 그리고 다른 성지에서 6년을 지내셨더라, 그가 바사샤와 수드라에게 가르치시고……. (이사전 5장 3절~)

이렇게 예수께서는 이스라엘을 떠나 처음에는 인도의 브라마 사제들에게 베다성전에서 《마니법전》을 읽고 해석하는 방법을 배웠다고 했다. 마니법전은 성자 석가 출현 이전에 기존의 사상가들에 의해서 기술된 유대 이스라엘 민족의 구약성서나 마찬가지 성격의 경전이다.

예수가 인도 땅을 밟았을 때는 석가가 입멸한 지 500년이 지난 후였다. 그런데도 그때까지 그 시대 변화를 깨닫지 못하고 있는 인도의 브라만 사제들이었다. 그래서 그들이 상고하면서 믿고 있는 경전이 석가모니 교조께서 가

르치신 불교 경전이 아니라 석가 이전 다신 숭배시대에 믿어 오던 기존의
'마니경전' 이었다.

예수가 출현하기 500년 전 석가모니께서 고행 끝에 깨달음을 얻고 기존
의 사상가들 브라마 사제들과 그처럼 많은 마찰을 빚었던 것도 예수가 유대
민족 제사장들과 마찰을 빚었던 것이나 마찬가지였다. 이제는 그 기존의 사
상을 버리라는 것이었다.

그 시대 혁명의 불씨를 새로운 법시 사상으로 심어두고 석가 성자가 떠나
신 지 500년이 지났음에도 여전히 그 모양들이었다. 그래서 인도로 건너간
청년 예수와 기존의 사상가들과의 사이에 그와 같은 마찰을 빚고 있었던 것
이다.

물론 처음 인도로 건너간 청년 예수는 그들 기존의 사상가들 밑에서 석가
성자나 마찬가지로 마니경전을 공부했었다는 기록이다. 그 공부를 마친 6
년 후, 예수는 그들이 믿는 기존의 사상을 뒤집어엎고, 그들 사상의 잘못 됨
을 지적하며 대응하다가 그때마다 배척을 당하는 행적은 성자 석가의 행적
이나 조금도 다를 것이 없었다. 그 행적의 기록이다.

그가 드자게르나스, 라자그리하 베나레에 살면서 바이샤와 수드라를
가르치시고 그들과 함께 평안하게 거하시니 모든 이가 그를 사랑했더라.
그러나 브라만과 크샤트리아가 바이샤와 수드라에게 접근하지 못하도록
하셨다 하더라.

그리고 좀 더 구체적인 다음 내용이다.

바이샤는 휴일에나 베다를 들을 수 있었으며, 수드라는 베다를 읽는 자
리에 있지도 못하고 바라볼 수도 없었더라. 수드라는 영원히 브라만과 크
샤트리아의 노예가 되도록 운명지워졌더라. 그러나 이사께서 브라만의
말을 듣지 않으시고 수드라에게 가서서 브라만과 크샤트리아에 대항하

여 설교하셨더라. 그는 동료 인간의 존엄성을 짓밟을 권리를 가졌노라고 자칭하는 사람들의 인권을 완강히 부인하셨더라. 이사께서 설교하시기를 사람들이 성전을 가증한 것들로 채우고 있다고 하시니라. 쇠와 돌을 숭배하기 위해 지고한 영혼의 일점이 거하시는 동료 인간을 제물로 바치느니라. 호사한 의자에 앉은 게으름뱅이들이 비위를 맞추기 위해 이마에 땀을 흘려가며 노동하는 자들을 능멸하니라. 그러나 형제로부터 평범한 축복을 앗아가는 자들은 그들 자신의 축복도 빼앗아 갈 것이라.

그리하여 브라만과 크샤트리아는 깜짝 놀라 그들이 무엇을 행하여야 할지 물었더라. 이사께서 그들에게 명하시니라. 우상을 숭배하지 말라, 너 자신을 먼저 생각하지 말라. 네 이웃을 능멸하지 말라. 빈자를 도와라, 유약한 자를 부양하라. 아무에게도 악을 행치 말라. 네 것이 아닌 남의 것을 탐내지 말라. 이사께서 수드라에게 했던 말을 전해 듣고 브라만과 전사들이 이사를 죽이기로 결심하였더라. 그러나 이사께서 수드라로부터 이 소식을 먼저 전해 듣고 밤을 틈타 그곳을 떠났더라. 후에 이사께서 두루마리를 다 익히시고 네팔과 히말라야 산속으로 가시니라.

이 기록이 성자 예수께서 동방을 여행한 그 행적이다. 이처럼 성자들로 하여 종의 시대를 마감하고 진리의 시대로 그 문이 열리기까지 각 족속들은 그들을 창조한 조상신으로부터 기초적인 초등학문을 배워 왔기 때문에 그러한 기존의 사상을 폐하라는 성자들의 교화에 대응하고 그처럼 사상적인 마찰을 빚어 왔던 것임을 보여주고 있다.

예수가 인도로 건너갔을 때는 그 500년 전에 성자 석가께서 출현하여 그러한 기존의 사상을 버리라고 했던 것이지만, 기존의 사상을 그대로 붙들고 있는 사제들이었다. 그 사상은 당시 이스라엘 백성들이 여호와 하나님이 흙으로 주물러서 그들의 조상 아담을 만들고 그 코에 여호와의 호흡 그 정기를 불어넣음으로써 비로소 사람이 되었다는 창조론과 거의 유사한 것이었다.

그런데 성자들이 가르치는 하나님은 그런 물질 인간을 창조한 하느님이 아니라 우주와 만물을 창조하신 하나님이라는 그 가르침이었다. 이처럼 동서로 출현했던 고등종교의 스승 성자들은 다신숭배를 마감하는 시대의 변혁기에서 근원의 말씀을 설파하기 위해 기존의 사상가들과 마찰을 빚었고, 그래서 그때마다 크고 적은 기적을 나타내 보였지만 그들은 굴복하지 않았다. 그들이 숭배해 오던 자연신들도 그와 같은 능력행사를 보여 왔었기 때문이다.

그래서 그들은 성자들의 능력 앞에서도 쉽게 교화되지 않았고, 그대로 정통성을 주장하며 믿어오던 기존의 신을 숭상하면서 그 제사의식을 공공연하게 행해 오고 있었는데 그들이 믿어온 신과 백성 사이에서 중보 역할을 맡은 대행권자가 인도에서는 브라만과 크샤트리아였다. 이들은 제사장이라는 특권으로 신에게 제물이 될 사람이 그들의 뜻에 따라 선정되기도 했다.

이것을 보신 예수께서는 그것은 인간의 존엄성을 짓밟는 것이라고 그 잘못됨을 지적하고, 교화하려고 했지만 오히려 그렇게 예수를 잡아 죽이려고 했던 것이다.

이렇게 그 시대와 나라를 달리하고 출현한 성자들이었지만, 그 가르침에 있어서는 근원을 함께하고 있는 진리의 말씀이었음을 다음 자료 기록에서 더욱 분명하게 밝혀 볼 수 있게 해 주고 있었다.

이사께서 그들에게 이르시기를,

"너희 우상과 짐승이 권능이 있고, 진실로 초자연적인 힘을 가졌다면 그들로 나를 쳐서 땅에 쓰러지게 해 보라!"

그러자 사제들이 대답하기를,

"만일 우리 신들이 당신의 하느님에게 경멸을 품는다면 기적을 행하게 하고, 그가 우리 신들을 깨뜨리도록 해 보시오!"

그들이 부정적으로 나오는 말에 이사께서 하셨다는 말씀이다.

"우리 하나님의 기적은 우주가 창조되던 첫째 날부터 행해졌고, 이 기적들은 매일 매 순간 일어나느니라. 이것들을 보지 못하는 자들은 생의 가장 아름다운 선물을 빼앗기는 것이니라."

그리고 다시 가르쳐 말씀했다.

"사람들이 불멸의 영혼을 눈으로 보려고 노력할 게 아니라, 마음으로 느껴야 하고, 스스로 깨끗하고 가치 있는 영혼이 되려고 노력해야 할 것이니라. 너희는 인간을 제물로 바쳐서는 안 될 것이요, 동물을 살육하지도 말 것이니, 이는 만물이 인간에게 유용하도록 주어졌기 때문이니라. 남의 물건을 훔치지 말 것이니 이는 네 이웃을 강탈하는 것이기 때문이니라. 이리하여 너희도 남에게 부당한 대우를 받지 않으리라. 태양을 숭배하지 말라, 이는 우주의 한 부분일 뿐이라. 사제가 없는 민족이 있다면 그들은 자연의 법칙 아래 그들 영혼의 깨끗함을 보존하리라."

참으로 놀라운 말씀이었다. 예수께서는 분명히 세제가 없는 민족이 있었음을 말해 주고 있었고, 그 민족이야말로 자연 법칙의 지배 아래 그들 영혼의 깨끗함을 보존할 것이라고까지 하신 것이다.

바로 그 대목에서 연이는 놀라지 않을 수가 없었다. 그 말씀이야말로 우주 천지 창조의 법칙을 보다 진실하게 밝혀주고 있음을 새롭게 느끼게 해 주고 있었기 때문이다.

그것은 연이가 이 대감이 건네 준 우리 배달민족 뿌리 역사서를 읽고 공부한 덕분에 새로운 우주 의식을 갖게 되면서 발견한 것이기도 했다.

사제란 과거 신인합발神人合發하던 다신숭배 시대에 신과 인간과의 사이를 중보역할을 하는 것이 그 제사장제도였다. 그 제사장 제도가 인류 고대사에서 세워지지 않았던 민족이 유일하게도 중앙아시아 배달 한민족뿐이었다.

그런데 예수께서 그 사제가 없는 민족이 있음을, 그리고 그들이야말로 자연 법칙 아래 그 영혼의 순수성이 지켜질 것이라고 하신 것이고 보면, 우리 배달 한민족의 뿌리 역사의 소중함을 다시 새롭게 느끼게 해 주었다.

고대사에서 사제가 없는 우리 배달 한민족을 일컬어 하늘 제사권 민족이라고 했다는 것인데, 그 뿌리 역사를 찾아 다시 시간의 강을 거슬러 올라가지 않을 수가 없었다.

지구촌에서 유일하게 사대사상事大思想의 근원지가 바로 중앙아시아 배달나라였다고 했다. 한민족 뿌리 역사서《환단고기桓檀古記》에 의하면 배달나라를 세우신 조상신을 환웅상제님이라고 했다. 환웅桓雄이라 함은 밝고 웅장한 하늘나라를 주재하시는 하나님이라는 뜻이다. 그 환웅상제님께서 상원갑자 상달 상날(음력 10월 3일) 개천開天을 하시었다는 것은 하늘 문을 여시고 하강하시었다는 뜻이다. 그때 하늘나라 삼천의 선관 신장을 거느리고 지구 중심 혈맥의 터(중앙아시아) 백두대간에 하강하여 배달 한민족의 조상 뿌리로 남자 '아만' 과 여자 '아반' 을 그 호흡으로 세우고 그로부터 번성되어지는 백성들에게 가르치시도록 했다는 것이 바로 하늘나라 근본을 깨우쳐 그 섭리하심을 알게 하는 대법大法으로 '한사상' 이었다고 했다.

그것이 천지인天地人 삼계三界 즉, 본자연으로 존재하신 영계靈界와 대자연을 관장하는 신계神界 그리고 자연에 속한 인계人界가 우주의 '한틀' 속에서 고리를 잇고 있다는 그 법리였다. 그 원리가 우리 조상들이 동양철학을 낳게 했던 우주관으로 하늘 기운행의 이치를 그처럼 뿌리 세움에서부터 그 이치를 배워 왔었던 배달 한민족이었다.

그렇기 때문에 서양의 단일적인 우주신관과는 달리 고대 우리 조상들은 하늘에는 조화주 '한알님' 치화주 '한울님' 교화주 '한얼님' 이 우주의 만생명을 주관한다고 믿어 삼신께 빌어 왔었던 한민족 고유의 민속 신앙 풍습이 그로부터 비롯된 것이라고 했다.

또한 그 삼신三神 중에서 조화주의 분자적인 '한얼님' 이 일곱 칠성님으로 존재한다고 믿었기 때문에 지구상에서 유일하게도 칠성각을 세우고 빌었을 뿐만 아니라, 귀한 자손이 얻었을 때에 일곱 색의 색동저고리를 만들어 입히고 그 칠성님이 지켜주실 것을 믿고 빌어 왔던 풍습이 그로부터 비롯된 것이라고 했다.

이러한 배달 한민족의 종교며 신앙이었던 한사상은 크고 작은 법계가 모두 들어있는 원통맥의 진리로 기독교 신학이 지금까지도 풀어내지 못하고 있는 그 성삼위聖三位의 근본 원리를 조상뿌리에서부터 배워 온 지구상에 유일한 민족이었다.

이렇게 배달 한민족 뿌리 조상신 환웅께서는 하늘 근본의 이치로 백성들을 가르치셨다는 말씀이 다음과 같았다.

태초에 성부 한인 상제께서 음과 양의 상생원리로 칠색의 조화를 이루어 무수한 기파를 발생하여 생명의 원소인 물질이 형성되었으니 이것이 우주에 널려 있는 수많은 뭇별이며 너희가 살고 있는 땅이 생겨났느니라.

이 얼마나 놀라운 가르치심인가? 그것이 바로 현대 과학에서 밝혀낸 쌍립적 양자역학을 바탕으로 한 빅뱅론의 이치로, 기독신학이 아직까지도 언급하지 못하고 있는 그 '창세기 1장' 의 기록과 근원의 섭리하심을 같이하고 있음을 놀랍게도 밝혀주고 있다는 점이었다.

그렇게 뿌리 세움에서부터 천지인이 '한틀' 속에서 고리를 잇고 있다는 '한사상' 을 배워 왔던 배달 한민족의 사상은 그렇기 때문에 하늘 대도를 배워 온 천손민족으로 예의를 아는 동방예의지국東方禮義之國이라는 칭송을 이웃 민족들로부터 들어올 수 있었던 것이다.

그 한사상이 한민족의 종교며 철학으로 이 '한사상' 안에는 유불선 기독교 그 사대사상이 모두 포괄되어 있기 때문에 사대종교四大宗敎의 발상지라고 했음이 더욱 분명해지는 것이었다.

그처럼 중앙아시아 사대종교의 근원지였던 배달나라를 진리의 불국토라고 하여 신불神佛의 나라 혹은 밝은 나라 환국桓國이라고도 불렀다고 했다. 그것은 한민족 조상신이 바로 영계靈界의 본체신 음양태극陰陽太極의 위치로 대도大道의 자리였기 때문이다.

그래서 배달나라 조상들은 그처럼 크신 환웅상제님으로부터 경천敬天 숭조崇祖 애인愛人이라는 천지인天地人의 인내천人乃天 사상으로, 먼저는 하늘을 공경하고, 조상을 섬기며, 사람을 위하고 서로 사랑하라는 가르침을 받아왔던 민족으로 서양 민족처럼 창조신 계율의 명령이 없었고, 사제라는 제사장 제도가 처음부터 세워지지 않았던 하늘 제사권 민족으로 천손天孫이라고 했다는 것이다.

이것이 창조신 여호와로부터 선택 받았다는 서양 이스라엘 민족과는 엄연히 다른 차원이었다. 이스라엘 민족은 그들 조상신 여호와가 이웃 민족과 연속적인 전쟁붙임으로 정복 문화를 배워 나온 것이 사실이었다.

하지만 동방의 우리 배달 한민족은 자연의 섭리에 순응하는 '한사상'을 조상신으로부터 배워 나왔기 때문에 동방의 등불로 인간 영혼의 정신문화를 세계사 속에 그렇게 꽃 피울 수가 있었던 것이다.

그런데 이처럼 사제가 없는 민족이 자연의 지배 아래 그 영혼의 순수성을 그대로 지키고 있을 것이라는 것이 본체신 성자 예수께서 이방나라에서 그들에게 말씀해 주고 있었다는 사실이 참으로 놀랍기만 했다. 새로운 사실을 발견했기 때문이다.

물론 그와 같은《예수 동방여행기》그 자료의 기록에 인류의 조상이 아담과 이브라고 주장해 오는 기독교 신학자들로서는 그 또한 조작된 것이라고 흥분하고 우겨댈 수밖에 없는 일이다. 하지만 구약의 기록은 서양 신학자들의 논리와는 달리 이스라엘 민족 이외의 이방민족도 그 창조신을 달리하고 있음을 분명히 기록해 두고 있다는 사실이다.

그래서 그 인식을 달리하고 볼 때, 예수께서 이방나라 등지를 떠돌던 그 때의 시간 동안에 석가의 사문 인도 베다성전에서 마니법전을 배우며 대붓다를 꿈꾸었다는 사실은 조금도 이상할 일이 아니었다.

그것이 음양陰陽 대별적으로 하늘나라 대도大道의 법계를 이 땅에 심어주기 위해 동서東西로 출현하셨던 성서가 기록하고 있는 두 금촛대의 비밀로 그것이 고등종교의 스승들 석가와 예수의 삶의 행적이었기 때문이다.

(2권에 계속)

천계탑 ①

지은이 / 한승연
발행인 / 김재엽
펴낸곳 / **한누리미디어**
디자인 / 지선숙

121-840, 서울시 마포구 잔다리로 35 서원빌딩 2층
전화 / (02)379-4514, 379-4519
Fax / (02)379-4516
E-mail/hannury2003@hanmail.net

신고번호 / 제300-2006-61호
등록일 / 1993. 11. 4

초판발행일 / 2012년 12월 20일

ⓒ 2012 한승연 Printed in KOREA

값 15,000원

※잘못된 책은 바꿔드립니다.

ISBN 978-89-7969-437-6 04810
ISBN 978-89-7969-436-9 04810(세트)